公子成双

溪畔茶 著

③

百花洲文艺出版社
BAIHUAZHOU LITERATURE AND ART PUBLISHING HOUSE

图书在版编目（CIP）数据

公子成双．3 / 溪畔茶著．-- 南昌：百花洲文
艺出版社，2019.7
ISBN 978-7-5500-3087-9

Ⅰ．①公… Ⅱ．①溪… Ⅲ．①长篇小说－中国－当代
Ⅳ．① I247.5

中国版本图书馆 CIP 数据核字（2018）第 247970 号

公子成双．3

溪畔茶 著

总 策 划	邹立勋
责任编辑	郝玮刚
特约编辑	江秀英杰　余竹青
书籍设计	周　辉
封面设计	黄　梅
出版发行	百花洲文艺出版社
社　　址	南昌市红谷滩新区世贸路 898 号博能中心 A 座 20 楼
邮　　编	330038
经　　销	全国新华书店
印　　刷	湖南凌宇纸品有限公司
开　　本	880mm×1230mm　1/32　印张 10
版　　次	2019 年 7 月第 1 版第 1 次印刷
字　　数	207 千字
书　　号	ISBN 978-7-5500-3087-9
定　　价	38.60 元

赣版权登字：05-2018-470

网址 http：//www.bhzwy.com
图书若有印装错误，影响阅读，可向承印厂联系调换。

目录

公子成双

公子成双

·目录·

第一章
边疆世子

天色渐亮起来，一轮朝阳从地平线上跃出来，照破了天地间淡淡的雾霭。

这是一个冬日难得的好天气，很适合出行。

"没了？"

皇帝在这样一个好天气里，接到了这样一个不好的消息，非常吃惊。

沐元瑜站在下面，低着头道："是，父王非常伤心，臣心中担忧，想回去看一看。"

她说着，把滇宁王的信呈了上去。

滇宁王本就是个多疑谨慎的人，自家里被安了钉子，更加草木皆兵了，给沐元瑜这个亲子的信都写得十分中规中矩，确保哪怕被人截去，都不会泄露什么。

所以，这信可以作为佐证拿给皇帝看，以便更好地说服皇帝。

汪怀忠传上来，皇帝一目数行地扫过。

信里主要说了两件事，一件是柳夫人母子的病亡，一件是对沐元瑜询问刺客来历的回应。后一件她先前曾答应过得到云南的回信后，会告诉郝连英，现在便是给皇帝看了也是一样。

她去信问此事时，尚未审出刺客和二房沐元德间的联系，便没有提，但不知是不是沐元德那个身份，天然就有点可疑，滇宁王自动把他纳入了嫌疑目标查了一圈。

但是没有查出什么，而随后沐元瑱出了事，滇宁王为此心力交瘁，顾不上别的了，只能寄了信来，叫沐元瑜自己在京务必小心，护卫不要离身。

皇帝捏着笺纸沉思了一会儿。

单是沐元瑱夭折不算多么不可思议，此时两三岁的娃娃原就弱得很，随便一点头疼脑热都能把小命收割了去，有的人家这样的小娃娃是连族谱都不上的，大一点才会开祠堂记名。

但柳夫人也同时……而且还是误食毒菇这样的死因。

沐元瑜手缩在袖子里，悄悄掐着掌心。

她跟朱谨深胡闹之余，也没有耽误正事，凌晨用过饭那会儿，对此有过进一步的详细商议，最终决定还是全部照实说。

误食毒菇听上去有点荒诞，但正因荒诞，才显得她说的当是真话，因为如果她要为脱身而编谎，绝不会编出这种话来。

至于滇宁王那边是不是显得可信，就是另一回事了。

皇帝可能会对此做出很多种怀疑推断，但无论哪一种，最终都只会指向一个结论——南疆的局势很可能已经陷入了诡谲，那么，就很需要她这个世子回去稳定人心。

"元瑜，你这是父子天伦，朕当然不会阻拦。"沉思过后，皇帝叹着气道，"这真是旦夕祸福。你回去了，好好安慰你父王，不必急着回来。等你父王的病养好了，你再想回来，朕这里随时欢迎你。"

沐元瑜跪下来道："是，多谢皇爷宽宏。臣还有一事想求皇爷，臣在京中，听说父王病重，心急如焚，昨晚已去找了二殿下，向他相借李老先生陪我一道回去，二殿下已经同意，如今还请皇爷恩准。"

李百草一直在二皇子府，她要借人，先去跟朱谨深这个主人说一声是应该的，如此也算把昨晚夜宿二皇子府的事圆过去了。

皇帝把笺纸折了起来，一边示意汪怀忠拿下去还给她，一边道："应该的，这是你的孝顺处，二郎都答应了，朕自然没什么二话。"

倒是汪怀忠止了步，扭头道："皇爷，李百草走了，您的头疼——"

"朕这几日不是没有再犯了？"皇帝笑道，"李百草真是妙手神医。"

汪怀忠急道："可万一……"

皇帝不以为然："李百草都说了没事，况且也把他的手艺教了两个太医了，真犯起来，朕有人可用。"

沐元瑜并不知道这事，不过人食五谷杂粮，生个病什么的再正常不过，皇帝看上去也没有什么病容，她就没有吭声。

汪怀忠也不好说什么了，他更懂皇帝的心思，滇宁王这个当口一定不能有事，已经够乱了，他再忽然去了，云南恐怕得乱成一锅粥了。

他默默把信还给了沐元瑜。

沐元瑜憋着的一口气松下来，顺利告退出去。

她走了，汪怀忠想了一下，提议道："皇爷，不如在李百草走之前，叫他进宫来再给皇爷看一看，确定皇爷龙体真的康泰，再放他去诊治沐王爷？"

皇帝想一想，也就无可无不可地同意了："好吧，那就叫他进来一趟，省得你这老货不放心。"

这对汪怀忠来说是褒扬，他赔着笑，忙出去传话了。

皇帝说完则又琢磨起了正事，问道："母子都没了？"

他抬目望向传话回来的汪怀忠："你以为如何？"

"会不会是沐王妃？"汪怀忠把自己的猜测说出来，"老奴刚才听着，第一个念头就是这个。"

成年的亲儿子被逼着躲到了京城来，吃着奶的娃娃却被滇宁王捧在掌心里，滇宁王妃若是心中愤恨，对妾室及庶子干点什么出来，是挺有可能的。

"朕也想过，不过若真是如此……"皇帝摇摇头，"听说沐元瑱是养在正院的，如果刀氏要下手，不着痕迹的机会多的是，当不至于使这种手段。"

"那难道真的是意外？"汪怀忠猜着，"其实老奴早已想说，沐王爷那幼子的名字起得也太大了，上头一个大了十来岁的长兄世子压着，'瑱'也是他用得的？如今没这么大的福分，压不住这个字，怪不得去了。"

他这是没多大根据的无稽之谈，但此时人肯信这些，皇帝都不由得点了点头。

主仆又猜了一回，仍是疑惑不解。

③

汪怀忠就劝道："他们沐家的事，由他们沐家的人闹去吧，别闹出大乱子就是了。皇爷已经够劳神了，很不必再耗一份心力。"

"嗯，再往后看看吧。"

皇帝说着话，重新批起奏章来，批过三五份后，李百草来了。

皇帝免了他的跪，让他给自己看了看脉。

李百草想着年底就能走了，这回进宫心情便很好，尽职尽责地看过了，道："皇上现在无碍。"

汪怀忠敏锐地道："现在是什么意思？"

李百草毫不掩饰地回道："老头子的意思，就是皇上如今没事。可依脉象看，皇上这几日睡眠都少，要照着这样一直操劳下去，那将来怎么样，老头子是不好说的。"

皇帝听出来了，沉声问道："你的意思是，朕这病不能除根？"

"能。"李百草爽快地道，但不等皇帝面色舒缓，就接着道，"只要皇上从此修身养性，像寻常百姓家的老爷子一样，没事就散散步，遛遛鸟，再配合老头子教的针灸，慢慢自然就调养过来了。"

皇帝沉默了。

即便是天下承平，平的是百姓，不是他这个做皇帝的。他在这个龙座上一天，就歇不下来，他要歇了，那就是怠政，就该天下的百姓过不成太平日子了。

汪怀忠从旁问道："没有别的法子吗？"

李百草笑了笑："老头子是大夫，能治病不错，可也得病家听医嘱不是？要是不听，老头子就是开出一剂仙丹来，也是没用啊。"

这个道理连汪怀忠都没法再驳，真的，人家不是治不了，只是也得你配合才行。要是不配合，那真是神仙下凡都没用。

"罢了，这事先不提了。"

皇帝倒是很快想开，主要他如今确实觉得自己缓解许多，至于将来，再说吧，总得先把眼下的事安排好。

"朕这里没事了，倒是带你上京的沐世子父亲那里……"

皇帝便把滇宁王重病要他去看的事提了下。

李百草正要直起腰来告退，闻言，愣住了。

沐元瑜回到沐家老宅的时候，宅里的护卫们已经以一种行军般的速度收拾好了，牵着马在前院候着，整装待发。

她这次回去不比上次，什么时候回来，还能不能回来都是未知数，她的人马是都跟她一起回去。至于物件，许多她带来的床柜等虽然都是上好的木头打制的，十分贵重，但这回回去是要抢时间，便都丢下不管。

这些东西也不算浪费，可以留给沐元茂用。她有想过是不是把沐元茂一起带走，但沐元茂跟她隔了房，本来牵扯不深，这样一来，反而要让人多想，他的学业也要中断。沐元瑜回来想了一路，最终就决定只让人去给他传了个话。

进了家门后，她一边叫刀三去二皇子府接李百草，一边紧张地对行装等进行着最后的检查。

刀三去的时间有点长，半个时辰后，才把李百草带了回来。

以两府的距离来说，本不该用这么长时间。

此时每一刹那都是生机，沐元瑜也顾不得追问，命令队伍出发后，在路上才抽出空来问了问。

李百草这把年纪再是老当益壮，也不能在马上颠簸了，他在后面独坐了一辆车；沐元瑜则骑马在前面，问刀三可是出了什么意外。

因为她看李百草，脸色真是黑得像炭一样，不知谁得罪了这老神医。

"没有，二殿下去了都察院，不在府里了，不过他府里的人得了交代，知道我要去请这老爷子，只是他又被皇帝叫去了复诊，所以我才等了一等。"刀三解释道，"把他等回来，他又说忘了给皇帝开一个什么调养身体的方子，又去写方子让人送去宫里，所以耽搁了一会儿工夫。"

听说不是在二皇子府里出的事，沐元瑜想一想，也就知道了原因。她腰还酸得厉害，骑马也不方便，便笑道："知道了，我去跟他聊一聊。"

此时已经出了城门，她动作有点迟缓地下了马，上了后面的马车。

李百草的脸仍旧黑着。

沐元瑜在他旁边坐下，开门见山地道："老先生可是生气我说话不算话，说好了今年年底放老先生离去，如今又带累老先生奔波？"

李百草冷笑了一声，道："不敢。跟世子这样的贵人比，老头子不过草芥而已，世子要食言，老头子又有什么办法？"

果然是为了此事。

沐元瑜揉了把腰，态度和缓地道："老先生误会了。我不是那样的人，如今请老先生同去，是有不得已之处，老先生不必多问，但等离了这片地界，老先生就可自去。"

滇宁王的病重只是她的渲染，她实则并不需要带李百草回去救命，半途上放他走，正好完成了自己的承诺。

当然，如果可能，能哄着送他两个护卫就更好了。

这个话她预备留着等真送李百草走的时候再说，她不会勉强李百草扣住他，但能掌握一下神医的行踪，以后有需要的时候可以找着人，那也是很好的嘛。

李百草："……"

他每一道皱纹都在往外流淌着的不悦和刻薄忽然凝结了脸上。

"你不押着我再去云南，半路上就放我走？"

沐元瑜点点头："是啊，有劳老先生至今，我已经很是感激了。老先生高风亮节，我没有别的报答处，至少，总是不会对老先生食言的。"

李百草："……"

他的表情变得生动，却是奇异非常，好像悔，悔不出来，好像笑，却又笑不出来。

"咚。"

最终，他倒向后面的车厢壁，闭上了眼睛。

"我不走。"

沐元瑜："啊？"

"你快走吧。"李百草仍旧闭着眼。

沐元瑜没懂他的意思，问道："老先生难道要我现在就放你走？这恐怕不行，过半个月吧。有劳老先生陪我再走一段，半个月之后，天下之大，老先生愿意去哪里，我绝不阻拦，这也不算违背了我和老先生的承诺。"

"不是。"李百草的眼皮剧烈颤动了一下，他好像如鲠在喉，但片刻后还是睁眼，以一种木然的神情道，"世子爷，老头子坑了你，在皇帝那儿留了不该留的话。你快走吧，迟一刻恐怕来不及了。"

沐元瑜："……"

她昨夜荒唐，今早从里到外都有一种疲惫感，勉力撑着收拢了人马飞快离开。顺利地出了城门后，她紧绷的神经方放松了一点下来。

但此时，如一桶冰水自天灵盖直泼而下，她顷刻间清醒。

"你……"

"不要问了，你想得对，老头子冤枉了你，以为你要毁诺。"

既出了口，李百草也就一鼓作气全说了出来，他在离自由只差一步之遥的关口，得知了又要被带去云南给滇宁王治病的事，怒火当时已烧到了头顶心。一回到二皇子府上，护卫刀三就在那里守着他，他全没有反抗拒绝的权利，一怒之下，在药方里做了手脚。

"老头子就在这里，你要杀要剐，都随意。"李百草重新闭上了眼，说道，"然后带着你的人，快走。"

时间往回拨转那么一点。

李百草刚笔走龙蛇把药方写好折起封口，就被刀三拉扯走了。林安知道李百草才从宫里给皇帝看诊回来，听说这药方是留给皇帝的，不敢怠慢，也没多想，送他走后亲自揣着到宫门口请见去了。

他到的时候，赶巧郝连英和朱谨渊从通州回来，一个锦衣卫堂官一个皇子，哪个都比他的分量重得多，他只好先等着。

好在他宫里人头还算熟，朱瑾深如今正式领了差，他也跟着水涨船高了些，便有汪怀忠的徒弟，一个叫小福子的内侍过来，拉他到旁边茶水房里喝茶嗑瓜子。

林安在自家主子面前时常犯蠢，出来了还是很会办事的，小福子问他来干什么，他就只是打哈哈。

这事关的可是龙体，谁知道皇帝愿不愿意让别人知道呢，把嘴闭紧一点准没错。

小福子点点头："不够意思，好，你不说，那就只有慢慢等着了，你看看外面——"他努嘴示意着外面廊下那一串等候的官员，"哥哥，别怪弟弟说话直，你看那些大红袍子玉犀带，哪个不比你的脸面大？你这样傻傻等着，恐怕得等到下晌午去。"

林安笑道："等就等吧，我这事不急，就是受累你招待了。"嗑了两颗瓜子，他转移话题道，"你这瓜子哪儿来的？焦香焦香的，我还没从外面的铺子买过这个味儿。"

"香吧？"小福子倒也不勉强追问，顺着说了句，"御厨房孙爷爷的手艺，送给我们汪爷爷嗑着玩的。"

桌子底下燃着火盆，屋角还放着一个茶炉，上面"咕嘟咕嘟"地烧着茶水，两个人在温暖的屋里又闲扯了几句，林安不经意地问道："三殿下来做什么呢？通州的差事结束了？"

小福子却灵醒，立时斜睨他："不地道，你瞒着我，还想探我的话。"

林安嘿嘿笑了，想了想，又到底还是有些好奇——他家殿下的差事还没办完，三殿下跟郝连英一起来了，别是抢先一步了吧？

他就笑着把袖子里的信封探出来给小福子看了一眼，然后含糊地道："真没什么事，我就是来递个信。"

小福子听了伸手要夺，说道："嘿，你这神神秘秘的，我以为有什么军情大事要禀给皇爷呢。只是送个信，你放这里，还伺候你们殿下去，一会儿我给你递进去就是了！"

"不成不成，我要走了，万一皇爷有话问我，我怎么答呢？显得我也太懒怠了。"林安说着，忙把信封重新揣好。

这里面装的可是药方，若交给别人传递，有坏良心的往里瞎添一笔，可就把他坑死了，他必须要亲手交给皇帝才行。

他伸脚踩对面的小福子，说道："我告诉你了，你也快说说。"

他问的这桩不是什么秘密，小福子原在正殿门边伺候，也知道，就告诉了他："三殿下运气不好，这趟回来原是想交差的，不想叫那些牙尖嘴利的御史参了，皇爷正好批到了这份奏章，三殿下一进去，可是撞到枪口上去了。皇帝一开始着恼得厉害，你要早来一步，还能听见皇爷训他的动静呢。"

林安眼神放光，忙问："参他什么了？三殿下在京里的时候名声都还好着，怎么现在人出去了，反而受了弹劾？"

"那是没做事，一做事，就出岔子了。"小福子小声道，"你看这天气，你我坐在这里面烤着火盆暖和着，外面可是滴水成冰。三殿下在通州办差，求功心切，征发了附近的渔民一起下去捞梅家的死鬼，渔民冻得受不得，说不行了，他还逼着人下去，结果活活冻死了两个。眼看着快过年了，大节下出这种事，人家怎么想得开？于是就闹到城里来了。御史闻听，可不就参他了。"

林安吸着冷气，唏嘘道："冻死了人？怎么会？三殿下不是这样酷厉的性子啊。"

他再盼着朱谨渊倒霉，但得说句实话，这事不是朱谨渊的风格，锦衣卫干的还差不多。

小福子跟他对视一眼，懂他的言下之意，含混地道："是不是，有多大要紧？通州的差事他领着头，现在出了错，他洗不清，皇爷不训他训谁。"

确实是这个道理，林安点着头："唉，三殿下怎么不约束一下手底下的人呢。"

小福子撇嘴笑了："以为谁都跟你们殿下似的那么聪明呢，三殿下头一回办差，里面有些门道摸不清楚，出点岔子也是难免。"

这话林安听得心里舒服，不过嘴头上还是谦虚了一下："我们殿下也就是听皇爷的吩咐，格外肯用些心罢了。"

正说着，旁边的正殿里传来一阵动静，林安顾不得再说话，忙伸出头去看。

却见是朱谨渊和郝连英走了出来，两个人的脸色似乎都不怎么好。在门口等着请见的官员纷纷向朱谨渊见礼之后，朱谨渊都没有露出他惯常的笑意。

看样子真是挨训了。

训得好，哈哈。

林安甚是幸灾乐祸地缩回头来，不料朱谨渊已经看见了他，走过来。

"林安？你在这里做什么？"

林安只好出门去行礼："回三殿下话，奴才等着求见皇爷。"

朱谨渊道："二哥吩咐你来的？难道是他那边查出了什么眉目？这可太好了。"

嘴上说着"太好了"，他的眼神却完全不是这么回事。

林安小心地答道："我们殿下的公务，我一个奴才不清楚。"

朱谨渊还要说什么，郝连英低声道："三殿下，不要聊了。"

朱谨渊闭了嘴，脸色僵了一下，转身走了。

但没走远，下去玉阶后，他就在那一片空阔地上站住了。

郝连英也没走，站他旁边，由于隔着段距离，看不清二人的表情，但想想也知道一定不会美妙。

林安有点发愣地转回头来，以目询问地望向小福子，小福子也是诧异，道："等着，我问问去。"

他年纪不大，个子也矮，灵活地贴着墙边绕过了等候的臣子们，在门边守了一会儿，等到一个出来添茶的内侍，接了他手里的茶壶，顺便问了问。

"被皇爷罚站在那里的。说冻死的渔民何其可怜，让这二位爷也去感受感受这刺骨的冷意。"

小福子问到之后，回来告诉林安。

其实罚站倒没什么，朱谨渊这阵子在运河边上也没少受冻，但换了地方站在这里，来往的臣子们全部看在眼里，这人可就丢大了。

林安听了，很有分寸地又往外看了两眼，然后在心里记起来，回去要原模原样地分享给他家殿下。

皇帝那边事还没完，训过儿子，跟着就要召臣子处理善后事宜。也是朱谨渊大意了，渔民确实不是他逼着下水的，出了事，郝连英说去处理，他以为以郝连英的资格经验，一定能处理好，也就没多问。

不想郝连英是按照锦衣卫的路数处理的，锦衣卫逼死两个渔民，那算事吗？给赔几两银子就是发善心了！这事要是锦衣卫单独经办，那也翻不起什么浪来，谁也不会对锦衣卫的操守有过高的幻想，可无奈领头的是朱谨渊，那情况就不一样了。

朱谨渊没想通其中的微妙之处，高高兴兴回来，结果倒了霉。

皇帝那边一直召见着大臣，林安只有等着，真等到了下晌午。

还好小福子够意思，不知从哪儿寻摸出一盘糕点给他垫了垫肚子。

林安一边吃着，一边感谢他："今天可多亏你照顾了，哪天闲了，你跟你爷爷告个假，出宫到十王府去找我，我领着你在外面逛一天！"

小福子笑笑，压低了声音道："哥哥说的哪里话，等到将来，说不定是我求着哥哥多照顾照顾我呢。"

"嗹，拿我开涮了啊。你有汪爷爷照管着，宫里一般年纪的，谁比得上你，还用得着别人照顾。"

小福子没有再说，只是笑道："你吃着，我看着外面人少了，替你问问皇爷可有空闲了。"

他出去，一会儿回来，道："赶巧汪爷爷看见了我，问我乱张望什么，我说了，爷爷叫你过去，这会儿是个空儿。再迟，又不知有什么事了。"

林安忙跳起来，拍着手把糕饼的碎屑拍掉，又整整衣裳，往旁边正殿里走。

他进去趴跪着，把原封的药方交上去。

汪怀忠听说是李百草留下来的，挺高兴地接了，走到龙案旁弯着腰呈给皇帝，又劝道："皇爷息怒，天大的事，也比不过您的龙体。李百草临走前还说皇爷不能太过劳神，这大夫的话，您还是应当听一听。"

皇帝脸色仍是不好，拆了信封来看。

汪怀忠还询问道："要不要把太医院的医正叫过来，或是再多叫几个太医来，一起斟酌着？可惜李百草走了，不然，他本人来用药是最好了。皇爷？"

他止住了话头，因为忽然发现皇帝的脸色不对。

原来只是不好而已，像飘了一小块乌云，现在这块乌云扯絮般揉捏汇总扩大起来，而且非常之乌，那黑的，仿佛下一刻就会噼里啪啦地降下雷霆暴雨。

"把朱谨深，给朕叫来！"

皇帝缓慢地，几乎是一字一顿地挤出了这八个字。

"……是。"

汪怀忠都呆愣了，不懂李百草上个药方，怎么会让皇帝对二殿下动了这么大的怒气。但他没有耽误事，尽管一头雾水，还是及时地应下了，转了身要出去。

皇帝的话还没说完，还有第二个命令："叫郝连英带人，去……"

汪怀忠忙转回身，等了一会儿，却没等到皇帝的下文。

他小心地问道："皇爷，叫郝连英去干什么？"

皇帝的手掌用力地按在信封上，深深吸了一口气，将信封揉皱，说："没什么。"

汪怀忠试探着道："那老奴就先请二殿下过来？"

皇帝闭着眼点了点头。

中极殿前的广场。

阳光无遮无挡地洒落整片广场，看上去暖洋洋的，但真在当中站一刻才知道，这么死板地挺着，寒意从脚底直蹿而上，不消盏茶工夫，人就冻得冰坨子一般。

朱谨渊简直恨不得把头顶上那颗太阳拽下来揣在怀里捂着。

而随着时间推移，身上那层聊可安慰的金灿阳光都渐渐淡了，日头一点点往西坠去，朱谨渊使劲地拿眼角去瞄着，也止不住它的坠势。

"我们还要站多久？"他忍不住低声问旁边的郝连英。

郝连英对时间更有概念一些，根据日头推算了一下，回道："快了，还有一刻钟吧。"

"还有这么久！"朱谨渊脱口就道。

"殿下再忍一忍吧，此事都怪我处置不当。"

已经这样了，朱谨渊倒不至于再起内讧怪他，再说他也有点委屈，于是道："又不是没赔钱，皇爷还非罚我们站足一个时辰。"

郝连英的拳头在袖子里握着，他坐到这个位置上，也很少再吃这样的苦头并丢这样大的人了，锦衣卫在皇帝的压制下，已经是历代之中最低调了，然而这都还不够……

他并不是怕受罚，锦衣卫本就是皇家鹰犬，被主子磨炼，那是分内之事，可是其中所蕴含的意义令他不得不警觉，不过两个渔民，就要当成一桩大事，让他这个锦衣卫指挥使站在这里现眼，下一步，锦衣卫的权限会不会再被进一步缩减？

"二哥出来了。"身侧朱谨渊的声音忽然显得丧气起来，又带着点好奇，"他怎么这么快就出来了？"

　　郝连英闻言若有所思地转头瞥了他一眼，他倚仗独特优势，对诸皇子原就有超出诸臣工的了解，这阵子再切身跟朱谨渊共事一段下来，心里更有了数。

　　这位三皇子，还是肯放手让他去施为的，只是若论出身，他未免逊色了些，但也正因为此，才有他效力的地方。

　　譬如刚才被叫过来，才进殿又忽然出来正迎面向他们走过来的二殿下，孤树一般，傲然地只向无垠天空中长去，连根多余的枝丫都吝于生出，这样的人，要靠上他就难得多了，他似乎也根本不需要人投靠。

　　有朝一日，若登大位的是他，恐怕比当今圣上还要难打交道。

　　郝连英思索的这么一会儿工夫，朱谨深已经走到了近前。

　　朱谨渊很紧张，紧紧地盯着朱谨深那张薄薄的嘴唇，恐怕他吐出什么难以消受的嘲笑言辞来。

　　朱谨深一个字也没说，只是突然矮了一截。

　　他跪下了。

　　朱谨渊：“……”

　　他眼珠子都瞪得突出来了，什么情况？！

　　“二哥，你、你差事也出岔子了？”

　　他惊讶过头，连含蓄一下都忘了，直通通地问了出来。

　　朱谨深眼睫下垂，没有理他。

　　朱谨渊一瞬间又惊又喜又纳闷，心情复杂得不得了。

　　看这样子，二哥肯定是犯错了，而且犯的错比他还大！

　　不然以朱谨深的病秧子根底，皇帝以往对付他都是关，还没有敢在这种天气把他罚出来跪过。

　　可是为什么啊？渔民下水捞尸有风险，他在都察院翻个档案也能翻死人不成？

　　“二哥，到底怎么了？”他忍不住追问，还不惜把自己拉出来做例子，“二哥不必羞愧不言，你看，我一般也是犯了错才站在这里的。”

　　朱谨深没抬头，不过总算给了他一句：“你干什么了？”

　　为了得到答案，朱谨渊老实把自己出的岔子交代了。

　　朱谨深听了，淡然道：“捞不上来就捞不上来罢了，原就是大海捞针的事，何必逼死了人家的性命。罚你站一个时辰，算是轻了。"

他是兄长，拿这带着教训的口气说话是应当的，但朱谨渊听得心塞，又不服："我也是为了皇爷吩咐的差事才如此。二哥说得轻巧，难道二哥那边查出了什么不成？"

自己也被罚了，还有什么脸说他！

"嗯。"

朱谨渊一愣，旋即满腹的不信——一定是朱谨深要面子跟他嘴硬，真查出来，怎么会跟他一起在这儿受罪，并且罚得还比他重！

朱谨渊很有优越感地斜眼瞄着朱谨深的头顶，忽然都不觉得被罚在这里丢人了，起码他还站着。

他怀着这优越感挨过了最后的一刻钟，挪动着站木了的腿去中极殿里跟皇帝告退，顺带扎了朱谨深一针："皇爷，儿臣都知错了，下回办差一定谨慎行事。只是不知，为什么二哥也受了罚跪在外面？儿臣听二哥言道，他的差事是做好了的，比儿臣可强多了。既如此，求皇爷恕了二哥，儿臣冻一个时辰没事，二哥可不一定挨得住。"

朱谨渊只是不信朱谨深真的从那堆陈年故纸堆里翻出了什么，所以有意反着说，指望着把皇帝的火吹得再旺些。

皇帝执笔的手顿了一顿，道："你退下吧。"

皇帝却是一个字也没有解释，但冰冷的脸色充分说明了他的情绪，朱谨渊不敢再纠缠，只好默默去了。

待他出去了，汪怀忠劝道："皇爷，刚才二殿下一进来，您就把他罚出去了，都没问上一句话。都察院那边的事要紧，三殿下既说二殿下查出了端倪，您不如先把二殿下叫进来问问，过后怎么样，您再圣裁。"

皇帝没有说话，只是放下了笔。

这就至少是不反对了，汪怀忠惯会看他脸色，忙飞快出去了。

朱谨深重新进来时，大殿里的内侍宫女全被清了场，包括汪怀忠在内。朱红门扇关起，金碧辉煌的大殿里只剩下了他们父子二人。

"你什么时候知道的？"

皇帝没头没尾地问了一句。

朱谨深沉默片刻。他第一次进殿时，一个字没来得及说，就被皇帝一句"滚出去跪着！"撵出去了，什么提示都没得着，并不知道自己为什么挨这个罚。

但能引得皇帝对他如此震怒，似乎也是不需要什么明示了。

他身上没别的不妥牵扯，只能是因为沐元瑜。

而他在外面时问过朱谨渊，他那边白白冻死两个渔民，却没查出什么有效的信息来，所以才被罚站。那么，这底就不是从他那边漏的。

也就是说，跟梅家案子无关，这问题，完全在沐元瑜自己身上。她身上有什么问题，他是最清楚不过了。

"今年秋猎过后。"他思绪飞转着，片刻后坦白说了这一句。

"你果然是知道的。"皇帝冷笑了，像头一回认识这个儿子一般，用全然打量陌生人的目光打量着他。

"你真是长大了，朕是再也管不了你，只有你把朕蒙在鼓里的份！朕前阵子问你，你还编出那种瞎话骗朕！"

皇帝说着话，怒极攻心，抬手拿起一方青玉镇纸砸下去，朱谨深没躲，镇纸砸到他额头上，旋即摔落到金砖上，发出"啪"的一声脆响，裂成了两截。

朱谨深面上，一条细细的血线顺着他的额角流了下来。

皇帝不为所动，冷冷地道："沐家那丫头，怎么迷的你心窍？这样株连九族的事你都能替她瞒下来？"

他从来只以为这个儿子性子古怪，跟一般孩子不一样，但没觉得他有别的问题，对这个儿子在智力及政治上渐渐展露的天分，他甚至有一点惊喜。

但打脸来得如此之快之猛，他在问出那一句的时候，甚而有最后的一点幻想，李百草一介草民，片面之词未必可靠，也许只是他胡说。

虽然他非常清楚，李百草没有得失心疯，他就是跟沐元瑜有仇要扣她锅，也不会说性别这种一验就明的事。

朱谨深心中一动，他被砸的那一瞬间整个脑袋都眩晕了一下，但这股眩晕过后，随之而来的疼痛反而令他更加清醒起来。

皇帝这句话的重心所在，居然不是沐元瑜的女子身份，而是他的隐瞒？

他由着血流下来，缓缓道："皇爷明鉴，并非她做了什么，是儿臣自己情不自禁。"

这一下眩晕的变成了皇帝。

他愤怒地试图从桌案上再找个什么东西摔下去，手抖着一时居然找不出来，奏章和笔轻飘飘地扔了也不解气，合适的只有手边的玉玺。

可总不能把玉玺扔了，他只能用力拍了一下龙案，怒道："你——太让朕失望了！"

朱谨深犯别的过错，他都能恕，但沐氏以女充子，他知道了两三个月之久，居然一语不发，还扯谎替她遮掩，这种色令智昏的行径，是真正令他盛怒所在。

"朕给你最后一次机会，太阳还没有落山，沐元瑜没有走远，你带人去把她抓回来，朕就恕了你。"

皇帝拍案过后，拿发麻的手掌按着额角道。

朱谨深微微怔了一下——他以为既然东窗事发，皇帝应当已经派人去追沐元瑜了，不想还没有。

他没怎么思索，就直接说道："儿臣有事要禀，请皇爷听过后，再行决定。"

皇帝冷漠地望了他一眼。

这个儿子接下来不管是狡辩也好，还是哀求也好，他都没有兴趣要听了。

他是真的失望之极。

一个女人——不管这个女人有多么特别，朱谨深能被迷得忘了大局，他就不是一个合格的继承人。

这一票，足够将他彻底否决，远逐。

第二章
机缘巧合

　　皇帝说是没有兴趣再听朱谨深说什么，但朱谨深开口的第一句话，就令他不得不抬起了头。

　　"儿臣查都察院档，十七年前，梅祭酒上任左佥都御史不久，接民女拦街告状，告江南吴县县令柳长辉为官贪酷，强占民财，致使该民女亲人伤病而亡，本人流离失所。梅祭酒接下了状纸，立案后遣人取证，查实民女所告无误，遂判柳长辉去职流放云南府。"

　　皇帝皱了皱眉，柳长辉？云南？

　　"经儿臣与沐元瑜核实，这个柳长辉，就是沐王爷妾柳夫人之父。"朱谨深也皱了下眉，他伤处血流的速度缓了，但血珠慢慢滚过颊边，有点痒，也不便伸手去抹，只得忍了。

　　"而儿臣找到梅祭酒旧居的邻人，询问过后得知，梅祭酒故妾的来历，与这个告状的民女很相似，应当就是同一人。"

　　梅祭酒调职国子监后搬过一次家，他的新邻居说不清楚他小妾的来历，但这世上凡走过必留下痕迹，朱谨深在感觉到梅祭酒和柳夫人的联系后，就私下遣人询问到了梅祭酒的旧居，往他的老邻居那里进一步打听，以更多地确定此事的细节，结果就打听出了这一桩。

　　故妾跟柳长辉之间的一条线也出来了，这其实是一出贼喊捉贼，被告的有问题，告状的一般是同党，串通着演了一出双簧，故妾当时应当是已经勾引上了梅祭酒，所以能如愿将柳长辉弄去云南。至此，柳长辉是余孽一党已是确凿无疑。

　　所以，朱谨深才当机立断地叫沐元瑜走。

　　皇帝揉着额角，他今天连着被两个儿子气，头疼病虽还未犯，但脑袋里隐隐地已有些不舒服。此时接受如此复杂的信息，他知道事关重大，但自己要凝神思索很费劲，觉得脑子不太够用。

　　好在朱谨深没停，他见皇帝不说话，就由着自己的一条思路继续下去，将目前所知的所有信息顺着分析了一遍。

　　皇帝努力想漠然着脸，但他一直本就不太放心的异姓王府里居然还混进了余孽的身影，这令他实在无法镇定，眼神专注地不断闪烁着。

　　他不想听这忤逆儿子说话的心思不觉先抛去了一边。

　　候到他说完，皇帝的肩膀方微微松弛下来，向后靠在宝座里，冷冷地道："那份档案呢？"

　　"在儿臣府中，可命人取来。"

　　皇帝扯着嘴角笑了笑："难为你还留着，没丢到火盆里烧了。"

　　朱谨深低着头道："儿臣分得清轻重，从未有过如此打算。"

　　"你居然还有脸跟朕说这种话。"皇帝气又上来了，极尽嘲讽地道，"朕从没想到，你有一天居然能长成个爱美人不爱江山的风流种子，朕从前还以为你没开窍，真是小瞧了你。"

　　朱谨深只是不语。

　　皇帝看他这样更来气，好像一拳打到棉花里——况且，难道他还真的默认了自己就是为女色所迷不成？！

　　他喝道："所以，你是要跟朕说，你明知沐元瑜身上担的事更大，你还是欺骗了你老子，在这关节上将她放走了？"

　　他连"你老子"这种民间俗语都说出来了，可见真是气得很了。

　　朱谨深维持着明晰的声音道："不全是。沐氏内部生乱，主事的沐王爷年事已高，受了打击卧病在床，于朝廷大局上来说，沐元瑜也是必须要回去的。"

　　皇帝冷笑："沐显道蠢笨如猪，枕边卧了一条美女蛇十来年之久才醒过神来，他到底是为人蒙骗，还是自己就跟余孽勾结在了一起，你就能肯定了？"

　　"他若与余孽勾结，沐元瑱就不会死得如此凑巧了。"

是的，柳夫人母子死在这个时候，是暴露也是证明。

皇帝不为所动，说道："你不需替沐元瑜狡辩，沐家再凋零，也不至于只能靠她一个西贝货支撑。沐显道这王位，原就得来不正，如今朕命他物归原主，既解了沐氏的危局，又合了道理。"

"皇爷是说沐家的二老爷？"朱谨深淡淡道，"皇爷认为沐王爷蠢，但年齿长于他，排行高于他却未争赢他的二老爷又算什么？沐王爷家中有两大隐患，一是柳夫人，二是沐元瑜，皇爷远隔万里，不知是情理之中，沐二老爷近在咫尺，若能探知其中任何一点，都足以立下功劳，夺回王位，但他毫无建树。如此无能之辈，皇爷放心将王位赐予，令他应付接下来的乱局吗？"

"更何况，当日刺杀沐元瑜的那个刺客，可是与二老爷的长子扯上了关系，皇爷认为沐王爷可能不清白，二老爷府上就一定没有问题吗？"

朱谨深说着话，控制着自己的眼神不要再往下望，他的血滴到了前襟上，把他的衣裳污了一片，令他十分不舒服。

皇帝的目光倒是在其上凝结了一瞬，才道："沐显意要争王位，寻不到机会对弟弟下手，所以转而谋取下一代。朕如今直接成全了他，他还能有什么问题？"

"皇爷不要忘了，沐元瑜遇刺的时候，沐元填还活着，只杀沐元瑜，沐二老爷并不能得到想要的利益。这份利益会落到谁手里，幕后凶手才最有可能是谁，请皇爷明鉴。"

皇帝怔了一下——朱谨深是一直在查此事，所以他的思维快而清晰，皇帝则是初初听闻，他又还有许多别的朝务劳心，想起来就难免有疏漏之处。

"你的意思，怀疑刺客吐露的不是实话？"

"儿臣原来没有觉得，但如今看，很有可能。"朱谨深笔直地站着，说道，"皇爷还记得那刺客的藏身之所在哪里吗？——国子监。"

好巧不巧，是梅祭酒的地盘。

梅祭酒家相当于一个重要的据点，余孽在京城中的活动范围绕来绕去，都没有绕出他去。如果这个刺客不是沐氏二房，而来自于余孽，或者更糟的是二者合一，不是没有道理。刺客如果露馅被查，亮明身份去向梅祭酒求助，梅祭酒有把柄被人捏着，不敢不帮他。而有梅祭酒的帮助，刺客等于多了一重保障，当然，最后这层保障没来得及用上，是另一回事了。

如果是这样，沐元瑜就更必须回云南去。

因为这意味着余孽比他们以为的更为猖狂。

"要稳定云南局势，现阶段，没有比沐元瑜更好的人选。她一身系沐刀两家血脉，如果皇爷心下气愤，执意要下旨更换滇宁王的爵位，儿臣不能阻拦。但请皇爷想一想，刀家可会心服？必定要闹起来，届时外患未平，内忧又起，云南，从此就乱了。"

皇帝冷脸："如此，倒全是你的理了，依你这么说，朕还得夸一夸你瞒得朕好才是了？"

"儿臣不敢。"

说了这干巴巴的四个字，朱谨深就又没话了，他颀长的身躯孤立在大殿之中，气息孤寂，然而无畏。

他没有求饶，求饶没有用，他与皇帝这样的身份，难道会因为底下人哭两声求两声就让步改变原有的意志吗？他已经说了所有他能说的，尽最大努力替沐元瑜争取她的生机，余下的，就只能看皇帝的决定再行进一步应变了。

"所以，你是打算将沐家那丫头送走，再将此事告诉朕？"皇帝缓缓道。

朱谨深默然点头。

"你认为那时候，朕就不会怀疑你吗？"

朱谨深又是干巴巴地回了一句："儿臣不敢。"

但皇帝对他也没有更多指望，点头道："好，你还知道，你不能仗着这一两分聪明就将朕当作傻子摆弄。那么，你是预备好代人受过了？"

朱谨深道："是。"

"你知道这一点，朕也知道，沐家那丫头，恐怕也不会不知道。"皇帝嘴唇轻启，问道，"但她还是跑了，留你在这里背着欺君的罪名，是也不是？这样的女子，值得你为她牺牲至此？"

这两个问题，一个比一个诛心，但皇帝心情复杂地发现，朱谨深连眼神都不曾变动一下。

"是我叫她走的，不然，她不会知道自己有危险。"朱谨深道，"我做的决定，本来就该我自己负责，与她没有什么关系。"

皇帝沉默了片刻，提起笔来，扯过一张明黄绫绢，"唰唰"写下一篇文字，叫朱谨深："你上来。"

朱谨深依言上了金阶，走到了龙案前。

皇帝将那张圣旨倒转过去，示意他看，问道："如此，你还是觉得自己负责，无怨无悔吗？"

朱谨深的瞳孔终于紧缩了一下——皇二子深欺君罔上，罪其甚之，今贬为庶民，发往凤阳府。

这不是正式的圣旨，一般圣旨并不由皇帝亲笔书写，而由内阁根据皇帝的意思拟定，皇帝写下的这一份，只是个粗浅的意思，但这意思，已足够明白了。

朱谨深轻轻吐出一口气来，说道："儿臣只有一事，请求皇爷。"

皇帝道："朕再与你说一遍，你现在去把沐元瑜抓回来，朕可以收回这道旨意。"

朱谨深只是道："儿臣欺瞒皇爷，遭此贬罚，并无怨言。只是请皇爷允准儿臣前往凤阳之前，先往云南，尽一份余力，协助沐元瑜查出余孽在暹罗及南疆的势力，将其一网打尽。儿臣既已为庶人，身在何方，不再是要紧之事了。"

皇帝的嘴角抽搐了一下，说道："好，好！"他好像也不知该说什么了，指了龙案上的玉玺道，"既然如此，你用印吧！"

这份圣旨虽然不是正式用词，但皇帝一言九鼎，一字千钧，盖上了玉玺，哪怕只是张胡乱涂写的废纸，那也与圣旨的效力等同了。

朱谨深没怎么犹豫，抬手就依令去拿玉玺。

鲜红的朱砂，如他额角凝结的鲜血，往明黄绫绢的一角上落去。

结果落了个空。

皇帝劈手夺过了绫绢。

"你跟朕说实话，"皇帝这一句陡然间心平气和，目光深沉，"你是当真无悔，还是认为朕只是吓唬你，不会真的如此做？"

朱谨深双手平稳地放回了玉玺，道："兼而有之。"他在皇帝不满的眼神中，总算补充了一句，"后者居多。"

"倘若弄假成真呢？"

朱谨深露出了一点笑意，那笑意浅，但并不淡，其中蕴含着不容错辨的野心与笃定："儿臣去往云南，取沐氏而代之，大约还不是桩难事。"

皇帝："……"

他道："你这种话跟沐家丫头说过吗？"

刚才还深情款款，转眼就要占人家的家业？虽然从他的角度实在是无法反对，但这个儿子到底是什么脑回路？！

朱谨深道："没有。不过沐王爷已经无后，他这一支想要延续下去，只有沐元瑜招婿，儿臣不会让她有第二个选择。"

皇帝一口气险些上不来，怒道："你要给她当上门女婿去？！"

朱谨深道："不过名分而已，她笨得很，总是听我的。"

不过名分而已？！

这逆子是不在乎，但他这个做老子的丢不起这个人！

"你给我出去，朕现在看见你全身都疼，"皇帝受不了地道，"你老实滚回你府里待着，等朕冷静下来，再处置你！"

朱谨深从善如流地顶着一头血走了。

沐元瑜将护卫与丫头们化整为零，日夜不停地四散奔逃。

她自己随身只带了刀三和鸣琴两个人，除了最好携带的银票细软外，能丢的全丢了，还生平第一次穿上了女装。

这个当口，皇帝就是龙颜大怒要抓她回去，也不敢将她的女子身份公布给下面每一个负责抓捕的人，她直接大大咧咧以本来性别现身，是置之死地而后生。

累极了在一个小树林停下休整的时候，她啃着干粮，鸣琴抓紧时间替她把在风中吹乱的发髻重新梳好。

冬日萧瑟，这片树林的叶子全掉光了，沐元瑜坐在一棵光秃秃的树下，一边啃着干粮，一边含糊地催道："别弄了，随它去吧，一会儿上了马，吹一阵又乱了。你还是快吃点东西垫垫肚子。"

鸣琴哄道："世子别急，我不饿，马上就好了。"

她巧手翻飞，硬是给沐元瑜梳了个垂挂髻，别上她自己用的最喜欢的两朵珠花，又退后一点端详了一下，才满意地点点头，走到旁边拿干粮去了。

沐元瑜无奈地由她摆弄完，这不是头一回了，打她做出换上女装的决定起，鸣琴就两眼放光，恨不得不顾逃命路上的紧迫，拉她去量身定做几十件华美霓裳，把她从头到脚打扮起来才好。

在她坚决拒绝后，鸣琴才遗憾地只是找个成衣铺子随便买了几身。

她倒也理解鸣琴的心情，明明服侍的是个姑娘，却从没在她身上有过正经的用武之地，这一下虽然时机不那么适合，但鸣琴也是控制不住地要打扮她。

不能理解的是刀三。

他不知道里头的那么多事，只知是沐元瑜惹怒了皇帝，所以才要乔装加紧跑路。

他坐在对面树下，见到鸣琴煞有介事地折腾，忍不住一眼接一眼地瞄过来。总算候到鸣琴折腾完，走到他旁边去拿馒头，他就咧嘴道："姐姐，你想什么呢？不会真把世子当成姑娘了吧？看你弄来弄去的，好像真是那么回事似的。"

鸣琴其实饿了，没有理他，从燃烧着的火堆上取下一个烤得热乎乎的馒头，埋头吃起来。

刀三把水囊递过去，又忍不住去瞄沐元瑜，道："别说哈，你这手艺还真不错，真把世子打扮得跟个女人似的，等我们回去了，王爷说不定都认不出来。"

沐元瑜摸摸头上的珠花，心里有点遗憾，朱谨深开玩笑地跟她提过一回女装，可惜都没叫他见过。

她想了想，问刀三："刀三哥，我穿成这样好看吗？"

问鸣琴是没用的，丫头们嘴都太甜，能把她夸成西施貂蝉再世，她自己投宿客栈时对着镜子照过，一则是那镜子模糊，二则她自己可能也当局者迷，看不出个什么来，心里一样没底，问不知情的刀三还靠谱点。

刀三牙疼似的皱着脸，道："好、好看。"

沐元瑜狐疑地望着他，这个表情，也太言不由衷了吧？

"刀三哥，你说实话。"

刀三无语地摸了把脸，去推鸣琴，道："你看，都是你瞎折腾的，真把世子弄成娘们儿了！"

一个爷们儿穿着花裙子插着珠花问他好不好看……好看是好看，可是吓人好吗！

他鸡皮疙瘩都快爆出来了。

沐元瑜看他那个纯爷们儿遇到伪娘的表情立马懂了，哈哈笑着摆手："好了，我知道了，路上无聊问着玩玩，不吓你了。"

她继续吃起干粮来，刀三则拿着馒头跑到林子边去喂马。

这林子密，马不好牵得太靠里头，就拴在边上，不过隔着也只有七八步远，极近。并且，从路上看一般也看不见。

过得一时，都休整好了，沐元瑜和鸣琴起身收拾东西准备重新上路。

他们烤馒头生起的小火堆，此时也烧得差不多了，刀三走回来，伸脚去把残火踩灭。

正忙着，林子外传来一阵马蹄声。

听其动静，人数还不算少，有七八个人。

这是一条比较偏僻的小道，时值隆冬年底，路上行人都少见，出现马队是很为稀罕的。

三人对视一眼，目中都泛起警惕之色。

马蹄声渐近，在林子外减缓停下了。

有人道："大哥，就在这里休息会儿吧？这破地方，走了这么久别说镇子了，连个乡里人家都看不见，想要口热汤都要不到。这林子里背风，找柴火生个火堆还容易些。"

没听见被称为"大哥"的人应声，但大约是默认了，旋即就听到一群人下马的动静。

沐元瑜微微松了口气，听这口气，不像是来自官方的追兵。

她至今尚不知道皇帝到底派没派出追兵，如果派了，又派的是哪些人马，只能过城时留神观察。目前为止，她还没见到哪个城里贴出了她的画像通缉，也没见哪个城门口设了关卡，她凭着高价买来的假路引还算畅通无阻。

但也不能掉以轻心，也许是他们跑得快，追兵就撵在后面，随时可能追上来。

"我们走。"

沐元瑜低声下令，三人一齐去解各自的马缰绳，拉着往外走。

外面来的一群人不知林子里已先有人在，见到沐元瑜等出来，有人惊讶地"咦"了一声。

"等一等。"

为首的一个大汉出声唤道。

沐元瑜拉着缰绳的手一紧。她的目光从这群人身上扫过，只见高矮胖瘦各有不同，但都是清一色的男子汉，年纪不很轻，总在四十上下了，面目上带着显而易见的风霜之色，看上去是时常在外面跑动，但又不像行商，身上有一股说不出来的跟普通人不一样的感觉。

她面上不动声色，蜷在袖子里的手握紧了匕首。

大汉倒没有留意她，他穿着厚厚的棉衣，一开口冲刀三哈出一口白气来，说道："这位兄弟，我问一声，这附近最近的城镇在哪里？离此大约有多远的路程？"

刀三挺憨厚地笑道："你们这是要往哪儿去？我也是过路的，不是很清楚这地界，不过你说个具体点的地方，也许我来时曾路过，能告诉你。"

大汉道："哪里都不要紧，就是我们这路上奔波久了，想找个城进去歇歇脚，休息两天。兄弟，你来的最近的一个城怎么走？要走多久？"

刀三就指给了他："你们往东，看见那条岔路没，拐进去直走，逢第一个路口右转，再走——我看你们的马都不错，依这个脚力，再走大约一个时辰，就差不多到了。"

大汉拱拱手："多谢。"然后领着身后一群人让开了。

沐元瑜等各自翻身上马，快速策马离去。

马蹄声"嗒嗒"响起在小道上，三人的身影很快越变越小地远去，大汉身后的一人伸脖子望了望，道："那两个丫头片子骑术怪好的，中原地区倒是少见。"

大汉道："行了，去找点柴火。生个火大家吃点东西，赶紧进城去。"

那人应着："成，还是早点进城好。这种鬼天气，我们还在外面奔波，可是对得起主子了。"

另一个大汉笑道："主子也没对不起你啊，这么多年，缺过你银钱没有？虽说常年在外面东奔西跑，不着个家，可这日子可比家里那些兄弟散漫痛快多了。"

先说话的人又道："那是你，你天生就是匹没笼头的马，在外面跑到八十岁才高兴呢。我可没这么大劲头。老子这把年纪了，想回去安定下来，老婆孩子热炕头才是美呢。唉，我上回见我家的小子还是三年前，这么久不见，恐怕又不认得我这个爹了。"

"你怕啥，主子还能亏待了我大侄子不成？我们虽然回去得少，可哪回回去，家里不是妥妥当当的？大侄子再过个几年，就能选去当亲兵了，前程都早铺好了，一点儿不要你这当爹的烦神。你还抱怨呢。"

"我哪是抱怨，随口说两句而已。"那人也笑了，"你羡慕？羡慕你也赶紧娶个媳妇生个娃啊！"

他说着话，又拿胳膊戳旁边一个胖子道："你也是，都抓紧着！"

胖子一直没有说话，他鼓着个大肚子，看上去倒是挺像个富商，被一胳膊捣过来，他仍没说话，只是有点费劲地往怀里去取什么东西。

一会儿之后，他抓出一个被层层包裹的纸卷来。

纸卷展开，露出来一张画像。

沐元瑜若是还在此处，看见了定要出一身冷汗——这画卷上的人赫然跟她像了个五六成，以此时的飘逸画法而言，有这五六成就不容易了。

更重要的是，这画卷上是个少女。

胖子抓着画卷，问身边两个一直没停嘴的人："你们看，刚才那个戴兜帽的丫头，是不是有几分像？"

两个大汉一齐看过来。

片刻后，其中一个失声叫道："大哥！"

在不远处拴马的大汉走过来，皱眉道："你们这些年可是越来越懒散了，捡个柴火磨蹭半天不去。"

"大哥，你看！"

三个人激动地争着把事说了，胖子得到了别人的肯定，拿着画卷的手都开始抖，说道："我以为我这辈子都得在外面找我们王爷的遗珠呢，没想到还能有找着的一天。"

为首的大汉沉声道："走，快追！"

一帮人手忙脚乱地把才拴好的马又解下来，紧张地互相埋怨着。

"你早不说！人都跑远了！"

"早我没想起来啊！你们不也都没发现？"

"怪不得胖子，嘿，都习惯了满天下乱跑，谁想着还真能有找着的一天呢。"

"别吵了，快走！"

大汉们匆匆上马，往沐元瑜等先前离去的方向追去。

沐元瑜离开的速度已足够快。

但他们身后这群人是专业寻人的，十来年都在外面奔走，虽是漫无目的，但多少历练了出来，如今既然认准了"目标"，更是将能力发挥到极致，死死地咬着追了上来。

他们人多目标也不小，沐元瑜很快发现了，看其来势汹汹，明显不可能是单纯的顺路，而她现在身边只有两个人，打起来吃亏是肯定的。

他们只能选择逃。

"姑娘，我们没恶意。"

隐隐的喊声从后面传来。

傻子才信呢。

刀三勒马道："世子，你们先走，我留下挡他们一挡！"

他抽了刀，转头向着来路奔回去。

凄厉的马嘶声，兵器相交的铿锵声，很快在后面响成了一片。

沐元瑜咬牙，眼珠通红地往前奔逃。

刀三独力难支，搏命争取到的时间不长，不多久，身后又响起了整齐的马蹄声。

鸣琴勒马喊道："世子——"

小道难行，沐元瑜的兜帽被路边斜伸出的枝条勾落，疾速行进中的烈风毫无遮挡地吹在头脸上，刀割一般疼。

她脑袋被吹得发木，然而血性同时被激出来了，跟着勒了马，喝道："跟他们拼了！"

剩她一个又能逃出多远，大不了被抓回去，皇帝总不能审都不审，上来就要她的命！

她骑的马身侧藏有弓箭，伪装成了普通行李，她策马回身的同时，已将铁弓抓到了手里，双腿紧夹住马腹，双手都松了缰绳，搭箭上弦，对准了奔驰而来的追兵。

箭离弦，带出尖锐的风声。

为首的大汉奔在最前面，他能作为这一支队伍的领头人，武艺等各方面的能力自然都是顶尖的，但他没料到他想象里的千金"遗珠"居然能在马上开一手好弓，一滞之后才想起躲。这一瞬息间的耽搁，他没全然躲得过去，锐箭射入他的右臂，溅出血花。

沐元瑜毫不停歇，趁着对方还没有冲过来，第二支箭跟着上了弦。

"喂，喂，别打，自家人，自家人！"

那为首中了一箭的大汉全无还手的意思，却是冲她喊出了这么一句莫名其妙的话。

沐元瑜收不住手，第二支箭仍是射了出去。但她听这话音不对，皇帝的追兵又是在占优势的情况下，他们上来合围就是了，实在用不着这么乱叫。

她起手的瞬间，铁弓就往下压了压，第二支箭射在了大汉的马蹄前面，钉入土地里，惊得那马扬蹄一声长嘶。

大汉本已受了伤，控不住马，险些被掀翻下去，还是他旁边的另一个大汉手忙脚乱地探身过来帮忙才勒住了。

"真不愧是王爷的种，流落在外面也这么辣。"大汉咋着舌回到了自己马上。

此时两方相距不过百步，这一句沐元瑜是听得真真的，她就甚是莫名其妙。

为首的大汉捂着手臂，有点吃痛地蹙着眉："姑娘，真的是误会，我等绝无恶意。来寻姑娘，实有一件天大的事情，这道上不便说话，寻个地方，我将事情原本告诉给姑娘，姑娘就明白了。"

旁边人忙着帮腔："姑娘放心，保准是好事！你的同伴我们只是打昏了，在后面地上躺着呢，没伤着他，可以证明我们不是坏人了吧？"

沐元瑜手没从弓上撤下，问道："你们说的什么王爷？"又是什么流落？

听上去怎么这么狗血呢？这一句话所包含的信息量也太大了，好像能展开一整个话本子。

并且，还是编成戏能引爆戏园子的那种。

另外，好像还有点莫名的熟悉感……

大汉张了张嘴，大概是组织了一下语言，但又觉得这事三言两语很难说清，忽然地给别人找个爹，还是个王爷——一听就觉得是骗子啊！

他就坚持道："还是寻个地方，坐下细说才好。这地方由姑娘定，您说去哪儿就去哪儿，我等没有二话。"

沐元瑜冰冷的手握着同样冰冷的弓，她有一点反应过来了，正经王爷的女儿，那都是妥帖被娇养在深深庭院中的，偶尔出个门，也是前呼后拥，奴仆无数，说丢已经稀罕，再说"流落"到外面，以至于这些乱七八糟的人来找她，跟她嚷嚷什么"自家人"，从常理来说是不可能的。

而从非常理来说，倒是还有那么两种可能。

一种，是骗子；一种，就是大水冲了龙王庙了。

这一出离奇又狗血的话本，好巧不巧地她父王编写过那么一版。

主角由她倾情出演。

沐元瑜脸都要抽搐了，有没有这么巧的事，十来年过去，撒在外面做障眼法的这群人找来找去，居然还真把她"找"着了？！

并且，这正好在她换回女装的时候。

真是人生如戏。

还不如对方是骗子的可信度更高呢。

…………

一群人重新回到了小树林。

一则要往回去救刀三，二则这前不着村后不着店的，想找个凑合说话的地方也只有这里了。

大汉们没有对刀三下重手，但他从马上被打摔下来，身上终究还是有些伤处，他后颈被砍了一记，人还晕着，大汉们帮忙把他拖回了小树林，鸣琴拿着随身带的治跌打损伤的药去给他上。

沐元瑜在另一边和大汉说话。

先由胖子掏出那张画卷来给她，沐元瑜一看就明白了，没想错，就是这么巧。

这画是滇宁王的手笔，她能仿滇宁王的字，自然也认得出他的画。画上人就是照着她的模子来的，在当年滇宁王给她准备的退路里，她和这画上的"妹妹"是双胞，长得像些也是无可厚非。

胖子殷勤地道："您看这画上的人，眼熟不眼熟？"

沐元瑜假装茫然地点了点头。

"此事说来话长……"

为首的大汉虽然激动，倒还谨慎，他由着手下拔了箭，做了一下简单的包扎处理，很客气地把沐元瑜的来历问了一遍。

物有相同人有相似，如果人家爹娘健在邻舍俱全对自己的生身父母没有任何疑问，他们就是白忙一场了。

沐元瑜考虑片刻后，胡乱编了一个孤儿跑江湖卖艺的故事。

她决定不对这群人亮出身份，她即使已打算就做世子，不再使用这条退路，但留着，总不多余，万一哪天还能派上用场呢。

听说她来历不明，大汉们更兴奋了。

来历不明好啊，来历不明他们完成任务才有望，所以高兴啊。

"您去过云南吗？"

为首大汉的询问开始进入正题，沐元瑜则进入发挥演技阶段，好在这些人常年在外，对她一无所知，她就随着他们的讲述装出种种惊诧的表情来，他们也看不出有哪里不对。

至于他说的这个故事，沐元瑜都不知道听滇宁王妃唠叨过多少遍了，滇宁王妃很希望她能被正大光明地娇养，在她稍微懂事一点之后，就告诉给她听了。

她也意思意思地表示了不相信："你们说什么呢，不可能吧，我打小就是个野丫头。"

大汉很郑重地道："是真的，我们打从那年出事丢了您，我们就被派出来了，那年我才二十五岁。"

胖子唏嘘着插了句话："那年我还没这个大肚子呢。自从长出来，再也瘦不回去了。"

他旁边的大汉翻了个白眼："天南海北的，你走到哪儿吃到哪儿，专拣着人家最出名的招牌菜吃，能瘦下来才是有鬼呢。"

胖子噎了一下，道："那是顺便，顺便，我又没耽误正事！"

沐元瑜听着，继续跟大汉们发挥演技，核心就是"我不信我不信，但天上掉馅饼，好像又可以试着信一信"。

刀三在那边悠悠醒过来了，糊里糊涂听了几句，瞪圆了眼，要出声。

鸣琴眼疾手快地把他嘴巴捂上了，低声告诫他："不许说话。我们姑娘说什么就是什么。"

她连称呼都改了。

刀三武力是够用的——先前寡不敌众是没法，动脑是比较少的，他一般也不大用想事，管着世子的安全就行了，谁欺负世子就揍谁，世子叫揍谁他就出手，这差事他一向觉得挺好做。

但是现在……刀三嘴被捂着，眼是直的。

他动脑少，不表示他没脑子。不然，他不会是私兵的首领。

他觉得他可能错过了许多事。

大汉继续努力劝说着："您说我们扯这个谎有什么意思？到底是不是确有其事，您跟我们去王府走一趟就知道了。退一万步，若是我们弄错了，您跟我们家的小姐长得那么像，王爷和王妃见到了您也要触景生情，怎么也不会亏待了您，手指缝里漏一漏，就够您下半辈子吃喝不愁的了，以后哪里还用辛苦地在江湖上讨生活呢。"

话说到这个份上，作为一个无依无靠只能在江湖上飘零的卖艺少女，沐元瑜好像是没有不答应的道理了。

她想了一下，道："你们走开一点，我要跟我的同伴们商量一下再决定。"

这是应当之理，大汉们就都退远了，不过很有心机地退到了马匹那里——看着马，就不怕人万一跑了。

沐元瑜走到那边树下去。

刀三满怀希望地望着她，等着她开口。

他觉得可能是自己想错了。

沐元瑜不是不能再糊弄他，但她很难解释，为什么遇见了滇宁王府的自家人，她不亮明身份，而要冒充自己的"妹妹"。再者，她的秘密已经在最不能暴露的人那里暴露了，现在就告诉刀三也没那么要紧了。

她示意鸣琴，说："等刀三哥好一点，你挑个时间跟他说清楚吧。"

大汉们在那边等着，现在肯定是不好说的，他们可比不上刀三知根知底。

鸣琴点点头。

沐元瑜又道："我的意思是就跟他们一道走了，还有个掩护。你们看呢？"

她必须要跟自己的护卫们分开，是因为护卫都是夷人，相貌上难免跟中原人有点差别，一两个不显眼，那么百十号人聚在一起目标就太大了，很容易被人一锅端。

这些找她的人无妨，滇宁王挑的汉人，又在外面跑这么多年了，行止间虽还有一点军旅之气，但不懂行的人是看不出的，跟普通百姓差不多，跟他们混在一处，既有了保护，又可障眼。

再者，这些人在外面没完没了地找她也不容易，有个机会将这个局收了，大家一起回家去也不错。

刀三听出了点什么，眼睛已是又直了，鸣琴则从来对她的话没有意见，当下就算定了。

听说沐元瑜同意去云南看看，大汉们欢天喜地地将她拥在中间，拉马来请她上去。

沐元瑜赶着要逃命，大汉们着急要把她带回云南交差，合并了的两组人马一拍即合，飞快一路南去。

十二月二十三日，云南府迟来的初雪中，飞骑顺利入城。

第三章
千里喜信

遥遥望见城门上方"云南"两个大字，诸人心中不约而同松了口气。

刀三和鸣琴没有跟来，按照途中商议好的，他们在前一个城里就停下了脚步，鸣琴装了病，刀三留下照顾她。

寻人小队只要牢牢守好沐元瑜，对他们这两个同伴并不留意。为首的大汉多想了一下，但他想成了是沐元瑜仍怕他们是骗子，所以留下两个同伴在外面接应，他只要能把沐元瑜交差，对她的"小心思"是全然不管的，所以只由着她安排。

在这个小城临出发的前一刻里，刀三捏着鼻子去买了全套胭脂水粉来，鸣琴撑着"病"体把沐元瑜正正经经打扮了一下。

等到她再一次露面的时候，刀三呆住了，捏鼻子的手也放下了。

他舌尖抵着牙关，"啧啧"了两声，碍着大汉们在，不好说话，心里感叹——妈呀，这还真是个姑娘！

鸣琴先前背地里跟他说了，他都还觉得没法相信呢。

大汉们倒是没什么特别反应，眼看要见到失散多年的王爷爹了，姑娘心里肯定忐忑着，打扮好看一点，给王爷爹留个好印象多正常。

他们重新上路。

这支寻人小队是秘密派出的，每隔几年轮换着回来向滇宁王禀报成果，顺带着看一看家里人，进入滇宁王府时都不走正门，而是从后花园处的一个角门入。

沐元瑜作为世子，还从来没有从这个角门出入过，绕过高耸绵长的王府院墙，挺新鲜地等在门口。

等候的间隙里，她想起来又摸出口脂，摸索着补了一点。她会装扮，主要是为了更好地区隔开男装时候的她，起码把进门这一段顺利混过去，至于之后，只要能进去，那就全然是她的地盘，有的是人替她描补，她什么也不需要担心。

寻人小队回来的通报者首先到了滇宁王跟前。准确地说，是病榻前。

老来丧子，丧的还是唯一的独子，他怎么可能不病。

沐元瑜在皇帝跟前渲染他重病，其实没怎么说错，滇宁王连活下去的意志都快没有了。

汲汲营营一辈子，转眼仍是一场空，这打击太大也太讽刺。

但听到他才出生就失踪的"女儿"归来的消息，饶是他再奄奄一息，也霍然睁开了眼睛，不可思议地道："什么？"

"就是这么说的，人已经等在门口了。"

滇宁王心头一股烦躁就涌了上来，他躺在床上，今年云南是个暖冬，将过年了，才落下头一场雪，但他身体太差，在房里放了两个火盆一个熏笼，仍觉得心头一股寒意驱之不去，手脚更是瘫软无力。

这时候凭空里又多出一桩事来，他自己埋的线，又不能不见，只能道："叫进来吧。"

心下实是不耐烦，他到如今这个境地，便再不想承认，也隐隐知道自己就是无子的命了，这偌大家业，只能交给被他错养了的小女儿，那么当年备下的那条路就多余了。

这带回来的不知是什么人，找错了是无疑，趁着这回，不如索性把这条线上的人收回来好了。

他正这么心烦意乱地想着，滇宁王妃先走过来了。

"怎么说的，我听说找人的回来了？"

滇宁王这边的消息，滇宁王妃原本没有这么灵通，但滇宁王病倒在床，府里没有第二个人能替他，他跟滇宁王妃走到如今，感情再是消磨殆尽，总归还是利益共同体，所以滇宁王妃想知道什么，自然也就容易多了。

滇宁王闭着眼，"嗯"了一声。

他不想看见滇宁王妃，不是烦她，是看见她就觉得一个大大的"蠢"

字烙在自己脸上，病都病得焦心。

滇宁王妃倒是怡然得多，在屋里随意坐下了，说道："我也看看，能长得跟我瑜儿像的姑娘，也是缘分。就是找错了，也不能亏待了她。"

不多时，有缘分的姑娘到了。

滇宁王妃："……"

沐元瑜再是化了全套妆容，做娘的也没有认不出自己孩儿的，她愕然之极地一下站了起来，险些带翻了座椅，喊道："瑜儿？！"

她张着手失态地就要上来拉住沐元瑜。

沐元瑜没想到滇宁王妃恰好在，她跟滇宁王不用提前通气，滇宁王有定力配合着把这场戏圆过去，滇宁王妃母女情切，又不是能做戏的人，就没那么简单了。

沐元瑜又不忍躲她，只得装失措地让她拉住了，同时忙着找寻到滇宁王的身影，向他使眼色。

呃？她惊讶地睁大了眼睛。

打从上次一别，她跟滇宁王也不过两年多一点未见，然而看滇宁王此刻的形容，好像隔了十年一般。

他一下子生生老下去了十年，面容上满是掩不住的深深皱纹，蜡黄的脸色很难再看出昔日那儒雅的风度，拥着被躺在那里，就如同一个寻常的行将就木的老人。

其实他今年还没有五十岁。

沐元瑜呆住了。

她知道柳夫人母子没了以后，心里未尝没有想过滇宁王搬石头砸自己的脚，好好一个家，叫他弄成这么一个四分五裂复杂无比的局面，他为此受再大的打击，都是活该。

但真的见到滇宁王这个模样，她心头还是忍不住酸了一下。

她想脱口而出问他"图什么"，但话未出口，头脑已冷静下来，觉得没有意思。

问什么呢，她早就知道，滇宁王就是想要个儿子，儿子就是他的命根子，没了，他的三魂七魄也差不多被带走了一半。

她神色变幻的这一瞬间，滇宁王也把她认出来了，一个陌生姑娘是不可能朝他露出这样的表情的。

他立时会意过来，镇定地向滇宁王妃道："松手，你见她生得像瑜儿，就这么冲上去，人家认得你是谁，别把人吓着了。"

滇宁王妃经他这一提醒，也就反应过来了，改口道："真是太像了，我真以为是我的瑜儿……"

沐元瑜从天而降，她又惊又喜，再拿帕子抹一抹眼，这份表现跟见到失散多年的女儿无异，也就带过去了。

滇宁王按捺着心情，让下人扶着他半坐起来，又拿来大迎枕靠着，问了站在门槛外的为首的大汉几句话，做了番差不多的场面，显得很是老怀大慰地夸了那大汉几句后，就叫他先回家去休息。

至于沐元瑜，当然是留下来，是当即认下也好，还是要再问些事确认一下，总绕不脱她这个当事人。

大汉很理解地退出去了。

他一走，滇宁王旋即跟着把屋里伺候的下人也都撵了出去。

而后他迫不及待地问沐元瑜："我没叫你回来，你怎么还是回来了？还是这副样子，京里出了什么事？"

滇宁王妃不理会他这一串问题，把要跪下行礼的沐元瑜拉起来，连个头也不叫她给滇宁王磕，就拥着她眉开眼笑道："瑜儿，你这么穿戴起来真是美，我看以后就这样好了。就是你这衣裳料子还是差了点，娘这就叫人来，给你重新裁制，你爱什么颜色花样——算了，各样都做起来，先做个二十身再说，试过了才知道哪样最好看！"

滇宁王焦虑地道："你别打岔，我在说正事！"

他虽然病倒了，政治上的敏锐仍在，见到沐元瑜这个样子回来，就知道中间必定出了许多不寻常之事，跟京城也脱不了关系。

滇宁王妃不以为然："瑜儿回来了就行，便有一些事也不要紧，缓一缓又如何？"

她不错眼地打量着沐元瑜，很快又觉得她头上的珠花太寒酸了，抬手就拔了，从自己发髻上换了支镶着硕大明珠的给她。

沐元瑜眨巴着眼让她摆弄着，但眼看滇宁王妃没有收手的意思，不得不也笑着拦了一下："母妃，让我先和父王说两句话吧。"

她开了口，滇宁王妃就听了，意犹未尽地道："好吧。"

沐元瑜走到床前，先问候了一下滇宁王的身体，然后就道："父王，府里怎么了？似乎少了好些人？"

照理说今日是小年，王府上下应该特别热闹，人来人往地准备着过年的事情才是，谁知她从小门过来，一路竟没见着几个人，虽说是省了不少她被人好奇瞩目的工夫，但这份冷清出现在这个时候，实在是不寻常。

一听这个问题，滇宁王沉着脸，不大想说。

滇宁王妃爽快地代为答道："出了柳氏的事，府里清查过一轮，不是十分靠得住的人，都不许留在府里，放去别处当差了。"

原来如此。

沐元瑜点点头，她倒是有想到过这一点，只是没想到清查的力度这么大，据她粗略观察，可能少了一半人。

滇宁王妃再看了她一眼，招手叫她过去，而后小声在她耳边道："你父王写给你的信里不全是真的，柳氏和珍哥儿没死，跑了。"

沐元瑜这下大吃一惊："什么？可是信里说……"

"怕信半途出岔子，所以才跟你那么说。"滇宁王妃解释道，"不过，也不算假话，现在在官面上，柳氏母子就是死了。他们出现在任何地方，王府都不可能承认他们的身份。具体的情况，你可问你父王。你这一路回来，肯定辛苦，我叫厨房去准备些你爱吃的饭食，把你的屋子收拾一下。等一等，你这样，今晚倒是就在我那里住好了，不要去恒星院了，就跟娘一起睡！"

滇宁王妃说着，摸一把她的脸，兴冲冲地安排去了。

她这一走，屋里的气氛顿时也就沉寂下来。

沐元瑜再转脸，只见滇宁王的状态跟滇宁王妃实在是差远了，他半靠在床头，整个人就是一个大写的"丧"字。

从滇宁王有气无力的讲述中，沐元瑜知道了柳夫人逃走的详细过程。

其实跟她推想的差不多，只是在关键节点上有所不同：柳夫人不是被滇宁王查出了跟余孽的牵连，而是先一步察觉出了自己快要被查到，于是金蝉脱壳，提前遁走了。

　　这说来是滇宁王的大意，原本的柳夫人便如金丝雀一般，牢牢圈在王府这个巨大的金笼之中。从她生育了沐元瑱之后，虽说沐元瑱是养在滇宁王妃院中，但柳夫人作为生母，身份自然也是不同，滇宁王有子万事足，便不再如从前般管制着她，柳夫人的行动自由许多，在滇宁王的放任下，也多少有了一些自己的势力。

　　问题就出在了这里，因为这同时意味着，柳夫人有了和外界的余孽联系的机会。

　　滇宁王对余孽的清查有条不紊地进行着，范围一步步缩小，还成功拔除了两个余孽的据点。这对余孽来说，尚是可以承受的损失，但不妙的是，照着这个进度下去，因为其中一个据点的人跟柳夫人的父亲柳长辉有过来往，很有可能将查到柳长辉身上去。

　　柳长辉要被查出来，柳夫人绝不可能不受牵连，余孽图谋十数年、下在南疆最重要的一枚棋子将折损进去。

　　柳夫人得到了这个消息，以父亲重病为由，带了沐元瑱前去，就此一去无踪。

　　滇宁王初初接到柳夫人母子失踪的消息时，因柳长辉确实重病，还没有想到是跟余孽的事有关，只以为是被人掳走，忙命人追寻查探。结果这头没查出个所以然来，那头查余孽的人马回了信，柳长辉暴露了。

　　这对滇宁王来说真是晴天霹雳。

　　他再想要儿子，也不会到了这个地步还自我欺骗。

　　他详细清查过来历，确定没有问题的柳夫人，偏偏就是有问题。

　　他与贼生子，差点将沐氏几代基业拱手送之。

　　这个打击来得太突然也太大了，滇宁王就此病倒。

　　沐元瑜全程默然无语，她不知道能说什么。滇宁王从开了头以后，倒是一直都没停过，愤恨又抑郁地把始末全倒了出来。

　　他并不想这样，但这种事，抱怨与滇宁王妃，只会得到她的畅快嘲笑，而再说与别人，叫柳夫人捅了这么狠的一刀，他哪里还敢再对那些姜室有分毫信任。

　　他一腔郁恨憋到现在，算是终于找到了个出口。所以说了这么一大通之后，滇宁王的精神反而比沐元瑜见他第一眼时好了点，还伸手要茶：

"瑜儿，给我倒杯水来。"

沐元瑜去桌子那边倒了一杯递与他，问道："父王，那柳长辉呢？他重病在身，总是不便逃走吧？"

滇宁王一气将茶水喝完，冷哼了一声："死了！倒是便宜了他，还没来得及问话，他就一口气上不来，自己死了。"

"你在京里到底是出什么事了？"他又想起来问。

沐元瑜道："我的事，正因父王这边的事而来，所以我方才先问父王。"

她徐徐把自己暴露逃出京城的经过说了，她一路紧张焦虑，但现在回到了云南，在自家的地盘上，人身安全是再不必担忧，她的心绪便整个松弛下来，跟滇宁王的情绪比，两桩严重程度差不多的事，从她口中说出的这一桩要舒缓许多。

只是滇宁王听得险些要晕过去，问道："京里也查出来了？柳氏那贱人的来历，都叫掀开了？！"

沐元瑜点头："是。"

若不是这样，这事跟她一点关系都没有，她根本不用回来，也不至于紧迫之下跟李百草之间出了岔子，导致自己女儿身的秘密被皇帝得知。

由此引发的这一串连锁反应，只能说是时也命也。

"朱家那个病秧子，怎的恁般多事，多少年前的旧档也能翻出来！"滇宁王郁怒地拍打了一下床铺。

沐元瑜不大高兴了，说道："父王，他现在好了，不是病秧子了。况且不是他帮我，我现在不知是什么下场，父王骂别人也罢了，骂他做什么。"

她又禁不住叹了口气，道："现在我成功走脱了，他不知要怎么挨皇上罚呢。"

滇宁王听她这个话音，狐疑起来："他为什么帮你？"

"我们处得好啊，父王原先不是知道？"

"你不要避重就轻，我还没有老糊涂到这个份上。"滇宁王眯了眯眼，道，"你许诺了他什么好处？你说出来无妨，我不是不知回报的人，他放你一条生路，不论为了什么，沐家总是承他的情的。"

"没有，父王以为我一个假世子，可以许诺什么打动皇子殿下，以抵消他惹怒皇上的坏处？"

沐元瑜不是有意隐瞒，不过她以为"以身相许"那一出是不能算的，她的出发点与其说是报恩，不如说是为了给自己留一个分离的念想，从这个角度，那一夜到底谁给了谁好处，其实说不太清。

这一问问倒了滇宁王，的确，朱谨深想拉拢他这一支势力，同时将重重得罪皇帝，付出跟回报根本不成正比，完全没必要这么做。

"不要说那些了，反正我已经回来，父王有什么事，吩咐我去做就是。早日将余孽连根拔起，在皇上那里有个过得去的交代，这一次危机，才有消弭的可能。"

沐元瑜这个话是直奔重点而去了，她面上没有提过，心下其实一直着急朱谨深现在在京中的结果。

从比较乐观的角度想，如果她最终免不了都是露馅，那露在现在，比露在将来要好，不单是因为卡在余孽显形南疆离不了沐氏镇场这个关口，同时对皇帝来说，他被儿子欺瞒两三个月，跟被欺瞒两三年乃至更久的感受是截然不同的，前者他会震怒，但怒过之后，也许还能慢慢冷静；后者的话，寻常父母尚且不能接受被欺瞒上那么久，何况一个皇帝。

皇帝会因此直接失去对朱谨深的所有信任。

而如今，事情还没有到最坏，她加把劲，将功折罪把在南疆搞事的余孽扑灭，既是为了滇宁王府，也是帮朱谨深一把。

这样也可证明他冒险放走她，起码不是做了个赔本买卖。

滇宁王沉默片刻，说不出什么反对的意见来，这一团乱麻里，当务之急确实是抓捕余孽。

他就道："搜捕余孽的队伍一直没有停下来，还有追查柳氏那贱人的，以及褚怀波的——"

"等一等，"沐元瑜十分惊讶，有点无礼地打断了滇宁王的话，"父王，此事与褚先生有什么关系？"

褚怀波就是教导她书文的先生，很会教导人，她当年上京时，一度还想把他弄去给沐元茂来着。

滇宁王又沉默了一下——他实在觉得没面子，当着女儿的面都有点说不出口。过一会儿，他才道："他也失踪了，跟柳氏是前后脚，我看这两个人是脱不了干系！"

说着，他苍老的面孔有点愤怒地扭曲起来。

莫怪他想不通，要说来历，柳夫人和褚先生都是他里里外外查过的，该再可靠不过。结果他身边的柳夫人靠不住，放在女儿身边的教书先生也不是个好东西，他以为密不透风的滇宁王府，硬生生叫人钻了空子，能不生气吗！

沐元瑜："……"

她都不大想得通，褚先生也是余孽的人？

她跟柳夫人的接触不多，无非晨昏定省时要去清婉院，有时捎带着见一见，但跟褚先生从前是每日都要相处的。褚先生的学问一点也不打折扣，比皇子学堂里那些讲官都不差，这样的人，居然也是余孽培养出来的钉子？

"父王，您这样说，有什么证据吗？"

"还要什么证据？"滇宁王的疑心病此时正是最顶峰，看好人都能看出两个黑点，何况是褚先生这种无故失踪的，他愤愤道，"他这个时候没了影子，就是最好的证据！"

"瑜儿，你先去歇一歇，我这里有一些各路人马查探的资料，你拿去暂且看着，过几日看好了，正好也把身份换回来，只说你本人也回来了。别听你母妃胡闹，这时候岂是你做女儿的时候。"

在正事上，沐元瑜的意见跟滇宁王还是一致的，点头道："是。但'妹妹'被找回来的消息瞒不住府里的人，倘若我刚回来就不见了，孟夫人等难免要问起来，父王以为我当如何说好呢？"

滇宁王冷冷道："没有什么孟夫人，都已送到庄子上了。我如今没有精力去一个个查她们，待余孽事了，若她们没有嫌疑，再接回来吧。那庄子上样样俱全，也委屈不了她们。"

沐元瑜一愣之后也就懂了，滇宁王这是因柳夫人而怀疑上身边所有的女人了，连生育过的孟夫人等都不例外。从他的立场讲，这么做不算错，也符合他的为人。

而对她来说，也是省了不少事，她是不需要给任何人交代了，就点头应道："是。"

　　她要出去，滇宁王叫住了她，格外多说了一句："父王如今这个模样，你也见到了，这许多事情，多要依靠你了。你接手那些人马后，别的还在其次，最要紧的是查柳氏贱人跟……跟她带走的孩子，查到了……"

　　他倚在床头，用力闭了下眼，下一句话却终究还是没有说出来。

　　沐元瑜很有耐心地等着。

　　窗外细雪无声，室内温暖如春，滇宁王的脸色挣扎出了一层薄薄的潮红，终于道："格杀，勿论。"

　　沐元瑜微微扬了眉。

　　滇宁王睁开了眼，但没有看她，只是望着前方，眼神其实没有焦距，自语道："沐氏的大好基业，倘若留不住，宁归于朝廷，也不能送与余孽。我这么做，总算不是全然对不住泉下祖先了……"

　　他的声音飘忽着，好像是说给沐元瑜听，又好像是在说服自己。

　　沐元瑜脸色严肃，躬身道："是。孩儿明白。"

　　沐元瑜没怎么歇息，隔日一早就开始抱着滇宁王处取来的资料看起来。

　　滇宁王病倒，后院女人一扫而空，滇宁王妃的日子是前所未有地舒心起来。见到沐元瑜一刻不闲，她很是心疼："瑜儿，何必这样着急，我看这些贼子翻不起多大浪来，你多歇两日，不怕什么。这都是你父王惹出来的乱子，等过一阵子他病好了，叫他自己收拾去。"

　　沐元瑜笑道："拖下去会更加麻烦。我看那边布局如此深远，恐怕所图不小。"

　　外面的事滇宁王妃是不大懂的，她只把持着王府内的一块，闻此只能道："好吧，你自己当心着身子，不要太操劳了。"

　　她甚是遗憾地转身去了，暂时打消了叫绣娘来做上无数华服的念头，只是让厨房每日都变着花样做些好菜给沐元瑜好好补一补身子。沐元瑜的下巴尖起来是年长之后的自然发育，但在她做母亲的眼睛看来，那一定是在外面受了委屈亏了嘴了。

　　五日后，补得精神焕发的沐元瑜低调地去外面绕了一圈，恢复了男装重新回来。

　　府里才进行过一轮大清洗，还能留下来的个个噤若寒蝉，不该问的事绝不多嘴。滇宁王妃随便寻了个借口，只说女儿流落在外面吃了大苦头，身体孱弱，送去了寺庙求佛祖保佑，先静养一阵子。谁都没敢多问，沐元瑜顺利回归。

这一日也就到了腊月二十八了，少掉一半人口的府里本来冷冷清清的，滇宁王病着，沐元瑜在外，滇宁王妃都懒得安排过年的事宜。但沐元瑜这一回来，就大不一样了，滇宁王妃赶紧叫人忙碌起来，各处张灯结彩，系红绸贴春帖，一样样紧锣密鼓地张罗着。

只有一样，还是取消了，那就是祭祖。

沐氏祖先祠堂坐落在王府里，每年都是沐氏族人举家上门祭拜祖先兼给滇宁王拜年，今年滇宁王后院里起了这么大一把火，直接把他烧得起不来了，他没有心情再应付族人，就发了话，令各家在自己家中遥祭便是。

一般人都听了，只有一个例外，沐元德。

滇宁王和锦衣卫派来查他的人都是暗查，他还不知道自己被盯上了，听说滇宁王病到连祭祖都不能主持，就来探病了。

事情到了这个地步，沐元德身上的嫌疑一分为三成了三个可能：一个，是他全然无辜，刺客供出他来，只是搅浑水，意图进一步分裂沐家两房；另一个，他就是幕后指使者，刺客没有说谎；再有其三，是最坏的可能，他跟余孽勾结到了一起，共同导演了对沐元瑜的刺杀。

滇宁王不愿见客，只能沐元瑜出来见这位大堂兄，她略有些头疼，并十分想念朱谨深。

从前不觉得需要依靠谁，她自己处理事情也没觉得有什么障碍。然而朱谨深的脑袋太好用了，她跟他在一处惯了，遇到问题，她还在想，他已然推演出来，她渐渐习惯了这种相处模式，现在回到全部靠自己的境地里，她很有点失落。

古话说得不错，由俭入奢易，由奢入俭难啊。

不知道他在京里怎么样了，皇帝罚他重不重，她接手了滇宁王的那一摊子，手里可用的人多了，第一时间就派出了人往京里去打听，只是还没有回信，不知道年后能不能知道，希望皇帝意思意思，只轻微罚一点点就好了。

"元瑜堂弟？"

沐元瑜陡然回过神来，面上不显，从容笑道："大堂兄见谅，父王卧病不起，大堂兄提起来，我心里十分焦急，就走了点神。"

沐元德表示理解地点了点头，他今年已三十二岁，跟沐元瑜说是以兄弟相称，坐在一处看起来实在像是两辈人。

他俩要说话，也没多少可说的。两家关系从前极坏，沐元德随了沐二老爷，除了祭祖从不和这边来往，和沐元瑜很不熟悉，三两句问候过后，气氛就有一点冷凝下来了。

沐元瑜打起了精神——她不是成心走神，不知怎么回事，可能是自打回家来后放松下来，一直不大能集中起注意力来。

"多谢大堂兄特意走一趟，二伯父和二伯母都还好吗？我要侍奉父王母妃，帮忙处理一些家事，不便去探望，还劳大堂兄替我解释一二。"

沐元德道："无妨的，小堂弟没了，三叔父心中悒郁难解，家父母都知道。"

"三堂哥在京里一切都好，也请二伯父和二伯母放心。"

沐元瑜犹豫过要不要把沐元茂一道带回来，终究还是放弃，他不跟她走，还能置身事外，一跟了她走，本来不关他的事也说不清了。沐元茂自身也是功勋之后，没证据的情况下，皇帝还不至于把他抓去怎么样。

沐元德应道："这就好，太太确实十分挂念他。"

沐元瑜感觉是没什么可说的了，但沐元德不提出告辞，她想看看他意欲何为，就沉住气继续作陪。

又扯过几句闲话，沐元德将话题转回了最初，他说道："三叔父病势沉重到这步田地，实在令人忧心。云南这片地界，万万缺不得三叔父坐镇，年前休假时，我们各卫指挥使聚会闲谈，还曾说起此事，纷纷言道，若能拜见三叔父一次就安心了。"

沐元瑜心念一动——滇宁王从一开始就说了不见客，他又提起来，还把各卫指挥使都拉出来说，是非要见到她父王不可？

两家关系若好，他做子侄的真切关心叔父还过得去，偏偏又不好，这样还坚持，未免有些没有道理。

她起身道："这样吧，大堂兄既如此说，我代大堂兄去问一问父王，看他可能勉力支撑，见一见大堂兄，好叫亲戚们放心。"

沐元德忙道："那有劳堂弟了。"

沐元瑜点一点头，出门往滇宁王养病的院落去。

滇宁王一听就不大耐烦，说道："又没个正事，非要见我做什么？你就跟他说，我病重难支，谁也不见！"

沐元瑜应了："好。"

滇宁王倒又有点犹豫，把她叫回来，问道："你看他形容如何？"

"看不出什么，他也没说什么切实的话，只是慰问父王病情而已。"

滇宁王就冷哼一声："这当口，无事献殷勤来了，我好稀罕他，只怕他巴不得我死呢！"

沐元瑜略有些无奈，道："父王正是养病时候，又是大年下，何必将死活挂在嘴边，多不吉利。"

这个父王没了儿子没了指望，同时也没了那股老谋深算的世故了，把一摊子事交给她后，整个人更有点自暴自弃地放飞起来，想说什么说什么，她还不大习惯这个模样的滇宁王。

滇宁王道："吉不吉利，我都这样了，不知称了多少人的意，说不说又有什么要紧。"

"凡觉得称意的，总是父王的敌人，父王难道愿意仇者快，亲者痛不成？"

滇宁王听到这个话，沉默了一会儿，脸色缓和了些，道："我还是不见他。他这么非要见我，不知打的什么主意，且不叫他得逞，等一阵，看能不能等出些什么来。"

沐元瑜正好也是这个意思，不过她才回来，还没熟悉好现有的局势，所以要问一问滇宁王好确定一下。她便道："是，我出去回绝他，只说父王心情不好，不愿见客。"

她说着出去了，滇宁王望着她的背影，心里说不出是什么滋味，好半晌后，幽幽地独自叹了口气。

他从前遗憾这不是个儿子，然而如今又禁不住想，这幸亏不是个儿子。

女儿家，总是心软些，跟他闹起来能闹得那个模样，到他自吞苦果了，她还是乖顺下来了，就算态度还是有些淡然吧，总还能安慰他两句，让他心里舒服一点。这要是个儿子，此刻恐怕巴不得他一口气病死了，好给他腾位置了……

千万里之外的京城。

京里这个年过得十分热闹。

无他，大皇子妃诊出了喜脉，算来朱谨治成亲也两年有余了，如今终于有了好消息，上上下下都十分高兴。

最高兴的自然是皇帝，他原有点怕朱谨治的智弱遗传给下一代，为此一直悬心。但朱谨治成亲这么久，迟迟没信，他就又担心上了别的，哪怕万一出来的皇孙真有点不妥，那也比没有好不是？总不能为着这点可能的担心，就要儿子香火灭绝。

所以终于听到喜讯后，他高兴之余，也给了实际的奖赏，宣布为朱谨治封王，封号为豫。

与他同时封王的还有三皇子朱谨渊，贤妃只是试探着去求了求，不想皇帝就答应了，给了封号景。

沈皇后见此原有些沉不住气，也要去求，但想等一等看朱谨深的封号是什么，便按捺了两天。谁知等来等去，竟没有信，后宫里也有一些庆贺的事要操办，皇帝竟只吩咐她操办豫王和景王两家的，提也没提朱谨深。

沈皇后娘家封爵的事被朱谨深搅和了，心头的恨意更深一层，只是不敢再去轻易招惹他，现在见了这样，那是一百个称心如意，连朱瑾洵的封王都不去求了，只怕提醒起皇帝来，顺带着封了朱谨深，就便宜了他。

她私下和孙姑姑笑道："横竖洵儿还小，再等几年也等得，二郎就不一样了，他哥哥弟弟都封了王，剩他一个光头皇子，丢这个脸也丢死了，只怕门都不好意思出！"

孙姑姑赔笑道："年前二殿下和三殿下都出了岔子，二殿下尤其凄惨，不知做了什么，头都叫皇爷砸破了。皇爷是宽宏之君，奴婢在宫里这些年，不曾见到皇爷对皇子们发这样大的怒火，如今封王也没有二殿下的，可见是真的对他动了大怒了。娘娘当时的决定真是明智，按兵不动，现在自然地就占了上风了。"

沈皇后也为自己的隐忍自得,笑着道:"再看一看,不到封王大典那一天,不能掉以轻心。"

封王的消息皇帝是已经放给臣子们了,只是典仪上所要做的准备繁多,没有这么快,定到了年后的春日里。

这一天说快也快,不知不觉就来了。

正式诏书已下,果然没有朱谨深。

春日飞花里,皇城鼓乐悠扬,新出炉的豫王和景王换上了新的冕服,祭太庙,行王礼。

光头皇子朱谨深一整日都没有出门。

林安缩在门外窗下,悄悄抹着眼泪。

太可怜了,他家殿下什么都没得到,都是亲生的,皇帝怎么就这么偏心眼。就算他家殿下做错了点事,也不能在这么重要的大事上把他家殿下落下,以后他家殿下还怎么出门见人?

呜呜。

他不甘心地哭了一会儿,偷偷直起身子,往窗子里张望两眼。

朱谨深坐在炕边,腰板笔直,低着头,手里拿着一张纸在看。

林安忍不住捂着嘴剧烈地抽噎了两下——殿下从早上起就是这个姿势,现在还是这样!

中午的饭端上去他都没吃,只说没空!

没胃口就没胃口,还要硬挺着说没空,呜呜,就那一张破纸,不知打哪儿寄来的,至于看上这么久?

殿下一定是伤心郁闷得不行了,又要面子,说不出来,只好对着那纸发呆。

唉,要是世子爷在就好了,还能帮着排解排解,偏偏人家爹病重,又走了。

他泪眼模糊里感觉朱谨深好像是动了动,忙抹了把眼睛,定睛一看,发现朱谨深果然动了,他站起来,往外面走。

林安忙站起来,拖着发麻的腿跑进去问道:"殿下,殿下要什么?您吩咐奴才就是。"

"没事，我不出去，只是去书房。"朱谨深说着，奇怪地看他一眼，问道，"你怎么回事，怎么哭成这样？"

林安坚强地撇着嘴道："没，我没事！"

他不能再给殿下添堵了，殿下心情已经够差了。

朱谨深道："哦，那随便你。你挨了欺负自己不说，可别说我不帮你出头。"

林安："……"

不对啊！这个语调会不会太轻松了点？

他忙跟在朱谨深后面走，却见他进了另一边的书房，到书架上拨弄了一圈，找出一本《尔雅》和一本《说文》来，摊开到书案上，聚精会神地看起来。

林安愣在门口。

他怎么也无法说服自己朱谨深是在难过，他非但不难过，脸上简直在发光好吗？！那两本书跟里面有什么绝世宝藏一样，他每翻一页都十分郑重其事。

"殿、殿下，您饿不饿？我叫厨房做点东西送来？"他试探着问。

朱谨深这回痛快地答应了："好。弄点小点心来就行，我这儿忙着呢，别弄那些麻烦的。"

忙什么呀——这两本书只是说文解字类的，学童级别的，那封面上的字他都认得。

林安糊涂着，但见朱谨深愿意吃东西了，他还是忙道："好，好，我这就去。"

第四章
珠胎偶结

沐元瑜很费解。

过了个挺清净的年后她发现，她容易走神的毛病不但没好，还添了桩新的，容易累。

这实在奇也怪哉，照常理说，她回了家，在她母妃无微不至的母爱光环普照下，就算本来有点微恙，也该被关爱没了才对，结果非但不然，还反过来了。

要是寻常时候，还体现得没那么明显，但她从回来起就没闲着，每日耗费大量的脑力在协助滇宁王进一步揪出余孽在南疆的可疑据点，代滇宁王见他的下属，还要分神柳夫人那边，通过现有的资料分析出她可能的出逃路线，安排调整人选秘密追捕。这种高密度的耗神之下，她的精力流逝得特别快，直接影响到了她的工作效率。

效率不高，只好多花些时间，她在专门辟出的书房里待得就越来越晚，晚到滇宁王妃终于看不下去的地步。

"瑜儿，你再不听话，娘要生气了。"夜晚，滇宁王妃听说她书房的灯仍亮着，板着脸过来找她。

沐元瑜眨巴着眼，又揉了揉，她实在也是困了，有点迟缓地道："这么晚了，母妃还没有休息？我这份看完就睡了。"

滇宁王妃看她困得那样，更是又心疼又生气，不容辩驳地道："不行，你现在就去睡。不然，我就把这些东西全扔回给你父王去。"

沐元瑜脾气还是好的，就讨好地笑道："好啦，母妃不要生气，我听母妃的。"

她慢吞吞站起来，椅子在地上划出"吱呀"一声响，她往外走去。

出了书房门，许嬷嬷拿着灯笼在一旁照路，滇宁王妃还念叨她："理你父王那么多干啥呢，他喜欢儿子，就叫他的宝贝儿子做去，累你做什么，回来大半个月了，就没哪天闲着，年都过得不消停……对了。"

滇宁王妃想起什么，压低了声音道："瑜儿，你小日子快来了吧？女儿家这时候是最累不得的，你这两年都在京里，也不知道鸣琴她们有没有好好服侍你，这上面是要格外留心的，若不用心保养，可要吃苦头了。"

半轮明月挂在天际，在青石板道上倾泻下冷白的淡淡银辉。

沐元瑜石像般僵在了原地。

滇宁王妃以为她被念叨得不耐烦了，摸一摸她的头："好了，不说了，娘也是为你好。唉，总是我的过错，才害得你这般。"

她又道："我那里备了红枣银耳汤，你先去喝一碗，再回去睡。"

沐元瑜仍是不动。

滇宁王妃讶然道："还真跟我赌上气了？"

许嬷嬷从旁打圆场笑道："世子一向最能体谅人的，哪里会呢。"

终究她也不懂沐元瑜为何停住，就抬着胳膊，把灯笼举高了些去看沐元瑜的脸色。

灯笼透过红纸映出晕红的光，照在沐元瑜清秀而略带疲倦的脸庞上。

…………

沐元瑜呆愣了，脑子里其实没停，她在慌乱地算着日子。

她的小日子一向很准，总在每月的十二日左右，前后不会超过一天。腊月十二她在赶路，正月十二她回了王府，这两个月份小日子统统没来，一个月还可能是太累了有误差，可两个月……

她手指抽动着，想去捂肚子，不知为何抬不起来，只能失措地低头看了看，却也不知自己在看什么，纯粹是一种下意识的反应。

不会吧……

她脑子里都是蒙的，弹幕般闪现过无数字句，最终扭曲组合成了重复的三个大字：不会吧？！

"瑜儿，你怎么了？"滇宁王妃意识到了不对。

沐元瑜张了张嘴，鼓足勇气道："母妃，我可能，有点事，要告诉您。"

滇宁王妃见她有反应就松了口气，笑道："说吧。这么吞吞吐吐的，跟我还有什么不好说的？"

真的有……

沐元瑜抬手捂着脸道："这里不好说，我跟母妃去荣正堂吧。"

"也好。"

滇宁王妃应了，跟她走回了荣正堂，这么并肩走着，她发现女儿的身高已快赶上她了，心内还欣慰了一下。但她又觉遗憾，终究沐元瑜抽条最快的这段时日，她没有在自己身边。

进到温暖明亮的屋里，在沐元瑜的要求下，滇宁王妃把所有下人都遣出去了，只留下了许嬷嬷。

许嬷嬷是从小看着她长大的老人，沐元瑜对她没有羞怯之情，让她知道无妨，再者，她自己还不能十分确定，也需要许嬷嬷这样的老妇人给她些意见。

闲杂人等都走光了，沐元瑜缩到椅子上，捂着眼睛道："母妃，我的……过了，没来。"

滇宁王妃愣着，她终究是做母亲的，沐元瑜省略了关键字眼，她仍是瞬间会意，一下站起来，失声道："什么？！"

许嬷嬷的脸也白了，声音颤巍巍地道："世子，这是怎么说？"

"谁——"她的声音一下拔高，又怕吓着她般努力抑制下来，颤声道，"谁欺负了您？"

滇宁王妃的脸色雪一样白，顷刻间变得红得要滴下血来，她呼呼喘着粗气，气息里都是要噬人般的狂怒。

沐元瑜听这动静不对，忙放下手，道："母妃，嬷嬷，别误会，不是你们想的那样。没有谁欺负我，我出门带着那么些人呢，谁也欺负不了我。"

滇宁王妃一下气急了，说不出话来。许嬷嬷帮着问道："那是怎么回事？世子小日子出了错，要请大夫调理吗？"

"应该不是……"沐元瑜本来甚是扭捏，说话都不敢看人，不是捂脸就是捂眼，但眼看滇宁王妃生了误会，气成这样，她也顾不得了，坦白道，"是我欺负了别人，就……就这样了，我现在也不能确定。"

许嬷嬷很不解地道："世子怎么欺负别人？"

一个姑娘家，还能对男人霸王硬上弓不成？她们家世子就算是当男儿养大的，也不能霸道到这个地步吧？！

沐元瑜嗫嚅着说不出话来。

她总不能招出那一晚的细节来吧？她再比寻常姑娘胆大无畏也没到这个份上。

滇宁王妃倒是终于缓过点神来，盯着沐元瑜，劈头就问道："是二殿下？"

沐元瑜愕然又敬畏地点头——怎么猜出来的啊？她什么都没来得及说呢。

"母妃，您是怎么知道的？"她小声地问。

滇宁王妃余怒未消，铁青着脸说道："你那年回家来，提到他就不对劲！"

当时她还觉得自己是不是想多了，也怕沐元瑜本来没这心思，她一点破提点了她倒是不好，孩子一个人在外面，没大人管着，总是容易吃了人哄骗。

结果……到底是！

沐元瑜回想了一下，她是跟滇宁王妃提过朱谨深来着，不过当时她的心态可纯洁了，就道："那时候没有呀，我就是随口说了两句。"

许嬷嬷不知道说什么好了，她心底还是觉得女儿家的贞洁极重要的，她家小世子这么糊里糊涂就跟人好了，她难过得不得了，但要她苛责沐元瑜，她也不忍心。

沐元瑜跟一般的姑娘家就是不一样，她打小那么样长起来，要同时以深闺千金的标准来要求她，本来就是矛盾的。

滇宁王妃压着气问她："那是什么时候有的？"

"就……不知不觉吧。"沐元瑜埋头抠着手指头，不好意思地道，"我也说不清楚，反正我跟他在一起很开心，他一直对我都好，慢慢就……"

"对你好有什么用，你父王当年对我还好呢！"滇宁王妃气道，"他是不是长得也很好？"

沐元瑜小心翼翼地点头。

"都是我的错！"滇宁王妃痛心疾首地来了这么一句。

沐元瑜有点迷惑地看她，滇宁王妃接着道："当年你父王就是这副倒霉样子，我就是看他生得好，才受了他的迷惑，吃了这大半辈子的亏。"

还有一句她没说，但沐元瑜猜出来了——怎么这看脸的毛病偏偏传了给她！

这就是爱女如命的滇宁王妃的逻辑了：有错要么是朱谨深的，要么是她自己的，至于沐元瑜，不管她干出了什么来，都不怪她。

沐元瑜又好笑又感动，从椅子里站起来去挨着她道："母妃，不是这么说。喜欢谁这种事哪里控制得了呢，生得好的也不全是坏人呀，人品跟长相没有关系的。再说，我也不能特地去找个丑的才喜欢吧——那我可能喜欢不下去。"

是的，滇宁王妃有一点还是说对了的，她确实是颜控。

她这么柔声细语的，总算把滇宁王妃安抚了一些下来，只是她仍很不悦："你什么都不懂，总是他仗着大你点，就勾引了你。"

"真没有。他知道我是姑娘，骗了他，可生气了，都不肯理我了，是我一直跟在后面哄，才把他哄回来的。"沐元瑜絮絮叨叨地说起来。

"他放我走的时候，也是我主动的，他不要，拗不过我，才那样的。"

沐元瑜原是难为情，但眼见滇宁王妃对朱谨深生出了很大误解，只好把一些关键节点上的事招了。

滇宁王妃听得脸色十分奇特，听完了好一会儿，方道："这个二殿下身体好像不好？"

"是从前，他现在好了。"

滇宁王妃没怎么在意，继续道："我听说，他们中原有一种风俗，身体不好的小娃娃，会假充做姑娘养大，以逃脱阎王爷的勾魂，他是不是这么个情况？"

许嬷嬷在旁边认同地点头，不然难以理解他们怎么会是这样，她们世子是错了性别养的，这个二殿下要是也错了，就对了。

沐元瑜："……"

不好，她把自己说得主动过头了，导致朱谨深的人设出了差错。

她眨了下眼，在心里琢磨着怎么往回描补一下，还没想出个所以然来，先忍不住打了个哈欠。

滇宁王妃见了，想到她现在的身体状况，立刻又心疼了，说道："好了好了，你先睡去，明日再说吧。"

事情已经这样了，女儿总归不是受了谁的强迫，没留下什么心理创伤，那就也罢了。她不过是在外面荒唐了一下，有了而已，大不了悄悄生下来，王府又不是养不起！

沐元瑜也是真累，就打着哈欠，顺从地被拉着去了西厢房。

可能从京里带个小油瓶来是沐元瑜完全计划外的事，她躺到床上后，未免辗转反侧了一下——只有一下，很快就睡过去了。

这易倦易走神的身子现在不大听她的控制，她也是无法。

香甜一觉醒来，许嬷嬷听见动静，进来服侍她穿衣，滇宁王妃很快也跟着进来了。

滇宁王妃努力说服自己想开些，到底不能真的这么快释然，进来就压着她问："瑜儿，你是哪一日跟他成的事？那之后小日子就停了吗？"

沐元瑜捂着脸老实点头，又回忆着把准确的日子说了。

滇宁王妃不忍训她，听了又憋不住，点点她的额头："你糊涂成什么样了，两个月没来，都没觉得不对，我要不提，你还在梦里呢。"

"路上着急赶路，没有想起来。"沐元瑜可怜兮兮地撒娇，"丫头们大多跟我分散了，也没人提醒我。"

滇宁王妃想到她受柳夫人牵连露了馅儿——虽然这牵连绕了点，亡命奔回来，怀了身子自己还不知道，这一路不知吃了多大苦头，心顿时就软了，道："好了，事已至此，你不要多想害怕了，你只告诉我，这个孩子你预备拿他怎么办？或留或打，总是由着你吧。"

沐元瑜听到那个"打"字心头就一紧，她还没找大夫把过脉，并不确定是不是一定有了，要说现下就对腹中可能多出的那个肉团生出多少母爱，那还不至于，但要说打掉，她下意识立刻就想排除掉这个选项。

吃事后汤药预防，跟真有了打掉，可是截然不同的两件事。

滇宁王妃看她的表情也看出了答案，说道："我知道了。我叫人从外面请了个大夫来，你先不要起来，就躲在床里面，叫大夫看一看。若坐实了，我就和你父王说去。"

沐元瑜忙拉住她道："母妃，说什么呀？"

滇宁王妃安抚地拍了拍她的手，说道："只是通个气，这事总要告诉一声。放心，不会让他训着你，就凭他自己做的那些蠢事，有什么脸说你！"

她说着就出去了，沐元瑜窘着脸缩回床铺里。

许嬷嬷帮着把帐子重新放下来，密密实实地遮好，只叫她探出一截手腕。

很快大夫进来了，这个大夫从前没有来往过王府，但也是滇宁王妃打听好了有妙手回春的美誉的。他按住沐元瑜的手腕凝神了一会儿，请她换手，两只手都把过后，就起身弯腰道："恭喜王妃娘娘，这位小夫人确是喜脉，已将两个月了。"

他不知道沐元瑜的身份，不知该怎么称呼，不过依理推论，有孕的总是成了亲了，所以便含糊说了个"小夫人"。

滇宁王妃自然不会和他解释，忙问道："她身子骨如何？先期不留神，没有保养，可有妨碍吗？"

大夫笑道："无妨。这位小夫人脉滑如珠，而充盈有力，本身底子是女子里少有的健壮，往后月份大了，注意些就好了。"

滇宁王妃放了心，笑道："如此就好。有什么安胎保养的好方子，请先生就便开一个。"

许嬷嬷引着大夫出去，开方送诊金同时请他封口等，滇宁王府是整个云南府最大的势力，说是压在头顶上的天也不为过，这大夫小小庶民，吃了豹子胆也不敢传沐家的闲话。况且根本不知道看的是什么人，他想传也无从传起，当下拿了厚厚的诊金，连声应着走了。

沐元瑜翻身起来，摸着小腹发呆。

真的有了？

确定了下来，她还是觉得不可思议。

屋里没有外人，她忍不住掀开小衣往里看了看自己的肚子，白白的，横看竖看跟从前都没什么不一样。

滇宁王妃转头见她这动作稚气十足，心下又怜又爱——还是个孩子呢，忽然就要做娘了，总是那病秧子二殿下不好，他就不懂得克制一点！

"别掀着了，仔细风吹了着凉。"滇宁王妃走过去，一边替她把衣服拉下来理好，一边告诉她，"时候还早，再过两三个月才会显怀，有的人慢，还会再晚一点。"

沐元瑜道："哦。"

"你在这里待着，我见你父王去。"

对于要把这情况告诉滇宁王这一点，沐元瑜很纠结，可又不能不说。她瞒得再天衣无缝，她的身体骗不了人，这也是昨晚她发觉不对第一时间就跟滇宁王妃招了的原因。

但要再去跟滇宁王招，她还是觉得，那个，挺尴尬的。

所以滇宁王妃要代为出头，她就顺水推舟地应了。

前院里。

滇宁王刚用过了药。

他卧病在床，原该移回去荣正堂由滇宁王妃照顾，但滇宁王妃既不怎么想搭理他，他也受不了成日看滇宁王妃那似笑非笑的嘲讽脸，加上沐元瑜没回来前，他公务撒不开手，还要一直见外面的属下，在后院里不方便，种种缘故叠加下，他就还是在前院书房旁辟了一间屋子养病。

宝贝儿子得而复失对他的打击非常大，他养来养去身体不见什么起色，换了不少大夫，大夫们或明示或暗示，最终的着眼点总在要他"放开心怀"，又说"心病只能心药医"之类，来来去去，滇宁王也知道了，就是得他自己看开，不然仙丹灌下去也没用。

可是他看不开。

大夫们每说一次，倒是又往他的痛处戳一次。

他的病势就这么从年前拖延缠绵到了年后，总算王府不缺人参灵芝等珍奇妙药，他的病好不起来，但也没有变得更坏。

听到滇宁王妃进来的动静，他抬起眼皮看了看，又耷拉了下来，没兴趣多话。

夫妻到这一步，总是话不投机，相看两相厌，全凭着儿女及利益在维系了。

滇宁王妃进去也不啰唆，把下人都撵走，干脆利落地道："瑜儿有了，要养胎，不能再劳动了。你那一摊子事，自己接回来做吧。"

滇宁王："……"

有一句诗形容他现在的状态是挺合适的——垂死病中惊坐起。

屋里窗子关着，帘子拉着，全无早晨的清新感，他在这连生气都快要没有的混沌昏暗里几乎是弹坐了起来，问道："养、养什么？什么胎？嘶！"

他把舌头咬了。

滇宁王妃毫无同情心，道："就是这样了，你不许去骂瑜儿，也不要多问她，她女孩子家，脸皮薄，禁不住你拷问。"

滇宁王脑袋嗡嗡地响，像才挨了一记重锤，眼睛都要冒出金星来，怒极伸指指着滇宁王妃道："你！都是你惯的，到这个地步你还惯她！问都不许我问，是哪个小兔崽子玷辱了她，总要告诉我一声吧？！老子不活剥了他的皮不姓沐！"

他这么恼怒，还算是有个当爹的样儿，滇宁王妃就轻哼了一声道："是皇帝家的，你剥去吧。"

滇宁王瞬间反应过来，并且准确地说出了这个"小兔崽子"的名字："朱谨深？"

滇宁王妃道："是。"

滇宁王发起了呆。

嫌疑人不算难确定，他出了这么大事，没敢把沐元瑜叫回来帮忙，不就碍着她的秘密被朱谨深知道了吗？问题是确定了以后要怎么办？

"他强迫了瑜儿？"好一会儿后，他闷闷地问。

"听瑜儿那话音，倒是没有。"滇宁王妃心情也不好，一般郁闷地道，"我看她还挺愿意的，孩子也要留下来。"

"留就留吧，打掉极伤身的，瑜儿还这么小。"滇宁王妃又自我安慰着道，"生下来，叫我一声祖母，叫你祖父，总是瑜儿的孩子。"

滇宁王激怒的情绪缓和了一些，撑不住，自己摸索着倒回了枕上，望着帐子顶又发起呆来。

　　滇宁王妃见他这副模样，不大满意了："你打什么主意？这孩子不论来历怎样，也有一半是你们沐家的血脉，你有什么好挑剔的！要不是你那块心肝肉闹的，我瑜儿还好好在京里待着呢，也出不了这个事！"

　　滇宁王不耐烦地拍了一下床边，道："不要吵，瑜儿忽然这样，你总得让我想一想吧？！"

　　滇宁王妃方不声不响了，过一时道："你慢慢想吧，反正不许去找瑜儿的麻烦。她现在双身子，正该安静保养。"

　　她就转身要出去，滇宁王叫住她："把瑜儿叫来，我问她两句话。"

　　滇宁王妃怕他气头上要撒气，拒绝道："我都跟你说清楚了，还有什么好问的？左不过是这么件事罢了，瑜儿从此肯定不能再上京去了，这孩子我们帮着养了就是，没个人争抢，只当是我们家的，我看也很好。"

　　"你妇道人家，懂得什么？"滇宁王脱口而出这一句，但见滇宁王妃神色不善，改了口，"我不骂她，她要生也由她，但怎么生，总得商量一下吧？总不能王世子忽然大了肚子，再有，她手里的事交回给我，也需跟我有个交代。"

　　滇宁王妃听了这个话，方道："好吧。我去叫她来，不过我就在外面守着，你要骂她，我可不管你有多少事要交代，我们就走。你自己烦神去吧。"

　　她说着昂头走了。

　　滇宁王顾不得理会她，只是在琢磨自己的心事。

　　这件事全然出乎他意料之外，他听到的头一刻，真是由心涌上来一句话——儿女都是债啊。

　　白胖的儿子叫人抱走了，他要亲口下格杀令，心头还是刀割一样痛，结果从来稳重有能耐的女儿又给自己捅了个大娄子，他竟是没有个平静消停的时候。

　　但这几乎将他击溃的情绪没持续太久，很快，在他猜出"小兔崽子"的身份之后，就转换成了另一种躁动。

　　如果沐元瑜怀的是个儿子——

　　退，他的王位后继有人；

　　进，万里之外那至高无上的位置也不是不可以想一想。

他是绝不愿意将王位让给沐二老爷那一房，原都已被迫做好了归于朝廷的打算，然而忽然间，眼前云雾散去，以为是绝路的悬崖峭壁间新生出两条路来，花香阵阵，鸟鸣啾啾，向他展示着人生新的可能。

滇宁王望着乌沉沉的帐子顶，他的眼神，是越来越亮起来。

沐元瑜即将迎接她人生中最尴尬的时刻，跟她的便宜爹就她未婚先孕一事展开既不亲切也不友好的会谈。

滇宁王妃见她脸色红白不定，从旁安慰道："瑜儿别怕，我就在旁边陪着你。"

沐元瑜分神"嗯"了一声，她倒不是怕，只是这份尴尬之情无法消减。

到了前院书房，滇宁王妃在外间止步停下，是监督也是把守，毕竟接下去里间的对答肯定是要绝对保密的。沐元瑜独自走进去，硬着头皮行了礼："父王。"

滇宁王这回是正经坐起来了，他半靠在床头，点点头："你现在不同于往常，不要站着了，坐吧。"

沐元瑜心里一跳，这是怎么个情况？

这气氛也太平和了吧？

她母妃那样宠她，知道后还戳了她的额头呢。

她有点局促地找了张椅子，挨着椅子边坐了，因为心虚背脊下意识挺得直直的。

滇宁王干咳了一声，道："这个，你的胆子未免太大了。"

沐元瑜忙站起来道："是。"

滇宁王训是训她，然而口气一点也不重，她生不出逆反心理，老实认了错。

滇宁王抬了下手，说道："知错了，就坐下吧。"

沐元瑜："……"

她心里很摸不着底地坐下了。

空气中弥漫着淡淡的迷之尴尬。

"找大夫看了没有？大夫怎么说？"滇宁王飞快进行到了下一个话题，他先前还没来得及问滇宁王妃这些细节。

"看过了，就……还不错。"沐元瑜低声答。

滇宁王点头："嗯。"停了片刻问她，"你跟那个二殿下关系究竟如何？你如今这样，是一时糊涂还是怎么的？"

"我不是一时糊涂，"沐元瑜抬头偷偷看了他一眼，怕刺激着他，下一句声音就放得更轻而飞快，"我现在也不后悔。"

滇宁王倒是没有什么别的反应，不知是没听清还是真的就无所谓，只道："你有身孕的事，二殿下知道吗？"

沐元瑜有点无语："肯定不知道啊。"

滇宁王也反应过来自己问了个愚蠢的问题，又干咳一声，带了过去，继续问她："以你对他的了解，他知道了之后会有何反应？"

"会开心吧。"沐元瑜不大好意思地道。

爹跟娘还是不一样，她要是跟滇宁王妃谈论这些话题，就不会觉得有什么障碍。但滇宁王不知怎么回事，非盯着她问，她也不好不答。

滇宁王却跟她再次确认道："你确定吗？"

他还要追着问……

沐元瑜受不了了，索性直言道："确定。我临行前要找大夫开药，他没让。"

滇宁王没以打破砂锅的架势再问"开的什么药"，沉思着另外起头道："他在京里，好像是不怎么讨皇上的喜欢？"

这个话沐元瑜不大爱听，道："没传闻里的那么坏，我觉得比我在父王跟前要好些。"

滇宁王这下被噎了个结实，瞪眼要反驳，回想过往，自己也说不出口对沐元瑜如何宠溺，只得道："父王也是有不得已之处……都是过去的事了，你还跟我记仇不成！"

沐元瑜捏着手指不语，过了一会儿道："二殿下那里也是过去的事了，他放走了我，如今皇爷怎么看他，也是不好说了。"

"坏不到哪里去。"滇宁王却是笃定地道，"皇上这当口拆穿了你有什么好处？你看京里至今风平浪静，没有你妄为欺君的消息流传开就知道了，皇上应当是以大局为重，掩下了此事。"

"皇爷暂时忍下了我，跟忍二殿下不是一回事吧？"他倒是很有可能碍于大局，这口气不能出在她身上，而一股脑全发到了朱谨深身上。

"原来大概是如此的，不过现下，情况又不一样了。"滇宁王很有深意地望向小女儿，"父过，以子平。"

沐元瑜一下抬起了头，她在正事上跟滇宁王还是有默契在，立时抓到了他的思路，问道："父王的意思是……将我有孕的事告知皇爷？"

"不用这么急，毕竟未知男女。但是二殿下那里，倒是可以去信一说了。"滇宁王指挥她，"你现在直接给二殿下写信不妥，他必定受着监控，你可有别的能接触到他可以将信转交给他的人选？若没有，我来想想办法。三丫头和四丫头嫁在京里，或者委托她们也可。"

沐元瑜瞠目，这是什么爹呀！居然已经在想着如何利用她有孕一事谋取利益了，怪不得他这么平静，都不生气！

她心中残余的一点因为要跟父亲谈论此事的难堪也没了，滇宁王完全不是寻常父母的脑回路，她实在也用不着有什么羞涩。

"找三姐姐和四姐姐不妥，她们没有和二殿下搭线的门道，况且都知道是我们家的姑奶奶，忽然跟殿下来往上了，有心人能看得出不对。"沐元瑜思索着道，"我和殿下的伴读还算相熟，可以先寄给他，他常要见到殿下，转交一下谁也不会知道。"

滇宁王想了下道："经了外人之手，用词就要谨慎了。"

"这不难。"以朱谨深的聪明，略点一下他就知道了，完全不用明说。

沐元瑜只是犹豫着，真要这么快就告诉他？她知道也不过是昨晚的事，今早才下了留下的决定，至于下一步要如何走，她还没有想呢，不想滇宁王倒是已经飞快地想到她前头去了。

她就道："时候这样早，不用太着急吧？不如缓一缓，我再想一阵子。"

滇宁王哼道："你不着急，只怕人家着急。他那个年纪，老大不小了，说一声成亲随时可能就成了，到时候你再找着他算后账去？就不成亲，也保不住别的女人。可没有这样便宜的事，告诉他，给他紧紧弦，叫他知道风流账不是好欠的，把那些乱七八糟的趁早收拾了。"

"他没有什么乱七八糟的……"沐元瑜摸摸鼻子，不过想一想，那是从前，以后她不在了，朱谨深会不会被别的更好的姑娘乘虚而入，她实在是不敢有一定不会的信心，滇宁王这个话说得不好听，但不是全然没有道理。

　　她不觉得自己必须要嫁给朱谨深以全名节，也不想拦着他从此都不婚娶，但是起码，她不想这么快就听到这样的消息。

　　管不到他八十岁，管这几年还是可以的吧。她在心里悄悄想。

　　滇宁王不管她说什么，道："这件事你记着，信尽快去写。"

　　出于个人的小心思，加上此举可能会对朱谨深有所帮助，沐元瑜还是点了头。

　　"若是个男孩儿，就好了。"滇宁王带着点自言自语道，"皇上再恼我沐家欺瞒于他，他自家的血脉承袭了这王位，他总是没有什么话可说了。"

　　沐元瑜略有些狐疑，以滇宁王先前问她那些朱谨深的事，总觉得他的打算不止于此。

　　她就试探着道："若是个女孩儿，父王意欲如何？"

　　滇宁王的脸不觉就黑了——半生都在追求儿子的他，最终却只是一个又一个生女儿的岳父命，他对生女有种发自内心的恐惧，以至于很不愿意去想。

　　"那就再说吧！"他生硬地道。

　　沐元瑜不乐意了："女孩儿怎么了，父王不喜欢，我喜欢，母妃肯定也喜欢。"

　　滇宁王不想在这当口跟她吵，皱着眉头道："好好好，你们都喜欢，我也没说什么的。"

　　他转了话题道："年前给你拿过去的那些东西，你叫人拿回来给我。你现在这样，不要操劳了，好好养着去。"

　　沐元瑜争取了一下："我没觉得有哪里不适，仍旧可以替父王分忧。父王病着，才是该好生养病。"

　　"我养不养，无非这样，有点事情做，还可振作些。"滇宁王坚持道，"你如今这个身份用不了多久了，去跟你母妃商量一下，换成五娘回来吧。府里现在人少，口舌也少，想个说辞容易得很，事不宜迟，我看这几天就办了。"

　　五娘就是沐元瑜作为姑娘时的排行，这说辞确实不难想，无非是她流落在外时或是嫁过人或是跟谁私订了终身之类，她在寺庙祈福也祈得差不多了，正可以接回来，而因为没有夫婿就大了肚子，总归不是一件光彩的事，滇宁王夫妇不愿让她出去交际也是合理之事，如此她连人都不必见了，只安心窝在府里养胎便是。

唯一的问题是，作为世子的她同时不能出现，须得想个去向。

"有人问起，就说你领队出去追查余孽了。告诉你母妃一声，别说漏嘴了。"滇宁王想都不想，张口就来。

沐元瑜应了，说到底，云南是沐家的地盘，可腾挪的余地太大了，她露馅也是露在京里，在云南十来年都隐瞒得好好的。

至于柳夫人，余孽花十数年之久只为下她这一颗钉子，以有心算无心，滇宁王上当是无可奈何之事。并且这种情况下，他自始至终留了一手，在柳夫人生下独子的情况下仍旧对她保留了以女充子的秘密，已是很有忍耐力了。

若不然，柳夫人将这一点爆出去，现在南疆的情形会更坏，他们也不能安坐在这里谋算下一步了。

想到柳夫人，沐元瑜提了一句："父王，昨日午间我接报，有人在喀儿湖附近见过一群商客，中间似乎有如柳夫人一般的人，只是经过了乔装，不能确定。倘若属实，柳夫人母子此刻恐怕已经离开南疆境内了。"

滇宁王的脸色变得难看起来，沉默着没有说话。

过一会儿，他道："我知道了，你不要管他们了，安心去休养吧。"

沐元瑜应声要退出去，滇宁王追着说了一句："别忘了写信。"

"是。"

沐元瑜平安携滇宁王妃出来，替她掠阵的滇宁王妃回去荣正堂，处理一些家事，她则走去自己的书房，一边安排着让人把资料搬回去还给滇宁王，一边琢磨着信要怎么写。

就这么告诉朱谨深她有了他们的宝宝……

想一想，这件事还挺有意思的。

大概能吓他一大跳。

毕竟他当时说不会这么巧。

沐元瑜想来想去，不觉微笑起来，待忙碌着的下人们都离开后，她也想得差不多了，就在窗下提笔。

通篇她没写什么有意义的话，写得也不长，只是普通寒暄，乍看上去，跟朱谨深还不太熟似的，落到任何人手里，都绝看不出有一点不对。

只是最后的落款时间，她没有写今天，而是写了那一晚。

此时已经流行花笺，殷实一点的人家，书信都不会用光秃秃的白纸，或是印有不同色彩的彩笺，或是花鸟鱼虫大河山川的花笺，一般风雅的买着用，特别风雅的自己画。

沐元瑜不属于文人雅士一类，不过这张纸上，她特意画了点花样。

斜斜一枝石榴，连枝带叶，横在信尾处，最大的那一颗石榴，恰与日期隐隐叠在了一处，是她特别走去荣正堂借了滇宁王妃涂指甲的凤仙花汁涂的，又大又红，饱满得鼓胀开来，裂口处好似一个小儿的笑脸。

她的画技一般，但这一颗石榴，实是用了心力画的，看上去，可口极了。

第五章
边疆乱起

这一封信由信使携带着翻越千山万水，在二月末经由许泰嘉之手，进入二皇子府，顺利交至朱谨深手上。

这直接导致了他接连三日闭门不出。

若是寻常时候还罢了，他本也不太出门，但偏巧在大皇子和三皇子同日封王的时刻，那就没事也叫人看出事来了。

新顶了景王名号的朱谨渊兴致勃勃地去找朱谨治，说道："大哥，我们去看看二哥吧，托大哥的福，我也封了王，但二哥被落下了，恐怕他颜面上过不去，所以才不见人。我们去安慰安慰他如何？"

朱谨治有点怕他，惯常不同他在一处玩，但听说要去看朱谨深，就点了点头："好。"

朱谨渊仍住在十王府里，只是门楣上的匾额换了。他离着朱谨深很近，抬抬脚就到了，之所以要绕个弯子去宫里拉上朱谨治，一个是怕他独自去，朱谨深羞恼之下直接给他闭门羹，再一个，就是拉上朱谨治更能打击人了——傻子都受封了，朱谨深却没有，这真是情何以堪。

朱谨治不懂他那些弯弯绕的心思，进到二皇子府里，认真地安慰弟弟："二郎，你别着急，应该很快就轮到你了。"

朱谨深才从书房过来，听了，心不在焉地应了一声："嗯，我不着急。"

不着急就怪了。

朱谨渊心中畅意，欣欣然地道："二哥放心，拣着皇爷心情好的时候，我会替二哥向皇爷求情。不过，"他话锋一转，试探着问道，"二哥到底是做了什么，才把皇爷惹得这样恼怒？"

　　他心里还记得年前朱谨深头破血流从大殿里出来的情形，当时是一百个幸灾乐祸，过后就是越想越不解了。他跟贤妃通了气，贤妃也使人打听了，只是一个字也打听不出来，只有这层纳闷越积越深。

　　朱谨深撩起眼皮扫了下他，问道："想知道？"

　　朱谨渊迟疑着点头——想当然是想的，但被这么问，他吃的亏多了，总觉得不会就这么简单得到答案。

　　"我为什么告诉你？"

　　果然。

　　朱谨渊悻悻的，不过这种程度的嘲讽他是习惯了，倒不觉得怎样，道："二哥不愿说就不说，何必戏耍我？"

　　朱谨治急急忙忙道："二郎，我呢？也不能告诉我吗？"

　　朱谨深对他的口气缓和了点："你不要管这许多，大嫂有了身孕，你没事多陪陪她。"

　　朱谨治愣愣地道："怎么陪？伺候她的人好多呢，我都嘱咐过了，让不许惹她生气，都要听她的话。"

　　"你陪跟那些下人陪不是一回事。"朱谨深耐心地道，"你不要特别做什么，没事陪大嫂说说话，散散步，多在一处待着就好了。要是有别的女人拉扯你，你离她远些，不要理她。"

　　"这容易。"朱谨治乖乖地点着头，"我本来也不敢理不认识的女人，皇爷向来不许我理。"

　　"对了，"他忽然想起什么似的，说道，"皇后娘娘才给我送了两个宫女来，我也没有理。"

　　朱谨深睐了眼，问道："什么？皇爷知道吗？"

　　朱谨治道："知道。皇爷说我大了，随便我。二郎，你觉得我不理她们是对的吗？我有点怕皇后娘娘不高兴，不过我总觉得，我要是理了，你嫂子可能会不高兴。昨晚其中一个叫什么香的，给我倒了杯茶，你嫂子看见了，就跟我说她现在浅眠，夜里总要翻动，怕吵着了我，请我到旁边睡去。她翻动好几天了，之前也没有叫我走。"

　　豫王妃有孕，在皇帝特地派来的有经验的嬷嬷的看守下，这对小夫妻是已经分了床。不过隔了个里外间，彼此动静仍然相闻，朱谨治现在这么说，是豫王妃现在要请他离开外间，直接住到另外的殿里去了。

朱谨深嗤笑了一声："皇后娘娘不高兴会怎么样？"

"不……不怎么样吧？"朱谨治迟疑着道。

朱谨治因为智力的关系，被皇帝护得十分严实，沈皇后又自持身份，在这个嫡长子的傻毫无逆转地显示之后，没出手对付过他，所以他想不出沈皇后能对他怎么样。

"大嫂不高兴会怎么样？"

朱谨治才唠叨出的话，当然还记得，马上道："叫我住到外面去。"

朱谨深慢悠悠端起了茶盏，说道："所以，你知道该听谁的了。"

朱谨治恍然大悟地应着："哦——"

朱谨深又指点他："这几日，大嫂去给皇后娘娘请安，你陪着一起去。"

朱谨治又糊涂了："为什么？我早上要听先生讲课。"

"迟一会儿误不了你多少事，你跟童翰林说，他会同意的。"

童老翰林把朱谨治从启蒙一路教导到如今，感情之深厚不问可知，朱谨治成亲两年终于有了喜讯，他一定跟着欣慰，这点小事不可能不答应。

"那两个女人既然你不喜欢，就带上，还给皇后去，只说你身边服侍的人够了。"

朱谨渊本是一直瞪着朱谨深，从这个兄长的嘴里冒出这些家常话来，真是犹如见鬼一般，他长这么大也没听到过，十分不习惯，以至于觉得还不如听他的讽刺——待到这一句，他方觉得反应过来，原来想借傻子大哥的手给沈皇后难堪？

那他倒是乐得坐山观虎斗了。沈皇后从来看不上他，他又不傻，如何不知道？

朱谨治半迷糊半明白地道："好。我留她们本来也没有用。"

朱谨深若有所思地重新问他："大哥，你说大嫂如今浅眠，不能安枕？"

朱谨治点头："我听到她悄悄吐的动静，好像是不舒服，不过我问她，她都说挺好的。"

"对了，还会吐。"朱谨深自语着，皱起了眉。

朱谨治接着道："我又问了嬷嬷，嬷嬷说女人怀孕就是这样，叫我别管。"

"你的妻子，怀的是你的孩子，你怎么能不管？"朱谨深回了神，顿时责备他，"大嫂吐了，你给她倒杯茶也是好的。大嫂喝不喝，总是你的心意，难道能当没看见不成？"

"哦哦，好的。"朱谨治忙记下了，又目光很赞许地看向他道，"二郎，你长大了，脾气好了，也会关心人了，我都想不到这么细。"

朱谨渊才恢复正常的眼睛又瞪大了——难道朱谨深是吃错了药不成！

他一个光棍，还认真管上人家夫妻间的事了，一句又一句，说得煞有介事的，这是闲出什么毛病来了？

可要真说他有毛病吧，先前怼他时分明还很顺口。

朱谨渊就忍不住插嘴道："二哥这话未免古怪，那么多下人做什么使的，由他们闲着，倒劳动大哥？"

朱谨深皱着眉看他一眼，没耐心跟他争辩，只道："你的王妃嫁给你，是够倒霉的。"

朱谨渊："……"

好生气！这个光棍凭什么攻击他！

朱谨深已经又转过脸去了，问道："大哥，侄儿的名字可取了吗？"

提到孩子，朱谨治也高兴，嘿嘿笑道："没有这么快呢，不过皇爷来看过，说到时候会赐名下来。"

"皇爷取也不错，不过，自己取更合心意些。"朱谨深笑道，"你取个乳名吧，现在就可以看起来了，早点准备，免得事到临头手忙脚乱。"

朱谨治忙点头："好。二郎，你学问大，你说叫什么好？"

"我有我的事要忙呢。"朱谨深的腰板不自禁直了直——虽然他本来坐得就够挺直了，说道，"你回去跟大嫂商量，乳名不必太过拘泥，吉利上口就好。"

朱谨治又点头，表示记下了。

这还从夫妻转向娃娃经了……

朱谨渊简直听得牙疼，他愣是不懂今天的谈话是怎么拐进这个后宅婆妈风的，他们难道不是来聊王位的吗？！

朱谨治倒是想起来问："二郎，你在忙什么？皇爷又给你安排差事了？"他立刻欢喜起来，"这就好了，看来皇爷早晚要消气了。"

朱谨深摆了下手，道："没有，我忙我自己的事。"他顿了一下，终究只是道，"以后再告诉大哥。"

他话是忍住了，但抑制不住的笑意是自眼角眉梢毫无遮掩地流淌出来，朱谨渊都看傻了，知道的明白他这是丢了王位不好意思出门，不知道的只当他是封了太子呢！

朱谨治没想那么多，见他情绪好就放心了，笑道："二郎，你不难过就好了。"

他又把安慰的话说了两句，朱谨深只是一概应了，又倒回来说了他两句，叫他别忘了把人还给沈皇后。

朱谨治答应着，他知道自己记性不太好，怕忘了，所以回去的隔日一早就照办了。

沈皇后气了个半死，要是豫王妃独自去，她还好磋磨一二，偏偏朱谨治陪着，还人的话也是他在说，她再有玲珑心肝，跟一个认死理的半傻子能说得出什么来？

朱谨治昨晚回到自己住的宫殿里把要还人的话一说，豫王妃就再不提叫他搬出去的话了，态度也一下子温柔小意起来。朱谨治半懂不懂，但由此得了鼓励是肯定的，觉得自己听弟弟的话做对了，更加不肯让步，凭沈皇后说什么，他只是憨憨地要还人。

沈皇后总不能跟傻子吵起来，只得憋屈着把人收了，转头狠狠一状告到了皇帝那里。

豫王妃有孕是喜事，但以皇家规矩来说，她是不能再侍奉朱谨治了。

这对小夫妻住在宫里，沈皇后等闲时候不去招惹，于这当口赐下两个宫女，去干什么很明白，而这是谁都挑不出理的事。

就沈皇后的本心，她觉得自己这么做也不是出于什么私意，皇子们越大，局势越明白，她一双眼睛盯朱谨深还盯不过来，哪有闲工夫再去理会朱谨治？

再说了，管他也管不出什么好处来啊。

　　这是沈皇后大怒的缘由，也是她敢去找皇帝告状的底气所在。

　　因为她觉得自己真是本着六宫之母的职责在安排人事，朱谨治是个傻子，她在豫王妃有孕期间送上两个人，免得他不懂事去闹豫王妃，惊着了王嗣，多明公正道啊？

　　结果，居然叫照脸摔了回来！

　　皇帝听了，愣了一下。

　　他也觉得沈皇后在这件事上的做法没什么问题，不过为稳妥起见，朱谨治来告诉他之后，他还是让汪怀忠查了查，知道那两个宫女背后没什么牵扯，就是普通的宫人之后，才让朱谨治自便了。

　　傻儿子当时也没说什么，不想不知道哪根筋不对，隔两天又闹了这一出。

　　沈皇后压着恼怒道："大郎这孩子向来淳朴，坏心是断然没有的，我倒是不怪他。依我看，这事也不是他想得出来的，若不想要，当时不收就是了，何必事后这样？我问他，可是宫人不懂规矩，伺候得不好，他也说不上来，只是不肯要。他说话不知道避人，拣着早上请安的时候，贤妃等人都在，我怕问多了，伤着他的颜面，只好先把人留下了。"

　　沈皇后毕竟是皇后，让继子来这么一出，若她要计较，当场给朱谨治扣一个"不敬"的帽子是可以的。她没有，那就确实是委屈了。

　　皇帝便安抚她道："好了，是大郎不对，他行事没有分寸，我叫了他来问一问，让他给你道歉。"

　　沈皇后得了这句话，心下方平了些，在一旁坐下。

　　朱谨治就住在宫里，来得很快，进来傻呵呵地笑着行礼："皇爷，皇后娘娘。"

　　皇帝将沈皇后刚才的话说了，然后问："大郎，可有此事？"

　　朱谨治老实点头："有的。"

　　皇帝板起了脸，道："长者赐，不可辞。你的先生没有教你吗？就是有缘故，你不便接受也当好好说，怎可跟皇后胡搅蛮缠？"

　　朱谨治睁着大眼道："先生教过，我也是好好说的，皇后娘娘答应我了。"

　　皇帝喝道："那是被你胡缠得没有办法。"

沈皇后从旁道："皇上不要动怒，臣妾先前就说过，此事应当不怪大郎，他不是那等不知礼的孩子。"

她转向了朱谨治，和颜悦色地道："大郎，你既说宫人没有得罪你，又坚持着要退回来，可是你的王妃和你说了什么？"

她这句话是极厉害了，心下且在冷笑——好一个豫王妃，以为拉着傻夫婿来，她就不能怎么样了？哼！

朱谨治想了想道："没有说啊。"

沈皇后却不信，道："你不必替她瞒着，她不愿你亲近旁人，原没有什么，可她现下已有了身孕，还霸着你，那就不对了。"

朱谨治有点急，反驳道："真没有说。"他求助地看向皇帝，"皇爷，我不会骗人的，没有就是没有。"

傻子有一点好处，他说他不会骗人，那就是不会骗人，皇帝点了点头，问道："那你为什么要把人退回来？"

朱谨治是真不会瞒人，张口就道："二弟说的。"

皇帝："……嗯？"

沈皇后也呆住了，她气了好半天，只以为肯定是豫王妃调唆的，朱谨治是个傻子，要拿住他一点也不难，而就算是个傻儿子，皇帝也必定不会乐意他被妇人捏在手里，所以她这一状能告得大出一口气。

结果……怎么会跟朱谨深扯上关系了？他伸这个手掺和兄长的家事，莫不是吃饱了撑的！

皇帝捏了捏眉心，他有一种"怎么会这样"，又有一种"果然如此"的感觉。怎么说呢，这种稀奇古怪不合常理的事由朱谨深干出来，那就一点也不奇怪了。

他有气无力地道："他是怎么跟你说的？"

朱谨治道："我说我留皇后娘娘的宫女没有用，二郎就告诉我，没用便退回去好了，我身边伺候的人够了。"

他跟朱谨治其实唠叨了不少话，因为说得多了，他不记得细节了，光把这个核心提炼了出来——这句话听上去似乎没什么问题，其实问题大了。

皇后赐予的人，说退就退回来了？

便是寻常百姓家的主母赏个人，做晚辈的都不好退，喜不喜欢都得接着呢。

沈皇后的脸色变得难看起来。

她这是被两个继子联合起来下了面子，虽然她暂时还不知道朱谨深这么干有什么意义。

"皇爷——"

皇帝摆手止住了她，道："皇后，你先回去，朕叫二郎来。他脾气怪，待朕先教训过他，再叫他去向你赔礼。"

沈皇后闷着一股气站起来道："是。"

皇帝跟着把朱谨治也放走了，这个傻儿子该说的都说了，再留下来也没用。

傻的那个走了，皇帝批了一会儿奏章，怪的那个来了。

"儿臣见过皇爷。"

皇帝头也不抬，冷声道："你知道朕叫你来做什么？"

"儿臣不知。"

"你还跟朕装傻！"皇帝忍不住抬头斥他，"朕问你，你是不是对朕心存怨望？"

朱谨深挺惊讶地直起身，说道："皇爷何出此言，儿臣万万没有。"

"怨望"这种行为是很严重的，通常哪怕是沈首辅这个级别的大臣被这么质问，都得大惊失色伏地泣血剖白，表达"雷霆雨露皆是君恩，老臣万万不敢"云云，情感丰沛点的能哭出两缸眼泪。

朱谨深不是这个路数，他那惊讶里含了起码五分的轻快，语调都是很悠扬的，把皇帝下一句"你不要嘴硬"都噎回去了。

就凭这个声气，硬要给他扣上因为不能封王而心生怨望的帽子，怎么也是说不过去的。

"你……"皇帝感觉很莫名其妙，问道，"你在高兴什么？"

"儿臣没有。"朱谨深道。

他明明有。

皇帝打量着阶下的儿子，道："挑唆大郎去下了皇后的面子，你很得意？"

朱谨深嘴角动了动，换作往常应该露出嘲讽的笑意，但他好像有点控制不住，出来的笑容幅度大了点，以至于看上去很温和英俊。

他的话语倒还是一贯的风格："没有，儿臣没有这么闲。"

他就是在高兴。

皇帝很笃定了，这又是一句很重的问话，他却只是这个反应。

接连两记重拳都打到了棉花里，皇帝也攒不出力气了，丢下笔，道："好，那你说说，你去管大郎的家事干什么？皇后给大郎赐人，朕也同意了，这里面有你什么事？！"

朱谨深笑了笑："儿臣没有要管大哥的家事，是皇后娘娘在管。"

皇帝反问："皇后是六宫之主，不该管吗？"

朱谨深的笑意浅淡了点，说道："儿臣不是这个意思，不过皇后娘娘管得欠妥，儿臣出言提醒了一句而已。"

"哪里欠妥？"

"大哥的为人心性，皇爷尽知，皇爷觉得他能理得清妻妾间的争锋吗？"

皇帝沉默了一下，道："自有规矩道理在，两小宫人而已，如何堪与王妃并提。"

"得了大哥的宠爱就不一样了，寻常人尚且控制不住心意地偏袒，皇爷以为大哥可以？妻妾不过是第一层，有了子嗣又当如何？嫡庶是更复杂的第二层，儿臣从小与大哥一处长大，清楚他是个心性单纯之人，他若是想要，那赐给他也罢了，既然他现在还不想，又何必勉强？生活在一个单纯一些的环境里，对皇爷，对大哥，方是件好事。"

简而言之，妻妾嫡庶这种题目，对朱谨治超纲了，容易把他绕昏头，给他送女人，是给他的人生制造人为障碍。

话说到这里，原差不多够了，况且皇帝也不是不懂道理的人，但朱谨深似乎是找回了自己擅长的说话方式，补了一句狠的："以皇爷之睿智，尚要为此烦心，以为儿臣与皇后娘娘有隙，将儿臣招来。何况大哥？"

皇帝一听脸色就变了，他自己私下常与近侍自嘲家宅不平，但不表示他能容忍儿子揭他这块伤疤。

汪怀忠站在一旁，缩了缩脖子——他也纳罕朱谨深今日脾气平顺得不得了，还以为被皇帝连消带打地收拾服帖了，结果，二殿下还是那个二殿下，真是江山易改，本性难移。

他是清楚的，皇帝是个对自己求全责备的性子，很尽力地在平衡各方面的关系了，偏偏朱谨深不买账不配合，总不愿意粉饰这个太平，动不动就要把实话说出来。他说得不算错，但皇帝很要面子，哪怕明知不错，也不愿意承认。

看看，这又来了，唉！

大殿内的气氛冷凝起来，皇帝忽然冷冷地道："二郎，你近前来。"

朱谨深低着头往前走了几步。

"抬起头来。"

朱谨深抬了头。

汪怀忠紧张地随时准备飞身而出——已经砸过一回了，那回他不在还罢了，这回他既然在，可不能一点反应都没有。

皇帝近距离直视着儿子，却并没有要拿起什么丢出去的意思，而是笑了一笑。

"二郎，"他声音沉沉地道，"你是不是很想惹怒朕，好把你撵到那个丫头片子那里去？"

朱谨深："……"

他在跟皇帝的来往中，还从来没有出现过这种无言以对的状况。

一般都是他把皇帝怼得说不出话。

"你说大郎的道理上是不错，不过，你觉得皇后此举不妥，就只有鼓动大郎直接向皇后退人这一条路可走吗？让他先来找朕，由朕把人收回来，这么简单的转圜的法子，你想不到吗？"

朱谨深："……"

他不能说"不"，那太侮辱他的智商了，皇帝也不可能相信，他既然能说出来，那就是认准了。

"朕告诉你，你休想。"

皇帝哼笑着紧盯住他道："你也不要想再缩在家里，从明天起，你给朕滚去兵部，南边一战恐怕难以避免，要调动的兵马粮草等，从现在起就该核算预备起来了。朕养你这么大，该是让你干点活的时候了，不要成天想那些有的没的。"

"去吧！"皇帝最后断喝了一声。

朱谨深一语不发，行礼退出了。

他步子有点重，看上去心情很不美妙。

皇帝大获全胜，却是心怀大畅，扭头向汪怀忠道："这臭小子，不收拾一回不行，以为朕治不了他了！"

汪怀忠呵呵赔着笑，心下很费解地琢磨着：什么丫头片子啊？

怎么觉得他错过了很多的样子。

皇帝对南疆的预估没有落空，五月份，来自滇宁王的急报进入朝堂，引发了一轮气氛凝重的朝议。

暹罗乱了。

从明面上看，乱的缘由有点简单甚至荒唐。暹罗有一邻国，名曰东蛮牛，从这个小国的国名差不多就可以看出它的民风了，东蛮牛国王遣使向暹罗王的女儿求亲，暹罗王一直都不喜欢有那么个化外野人似的邻居，无意跟其结亲，就拒绝了。

东蛮牛国却是不肯罢休，颜面无光之下，居然发兵来打。暹罗毫无防备，被攻入了国都，暹罗王和王后及那个可怜被求亲的女儿都被杀死，只有王世子有几分能耐，在这种情况下逃得了一命。

王世子在自己护卫队的护持下，去寻找国中的大将，打算倚仗大将的兵马去复仇，谁知还没等寻到大将，先听到了他叔父家的一个堂弟十分勇猛，集中了国都中有限的人马，将东蛮牛的侵略者赶出了国都的消息。

王世子听到这个喜讯，很高兴地要往回赶，但紧跟着，他听到了第二个消息，他的堂弟凭借这个功绩，在百姓的拥护下先他一步登上了王位，他要找的大将则隔空宣布了要效忠新王。

王世子还来不及生气，新王对他的通缉令就贴出来了，痛斥他等不及要当国王，勾结东蛮牛杀死暹罗王，才导致东蛮牛国这么容易地攻了进来。

王世子目瞪口呆且势单力薄，站出来就是个死，只能转头又逃，这回逃进了南疆。边关卫所发现了他，知道他的身份后，不敢擅自处理，将他押送到了滇宁王府。

暹罗一直是本朝的藩属国，王世子便通过滇宁王，向上朝恳求出兵，助他将堂弟赶下王位，报仇复国。

暹罗王嫌东蛮牛国不开化，所以不愿意跟他们结亲，但在上朝的大臣们看来，这些藩属国统统都是蛮夷，并不分高下。蛮夷跟蛮夷掐架，上朝一般不管，但既然暹罗的王世子逃过了境，亲自来求救，那就不好置之不理了。

怎么个理法，是个问题。

说一句发兵容易，但真打起来，每一刻都是人命和金钱，替藩属国砸这么大代价进去值不值得，大臣们意见不同，截然分成两派。

朝堂上吵得乱糟糟的。

大多数朝臣并不将蛮夷放在眼里，也不了解，提到暹罗知道的人还多一些，至于什么东蛮牛，不少人听都没听过，不知是打哪儿冒出来的。

这不能怪朝臣自矜自大，此时消息往来不便，信息传递极度不发达，一般人就算想了解，也找不到了解的渠道。

大朝上没吵出个所以然来，关于此事的热议持续到了小朝。

小朝参与的人就只有内阁九卿等重臣了。

沈首辅在大朝上没有开腔，只是听着，此时心内已有了些数，率先道："皇上，臣以为东蛮牛出兵一事，必有蹊跷。"

皇帝点头："显道也是如此说。据他所言，这些小国间本有摩擦，但都是些小打小闹，似这样驱兵直入，杀死国王结下死仇的事，以往从未有过。"

并且东蛮牛这么快打进来，又那么快被打出去了，都没个占领下来的意思，好像费这么大劲，就为来出口气似的，有些不合常理。

沈首辅问道："沐王爷可说了蹊跷在何处吗？"

皇帝道："恐怕跟前朝的那些余孽脱不了干系，只是暂时还未查出实证来。"

虽无实证，有这个推测也够了，若不是先前余孽在京里搞事被揪出尾巴来，此时暹罗的事爆出来，京城上下只怕只以为是蛮夷互掐，不会怎么放在心上，吵一吵就罢了。

皇帝说着，目视兵部尚书道："朕让核对的马匹兵器粮草等，可都核对齐了吗？"

兵部尚书躬身道："回皇上，已备好了一些，沐王爷那边如有需要，随时可以先调拨一批过去。另有二殿下向臣提议，再过一两个月，江南早稻将熟，可暂不解入京里，南疆如有需求，直接由南京户部发运，以省人力物力。"

皇帝点头："可，就先存于当地各常平仓，拟旨命南京户部总理此事，会齐了数目报上来。"

杨阁老道："皇上的意思，是出兵？"

"你有别的意见？"

杨阁老忙道："不是，臣只是想，暹罗局势未明，王世子是一个说辞，新王又是另一个，未必王世子说的就是真的，彼等蛮夷，知道什么父子君臣的道义，皇上还当三思而行。"

杀父意图自立的逆子史书上不止一个，杨阁老这个顾虑不是没有道理，倘若王世子真的勾结了东蛮牛，结果被自己的堂弟黄雀在后，那上朝替他出兵就是笑话了。

皇帝颔首："朕心中有数，只是先备起来而已。显道那边还在核查，等一等他，或看暹罗下一步如何反应，再行处置。"

沈首辅建议道："可先去信责备暹罗新王，令他让出王位，解释此事。"

大军开到境外去打仗不是一件简单的事，尤其这一仗很可能还牵扯到两个小国，情况很为复杂，这个先礼后兵的程序必不可少，若谈崩了，才是亮剑的时候。

皇帝准了，臣子们七嘴八舌又补充了些意见，商讨得差不多了，匆匆分头各自去忙自己的。

皇帝有些头痛地回到后面的乾清宫，朱谨渊兴冲冲来了。

他是听说暹罗出事，来讨差事的。

儿子这片热心是好的，但皇帝犹豫了一下，拒绝了："三郎，暂还用不上你，你好生读书去吧。"

这里面干系甚大，皇帝想到朱谨渊先前捞个人都能捞出事来，便觉得不放心，不敢叫他参与进来。这要出了岔子，可不是冻死两个渔民那么简单了，很可能是大麻烦。

另外一个糟心儿子虽然一般给他惹了事，但他有本事惹事，就有本事平事，除了叫他生了一场大气外，并没带来什么实质性的损失，也没要他跟在后面收拾。

朱谨渊不大甘心，道："皇爷，儿臣是真心为皇爷分忧的。二哥都在兵部里忙近两个月了，儿臣也这么大了，却总闲着，惭愧得很。"

皇帝仍是不敢叫他在这么重要的兵事里掺和一脚，随口道："朕知道，以后与你历练的机会多着呢，你不必着急。"

什么以后，明明现在就有事做，为什么要他等以后？怎么朱谨深就不用等？

朱谨渊还要纠缠着恳求，汪怀忠过来，带着笑一路把他往外劝："王爷，皇爷这会儿忙着呢。"

朱谨渊终究不敢过分，一路被劝了出去，脸色控制不住地阴下来。

他心里隐隐知道皇帝为什么不肯再给他派差，可那都是好几个月前的事了，他罚也认了，难道这事还过不去了不成？

当时犯错的又不止他一个人，要是大家一个待遇也还罢了，可凭什么朱谨深的就能过去！

他踩着发泄般的步子往外走，在午门处遇到了大舅子。

韦启峰眼尖地迎了上来，问道："殿下怎么这个脸色？谁惹殿下生气了？"

朱谨渊硬邦邦地道："没有！"

"好好，没有，"韦启峰很会察言观色，哈哈笑道，"是我不高兴，又无聊得很，殿下陪我去喝两杯，解解闷？"

朱谨渊正是看什么都不顺眼的时候，本懒得理他，但韦启峰接着道："我们指挥使大人也去，殿下放心，不是那等不干不净的地方，我也不敢带累坏了殿下。"

朱谨渊听说郝连英也在，迟疑了下，应了："走。"

韦启峰笑容满面地忙跟上引路了。

皇帝的等待没有多久，朝廷要送给暹罗新王的责问书刚刚遣使出发，暹罗的下一步反应已经来了。

新王遣使送书与滇宁王，要求滇宁王不要包庇弑父的逆贼，交出王世子，如若不然，暹罗将发兵来打，擒杀王世子为老暹罗王报仇。

"啪啪啪！"

不是别的，是滇宁王在荣正堂里拍桌子的声音。

叫一个藩属国骑在脖子上放这个话，滇宁王多少年没有受这个差辱了，险些气晕过去。

"要拍出去拍，别在这里撒气，惊着了我瑜儿。"滇宁王妃十分不满。

滇宁王瞪眼："你——"

沐元瑜坐在一边，慢吞吞地道："父王当以身体为重，不要与尔等藩夷计较。凭他说什么，只如耳旁风罢了，父王与他生气，才是给了他脸面。"

滇宁王平了平气，他有了新的人生目标，心病除了些，身体如今康健了一点，但病过这一场，底子毕竟又亏了一层，拍了一通桌子发了顿火，就觉得头有些发晕，因此也不得不平下气来。

他只是又发怒骂了一句："什么下贱东西，敢来要挟本王！"

沐元瑜有点发愁地低头看了看，说道："别的尚好说，只是这时机有点不巧，我如今这个样子，而父王的身体也不大好。"

她的身孕已经五个多月了，肚子圆圆的，倒是运气好，什么吃不下饭呕吐等的妊娠反应都没有，除了容易疲惫，其他都跟从前一样。

但再一样，她要出去带兵是万万不成的，倘若真开战，只能是滇宁王老将出马，坐镇中军。

滇宁王顺着她的目光看了一眼，口气缓了缓："不要你管这些，也没什么不巧，我再病体难支，收拾这些不知天高地厚的叛贼还不是一件难事。"

沐元瑜提醒道："一个暹罗不足为惧，但请父王留神，东蛮牛国很可能是一丘之貉，这是一场做满的戏。"

滇宁王道："满戏？怎么说？"

他是确定了东蛮牛国不干净，但在里面究竟牵涉了多深，暂时还不知道。

"请父王仔细去想，东蛮牛国杀暹罗王一家，独漏下了王世子，王世子的堂弟及时登上了王位，断了王世子的后路，同时泼了他一盆脏水。王世子无处可去，只能逃来我南疆，他若不来，暹罗有同我们开战的借口吗？"

滇宁王道："没有。"

要不是暹罗王世子逃入了南疆，这件事目前为止跟滇宁王还没有关系。滇宁王闲着愿意管一管，那叫热心边事，懒得管，那叫不干涉藩属国内政，进退都有路，而不是像现在这样别无选择。

"暹罗的新王现在问我们要人，我们可不可能就这样将王世子交出去？不可能，否则朝廷颜面尽失。我们不交，暹罗就要发兵。这一整个过程严丝合缝，父王以为只是巧合吗？"

"不。"滇宁王慢慢点了点头，"瑜儿，我懂你的意思了。"

他也不是想不到，只是一时气急了，还没来得及细想。

沐元瑜接着道："那些余孽在暹罗，应该是还没有形成真正的气候。否则要战就战，用不着这么迂回。"

余孽若真控制了暹罗全境，那就用不着费这么一大圈事，直接杀过来就是了，百多年前，他们的作风本就是这样。如今还要制造事端寻借口，这个借口不是给上朝的，准确地说，是给它本国的国民的。

这一点先前探子们陆续的回报可以印证，滇宁王的心情真正平静下来，转而道："我不是叫你好好歇着了？你还天天琢磨这些做甚。"

"我闲着也是闲着。"

滇宁王妃瞪他："你不要瑜儿管，就别总来跟她唠叨这些事。"

滇宁王："……"

他讪讪的，无话可说，他是习惯了，毕竟当儿子用了这么些年，一下子要转哪里能全转过来。

沐元瑜忙道："有什么事，父王千万还是告诉我一声，我就算不能做什么，心里有个数也是好的。"

现成的第一手消息，滇宁王真不来跟她说，她才亏呢。

滇宁王才丢掉的面子又回来了些，若有似无地应了一声，站起来出去忙公务去了。

△△△

第六章
君心如焚

◆

五月中，暹罗入侵，南疆开战。

这一仗是一路酝酿下来的必然战事，暹罗方是蓄谋已久，滇宁王府也不是毫无准备。

既然已经开战，那这一战就不会只以将暹罗打退为目的，新王敢悍然入侵宗主国，朝廷就必定不可能再容忍，必须将新王赶下王位，将王世子扶上去才会收手。

皇帝的诏书里，明确了这一条。

身背令旗的驿传兵开始行色匆匆地奔驰于云南和京城两地，不断将战报诏令往来传递。

滇宁王暂时还没有到阵前去，只以云南都司为主力在与暹罗交战，现任都指挥使与滇宁王是姻亲，他家长子展维栋娶的就是沐元瑜的长姐广南县主沐芷媛，滇宁王在后方坐掌大局，自然是得心应手。

展维栋也上了战场，云南方面都没怎么将暹罗放在眼里，在此时的云南部将看来，暹罗若是兵强马壮，就不会轻易被邻国打入国都，将国王都杀死了。

双方真交上了手，他们发现没那么简单。

好在滇宁王知道更多内情，事前再三提点，有一个部将吃了点小亏后，别人便都警惕起来。

这个吃亏的部将是被人引入了一处沼泽，沼泽里有一种古怪的生物，生得像张烂草席般，见人便席卷噬血致人死亡，救都救不及。这一营兵尚未与暹罗交手，白白损失了八人。

滇宁王恼怒非常，将部将揪回来狂吼："老子叫你等不要做骄兵！不要做骄兵！你这叫打仗吗？你是领着老子的兵去送死！老子给你配了向导，你为什么不听向导的话，倒肯听他们暹罗人的话？！"

滇宁王说的向导便是刀家的儿郎们，南疆这片神秘的地方，后迁去的哪怕已经是祖辈世居的人家都不一定能摸透，只有千百年传承的本地部落的子民无所不去，对南疆内外的地理生态才更清楚。此次战争涉及从南疆到暹罗的一条漫长的战线，滇宁王未雨绸缪，事先就从刀家借了人来，不想这部将求胜心切，不听向导劝阻，追着人进了一处沼泽，结果中了招。

部将被训斥得冷汗涔涔，认错不迭。

滇宁王命人行了军法，敲了他二十军棍，方放他回去将功折罪。

有了这个前车之鉴，再往下就没再出现这样令人痛惜的伤亡了。

时令转到盛夏六月中，暹罗兵已被赶出南疆，而云南都司乘胜追击，打出了境外，要去暹罗国都将新王擒回。

捷报传回，朝廷上下十分高兴，各项嘉奖毫不吝惜地赐下，粮草也追加了一批。

朱谨深将计算好的相关详细数据呈报给皇帝，同时向皇帝请求这批粮草由他护送过去。

皇帝毫不留情地拒绝了，并且十分不悦："二郎，你一个男儿，就这般沉迷于色相中？那朕赐你两个宫人，你带回府去吧，省得总惦记不该惦记的人。"

朱谨深想都不想，张口就道："儿臣不需要。"

说完了他却不走，只是站着，神色间隐现焦虑。

皇帝无语了："你这是什么意思？还打算坐到地上打滚跟朕耍赖不成？"

朱谨深顿了一顿，眉间闪过一丝决然，道："我滚了，皇爷答应由我护送粮草吗？"

皇帝深吸一口气，道："你给朕滚！滚出去！"

汪怀忠在旁边没有如平常般劝解，因为他直着眼，被惊呆了。

这是二殿下？

这是假的二殿下吧？！

三岁的时候他也没干过这种事啊，现在他可二十一岁了！

这说出去谁信。

朱谨深被撵走了，皇帝哼了一声，向汪怀忠吐槽道："朕以为二郎越大该越跟朕不对付了，怎知他是越来越不要脸了。"

汪怀忠回了神，笑道："这都是皇爷宽宏所致。"

他这样的老奴，是可以带点调侃的，言下之意是还不是您惯的。当然，他是看出来皇帝不是真的生气才敢这么说。

"朕是看他还有些中用，一些小节才不跟他计较了，不想他越发蹬鼻子上脸起来。"皇帝板着脸，拿起龙案上的奏报看了看，发现有点不对劲，说道，"怎么是这个数目？上回朕问户部尚书，他不是跟朕哭穷，说靡费不起，现在只能凑出来那么些吗？怎么翻了一半上去？把二郎叫回来。"

汪怀忠答应一声，忙出去叫个小内侍追上去传话了。

快走出殿前广场的朱谨深被叫回了头。

见问，他语气淡淡地道："儿臣亲手核算过，可以拿出来这么多。尹尚书寻了些理由说不行，儿臣告诉他，钱粮拿不出来可以，那就请他出一出力了，听说他的两位公子都身强力壮，正该去往云南保卫山河，为国效力。"

尹尚书倒也不是跟滇宁王不对付才要克扣粮草，不过户部哭穷是传统，朱谨深请示过皇帝，昼夜住到了户部，把他们的账目理得一清二楚，卡着脖子来给云南送军需，只有多没有少，尹尚书哪里舍得，两方就拉起锯来。

上回还把官司打到皇帝跟前来了，当时朱谨深没说什么，不想他私下居然去威胁了尹尚书。

皇帝本人要体面，尹尚书的哭穷在合理范畴之内，皇帝不便威逼过甚，就不好这么跟他说话，此时听了，憋不住要笑，伸手指他："你……你真是！"

皇帝说是至高无上，然而不是真能随心所欲，条条为君的框架卡着，叫臣子掣肘的时候也多着呢。听说日常哭穷的尹尚书被简单粗暴地来了这么一出,他该当训朱谨深办事草率,但在此之前,心下先很不体面地起了一丝幸灾乐祸之感。

他不好说的话,儿子给说了,也不错嘛。

养儿子也还是有点用处。

面上皇帝还是训了他两句:"你一个皇子,从何处学来的土匪做派?幸亏尹卿大度,没来跟朕告你的状,不然朕不罚你你都说不过去。"

朱谨深并不惧怕:"他能告什么状?儿臣也愿意去云南的,我都去得,他的儿子去不得?恐怕他说不出口。"

这就是明着怼了,他押上了自己,尹尚书可舍不得押儿子,只好被怼了。

皇帝眯了眼,这个儿子要说傻吧,他差事办得一点不错,色色精明,跟老臣磨起来也不落下风;可要说他不傻吧,他着迷了一样就惦记着云南,根本不怕得罪尹尚书,尹尚书真来告他的状,只怕他是巴不得,正好把自己发配过去了。

甚至皇帝都怀疑起来,听说云南有些土著部族邪门得很,他总不成是叫人下了蛊吧?

"你就这样没见过世面?"皇帝招手把他叫到近前来,探究地打量着他道,"这后宫里的宫人,或是公侯家的千金,你看中谁都可以跟朕说,朕总有法子成全了你。"

朱谨深一脸的了无兴致,说道:"并没有,不敢叫皇爷费心。"

他算着时间,心下着实焦急,几回都欲跟皇帝直接招了,但如今皇帝是碍于南疆战事才暂不追究过往,他不知皇帝究竟是怎么打算的,不敢轻举妄动,只能迂回行事,却次次叫皇帝打了回来。

再拖下去可就……

他想到自己错过的,心下就遗憾到不行。丝丝痛楚牵在他的心间,致使他正事上毫不马虎,在个人情感上却总忍不住有些冒进。

他着急,皇帝可不着急。皇帝捏着沐氏偌大一个把柄,进退有无数条路可选,这当口不是处置的时机,倒是正可以此威吓滇宁王努力对付暹罗,以赎欺君之罪。所以他冷静下来以后,常以此试探儿子玩,却是只字不提要怎么着沐氏。

但皇帝现在也觉得有点不对了。滇宁王"失散"的女儿回归,还有孕了,照理他是可以得到消息的,但他放在滇宁王府的密探前阵子失联了,什么信息也没传回来,他都不知道是不是被滇宁王发现后暗中处理了。

而沐元瑜刚回去时,滇宁王在病中,以此为由什么仪式都没办。随后战事一起,她低调地窝在后院里,门都不出,借了战事作为最大的掩盖,知道她有孕的人极少。便有人从别的渠道听得一点风声,送往京中的战报中说的都是正事,也不会有谁想起把滇宁王后院的事夹进去说,那不是闲得找抽吗。

所以皇帝只能从另一个方面想,沐元瑜实则是个姑娘,这个时候,她处在战区,随时可能被卷进去,朱谨深为此才有些担心。

但他不可能为了这个,就把自己儿子赔过去。

皇帝就摆摆手,不容商量地道:"朕现在忙着,没空管你,给你赐人你不要,那就不必多说了,好好办你的差事去。"

朱谨深平白被叫回来一趟,什么收获没有,面无表情地去了。

他这一去,尹尚书遭了殃,又叫挖出去一批粮草,预备要贴到云南去。

尹尚书这回受不了了,来找皇帝婉转地抱怨了一下——不敢抱怨狠了,怕把自己的两个儿子抱怨到云南去。

皇帝也觉得有点过分,且不满意——糟心儿子就算有用,减轻了他不少负担,可这胳膊肘往外拐得也太明显了。

他又叫了朱谨深来教训。

朱谨深一板一眼道:"儿臣有数,下令分了两批,如今送去的只是第一批,后续的只是备好了,若南疆战事就此平定,这第二批不送就是了。"

皇帝琢磨了一下,问道:"你的意思是?"

他用朱谨深用得挺顺手,一些事下意识会跟他商量。

"余孽谋划久长,若就这么一击即溃,儿臣以为似乎不合常理,多预备一些,总不是坏事。"

正事上,皇帝点头认同了他的判断,发话道:"那就再等一等。"

朱谨深所料不错。

云南。

大军出南疆后,在喀儿湖畔遭遇了暹罗和东蛮牛国的共同伏击。

截至目前，南疆投入的兵力主要是以云贵两省都司下辖卫所、营兵及少量私兵为主——最初将暹罗打出境内的只是云南都司，隔壁贵州省的兵力在制订了追击计划之后，奉旨加入了进来，总的来说仍算是南疆的原驻地军队，七七八八加在一起，号称个十万大军，实际上兵力在七万人左右。

会齐的大军在喀儿湖畔遭遇了伏击。

带领出征的将军是沐家嫡系，他指挥得宜，虽是事出突然，仍然控制住了瞬间混乱起来的大军，只有被偷袭的侧翼出现了一些伤亡，损失不算很大。

但这是一个极不妙的信号。

东蛮牛国正面出现在了战场上，意味着它与如今的暹罗同流合污，朝廷军队要面对的威胁扩大了一倍不止。

面对这个新形势，将军不敢自专冒进，一面收拢了大军在喀儿湖畔停下来，警惕地与敌军隔湖相对，一面紧急命人送信回去向滇宁王请示。

以滇宁王如今的身体状况，再上战场是很勉强了，所以他一直只是留在云南府城里坐镇指挥。这封加急战报送到他手里后，他惊怒之余，不由得沉默住了。

沐氏世镇云南，取得莫大权势荣光的同时，也需承担等分量的责任。

这个关口，不管他的身体怎样，他都退不得，因为他不上，没有人能替他。

一位世袭郡王的威信，是任何别的虎将都不能比的，他往军中一坐，哪怕什么都不做，军心都会安定不少。

若他有个真世子，子替父出征，那是可以起到一般效果，但偏偏……

荣正堂里，滇宁王妃母女三人正在闲话。

沐芷媛的夫婿展维栋远赴境外捞战功去了，她在府里没什么事，加上好奇极是稀罕从男变女的新妹子，就携带着两女一儿回娘家探亲来了。

沐芷媛正埋怨着滇宁王妃："连我也不让知道，母妃是把我当作泼出去的水了不成？"

她说的是沐元瑜的秘密一事。从滇宁王的角度来说，他怕沐芷媛到夫家去不留神说漏了嘴，所以这么多年来，便是连这个嫡亲长女都瞒住了。

事发当年，沐芷媛事太多。沐元瑜出生的年份与她的嫁期间隔只有大半年，滇宁王遇刺受伤，滇宁王妃将产育，沐芷媛一面要帮忙处理琐碎家务，一面要整理自己的嫁妆，忙得脚不沾地，无暇放多少精力在才出生的小妹妹身上，只有偶尔抽空看一下，所以真叫瞒得严严实实的。直到沐元瑜这次回来，她方知道了真相。

滇宁王妃配合着同样瞒住她，自然不是因为不信任她，她叹了口气解释道："媛娘，这件事你不知道，又嫁了出去，这欺君的罪过就追究不到你一个出嫁女身上。要是知道，那就不一样了，倘若哪天事发，不连你也牵连了进去？"

"总是父王的过错。"沐芷媛性格像滇宁王妃，十分爽利，听了张嘴就埋怨起滇宁王，道，"这王位实在留不住，就罢了，怎么想这一出来，把瑜儿坑得这样苦。"

沐元瑜懒懒地歪在炕上，笑道："大姐姐，我现在挺好的，没有什么。"

沐芷媛坐在她旁边，点点她额头，道："你这么逃荒似的跑回来，还揣了个小的，如今快九个月，眼看就要生了，男人一天都不在身边，就你独个熬着，还不苦？偏是你心宽罢了，不跟父王生气，也不骂你男人，若是换了我，想一想都生气，一天少说要骂他三顿。"

沐元瑜忍不住失笑："我骂他做什么，他已经尽力帮我了。再说，我真不觉得怎样辛苦。"

她的情况一直很好，肚子里的肉团好像已经懂事了似的，从来没有格外不安分地闹过她。

滇宁王妃听了都点头道："这孩子大约知道他娘亲吃的苦头多，很知道心疼人，比我当年怀着的你们俩，都乖巧多了。"

沐元瑜笑着接道："我有母妃陪着，大姐姐还回来看我，怎么也都算不上独个煎熬，我倒觉得日子自在得很。"

亲娘管着孕事，又是滇宁王妃这么肯宠女儿的亲娘，沐芷媛便也不得不认同了："倒也是，你要是在婆家，总会有些不便之处。不过，你以后打算怎么办呢？你跟京里那边的婚事，恐怕难以成就，其中麻烦之处不少，父王可有说如何帮你谋划吗？"

"难以成就就不成好了，我在云南也很好。"沐元瑜摸摸已经变得圆滚滚的肚子，不以为意地道，"京里一直没有风声，皇上现在应该是不会追究。父王忙着战事，暂时顾不上这些，将来的事，且再说吧。"

沐芷媛愣了愣，很心疼地道："这可怎么好，父王真是……"

她又抱怨上滇宁王了。

沐元瑜歪了歪头，想跟她解释，但又觉得很难解释清楚。有没有婚姻对她来说真不是一件多要紧的事，她临走时拉着喜欢的人了了心愿，以后能在一起固然不错，不能在一起，她会觉得伤心遗憾，但不觉得因为这点情绪从此就过不去。

沐芷媛从自己的角度为了她好，以为女人的归宿总是嫁人，但她的人生扭曲了这么多年，早已不在世俗的那条道上了，也并不打算把自己扭回到那条道上去，接受世人的约束。

她就轻松笑道："大姐姐不要担心，说不定皇上权衡之下，不问我的罪呢，还让我做着世子，如此我们家就同从前一样。"

沐芷媛不认同地道："这只是称了父王的意，但对你可不好，难道一辈子就这样藏着不成？"

"王爷。"

外面传来了张嬷嬷提高了一点音量的请安声。

沐芷媛暂停了话头，扶着沐元瑜起来，一同向走进来的滇宁王见礼。

滇宁王摆手："都坐吧。"

他把手中的战报递给沐元瑜。

沐元瑜低头展开看了，这战报的边上还沾着点淤泥，不甚整洁，可见是在紧急之下写的。

"果然是一丘之貉。"看过后，她了然道。

滇宁王脸色微沉着点了下头。

"需要向朝廷请求调拨兵马了。"沐元瑜运转起思绪，说道，"在南疆之外作战，本就对我们不利，东蛮牛这一插手，我们的局面更困难。"

滇宁王点头："我已命人拟文，今日就送出去。"

滇宁王既已有了主意，还将战报拿来找她，沐元瑜一想也就明白了，正容道："父王欲往军中？"

滇宁王妃和沐芷媛齐齐变了脸色，都看向滇宁王。

滇宁王面容有点疲倦，但简洁而坚定地道："瑜儿，府里就交给你了。"

滇宁王妃失声道："这怎么行，瑜儿现在怎么能理事……"

沐元瑜打断了她，以缓慢而沉稳的语气道："我知道了。请父王放心前去，府城之内，一切有我。"

她此刻的身体状况当然不适合托付以重任，但她更上不得战场。滇宁王一走，府里只剩妇孺，滇宁王妃对外务所知有限，她再有难处，只能顶上。

沐芷媛失措地道："这怎么行，父王，不能缓一缓吗？既然已经向朝廷请求兵马，我们暂且按兵不动，等待后续的援军赶来不行吗？"

滇宁王听了，皱了皱眉。

沐元瑜代为解释道："大姐姐，开弓没有回头箭，兵马一动，每一日都是无数消耗。若时候短还罢了，从父王去信，到朝廷派援军来，各样程序走下来，少说也有两个月，我们不能就这么空耗着——便是我们愿意从王府的私库里补上这部分消耗，东蛮牛和暹罗也不会配合着坐视。"

战事一起，那就不是谁想喊暂停就能停下来的了，唯一的办法，只有以战止战。

沐芷媛话出了口，也知道不可能，只得又急又无奈地重重叹了口气。

沐元瑜转过脸道："父王应当还有些事要交代我，请母妃先替父王收拾行装。母妃放心，父王在军中定住军心，后方就不会有事，父王嘱咐我，不过是说一声。再者，也就这一个来月麻烦些，之后我就腾出手来了。"

她的产期就在八月中下旬，说快也快，忙起来倏忽就到了。

滇宁王妃很没有心情，但听见女儿这么说，知道事不可改。况且不管怎样，沐元瑜总还留在她身边，她不是拖泥带水的纠缠性子，就不再多说什么，皱眉去了。

沐芷媛知道他们要说正事，心事重重地也出去了。

云南府城内自有布政司府衙等各级官方行政机构，一般外务找不到沐元瑜这儿，她要操心的事其实不多，当下父女两人商量了近半个时辰，就差不多了。

论及危险，还是要去军中的滇宁王承担得更大更多。

两日后，滇宁王披挂出征。

沐元瑜只能在荣正堂里送他，说道："愿父王此去旗开得胜，早日归来。"

滇宁王点一点头，转身而去。

来自云南的最新战报传递入京，连夜敲开了宫门。

皇帝匆忙起身，漏夜召见了兵部、京营等堂官武将。

在经过五日的争吵博弈后，皇帝决意从京营中拨五万人马，驰援南疆。

七月末，援军整兵完毕，出发。

这五万人马没有走出多远，因为仅仅十天之后，大同重镇告急，狼烟一路燃起，瓦剌自茫茫草原而来，十五万大军兵临城下，犯边叩关。

奉天殿。

"皇上，当务之急是立即将京营的五万军士召回来，瓦剌部已临大同，这个关头绝不宜再分兵。"

"臣附议。"

"臣附议。"

沈首辅的声音回荡在朝堂之中，激起一片赞同声。

对京城来说，南疆有险，不过疥癣之疾，即便真让暹罗联合东蛮牛入侵了进来，糜烂那一片土地，短时间内也危险不到中央，大可慢慢收拾。

关外的瓦剌却是居于心腹处的大患。

自秦汉以来，漠上草原那片苦寒凛冽之地从没有消停过，如同中原王朝改朝换代一般，草原上的势力也是不断更迭，一个部族叫中原王朝打败了，或是休养生息个几十年，卷土再来，或是另一个部族乘势崛起，此起彼伏，总是不能一劳永逸。

而无论那些蛮族历经多少更迭，有一点核心始终不变，那就是对中原这片沃土的野心觊觎。

现在面对的这瓦剌，从根子上来说，就是前朝余孽的变种。

百多年前前朝以异族窃取大统，倒行逆施，激起民变无数，短暂的不足百年的历史中，各地起义如星火燎原。最终前朝君臣抵挡不住，兵败逃亡，主支逃入漠北，分支逃入南疆。

逃入南疆的余孽势力既薄，又算是背井离乡，在南疆立足不稳，经过当时的朝廷军队几轮扫荡之后，声势就消了下去，渐渐不再听闻他们作乱的消息，朝廷也不再将注意力投注过去。

逃入北漠的主支势力则大得多，北漠也是他们的老家所在，他们往那边去，比往南疆的那支生存要容易不少。只是他们在中原受创甚巨，无力抗衡周边漠北漠西等几个实力雄厚的部族，几轮乱战之后，被分而吞并了下去，又之后，草原上出了个雄主，将这几个部落统一了起来，就是今天的瓦剌。

前朝大厦虽倾，但作为曾经的草原霸主，倒还有一点架子在，瓦剌部的这个雄主自称丞相，立的可汗却正是前朝余孽皇室血脉的后代。

"皇上，瓦剌此次聚十五万大军而来，其势之汹汹，绝非以往可比，臣请同时召各地勤王军前来，共御敌寇。"

又一个臣子提议道。

他同样得到了一大批臣子的附和声，在抵御瓦剌这个议题上，群臣罕见地发出了一致的声音。

因为京城绝不容有失。

摊开舆图就可以发现，大同距京城的距离简直近到可怕，假使大同被攻破，内三关失守，瓦剌破居庸关而入，那京城就像是一个穿着轻薄春衫的小姑娘，美丽而毫无遮蔽，随时可能零落于铁骑下。

这是成祖的作为，他是一代英主，出于天子守国门的豪情，将京城北迁到了抗击敌寇的前线上，以此告诫子孙后代不懈武事。

在这样有志一同的进谏之下，皇帝下令，先期出发的五万京营军队折返向西，由驰援南疆变为增援大同。

战事暂时还不知如何，消息灵通的人家是已经知道了瓦剌来犯的军情，在私下悄悄议论着，京城上方不知不觉笼了一层紧张的气氛。

朱谨深来求见皇帝。

不等他开口，皇帝叹了口气道："朕知道你要说什么，但是现在大同形势远远危急过南疆，朕不可能于此时分兵。沐家那边，让他们坚持坚持吧。"

朱谨深道："儿臣知道，但儿臣去往户部，尹尚书将儿臣先前预备的粮草也拨往大同了，说是奉了皇爷的谕旨。"

皇帝点头："是朕下的令。瓦剌选在这个时候去犯大同，那周边的屯田只怕都保不住了，不从京里调拨，那边难以支撑。"

朱谨深面色白得似玉，努力压着脾气道："如此措置，兵不给，粮也不给，皇爷让云南拿什么坚持？"

皇帝知道这事自己干得有些理亏，那粮草是朱谨深从尹尚书嘴里硬夺出来的，都用车装得好好的了，只等着云南方面的消息，结果大同出事，他捡了个现成先拿走用了。

他就好声好气地哄道："你不要着急，你想一想，大同与云南孰重，朕也是不得已啊。"

这个问题朱谨深不用想也知道答案，他同时还知道这怪不着皇帝，皇帝选择全力倾向大同在战略上没有一点错误，要是不保大同保云南，那才是吃错了药呢。

但是暹罗入侵本是一件大事，让瓦剌这一闹，如今提都没人提了，所有人的目光都聚焦到了大同去，至于远隔重山的云南，好似被遗忘掉了一般。

只有他，还一心惦记。

他尽力心平气和地道："不是儿臣着急，瓦剌集结了十五万大军，彼辈本就贪婪无耻，如今付出既重，所图必大，不得到足够的利益，绝不会轻易退避，这一仗不知要打到哪一天。而云南七万人马已陷于境外，皇爷打算叫他们坚持到什么时候呢？"

这个问题，皇帝一时答不上来。

南北同时开战，云南要应对暹罗和东蛮牛，京城要抵御瓦剌，哪一头都不轻松，哪一头看上去都不是很快能结束的战役。

除京营之外，朝廷不是没有其他兵力，但战力与京营绝不可比。九边重镇倒是兵雄马壮，但和大同一样，都有着抵抗外辱的责任，一个都不能动。至于内陆的卫所，承平已久不遇战事，卫所兵们早退化得和普通佃农差不多了，也就维持个地方治安，真要奔赴暹罗作战，只怕半路上就要倒下一大拨。

"朕让江南想办法，再征一批粮草，补给云南吧。"过了一会儿，皇帝只能道，"至于援兵，眼下是不能派出了。"

京城还指着各地来勤王呢，此时是真的顾不上云南了。

"皇爷误会了，儿臣不是来问皇爷要援兵的，大同重比泰山，不容有分毫闪失，儿臣十分清楚。"

朱谨深的话听上去很讲道理，但皇帝没来由有了点不妙的预感，道："那你想说什么？就来问一问朕？二郎，你可别说你要当援兵过去，这可是异想天开。"

朱谨深躬身道："不是异想天开，是儿臣非去不可。"

皇帝觉得脑袋隐隐作痛，斥道："朕就知道你又要生事！"

"你告诉朕，你去了能做什么？云南的形势并不如你以为的那么紧急，沐显道为人还是谨慎的，他带的七万大军并没有损失多少，对上暹罗不是没有一战之力，至不济，退守云南罢了，哪里要你这样上蹿下跳起来？"

"儿臣以为不能退。若退回来，暹罗知道云南兵力空虚，必将追击，届时在云南境内打起来，祸及的是当地百姓。这一仗既然无可避免，宁可打在外面。"

皇帝听他这个话，思路倒是仍然清晰，也中听，气不知不觉就又平下来，道："既然一定要打，那就打就是了。这是沐显道的事，终究和你没有关系。"

"沐王爷年事已高，伤病缠身，恐怕有顾此失彼之处。"

"还有沐元瑜在，她不上战场，在后方做个参赞，稳住形势总是够用的吧。当初你放她回去，不就是拿这个做的借口？"皇帝打断他，因为提到了他心中会下蛊一般的"丫头片子"，他不大愉快地斜着眼扫视了儿子一下。

朱谨深沉默了一下，道："她现在不行。"

皇帝道："什么意思？"

朱谨深默然着，他一直隐瞒着沐元瑜有孕的事，因为不知道皇帝知道了之后将会作何反应，会怎么处置她，他不敢冒这个轻易吐露的风险。

但现在，她孤军悬于万里外，等待着不会来的援军，状况一样危险。

朱谨深轻轻吐出了一口气，下了决心，道："请皇爷屏退左右。"

与他相反，皇帝是一口气提了起来——居然还有事瞒着他！

他做好了生气的准备，同时在心底说服自己不要太生气，然后把殿里的人都撵走了，沉着脸道："说吧！"

他的目光在案上游移着，找着有什么趁手的物件，好教一教子。

"她怀着我的孩子，这个月就要生了。"朱谨深低声道。

他辛苦攒的粮草被皇帝抬手夺走，知道皇帝没有错处也忍不住心头的焦急，过来的时候原是一腔说不出来的火气，但这一句说出来，不自觉就换了最柔软的语气。

这话听到皇帝耳里，却如一声惊雷。他才拿到手里的牙尺"啪"地掉回御案上。

"你——"皇帝直着眼，说不出话来。

朱谨深没抬头，道："皇爷，她现在没有精力操持后方，沐王爷去了军中，假使有失，沐氏没有人可以顶替上来。"

"你等等，等等！"皇帝根本没听见他后面这一串努力的劝说，只觉得他吵得厉害，皱眉打断道，"你把话说清楚了，你才说的是真的？没弄错？"

朱谨深道："这样的事，怎么可能弄错。"

皇帝的头痛转成了头晕，不由得扶了扶脑袋，道："你跟沐元瑜成事了？她愿意？还是你勉强的？"

"我没勉强。"

皇帝想想也是，几回要给儿子赐人都不要，他又怎么干得出勉强别人的事来？可……

"你们无媒无聘，她就愿意了？"

皇帝现在提起沐元瑜时常一口一个"丫头片子"，透着轻视和不悦，但他心里当然清楚，那是沐氏当世子养大的姑娘，就算她以后做不得世子，之前所受的教养是抹不掉的。

这样独一无二的顶级贵女，居然就没有媒聘地，见不得光地……

朱谨深察觉到一点他的意思，加重了语气道："有没有媒聘，总是我心里唯一的一个。"

"你爹什么毛，朕又没说什么。"

皇帝训斥了一句，但语气还好。他只是震惊，朱谨深是儿子，任凭怎样也吃不了亏，他对这种事倒没什么可生气的。

就是留了种下来，有点麻烦。

皇帝的惊讶终于缓缓消去了，心头仍辨不出是什么滋味，张口先问出了最关心的："是男是女？"

"我不知道，告诉我的时候月份还早。"

"哦——"皇帝回了神，终于找到一点可生气的地方，说道，"所以你又瞒了朕这么久！"

朱谨深道："我不知该怎么告诉皇爷，也怕皇爷动怒。"

皇帝哼道："少说好听的糊弄朕，你现在就不怕了？怪不得你没日没夜惦记着要跑云南去！"他又想起来，道，"对了，李百草不是说你还要养几年，现在不能有子嗣吗？"

朱谨深顿了一下，面不改色道："儿臣身体弱，但是沐元瑜身子好。李百草说了，女子里一百个挑不出像她那样康健的来，孩子有三分像她，也是不需担心了。"

"三分？那似乎不难。"皇帝下意识自语道。

朱谨深满面期盼地主动往前凑了凑，道："皇爷，不给云南援兵就罢了，但让儿臣过去，协助滇宁王府坐镇理事，以示皇爷并没有将边陲置之不理，云南百姓和出征的将士们知道了，也都当感沐皇恩。这是两全其美之策。"

皇帝沉吟着，他还是没有怎么听进去朱谨深的话，只是心里如猫抓般。他一直走神，还忍不住回想起朱谨深小时候的模样。他小时候虽然弱，可弱得玉雪一般，又乖巧聪明，不像现在这么招他生气……

"皇爷？"皇帝不直接驳回就是有戏，朱谨深再接再厉地道，"大同重镇不能有失，皇爷居于京城守国门，儿臣奔赴云南，与暹罗一战，交由儿臣，不用皇爷分心，儿臣亦不问皇爷要援兵，愿立军令状，不破暹罗，势不回转！"

皇帝咳了一声，道："你，让朕想想。"

第七章
奔赴云南

皇帝没有考虑太久，大同危在眼前，他分不出精力来反复谋算衡量，只能把朱谨深的话想了一遍又一遍。他想来想去，除了仍旧觉得将儿子派到云南去很不放心之外，单就这个主意本身，不失为一个不错的解决方案。

大同一开战，云南他是顾不上多少了，但要由其自生自灭显然是寒了人心。南疆各族混居，民心本就难聚，朝廷用水磨工夫，百年来从中原先后迁居了几批汉民过去，磨到如今方太平了些，这时候要是撒手不管，由暹罗那些贼兵祸害了南疆，那多年治理就全白费了，这一仗过去，又要变作一地散沙。

难以抉择下，皇帝召了沈首辅来问。

战事接连而起，沈首辅也忙个不休，正熬得头昏脑涨，闻言眼睛一亮，却是振奋道："二殿下有此雄心，要为皇上分忧，皇上何不成全了他？"

皇帝犹豫着道："二郎自小体弱，如今虽养好了，毕竟一天兵事不曾见识过，战场就更别提了。他在京里历练历练也还罢了，去那么远，若不谨慎或经验不足，惹出什么乱子来，如何收场？"

沈首辅笑道："若是从前，老臣也不敢赞同。但从云南战事起，二殿下一直在兵部与户部之间协理忙碌，并未出过差错，云南那边的现状，他也因此十分了解，这是其一；其二，当日沐家世子在京时，与二殿下形影不离，十分尊崇二殿下，二殿下若去，与沐家直接就能搭得上话，沐家不会对他疑惧排斥。"

"老臣直言，若不派人便罢，若要派人往云南去襄助，二殿下是最好的人选，别人都不如他有这些优势。"

皇帝纠结着走了下神，什么搭得上话……可比这深入多了。

他想着神思又飘得更远了点，沐家那丫头片子身体好归好，不过女人生产就是道鬼门关，他两个皇后都栽在了这可怕的关卡上，不然，后头也牵连不出这许多事来，烦得他动辄头疼。

"皇上？"沈首辅疑惑地提高了点声音。

皇帝回了神："哦。让朕再想一想。"

说是要想，让沈首辅这么一劝，他心里毕竟又松动了不少。

朱谨深再来聒噪，他就终于松了口，只是嘴上没有好话，讽刺儿子道："朕瞧那热锅上的蚂蚁，正和你现在一个样。从前不见你这么勤快来看朕。"

朱谨深躬身道："只是养儿方知父母恩罢了。"

皇帝猝不及防，喉口一下哽住，龙目都险些酸了一酸。

"你——"他再想说话，说不出什么来，胡乱摆了手，"去吧！爱去哪儿去哪儿，朕忙着，没空和你啰唆。"

转日，负责保护朱谨深出行的人马紧急组建调动起来。

有大同军情在前，南疆就不够看了，朱谨深的首次离京很是低调，没搞什么钱行。只是皇帝硬从军营里给他拨了两千精兵来，这些上战场虽不够用，在后方保护他一个人是绰绰有余了。

八月初五，秋高气爽，朱谨深领兵出发。

朱家三个兄弟齐聚在城楼外送他。

朱谨治很担心，嘱咐道："二郎，你到了边疆，可不要乱跑，你跟沐家的小孩子好，就乖乖跟他待在一处，那里是他们家，他的人多，你跟着他安全。"

朱谨深点了头，十分和顺地道："好。"

朱谨治有点遗憾地道："你走得这样急，看不见你侄儿出生了。"

朱谨深忍不住笑了一下，说道："没事，等我回来见一样的。"

轮到朱谨渊，他的情绪就复杂多了，一面很高兴朱谨深出京到那荒蛮的险地去，一面又怕他这一去真的建起什么功业来，理想的状态，最好是他非但毫无建树，还捅个大娄子。

心里转着这念头，他面上极诚恳地道："二哥这一去一定要多加小心，愚弟没有别的心愿，只要二哥平平安安地回来就好了。"

朱谨深随意也点了头。

再来是朱瑾洵，他今年也十四岁了，个子拔高了一截，看上去是个挺有精神的半大少年了。

他拱了手，朗声道："愿二皇兄马到功成，奏凯归京！"

朱谨深一直差事不断，好久没去过学堂了，原不太和朱瑾洵碰面，但朱瑾洵如今搬出了宫，也住到了十王府来——这里面有朱谨深的一点手笔，去年他在都察院查梅祭酒案，为防沈皇后给他找事，先一步就近拨动了两个御史，上书去说朱瑾洵年纪已长，应该迁宫。沈皇后自然不愿意，注意力就集中到如何留住儿子上面去了，费了好一番工夫，把朱瑾洵多留了几个月，只是翻过年他到了十四岁，再住在宫里不太像样，终究还是迁了出来。

朱瑾洵到了十王府，兄弟们宅邸挨着，时不时出门能遇见，朱谨深比从前见他倒多了，只是来往不深。朱瑾洵不像朱谨渊总憋着一股阴阳怪气要和他比较的劲，朱谨深对他就只是冷淡，没拿话刺过他。

现在得了祝愿，他也像个正常兄长般道："你在京里，也要多听皇爷的话，孝顺皇爷。"

朱瑾洵连忙点头。

都说完了，朱谨深最后再往城楼上望了一眼，跪下行了礼，上马在兵士们的簇拥下向外而去。

马蹄声嗒嗒渐去渐远，皇帝在几个近臣的陪同下，站在城楼上目送。

因为国储未定，他的四个儿子都一直聚在京里，如今这是头一遭有一个离开他触目可及的势力范围，并且还一去那么远。

那最前列披着玄金披风的挺拔身影越去越远，皇帝心里也越来越空。

身旁的近臣们都在说着提气祝愿的话语，他有一句没一句听着，自嘲感慨地摇了摇头。

男儿志在四方，难道他还能一直把人都拢在身边不成，早晚都要各赴前程的。

为这个心酸，他真是年纪大了，才这样多愁善感起来……

边境不靖，内陆还是平定，朱谨深一路走得很顺利，南下先奔到了南京，在这里停留了大约十天，拿着皇帝给的调粮令跟南京各部周旋了一番，要出了一批粮草。他亲自看着装车上路，留了一千兵士押送，然后他带着另一千先行一步，开始了急行军一般的征途。

九月下旬，他们着急慌忙地进了云南府城。

他这一千精兵的目标也很不小了，守城的吏官知道了他的身份不敢怠慢，忙往城里各衙门去禀报。

第一个接信的自然是滇宁王府。

沐元瑜躺在床上，正听鸣琴给她读着文书。

她的丫头护卫早已陆陆续续地回来了，滇宁王从前线送回的战报她原要自己看，但滇宁王妃认为月子里看书会伤着眼睛，很坚决地一份都不许她看，她就只能通过丫头的读报来了解最新的战况。

鸣琴正读着，许嬷嬷抱着个襁褓来了，笑得眼睛眯成了一条缝，道："世子，小哥儿醒了，找您呢。"

沐元瑜忙支起了一点身子，伸手道："给我。"

许嬷嬷却没有将襁褓给她，而是轻手轻脚地放在了她的身侧，笑道："世子看一看就好了，您现在不宜用力，这是最要紧的时候，可得调养好了，一丝都不能马虎。"

沐元瑜笑道："都大半个月了，我早就好了，现在出去打一套拳都有的是劲。"

是的，此时离她生产已快二十天了，她在这上面的好运气一直延续到了她生产当日，痛自然是痛得要命，是她从没有挨过的大苦头，但没有发生任何意外，傍晚发动，痛到半夜，就生了一个红彤彤的小肉团子出来。

这之后她能吃能睡，不过几天就把精神养了回来，只是遵循着传统仍要在屋里养满一个月。

她觉得无聊，惦记起了离境的大军，滇宁王妃挨不过她缠磨，又见她确实面色红润，精神充足，才让了点步，把先前攒下的那些滇宁王寄回来的信拿了过来。

现在已经褪去了那层红，变得雪白雪白的小团子躺在旁边，乌溜溜的眼珠子一转，盯了过来，立即就把沐元瑜的注意力全部吸引过去了。她暂且顾不上战报，先伸出一根手指，小心地碰了碰小团子的嫩脸蛋，笑眯眯教他："宁宁，叫爹哦。"

许嬷嬷哭笑不得："世子。"

沐元瑜对着小团子道："我没有教错嘛，以后我就要又当爹，又当娘，把他拉扯长大了。"

许嬷嬷登时觉得心酸，说道："唉，世子辛苦了，总是这么难。"

"我哪里难，宁宁长这么多天了，我还没有抱过他多久呢，都是母妃和嬷嬷在帮忙。"沐元瑜笑眯眯地道，"母妃和嬷嬷才辛苦了。"

许嬷嬷又笑了："看世子说的，不过世子这样惜福大量，什么事也难为不着世子，您的大福气呀，在后头呢。"

沐元瑜点点头表示赞同，又道："我现在觉得很好了，用不上什么大福气，匀给宁宁好了，他平安康宁地长大，就比什么都强了。"

小团子宁宁好像知道大人们在谈论他，菱角一样的小嘴巴张开，吐出了一个口水泡泡来。

沐元瑜哈哈笑着要去戳，慢了一步，那口水泡泡又被小团子吸回去了，她就点点小团子的脸颊，说道："宁宁，再吐一个。"

许嬷嬷和鸣琴看着她闹，都笑起来。气氛正好，滇宁王妃从外面走了来，表情很是莫测难解，喊了一声："瑜儿。"

沐元瑜收了手抬头道："母妃，怎么了？"

"有人来报，二殿下从京里来了。"

沐元瑜怔在床头，旋即笑了："真是战起乱世了，这等骗子也能冒出来。"

虽这么说，满心里知道不可能，但在她心里，压都压不住地冒出一丝期望的小苗来。

滇宁王妃皱着眉道："我不知真假，不过报信的人说是还带着许多兵士。"

沐元瑜："……"

　　屋里的人都看着她，滇宁王不在，她俨然已成了王府的主心骨，连滇宁王妃都在等着她拿主意。

　　沐元瑜按下了乱跳的心脏，定了定神，冷静地道："母妃，既然带了兵，假的可能性就不大了，此刻应当已经往我们府里过来。但谨慎起见，仍请母妃先命人将门全部闭起，带上鸣琴一同前去。"

　　她说着转目向鸣琴，道："你见过二殿下，隔着门缝望一望，确定人没有错，再开门请进。"

　　鸣琴忙点了头。

　　沐元瑜道："观棋，备水，我要沐浴。"

　　她近二十天没正经洗过澡了，这个形象在家里还罢了，见远客怎么行呢？

　　噗。

　　宁宁专心地吐出了一个泡泡来。

　　滇宁王妃本已要转头出去，听见了后一句又转回来道："不成。瑜儿，月子里不能洗浴，娘跟你说过好些遍了。"

　　沐元瑜生完三天就想要水洗一洗，一圈人围着把她拦下来，只肯拿干净热烫的布巾来替她擦一擦身子。

　　后来她又争取过几次，但是势单力薄，争不过滇宁王妃许嬷嬷鸣琴等一大票人，她在小节上本也不是很执着，也就罢了。

　　不过先前忍是先前的事，现在她可不能再忍下去了。

　　"母妃，"她眨巴着眼恳求道，"总不能叫我这样见人吧？我头发都快打结了。"

　　滇宁王妃道："哪里有这样严重？鸣琴天天替你梳着，我瞧着很好。"

　　"不好，我都要臭了。"

　　"胡说，我闻着香香的。"

　　"您是我亲娘呀，看我不香才奇怪了。"

　　滇宁王妃忍不住要笑，又拧眉道："哼，我可没这么稀罕你。"

　　她是把女儿当作心肝在宠的，正因为宠，沐元瑜带个小油瓶回来她也轻易谅解了，但现在小油瓶的爹可能追过来，那可是抢女儿的，她心下就不那么舒坦了。

她索性走回来道："我看就是个骗子，要是来了，叫人直接撵走。"

她到床边哄着小肉团子，柔声细语煞有介事地道："宁宁乖，不要怕，祖母保护你，什么大骗子都带不走你。"

滇宁王妃从前盼望沐元瑜能恢复身份，嫁一个好归宿，但如今觉得，女儿连着小孙孙就这么养在府里，长在她的羽翼之下，不受婆家一点气，她还能亲手把小孙孙养大，这日子也是不错的。

宁宁自然听不懂滇宁王妃在说什么，他也还不会认人，但有人对着他说话，他就开心，咧着嘴露出一个能把人萌翻的无齿笑容。

"宁宁跟祖母笑啦！"滇宁王妃一见欢喜极了，更加挪不动步子了。

说着话，不久之后外面就来了正式通报："启禀王妃娘娘，有千名兵马在外面请见，为首的自称是从京里来的二皇子殿下。"

滇宁王妃道："哦，知道了。"

说完她仍旧不动，只是逗着宁宁玩。宁宁是个很识逗的小婴儿，一逗就笑，黑葡萄一样的眼珠跟着大人的动作转来转去，灵活又精神极了。

沐元瑜含蓄地提醒道："母妃，有客来了。"

滇宁王妃道："来就来了。"

"……"

滇宁王妃把注意力从外孙身上转移开来，伸指戳了下女儿额头道："你急的什么，孩子都替他生了，叫他等等怎么了？他还敢生气不成？他做出这种事来，若还敢到我们家来摆什么皇子架子，我看趁早请他回去也罢了，我们庙小，容不下那么大一尊佛。"

她母妃这是要考验人？

沐元瑜摸摸鼻子，无奈地不语了，亲娘要行使丈母娘的权利，那不是她管得了的，就转而道："母妃，等等就等等，那先让我沐浴一下吧。"

滇宁王妃望了她一眼，这样就乖乖听话了，也不纠缠，是笃定了门外那个野汉子会等？

有鉴于此，她方松了些口："用热热的水，简单擦洗一下罢了，不要弄太久了。"

许嬷嬷听了，忙转身叫人去安排。

一时木桶连着热水都抬了进来，滇宁王妃姿势熟练地抱着宁宁，步伐稳健地走了出去，不知去往何处。

沐元瑜使个眼色，鸣琴忍笑跟了上去。

然后沐元瑜就不管了，抓紧这得来不易的沐浴机会，慌忙跨进木桶，沐浴起来。

滇宁王府的朱红大门外。

台阶上，正门、东西角门严丝合缝，是一个一点折扣都不打的好大的闭门羹。

朱谨深立在门前，里面倒是有人答了他的话，传报去了，只是这一去就如断线风筝，杳无音信。

一千兵士没跟过来，立在了街口那边，乍看上去队列整齐，鸦雀无声，十分整肃。

但细看的话，就会发现内里有人不着痕迹地伸长了一点脖子，也有人嘴唇轻动，从齿缝里挤出微末声音来，跟同袍交流。

"这是怎么回事？二殿下在那儿站了快有盏茶工夫了吧？"

"肯定有，我看都快一炷香工夫了。"

"都说边王威风大，这是真大啊，龙子也敢晾在外面。"

"强龙不压地头蛇。"

"我看，是沐家知道了朝廷不会有援兵来，心里有气，有意给二殿下难看。"

"对，对，我看也是。"

兵士们窃窃私语，陪着朱谨深一起站在门前的带队千户也不太忍得住了。

"二殿下，属下去敲门问问？"

通传再怎么需要时间，也该先将他们请进去奉茶才是，哪有叫人在大门口等的。

朱谨深并不看他，徐徐道："不急，再等等。难得来一趟南边，赏一赏景亦是不错。"

那也得到有山有水的地方去呀，这光秃秃的大门口有什么好赏的？

再说，这位殿下路上火急火燎的，真等到了地头，一步之遥了，又不急了，真不知怎么想的。

千户心内嘀咕，眼神很有意味地瞄了瞄朱谨深被衣摆遮住的下半身——他离得近，发现朱谨深尽管腰板挺得直，实则腿都在微微发颤了，却只管坚持站着。

因为朱谨深比他更挨着苦头，对比之下，他也就不觉得自己被晾在外面有多么生气了，只是挺好奇地追问了一句："殿下，那我们得等到什么时候去？"

朱谨深不答，只是道："这时候多等一刻，见了面就好说一点。"

千户败退——他听不懂朱谨深说的什么，只能感叹贵人的心思可够莫测的。

横竖他只管护卫，多等就等吧，碍不着他多大事。

好在这等待没有真的到让人发急的地步，在街口的队形开始出现了一点懒怠之后，朱红大门终于开了。

各色执事人等鱼贯而出，兵士们很快得到了安置，朱谨深则被请到正厅里。

真见了人，滇宁王妃可一点没显出来不虞之色，极是自然地道："不想殿下忽然前来，家里孩子正闹，王爷又出征了，妇道人家脱不开身，迟来一刻，怠慢殿下了。"

嘴上说着，她的眼神飞快在朱谨深周身一扫而过。

朱谨深进城就直接领人来了，没在外面休整，饶是以他的好洁程度，也无法避免一身的风尘仆仆，额前发丝都被吹乱了，但第一眼看见他的时候，一定不会注意到这些。

他天生的高洁气质有效地掩盖住了外表上的一些小瑕疵，他额前的头发乱着，但好像就是该那么乱，披风下摆不知在路途上的何处刮花了丝，那一处也好像就应该是那个形制，不刮那一处，才完整得不对头。

滇宁王妃控制不住地从心底发出了一声叹息：唉，瑜儿这丫头，真是随了她。

朱谨深疲倦已极的眼神亮了一亮，滇宁王府难道还有第二个能闹着王妃的孩子吗？自然只有是……

"您客气了，并不曾有怠慢。"

朱谨深压抑着情绪，他怼皇帝对阵大臣都不手软，独是没跟滇宁王妃这样的后宅贵妇人打过交道。对他来说，这贵妇人的身份还很不一般，这让他行止间更少见地添了两分小心，竟是少有地束手束脚起来。

他正为难地想着措辞，听得从隔壁里间传来一声嫩嫩的咿呀声。

朱谨深的步子顿时就冲过去了两步，又在滇宁王妃凉凉的眼神中，硬生生刹住。

他面色变幻着，想说话，只是脑子里一片空白，神思全被那又响起来的咿呀声勾住了。

"……"

他只能无声拱手躬身，向着滇宁王妃深深弯下腰去。

滇宁王妃微有讶异——这皇子倒不像滇宁王那个死鬼花言巧语，能哄人。

看这嘴，还挺笨的。

似乎是个老实人，跟他的花心脸倒不是一回事。

她就笑了笑："孩子又闹了，有劳殿下稍待。"

她施施然走到里间去，柔声哄着。

帘子掀起又落下，朱谨深只在瞬间看见一个妇人守在窗下的罗汉床旁，床上放个大红襁褓，襁褓里似乎扬起一只小手来，一晃而过，看得不真切，也不知究竟是不是。

滇宁王妃没叫他，他不好进去，只是心下微怔了下。他以为必定是沐元瑜在里面哄着孩子，结果她并不在？

他一时顾不上想孩子了，抬头往四周打量了一下。这是滇宁王府的正殿正堂，平常都不许进人的，各样布置显赫光耀，自然，沐元瑜不会在这里住着。

正堂里并不只有他和滇宁王妃，两排侍人一路排开去，只是都恭谨噤声，好似不存在一般。

朱谨深定了神，也不多想了，耐心站着，等着滇宁王妃出来。

过了好一会儿，滇宁王妃方重新出来，这回手里抱了个大红襁褓，一边走一边笑道："这孩子磨人得很。"

她一语未了，倏然变色。

因为朱谨深忽然一晃，单膝就跪倒在了水磨青砖上。

这怎么着也是位皇子，还是奉皇命而来的……

滇宁王妃晾着他，一则心里毕竟有气，二则是想看一看他的脾气，若是那等脾气大的，等一等就要变脸色，或是不把她这个做母亲的放在眼里，要直闯进去，那她对女儿就要另做打算了。

她的心意仅止于此，可绝没有要折辱朱谨深的意思，不然也不会把孩子安置在隔壁了。

"你——"滇宁王妃忙闪到旁边，她受不起朱谨深的大礼，何况她手里还抱着宁宁，这父跪子，成什么样子！

"都发什么愣，不知道扶一扶！"

木桩子似的侍女忙都动弹起来，七手八脚地把朱谨深搀了起来。

见到朱谨深起来的姿势，滇宁王妃也就明白过来——他两条腿都拢不到一起去，显然是一路赶过来，骑马奔波劳累所致。

滇宁王妃还能有什么话说，只能下令快请大夫。

朱谨深不比沐元瑜打小练出来，飞马来去如风，他长到如今从未出过远门，这一遭疾奔过来会受伤是太理所当然的事。人在旅途，这伤还没法养，涂什么灵药都不管用，只能硬撑着。

滇宁王妃不便看他的伤处，但听召来的医官说了，朱谨深两边大腿内侧生生磨掉了一层皮，那一片都是鲜血淋漓的，少说也得卧床养个十天半个月才行。

这一来，她多少闷气跟抱怨都不好出口了，只能先命医官开药诊治，又琢磨着让人收拾屋子好安置他。

沐元瑜已经沐浴过，头发都快晾干了。她知道滇宁王妃的脾气，便为着她，也不可能真去为难朱谨深，所以原是放心不管的，但见滇宁王妃一去无踪，等到这会儿实在等不下去了，着人去打听，听说了这一茬，愣了一会儿，又好笑又心疼，道："这是怎么说，带那么些人，没一个知道劝一劝？"

话虽这么说，但她心里是清楚的，能撼动朱谨深意志的人不多，他不肯停下，随行的护卫又有什么办法。

观棋替她松松地绾着辫子，笑嘻嘻地道："这样的郎君才有诚意嘛，不然，世子白跟他好了。"

正说着，滇宁王妃进来了。

沐元瑜挪到了罗汉床上方便观棋替她收拾，见了母亲进来忙道："母妃，殿下伤得重吗？"

滇宁王妃眼神看过来，将她一打量，见她换了崭新的襦裙，梳好了辫子，虽在床上，但衣着已经整齐。她没有答话，转头又出去了。

沐元瑜正有点莫名其妙，便见帘子整个掀起，气质冷清磊落的青年被一个健壮的仆妇搀扶了进来。

洗过尘、也换了身干净衣裳的朱谨深一抬头，目光就跟她对上了。

沐元瑜去年年底在他的提醒下奔逃回来，到如今，与他已将一年未见。

但两人这一对视，好似分别就在昨日，熟稔的感觉顷刻回来，中间这离别的岁月不曾存在似的。

她不自禁就笑了："殿下。"

朱谨深怔得久了一点，沐元瑜在月子里做不了什么打扮，腰部以下搭着锦被，两条才编好的辫子垂在胸前，绕着浅碧色的丝绦，露出来的上半身穿件豆青色襦衣，颜色俏皮又清爽，正合她的年纪，衬着她二十天下来养得团圆粉白的一张脸，俏生生又精气完足，若不是事先知道，丝毫看不出是产后形容。

仆妇帮忙把他搀到了床侧，搬了圈椅来，铺了厚厚的一条银红撒花坐褥，请他坐下。

沐元瑜目光疑惑地往后溜了一圈，问道："母妃，宁宁呢？"

"尿了，才收拾完，小东西又咿呀着喊饿，乳母抱去喂了。"滇宁王妃解释过，目光在室内扫了一圈，道，"好了，都先出去吧。你们说会儿话，不过长话短说，身上都不便利，早些歇着是正经。"

她说罢就利落地领着下人离开了，里面两个暂时都不具备什么行动力，只能说说话，所以她很放心地没有留人下来。

帘子落下，室内为之一静，只有淡淡的烟气从角落条案上放着的青白釉三足圆香炉上方散出来，缭绕着若有似无的幽香。

"殿下，你伤得如何？找大夫上药了没有？你怎么能过来的呀，皇爷为什么肯放你，你怎么说服他的？"

沐元瑜一连串问题冒了出来，打破了这安静。她可纳闷了，真的万万没想到朱谨深能突然凭空出现在这里。

朱谨深没有答她，目光只是定在她脸上。

她渐渐被他看得不自在了，摸了摸脸道："我是不是胖了？还是殿下不习惯见我穿成这样？"

她的打扮虽然简单，也是明确无疑的女子装扮了，沐元瑜想着莫名其妙把自己想乐起来，打趣道："殿下不会只喜欢我扮作男子时候的样子吧？"

"我来晚了，辛苦你了。"

朱谨深一个问题也没有回答她，好一会儿后，只说出了这一句。

"没有，我……"沐元瑜想说她"挺好的"，不辛苦，也没有任何困难，像她在滇宁王妃面前一直撑着的那样，但话到嘴边，对上朱谨深幽沉温柔的目光，不由得就改了。

她声调低了八度，道："我好痛啊殿下，怪不得都说生孩子是道鬼门关，我差点以为我闯不过来。"

"我知道，是我不好。"

朱谨深挪着椅子往前蹭了蹭，勾到她的手，握在了手心里。

"我也有点累，父王出征了，我不能出门，好多事不能做，好怕这时候府城里有事，我照管不到。"

朱谨深握着她的手紧了紧，道："以后不会了，我应该早点过来。"

沐元瑜又笑了："殿下现在来一点也不晚，我都没想到，差点以为是骗子呢。"

"殿下，你见过宁宁了吗？宁宁是我给孩子起的小名，他生在这时候，我希望南疆早日平定，我的家重新安宁下来，就这样叫了。"

朱谨深应着："宁宁很好。见了一眼，他尿了，就被抱走了。"他又道，"他生得像你，笑起来的模样尤其像。"

"母妃也这么说。"沐元瑜笑道，"不过我可看不出来，他还那么小呢。我倒是希望他像殿下，也像殿下这么聪明就好了。"

朱谨深道："嗯。"

他话一直不多，只是眼神不曾稍移过。

"殿下，你是不是累了？你身上还伤着，要不先去休息吧。母妃给你安排居处了没有？"

"安排了，我不累。"朱谨深停了一下，问她，"我能坐到床上吗？会不会碰着你？"

"没事，我都好了，只是母妃叫我养着，还不许我出门。"沐元瑜说着，往床里侧挪了挪。

朱谨深撑着椅搭站起来，到床边坐下，伸出手臂。

沐元瑜弯了眼，欠身接受了他的拥抱。

将才洗浴过还带着微微水汽的少女的馨香身子拥在怀中，朱谨深慢慢闭起了眼睛。

他终于满足，但又很不满足。

他错过了她最困难最要紧的时刻，这遗憾或可弥补，但不能重来。

他本该全程参与，此刻却只能接受这错过。

这令他即便终于奔万里而来，将她抱到了怀里，心下也还是扯着丝丝缕缕的疼，无计可消除。

但这疼与在京里时又不同，泛着安心，再没有那辗转难眠的焦躁。

沐元瑜嘴上从来不提，实则她也很想他，过了一会儿才轻声重新开口道："殿下，你还没有告诉我，皇爷为什么肯放你来的事呢。"

"殿下？"

她觉得不对了，抬手摸摸朱谨深的脸颊，见他还没有反应，捧住他的脸侧头一看，见他长长的睫毛垂着，眼睛闭着一动不动。

沐元瑜吓一跳，忙伸手放到他鼻下，试了试他的鼻息，见悠长正常，方明白过来。

这是……就这样睡过去了？

他是累成什么样了啊。

她张嘴想叫人，望望他安然的睡容，又不大舍得，调整了一下自己的姿势，往背后塞了个迎枕，然后静静地抱着他，由他睡了一会儿。

直到滇宁王妃感觉时间差不多了，进来要搀人。

一见两人姿势，她脸先板了起来。

"母妃，他睡着了。"沐元瑜忙解释，又悄悄道，"母妃把殿下安置在哪里？"

"这不要你操心，你安生待着。"

滇宁王妃说着，就指挥人送他回房去睡。朱谨深睡得熟，一直都没有醒，就这么被安置到门外的软辇里抬走了。

再见面的时候，是十日后了。

沐元瑜心下其实奇怪，她后面知道了朱谨深就住在前院最阔大位置最好的一处客院里，不知为何却没再来看她。

鸣琴回来解释道："二殿下腿上伤得不轻，下不了地了，得养一阵。"

那也可以叫人抬过来呀。

沐元瑜心下嘀咕，她当然不是不想朱谨深好好养伤，只是觉得以他的脾性，是应该让人抬着来同她说说话的。

她倒是想去问问，只是她还在月子里，哪怕几步之遥，滇宁王妃也不可能放她踏出房门去受风，直到忍过了这最后的十天，方得了自由，忙往前面去了。

她寻进去时，朱谨深正坐在床上，两条长腿规规矩矩笔直地分开伸着。大约是才上过药，看得出没有穿裲裤，上面盖了层薄薄的绒毯，看上去确实是个养伤的模样。

只是他的腰也很挺，没靠着床背，是个有点别扭跟呆板的姿势。之所以如此，是因为一个大红褓裸放在他的身侧，柔软的包被摊开来，露出里面穿着小红褂的肉团子，朱谨深正目不转睛地低头看着。

宁宁应该是才吃饱喝足，很有精神地咿呀着，还伸条胳膊挥着。

朱谨深有点迟疑，伸出一根手指去碰了碰，宁宁眼珠转着，一下就把他那根手指握住了。

听见掀帘的动静，朱谨深抬起了头，见是她，目中漾开微笑。

沐元瑜挺惊喜地走过去，道："宁宁会抓握东西了？母妃本说还要过一阵子。"

"才会的，我昨天碰他还没有，他不大理我。"

朱谨深说着话，面上也显露出惊奇之色："他是有力气的。"

这么小的一个肉团子，他抱都不敢抱，只敢叫他躺在旁边。他雪白柔弱得好像一口气能将他吹化了，但竟然可以让他感觉到力量。

在旁守着的许嬷嬷笑道："不是不理，殿下秉性高贵，不像我们这些老婆子，话多好热闹，这个月份的小婴儿其实还不会认人呢，就好个热闹动静，谁同他说笑，他就看谁。"

她又夸道："殿下有耐心，肯多陪着他，等再过一阵子，他就知道了。"

沐元瑜忍笑，许嬷嬷说得含蓄，但她由此听出来并且联想了一下，朱谨深这样的人，自然不可能跟她们哄宁宁时一样"咿咿哦哦"地逗着他，这父子俩在一块没法说话交流，估计只能大眼瞪小眼。

瞪一会儿，宁宁觉得他是个没趣的大人，就不理他了。

宁宁虽然学会了抓握，但握不了多久，这两句话的工夫，他已经松开了胖短的手指，脑袋在褥子上晃动了一下，然后眼皮就往下耷拉了一点点。

朱谨深低头仔细观察着他，问道："他是要睡了吗？"

"是。"

沐元瑜坐到床尾，替宁宁把襁褓重新包上，搔了搔他的小肚子，道："小猪儿，除了吃，就是睡。"

许嬷嬷要笑，怕吵着了孩子，又憋住，小声道："这么说我们宁宁，世子可成什么了？"

沐元瑜也笑了，把包好的"小猪儿"交给许嬷嬷。

许嬷嬷抱着孩子出去，两个做爹娘的大人目光不由得都追着过去，直到见不到了方收回来，相视一笑。

"殿下好点了吗？"

沐元瑜目光转到朱谨深被绒毯盖住的部位。

"好多了。"

沐元瑜伸手想掀开看看，朱谨深使力压住，道："没什么好看的，结起疤痕来，瘆人得很。"

他眉头皱起来，一副自己就很嫌弃的模样。

沐元瑜也不坚持了，收回手，笑道："过了这一回，再多来两回，以后就适应下来，不会这么容易伤着了。不过这种苦头殿下犯不着受，还是不要的好。"

"你呢？"朱谨深问她，"你可以出门了？不用再养一阵子？"

"不用不用，"沐元瑜连忙摇头，"我现在养得比先前还有精神呢，闷了一个月，人都要闷傻了，我早想出来了，哪里还要再养。"

朱谨深只是不太放心，又打量了一下她。沐元瑜换了女装，虽是同样的一个人，他看她没来由就是多了两分柔弱。况且他自己的亲娘就是生他时没了的，对他来说，生产着实是件险极了的事，所以他在京里时才那样不安定，百般想来陪着。

但见她态度实在坚决，从外表上看又确实很好，他方不提了，转而说起正事来，道："我听你母亲说，这里现在的形势还好。"

沐元瑜点头："父王已经率领大军打过喀儿湖了，只是暹罗蛮横，败了一仗后不肯投降，仍在沿途不断伏兵骚扰。"

"我见了沐王爷寄回来的战报，正是这么说，这里的布政使差不多也是这个说法。"

沐元瑜忙道："殿下见本地的官员了？"怪不得这些天没有去看她，说是在外院养伤，原来也没有闲着。

朱谨深颔首："他们知道我来，来拜见我，问候了皇爷的龙体，也想打听一下京里的政策。"

"瑜儿，"他目视着沐元瑜，眼神温柔安抚，"有件事，我还没有告诉你，你听了不要着急。"

沐元瑜："……什、什么事？"

她有点晃神，这是朱谨深头一遭叫她的小名，大概是到了这里来，听她母妃一口一个这么叫她，就跟着学起来了。

这小名自然不算稀奇，不过从他嘴里叫出来，就有一点说不出来的意味了，好像她到他面前真成了个小姑娘似的——虽然她本来就是。

"瓦剌兵临大同，雄兵列阵，皇爷无法向云南分兵，已派出的五万兵马也不得不召回去。所以，不会有援兵来了。"朱谨深低沉着声音道，"只有我来。"

沐元瑜脸色变了。

她确实还不知道这件事。

朱谨深跑得比官方的驿传系统快，他带来的兵倒是都知道，但她关在荣正堂里坐月子，又见不着。

"母妃知道吗？"

"我告诉了你母亲。"朱谨深伸手拉她，道，"别急，我听说月子要好好坐，不能操心烦神，你母亲也是这个意思，才瞒了你几日。"

沐元瑜懂了，朱谨深先前不来见她，也有这个缘故在，他要是来了，她不可能不问他所遣援兵的事，他不想将没有援兵的坏消息告诉她，所以才回避了。

她定了定神，朱谨深跟她母妃是好意，她在月子里就是知道了，没援兵就是没援兵，除了干着急影响身体，也做不了什么。

"大同是怎么回事？那边是最重要的一个边镇，驻兵最多，瓦剌常去侵扰不错，但大举来犯近二十年都没有过吧？"

这些边镇长期受到关外蛮夷骚扰，草原上的势力特别喜欢秋收时过来祸害粮食，但通常都是劫掠一把就走，真以一种要攻城略地的方式就罕见了，因为边军也不是吃素的。

朱谨深道："据我与皇爷推测，恐怕跟扰乱暹罗的余孽分支脱不了关系。这两支余孽勾结起来，一南一北，先后发动，朝廷若救云南，则腹心危矣，若不救，则云南难测。这一道难题的出现若说只是巧合，就未免太巧了。"

沐元瑜认真想了一会儿，觉得这个时间线好像不太对，说道："皇爷已派出的兵马还能有时间召回去？瓦剌何不再等一等，索性等给我们的五万兵马抵达云南加入战局，回撤不了，那时再入侵，岂不更合他们的算计吗？"

"这应该是他们原本的计划，但现在实施，意义不大了。"朱谨深解释，"云南的形势，没有他们预计的那么坏。我揣测他们的本意，是将柳夫人作为最重要的棋子安插进你们府中，借由柳夫人之子，无论能不能得到沐氏的势力，起码能将南疆搅得大乱，而后暹罗连同东蛮牛于此时进攻，趁乱而占。"

"这个最坏的局势下，五万兵马是不够的，皇爷要救云南，不但要派兵，还要增兵，无论从边镇还是京营抽调，都会导致京师及周边防护力量不足，瓦剌若于那时进犯，"他止住话音，笑了笑，"所以，无须害怕，余孽在南疆的阴谋没有得逞，暹罗被阻于边境线外，瓦剌想乘虚而入的打算亦是落空，只能提前发动，如今局面，远不算坏，都尚在控制之中。"

沐元瑜恍然，点了点头，经他这么一分析，这条脉络是极清晰了。

"我不怕，"她道，"殿下一来，我安心多了。"

这是真的，听到没有援兵她是很失望，但朱谨深自己赶了来，以他皇子之尊，在战时远赴云南，对本地民心，对她，都起到了不小的安抚作用。

"援兵暂时没有，粮草我带了一批过来，在后面走着，估摸着再有十来天该到了。届时是直接送出境外，还是先存放在府城里？"朱谨深毕竟初来乍到，对云南的实时战况没有那么熟悉，征询着她的意见。

听说有粮，沐元瑜又振奋了点，道："我听父王的战报里暂时还没有提到粮草的事，应该是不缺。但放在府城补给线也拉得有点远了，运到勐海去吧，说一声要，马上能送去。"

打仗无非两样，人和粮，没人，给粮也是好的。

正事说过了一波，朱谨深示意她伸手，在她手心写下"见烜"两个字，然后道："我尚没来得及说，这是我给宁宁起的名字，你看怎么样？见是辈分字，烜者，光明显著。"

沐元瑜很新鲜地自己把这两个字又写了一遍，道："我闲着没事起了许多个，只是总定不下来，殿下这个倒是好，意思好，读着也上口。沐见烜，嗯，好听！"

朱谨深嘴角抽了一下，想敲她的脑袋，纠正道："是朱见烜。'见'字是我们家的辈分字，你在想什么？"

沐元瑜愣了一下方反应过来，实没想到他能赶过来，宁宁原是她要自己养的，自然是从了她的姓。

她不大甘心，争取道："宁宁是我生的，我可辛苦了。"

朱谨深的眼神柔和下来："我知道。"

"那……沐见烜？"

朱谨深不说话，神情很为难。他不想拒绝她，但又万不能答应她。

他要压迫下来，沐元瑜还能跟他吵一吵，这样她也心软了，退一步道："现在先跟我姓好不好？他没来由姓个国姓，也不好跟人解释呀，难道说我是寡妇，嫁了个姓朱的死鬼？我可不想咒殿下。"

朱谨深想说"何必说寡妇，直接说嫁给他便是了"，话到嘴边，却转了个念头，道："好，在云南的这时候就依你。"

沐元瑜没想到他这样容易答应，大喜，凑上去亲亲他，叫他拉住，就势接了个绵长的吻。

随后，朱谨深候到腿间的药膏干结了，穿裤下床挥笔书就一信，信的内容极简单，除例行请安加简叙了一下他所了解到的云南现状之外，就格外写了"沐见烜"三个字，着人寄往京中。

第八章
珠联璧合

沐元瑜跟朱谨深在拉锯姓"朱"还是"沐"的时候，滇宁王妃在荣正堂接见了沐大奶奶。

"三婶母。"

沐大奶奶进来行礼。

滇宁王妃同这个侄儿媳妇并不相熟，不咸不淡地吩咐了人看座上茶，就问她为何事而来。

沐大奶奶是头一遭独自到滇宁王府的门上来，神色忧虑，正也急着有话要说，见问了，直接就道："三婶母，我才听说，我娘家在京里读书的一个侄儿，说是刺杀了三堂弟，让锦衣卫抓到了牢里，都有一年了！"

滇宁王妃面色冷凝下来，暂未作声，听她继续往下说。

"这怎么可能，我那个侄儿，腼腆老实，手无缚鸡之力，三堂弟却是打小练出来的弓马功夫，即便两个人真生了什么误会，起了冲突，我侄儿也没有本事刺杀到三堂弟啊！"

滇宁王妃扫她一眼，问道："这消息，你是什么时候听说的？"

"昨天。"沐大奶奶忙道，"我侄儿总不写信回来，家里人担心，派人去看了，顺便捎些东西过去，谁知到了京里也没找见人，问了元茂才知道，竟是被人抓走了。元茂这孩子也是，知道了这么久也不报个信回来！"

话尾一句不自禁地带了浓浓的抱怨出来。

滇宁王妃心下冷笑，沐元茂当日在家时被两个继兄排挤得存身不住，连国子监的名额都早被沐大奶奶的那个娘家侄儿卢永志要走了，如今犯了事，还指望着沐元茂报信？

他不报才是心里有数，知道谁对他好呢！

她嘴上道："刺杀瑜儿的不是卢永志本人，但是一直跟随他的老仆，锦衣卫一并锁走卢永志去问询，也是正常的程序，并没有什么不妥。"

"三婶母原来也是知道的？"沐大奶奶怨气更大了，但她不敢责怪滇宁王妃，忍气道，"就是问询，也不需要这么久吧？那个老仆来历不明，我娘家至多是识人不清，错收留了他罢了，哪有连主子一起关在里头的道理？"

滇宁王妃道："他被问询，若交代得清楚还罢了，偏偏问什么都糊里糊涂，锦衣卫怎知他是真傻，还是装傻？这案子结不了，自然放不出他了。"

"出手刺杀的是老仆，凶手本人都被抓住了，只管审他便是，我侄儿只晓得读书，问他问得出什么呢。说起来，我侄儿一般是受害的人，这老仆潜在他身边这些年，险些没将他一起害了，锦衣卫好生无理，凭什么将他一起抓了去！"

滇宁王妃听她说不出个所以然来，只知道说不应该，不耐烦了，道："既然如此，你找锦衣卫去说话好了，寻我有什么用。"

沐大奶奶急道："因着三堂弟，才关了我侄儿去，我娘家的人在京里势力微薄，和锦衣卫搭不上话，当时寻了一圈没个结果，人照旧还关着，可这关到什么时候才是个头？求三婶母高抬贵手，往京里递个话，我敢担保，此事真同我侄儿没有一丝干系，谁知道那老仆是受了哪个歪心邪意的人指使？"

滇宁王妃端坐着，目光锐利地扫了她一眼。老仆最后招出的人选就是沐大奶奶的夫婿沐元德，滇宁王出征之前，早已命人查了沐元德好一圈了，虽因没查出什么来而暂且搁下了，但在滇宁王妃心里，沐元德既然被卷进来，那他就是害女的疑凶之一，卢永志纨绔无用，没本事设这个局，也许确实清白，但沐元德可不一样！

若不是滇宁王拦着，说想放一放，看看沐元德背后是不是还有什么花样，滇宁王妃早已直接打上门去了，这会儿怎么可能帮她捞人？

　　她冷笑道：“你叫我递话？我不递话去弄死害我孩儿的人，还等着官面上的结案，已是看在我们沾亲的分上，很与你娘家颜面了，你倒会妄想！”

　　沐大奶奶娘家人脉有限，伸不到京城去，如今虽知道卢永志被抓了，但不知老仆把她丈夫招了出来，滇宁王妃看她那一窝都不是好人，因此才敢上门来。此时劈头得了这一句，把她的脸都撕了在地上踩，她顿时又羞又怒，人都木了：“三婶母，这……这是怎么说！”

　　她是知道这个婶母出身蛮夷，与她们规矩不同，但交道打得少，不知道她连面子都不要做。

　　沐大奶奶受不住，直接站了起来，她没打算要走，纯是情绪的自然反应。但滇宁王妃根本不把她放在眼里，就势端起了茶盏，一边的侍女机灵地上前来送客，请她出去。

　　沐大奶奶僵着，没这个唾面自干的勇气再坐下来，只好把帕子揉成了一团，狼狈地走了。

　　等她走了，滇宁王妃倒又有点后悔起来，回去找沐元瑜，听说去了前院，又到前院去。

　　“瑜儿，我是不是不该同她发火？你父王先前叫我忍着，我看不见他们家的人还罢了，这一见了，还叫我去求情，我心头一股火直往上蹿，就没压住，她不会觉出什么不对来吧？”

　　沐元瑜想了想，笑道：“没事。卢永志的人刺杀我，母妃看见大堂嫂生气是理所当然的，若还待她和和气气的，她若是心中有鬼，那就要生疑了。”

　　滇宁王妃听了，方放了心：“这就好。”

　　沐大奶奶不来这一趟，沐元瑜已快把那个老仆刺客忘了，想起来转头撩帘子向里面问道：“殿下，卢永志跟他的老仆现在还在京里关着？没有判吗？”

　　朱谨深已能缓缓走动，但为了他的伤处着想，最好是少动弹，才能好得快些，所以他写罢信又坐回床上了。闻言他回道：“老仆嘴里没掏出新的话来，沐王爷这里上书，意欲暗查沐元德的背后，人就暂时仍关着，横竖诏狱也不多他两个人。”

老仆还罢了，他是无论如何脱不了身的，卢永志被关的时间着实久了些，怨不得沐大奶奶敢上门来。不过威权之下，关个一两年的实在也算不得什么，一句没结案就是全部的道理了。

沐元瑜点着头要放下帘子，朱谨深补了一句："你这个堂嫂怎会现在才来闹，是才知道此事？"

沐元瑜转头看滇宁王妃，滇宁王妃点头，她就传话："是。"

"这就有些怪了。"朱谨深沉吟着道，"抓人一事，当时整个国子监都知道，此事是断断瞒不住的，你堂兄若是幕后主使，不可能不关注后续情况，他一打听，也就打听到了，即便两地消息相隔遥远，也不会耽搁到现在。"

沐元瑜顿住了，过了片刻道："不错，殿下说得对——殿下的意思是，大堂兄只是被冤枉的？刺客与他无关，所以他不必要关注妻子的娘家事。或者，是他早已知道，但是隐瞒了没有告诉大堂嫂，直到大堂嫂从自己的娘家知道了。"

朱谨深道："若是第一种可能，那不必多说。若是第二种，他为什么隐瞒？他应当是说出来才合理，这么瞒着，他难道以为一直缩着头就能安全？要么闹出来，将水搅浑，在里面寻到生机；要么，他就该逃了。他应当清楚自己做下这种事来，沐王爷早晚会查到他，不可能放过他。"

"他不说，是不能说，他在这件事里不干净。"

朱谨深点头："但这个问题没有那么严重。沐王爷查他至今，没查出问题，我以为，他在刺杀你的问题上也许确实能排除嫌疑。"

"但是……"

"但是，"朱谨深笑了笑，"他跟那老仆又确实有某种程度的联系。"

沐元瑜眼神亮着，想到了郝连英曾转告给她的老仆的招供，说道："那老仆曾说，大堂兄起先是要他去对我三堂兄下手的。"

"就是这样。在你大堂兄眼里，这个老仆不过是个因伤退伍的老兵，他何以觉得这么个老兵有能力刺杀到你？借着旧日的交情，收买他对你的堂弟下手还差不多。"

这一条线捋下来确实合理许多，而也就是说，那老仆的招供是半真半假。

沐元瑜捏着帘子边上绣的云纹，凝神道："如果是这样，这个老仆另有指使者，就是余孽一方，大堂兄与余孽没有勾结，只是凑巧用了余孽的人，被推出来顶了缸。当然，他意图对三堂兄下手，其心本亦不善。"

"你大堂兄现在何处？可有跟随出征？"

自打滇宁王走后，后方事宜就是沐元瑜在管，这些事她自然知道，点头："我劝父王寻借口将大堂兄留下，但父王认为大堂兄倘若真与余孽勾结，将他留在卫所里，以他的身份恐怕会扰乱后方，所以执意将他带上了。父王有命心腹暗中看守他，也有想从他身上探查出余孽老巢的意思。"

朱谨深缓道："既然沐王爷心中有数，那就无须多虑了。"

有没有可虑的，滇宁王妃是不太关心，朱谨深伤卧在床，她不便进去，只看着这一对小儿女一里一外，有商有量的，心里慢慢起了安慰之意，才被沐大奶奶勾起的气也消下去了，由他们说着话，自己默默走了出去。

沐大奶奶被打脸狠了，一去再没来过，七八日之后，朱谨深的伤势又好了一层，开始出门转悠。

他养伤的这些时日也没闲着，除了日常跟儿子大眼瞪小眼，满腔柔情地发发呆之外，就是向沐元瑜进一步了解云南当地的民情，间或还接见来拜见他的本地坐堂官们。

到他能出门的时候，他已是心中有数了。

布政使司衙门、知府衙门、都司衙门，朱谨深挨个去转了一圈，把上下人等都见过了，传达了京城方面对云南的慰问致意。

他路上消耗的那些精力此时都已养了回来，以他的形貌，在京城尚是超于众人，何况云南，一时所到之处，不但官员们见他风采翩然，似乎胸有成竹，跟着定下了心来，更引起了沿途看见他的姑娘们的热情反应。

他这一日回来，连额头都被果子砸红了一片。

他肤白，那一小片红看着就很显眼，进王府时碰见他的侍女们都忍着笑，沐元瑜见了，不客气地直接笑了出来。

"殿下一日比一日受欢迎了。"

朱谨深无奈地道："你们云南的姑娘真是……"

他摇摇头。在京里，可没人敢这么招惹他。

沐元瑜仍是女装，天气转凉，她穿得厚实了些，是一身新裁的海棠红的袄裙，上面细细地勾着海棠折枝花纹，胸前挂着如意玫瑰玉佩，梳着飞仙髻，头上金钗明珠交相闪耀，愈加衬得乌发如云。

她眼神飞快向左右扫了下，见两个丫头忙着摆饭，并没注意他俩，就倾身往前一凑，拉长了音低声道："我们云南的姑娘怎么了？殿下不喜欢？"

"极好，喜欢。"朱谨深立时改了神色，却又嘴角一勾，补了一句道，"又勇敢，又威风。"

沐元瑜脸上一热，那一晚的记忆悉数回笼，让她嗖地一下往后退。

恰在此时，许嬷嬷抱着宁宁来了，宁宁原在隔壁里间里，他却真是个好热闹的，听到外面人音来往，头就扭过去了，隔着帘子什么也瞧不见，急得还"啊啊"地叫了两声。

沐元瑜上去扮个鬼脸逗了逗他，他顿时就又咧嘴笑了，慈眉善目的，且又养胖了些，像个小弥勒佛。

沐元瑜捏捏他的胳膊，道："小胖子，怎么养的这是。"

许嬷嬷哭笑不得："世子总给我们宁宁起绰号，宁宁要不高兴了。"

谁家亲娘总这样的。

"哪里不高兴？我看他乐得很。"沐元瑜又抬手碰碰他的胖脸蛋，道，"看这笑的，哎哟，口水流出来了。"

旁边丫头忙递上帕子，她接过擦了下小胖子的嘴角，又擦了擦自己的手指。

朱谨深眼神柔和地在旁边看着。闹了一会儿，玩累了也玩饿了的宁宁被许嬷嬷抱回去里间让乳母喂奶，沐元瑜歉疚的目光追进去，说道："我只喂了他几天。"

几天之后她就喝麦芽水回奶了，那时候不知道朱谨深要过来，她出月子就打算要换回身份扛起滇宁王府，没办法哺育上几个月之久。

朱谨深安慰地抚了下她的肩头，然后他也有点遗憾地道："满月酒都没有好生办，是亏了他。"

宁宁现在名义上是沐元瑜双胞妹妹从外面养回来的孩子，没个爹，身份有点不太好说，滇宁王又出征在外，只剩一府妇孺，不便大宴宾客，也怕再混进什么鬼祟人等捣乱，几番权衡之下，宁宁之前的满月就只是在自己府里热闹了一下，外客只有沐芷媛一个，带了一大车的礼物来。

"到周岁的时候补给他。"朱谨深不大为这些伤感情绪所困，很快下了决定。

沐元瑜倒不在乎这些俗礼，笑道："就是大人们吃吃喝喝罢了，再隆重，他又哪里知道。"

说着话，外面饭菜已经摆好，也开了席，原是分开摆了用屏风隔起来的，沐元瑜同滇宁王妃在里，朱谨深在外。不过两天沐元瑜就嫌麻烦起来，拢共三个人，还分两桌，既靡费也没必要，让合在了一起。云南规矩松散，滇宁王妃无所谓，见朱谨深也不说什么，默认地坐下来，就也不管那么多了。

待用过了饭，朱谨深神情很自然地道："我有点事，同你商议一下。"

朱谨深来的时间毕竟不长，他在外面各衙门走，常有些问题当面不好问，存在了心里回来问她。沐元瑜不疑有他，答应了，跟滇宁王妃说一声，就跟他往前面去了。

到了客房里，她正要问他是哪里不解，先被他一扯，一个拥抱就兜头抱了过来。

然后他也不再说话。

沐元瑜先不解，嗅着他身上淡淡的药香，感觉他的环抱没来由地透着一股热意，慢慢福至心灵，反应了过来："殿下，你？"

她没说下去，但语调摆在那里，朱谨深知道她懂了，仍旧没动，微微低头挨在她颈边蹭了蹭。

沐元瑜被他蹭得心软起来，又有些为难："殿下，我现在可能还不行，嬷嬷说总要养到两个月以后才稳妥……"

她外面是好的，自己觉得也没什么问题，该干净的都干净了，但这上面她不懂，只能听老人家的，万一里面要是还弱着，一时心急，搞个血流成河，这伤养也难养，且还没脸见她母妃了，肯定得挨一顿好训。

"我没要，让我抱一抱就行。"

朱谨深也没想干吗，她才给他生过宁宁，他再想她，也不是禽兽。

他话说得大方，但好一会儿之后也不松手，沐元瑜感觉到他喷在她脖子里的呼吸都变重了，应当是纯出于下意识地把她又抱紧了点，蹭着她的地方从嘴唇变成了额头。他隐忍又躁动地腻着她，看上去好像没什么动作，只是站着抱着她，其实一刻没有停过。

怎么跟宁宁拱在她身上似的……

沐元瑜忍不住想笑，又觉得他也怪不容易的，她在房事上其实还没开窍，只有过那么一夜就跑了，现在又是产后，单从生理上来说，是还没觉得自己有什么需要。

但他这个青壮年，肯定不一样。

"殿下，要不我帮帮你？"她小声又害羞地问。

朱谨深摇头："不用。"

他拒绝着，怀抱同时松了些，大概是怕自己失控。

他一摆出这副自持模样，沐元瑜胆就大了，心底还发痒，趁势挣出来拉了他道："来嘛，我不做什么。"

朱谨深兀自挣扎："不行，你嬷嬷和我说过，现在不可以。"

沐元瑜一愣："许嬷嬷？"

朱谨深点头。

沐元瑜有点尴尬，旋即释然了，许嬷嬷肯定是听了滇宁王妃的话，她母妃也是为了她好。

"我心里有数，殿下不必多虑。"

她说着又忍不住要笑，感觉成了自己要哄骗他似的，但朱谨深这副困于情欲的模样太招人了，她就算没深入接触的意思，也很愿意碰碰他。

她把他拉到床边推进去，然后干咳了一声，把右手伸给他，真到临门一脚了，她又有点哼哧起来，道："殿下，你……换换感觉？"

朱谨深的面色困惑了一下，旋即换成了了悟，翻身就将她压下。

"你真是什么话都敢说……"

他咬着她的唇瓣，含糊地训她。

气息在最短的时间内亲热地交融到了一起，沐元瑜忍不住笑道："殿下不喜欢……就算了……"

朱谨深听到了，含着她的舌尖轻咬了下，感觉到她喉间发出细弱的吸气声，吃痛般要躲，又很快松开，安抚地舔了舔，然后拉着她的手往下。

锦袍层层撩起，沐元瑜的手被拉着探了进去。

　　…………

这一换，感觉果然非同一般。

朱谨深很满意，且很后悔，完事以后，侧过头有点懒懒地去亲她的耳畔，说道："你不早和我说……嗯。"

他皱了眉，因为碰到了她的明珠耳坠，有点磕到了唇。

他退后一点看了看，发现了是什么，伸手又好奇地摸了摸。这类女子的小饰物出现在沐元瑜身上，他看着还是感觉挺新鲜的。

沐元瑜事是干了，但不大好意思看他，任由他摸索，嘴上只不认输："殿下刚才还不要呢。"

"我错了。"朱谨深非常干脆地道。

沐元瑜："……"她忘了，这位殿下是不大要脸面的。

不大要脸面的殿下食髓知味，在她想要起来之后，翻身第二度把她压下。

满室生春。

遥远的京城内，气氛就没这么好了。

皇帝在百忙之中接到了朱谨深的信，原是认真地展目看去，看着看着，忽然一滞，而后气息一粗，生生把笺纸扯成了两半。

汪怀忠吓了一跳，皇上这是怎么了？

"皇爷，可是云南出事了？"他忙问道。

"出了。"皇帝咬着牙。

汪怀忠更为大惊："难道乱党犯到府城，二殿下出了什么意外？"

"什么二殿下？"

汪怀忠糊涂了，道："就是二皇子殿下呀。"

这一问可太蹊跷了，自己的龙子还要问人不成？

"哪有什么二皇子？"皇帝怒道，"朕没这个儿子！"

汪怀忠不知道该说什么好了，看上去皇帝是气得快要从鼻孔里往外喷火了，但以他几十年侍君的经验，又觉得皇帝这暴怒里还掺了两分莫名的喜意？

怒是真的，喜也是真的。可到底是喜是怒啊？

皇帝不管他，把扯成两半的纸拼起来拿到面前看了一眼，怒气又上来了，直接揉成了两个纸团。

汪怀忠不敢吭气。

皇帝把那两个纸团丢在案角，就不再理会，批阅起奏章来。

直到晚间，宫人摆了膳上来，他丢笔起身，下御座之前，方随口般吩咐了一句："把它粘一粘。"

汪怀忠愣了下，马上反应过来，应道："是。"

他小心翼翼地把两个纸团捧起来，找糨糊去了。

天气渐渐凉下去，对出征的将士们来说是件好事，南疆之外的气候再冷也冷不到哪儿去，而避过了热暑，倒是减少了可能因炎热而带来的疫情的发生。

几万同吃同住的大军里，若是生了疫病可不得了。

最新的战报一封封有条不紊地传入了滇宁王府，进展总的来说一直还算顺利，但为了以防万一，沐元瑜换回了男装之后，还是尽可能多地满城去搜罗药材等物。棉衣倒是不需要，暹罗那周边，最冷的时候穿层夹衣也就够了，火力壮的精兵夹衣都用不上。

时不时地，她也去找刀大舅聊聊。

宁宁做满月酒的时候，刀大舅也遣刀大表哥送了些礼物来，只是本人没有亲至。

沐元瑜现在去找他，打着替"妹妹"感谢他送礼的名头，但实际上叙的不是甥舅情，而是为公事。

出境赴暹罗这一趟征战，云贵两省的卫所兵及营兵是全压上了，但本地私兵出动的只是一小部分，作为南疆的现任头号大土司，刀大舅手里握着至少两三万的私兵。

不过这属于他自己族内的私兵，不在他宣抚使的官方管辖范围内，所以连滇宁王都不能勉强他拿出来。

沐元瑜去找他，就是希望他这部分兵力在前线告急的时候，能作为后续兵源补充进去。

刀大舅也不是不识大体的人，跟沐元瑜道："好外甥，要是暹罗的贼兵跟先前似的狂妄，敢打到咱们南疆里面来，那不用你说，舅舅我饶不了他们，抄起刀就干。但现在是朝廷的大军打到外面去了，舅舅养这么些儿郎不容易，这要填进去了，折损伤亡都是我的人，可把暹罗那个贼王赶下来，长的是朝廷的威风，跟我没什么关系，我凭甚替朝廷卖这么大力气呢？"

沐元瑜笑道："等这一战胜了，论功行赏，舅舅有什么要求只管告诉我，我负责回去和父王谈，照舅舅满意的报给朝廷。亏待谁，也不能亏待我们自己人不是？"

刀大舅却有自己的一本账，道："无非赏钱赏官罢了。钱，我不缺，你也不缺；官，朝廷的官，无非那么回事，图个名头好听罢了。再说刀家是异族，做个宣抚使就是顶天了，总不成也封我个王吧？要是肯封王，那舅舅倒是愿意替你卖一膀子力气，哈哈！"

沐元瑜无奈地陪着笑了两声，封王是不可能的事，一个沐氏朝廷都不见得看得多顺眼了。

她又跑了两趟，刀大舅总是不松口，要不就是拿封王来堵她，她只能一趟趟无功而返。

好在前线暂时情况还不错，她还有工夫跟刀大舅磨。

朱谨深也不曾闲着，这一日，他在知府的陪同下往城西常平仓去查验粮食。

所谓常平仓，是遍布天下州府的一种粮库，主要起的作用是平抑粮价，以及在灾年时开仓赈济，因其重要性，专设官员管理，每年登记造册报往中央户部。

它跟军粮不是一个体系，但战时紧急也能调动，朱谨深从南京带来的一批粮草已经运往边陲，暂时还用不着动用常平仓，不过也需要来实地查验一下，以免到需要用的时候发现有虚数就晚了。

耗费了大约大半日的时间，他将每个库位都走过了。云南府城就在滇宁王的眼皮子底下，还不至于出差错，账实基本都能对上。

朱谨深放了心，在斜阳的映照下返回滇宁王府。

路过一家客栈时，外面起了一点喧哗，旋即轿子微微一震，停了下来。

"殿下，好像有人拦轿告状。"

同行护送他的千户弯了腰，隔着轿帘道。

朱谨深在粮仓里耗了一天也累了，正闭目养着神，这一震让他睁开了眼，举手揉了下眉心，向前掀开轿帘。

只见十数步外跪着一个中年男子，穿一身灰扑扑的儒衫，相貌普通，神色安然，并不似一般拦轿告状的激愤冤屈模样，看上去倒像个文士。

几个护卫使矛将他拦着，因他这一跪，周围很快围起了一圈人看热闹。

朱谨深启唇道："我非官员，你有事，可往衙门去告与知府。"

"某的事，知府解决不了。"

"尚有布政使司衙门。"

"布政使也不能。"

千户扬起了眉毛，嗬，好大口气，一省大员都管不了他？

"请殿下观之。"

中年人倒不是卖关子来的，说完就从怀里掏出一个玄布包着的物件来，观其形态，却不像这类情况下惯例会出现的状纸一类。

中年人并不打开，只是双手捧着举过头顶。

千户在朱谨深的示意下上前接了过来，拿到手里捏了捏，回来道："有点分量，好像是块铁牌子。"

玄布包传到了朱谨深手里，他解开了扣结，将玄布掀开。

看清的一瞬间，他眼中光芒一闪，旋即将玄布掩了回去。

速度之快，连站在轿前的千户都没来得及细看，只恍惚看见确是一块令牌样的物事。

朱谨深抬了头，中年人向他拱手道："可否请殿下借一步说话？"

朱谨深捏着布包出了轿子，长身玉立，道："可。起来吧，你意欲往何处？"

中年人从地上爬起来，只是仍躬着身，伸手指向旁边客栈道："某暂住于此，殿下请。"

朱谨深将轿子及大部分随行护卫留在外面，只带了两个人跟随他走进了客栈。

中年人住的是上房，位于后院二楼最里面一间，一进房，他重新返身跪下，口里称呼也换了："属下北镇抚司麾下百户褚有生，见过二殿下。"

朱谨深一边口里叫他起来，一边随意找了张椅子坐下，把玄布包打开来，重新看了一下里面包着的令牌。

令牌背面是匹四蹄飞扬的骏马，正面镌刻着持有人的名姓与官职。这是锦衣卫下出使在外的缇骑形制的身份凭证。

他看罢，把令牌递了回去。

褚有生双手接过，很珍惜地重新一层层包起来，感叹道："这件东西，属下也是十来年没有见过了，打从到了南疆，就藏埋于地了。"

锦衣卫分明卫与密探，他这句话一出，朱谨深就知道他是属于密探类了。皇帝不曾交代过他这部分的事情，但南疆值得朝廷动用密探监视查探十来年之久的，随便一想，也知道是哪一家了。

朱谨深不知他于此时忽然冒出头是何意，不动声色地问道："你可是向来潜在滇宁王府里？"

褚有生点头，他是有事才找上朱谨深的，自然不会同他打哑谜，爽快地交代道："属下为沐王爷召请入府，起先是做沐世子的启蒙先生，后来沐世子入京，属下没了事做，蒙王爷看得起，仍旧留了属下做幕僚使唤，这前后加起来，在府中差不多有十年之久了。"

"看得起"他的滇宁王若是在场听到他这句话，大约能吐出一口血来。

听说他做过沐元瑜的先生，朱谨深眸光又是一闪，真正地讶异了，只是他惯常表情变动不大，看去就仍是一副淡定模样："哦？你为朝廷效力，一向辛苦了。如今寻我，所为何事？"

"殿下谬赞了，幸亏殿下前来，不然属下这番话，只有去寻沐世子碰碰运气了。"

褚有生就缓缓说起来。

这要倒推到去年了，当时柳夫人尚在，滇宁王一心在幼子身上，别的都不大理会，对柳夫人也放纵了不少。褚有生没有学生教了，滇宁王虽留了他，但对政务都懈怠起来，也用不上他多少，他大半时候闲着。不过他做探子的天生敏锐没有丢，渐渐就发现了柳夫人的一点不对之处。

当然，沐元瑜身上也有大大的不对，不过她作为王世子，替她打掩护的人多了，除了每日例行的授课时辰，褚有生在私下根本接触不到她，也不敢冒险去盯她的行程——盯也盯不出什么来。

柳夫人就不一样了，她的势力远远不及沐元瑜，褚有生觉得她在府外的动向不太对劲。她派了人出去，看上去没和什么奇怪的人接触，只是正常采买，但掩盖在这之下的，又好像有目的性地打听什么一样，褚有生心生好奇，就留神起来。

他留神柳夫人还有一点难度，毕竟以他的身份，去盯主家的妾室被主家发觉了，很容易引发不太好的猜想。褚有生以自己多年密探的经验，转而去盯了盯柳夫人的父亲。

这一盯，就盯出大问题来了。

只是他发现得晚了，余孽的人被滇宁王一步步在南疆的查探扫荡惊动，感觉到柳夫人将要暴露，提前一步使了金蝉脱壳，将柳夫人母子护送远走。

当时事发突然，褚有生来不及辗转想法通知滇宁王，只能在暗中一路追了上去。

柳夫人母子未死，实为遁走这么重要的事，沐元瑜是告诉过朱谨深的。

他眉眼一肃，当即站了起来，问道："你如今回来的意思是？"

褚有生躬了身，安然道："柳氏就在隔壁，如殿下允许，属下现在便可让她过来。"

第九章
王妾柳氏

朱谨深没有在客栈里问询柳夫人什么，直接把她和褚有生都带回了滇宁王府。

褚有生有点犹豫，朱谨深看出来了，负手道："无妨，我会同沐世子解释。你如今将柳氏带回，也算将功折罪了。"

褚有生苦笑着摇了摇头："属下只是有些无颜以对。原是万不得已才要寻沐世子的，他跟前，总比王爷好说话些。"

再觉尴尬，他也只能跟着回去。

柳夫人从隔壁房间出来，低着头走在旁边，她的腰佝偻着，面色蜡黄，长发用布包着绾了个髻，露出来的部分发丝枯干，竟是有些煎熬得油尽灯枯之相。

朱谨深以前没有见过她，不觉得有什么，等把人带回了府，沐元瑜恰也刚从刀大舅府上回来，听说竟有此事，找到滇宁王妃一起坐到前堂里，母女俩将跪在下首的柳夫人一打量，再一对视，就在彼此眼中都见到了惊讶之色。

算起来柳夫人离府出逃不过一年左右，她在外面躲藏的日子就算不好过，何至于在这么短的时日内就把自己糟蹋成这样。

当日她在府里时，是多么清丽柔婉的一个女人。

并且，沐元瑜留意到她扒在青砖上的手指仍然细长白皙，上面没什么伤处及操劳后的痕迹，可见她在生活上维持得并不错，起码余孽是没叫她自己做什么活，那她这憔悴苍老，纯是心理上受折磨引起的。

滇宁王妃性子急，没兴趣多看柳夫人，张口就问了第一个也是最重要的问题："珍哥儿呢？"

珍哥就是沐元琪的乳名。

这一问，就把柳夫人问得瘫软在了地上，她呜咽着，用一种伤心得哭都哭不出来的声音道："珍哥儿……没了！"

滇宁王妃沉默了一刻，珍哥儿在她院里养过，她固然因这个孩子逼走她爱女的缘故不喜欢他，但她也不是那等会欺凌弱小的人，对珍哥儿再不待见，还是配齐了丫头婆子乳母好好地养着他。她不乐意亲自带珍哥儿，对他没生出什么感情，但听说他没了，想到那个被柳夫人带走时白白胖胖已会叫她"母妃"的小子，心里还是痛了一下。

她怒喝道："怎么就没了？"

"路上发热……"柳夫人的眼神呆滞，眼里面淌出泪来，"就没了。"

滇宁王妃皱眉，这说得也太不清不楚了。

朱谨深抬头注目束手立在门边的褚有生，问道："你是知道怎么回事吗？"

"回殿下话，"褚有生躬身道，"事发当时，属下不敢跟得太近，隐约听见那边争吵，似乎是珍哥儿肠胃娇弱，吃坏了肚子，柳氏的同党弄了点草药给珍哥儿吃了，不知道治没治好肚子，但弄得珍哥儿又发起热来，柳氏想请大夫，她的同党不许，耽搁到天亮，人就没了。"

他这一说，好像开启了柳夫人的泪闸，她原来缓缓流淌的泪水一下子汹涌起来，嘶哑着声音道："他们不许我找大夫，说怕被王爷的人追查到行踪，我的珍哥儿……他越来越烫，越来越烫，热得像火炭一样，可是我只能眼睁睁看着，什么也做不了。珍哥儿开始还喊'娘'，后来连娘都喊不出来了，他的声气越来越弱，终于连一点点都没了……他在我的怀里变凉，他再也不热了，我哥哥这时候才慌了，说去抓个大夫来，有什么用，还有什么用啊！"

"他们害死了我的珍哥儿，我好恨，恨死了……"

柳夫人的手指在青砖上抓着，指甲重重地刮出让人头皮发麻的动静，很快掀翻了一片，鲜红的血流出来，渗进砖缝里，染红了那一小块地方。

柳夫人丝毫不觉得痛，连眉头都没有皱，只是咬牙切齿着，她的血没有止，泪一直流。

滇宁王妃想骂她的话也说不出来了，她是母亲，理解这种失去孩子的痛苦，柳夫人这个模样，实在也不是作态能作出来的。

"你真是，自作自受。"

又一会儿之后，她只能叹了一句。

"是，娘娘说得对。"柳夫人张口就认了下来，"可是娘娘不知道，我没有办法。我这个人，从根子上就错了，生不由我，这往后的每一步，也都不由我，我想远着他们，可他们费尽力气把我安进来，怎么可能愿意放过我。"

"娘娘可能不相信，在王府的前十年，我还没生珍哥儿时，是我这一生最快活安定的时候。娘娘大度，纵然不喜欢我，也没羞辱过我，有娘娘这样的主母，是我最大的幸事。我没有别的奢求，只愿这日子能长久下去，可是……"

她停了一停，刚缓下来的泪再度汹涌，接着道："我有了珍哥儿，我是个女人，我羡慕娘娘有县主和世子，也想生个孩儿养，不论男女，我都会把他当作心肝。可是我不敢，我知道一旦我有了孩儿，他们一定会再找上我，果然……我的珍哥儿，我宁愿没有生他，好过白白带他到世上受苦了一遭，呜呜……"

柳夫人哭得停不下来。

滇宁王妃忍了她一会儿，忍不了了，道："你这会儿哭还有什么用？有的这时候哭，当时就不该把珍哥儿带走，他那点儿年纪，精气都还没长足，哪里禁得住跟你到外面去乱跑！"

"我有什么办法，我不带他走，被王爷查到了，我们母子一样是个死，我就不应该生他，我是个罪人，都是我害了他……"

沐元瑜看出来了，柳夫人不但恨她的余孽同党，也恨自己，亲眼看着孩子在怀里咽气已是绝大刺激，偏偏这孩子还死得不值，若是及时找了大夫来，不一定就救不回来。这种被人为耽误了的遗憾，是柳夫人心里过不去的煎熬所在。

她缓缓开了口："你才说你哥哥，带你走的人是你的兄长？我从前听说你是独女。"

柳夫人咬牙流泪道："是。我从小和他是分开了养的，见他的时候也少。我进王府后，他更没有来找过我了，我在府里，一直听不到外面的消息，想打听，也没有人手，开始有些提心吊胆，后来总没有消息，我盼着他们撑不下去散了，或是被官家剿灭了，我希望我摆脱了他们。不想生下珍哥儿后，他那边的人就又阴魂不散地冒了出来，我恨极了！"

她的情绪听上去很真切，但沐元瑜没有轻信，只是冷静地道："照你所说，你从一开始就不愿意为他们做事？既然如此，你在生下珍哥儿后，何不向父王坦白，父王对珍哥儿的宠爱有目共睹，看在珍哥儿的分上，允你弃暗投明不是件多难的事，你何必要冒险出逃？你在余孽那边，究竟是什么身份？"

柳夫人闭了下眼，道："我有前朝末帝直系血脉。"她顿了顿，露出了一个非常嘲讽的笑容，"我哥哥是这么告诉我的，不过谁知道呢。我自打有记忆以来，是从未觉得我和隔壁家的小姐妹有什么不同。"

褚有生从旁注解道："属下在东蛮牛潜伏了几个月，研究了一点他们的谱系。若论血缘，柳氏这一支是前朝末帝次子传下来的。"

次子这一支就是逃入南疆的中坚力量，末帝破国，没来得及立太子，当时的大皇子与二皇子都有机会，就是说假使柳夫人生在当时的话，称一声"帝姬"是当得起的。

她要只是个打入滇宁王府的普通探子，如梅祭酒的那个小妾一样，滇宁王知道她的来历以后，不是不能保下她，可她是这么个身份，无论她愿不愿意，血脉里刻的痕迹改不掉，假如有朝事发，滇宁王也扛不住这个罪名。

所以她不能说，只能逃。

不提孩子，柳夫人就冷静了一点，不再哭得无法控制了，她道："我只是个女人，没有大志向，也不懂他们那些事，我只想过一点安安稳稳的日子。没进王府以前，我还小，心里有疑惑，但是不懂事，他们叫我做什么，我没有选择，只能跟着做。可进了王府以后，他们接触不到我，管不到我了，我才知我想要过的是什么样的生活。"

"我不想卧薪尝胆，不想东躲西藏，不想和他们搅和到一起去。复什么国，搅乱什么南疆，跟我有什么关系？他们对自己的日子不满意，可是我很满意我的，结果为了成就他们的野心，就把我的好日子毁了。说什么大业，就是成了又怎么样，得意的是他们，我一个女人，无非还是这么过下去罢了！"

柳夫人不是个太精明强干的人，她情绪激动之下，说话更是没个重点，接下来的话，就由褚有生代劳了。

褚有生一路跟在后面，柳夫人等人忙着逃命，珍哥儿没了，柳夫人性情大变，常要哭泣发疯，她的同党不但要躲追兵，还要分神控制住她，就没留意暗中潜藏的褚有生，于是被他顺利地跟到了东蛮牛国去。

朱谨深眉目一动："东蛮牛国？"

这个词褚有生先前提过一次，他当时便已注意到，只是柳夫人跟着就说了话，他没来得及问。

褚有生点头道："是。开战以后，余孽的老巢就从暹罗搬到了东蛮牛去，以防兵败被一网打尽。"

朱谨深同沐元瑜对视一眼，这是一个新情况，照原先的预估及探子的回报，一直以为这些余孽应该藏在暹罗境内。

褚有生继续说了下去，他形貌与东蛮牛国人不同，就扮作了个被东蛮牛国贵族从南疆边境掳走的奴隶，但怕被余孽注意到，仍是不敢久待，知道余孽在此的下落后，就欲脱身避走回来。不想就在这时，他遇到了出逃的柳夫人。

柳夫人也是惨，她的兄长不了解小孩子是多么柔弱的生物，以为跟大人一样，发了热拧个湿布巾就能熬下来，延误之下，害死了珍哥儿。他后悔不迭，但谋划多年，不甘心就此放弃，居然另抱了个和珍哥儿差不多年纪的孩子来，强迫柳夫人继续养着。

三四岁的小娃娃，虽能看出长相的差别，但不如成人那么分明，再长几年，就更好糊弄了。柳夫人兄长到了这个地步仍不愿意废了妹妹这步棋，打算着放个长线，说不定将来还能派上用场。

但对柳夫人来说，这是最后一根稻草，她无法忍受自己的孩子夭折后还不得安宁，还被冷酷地当作工具使用。

于是她不顾一切地出逃。

以她金丝雀一般的能为，她是逃不出多远的，但好在她碰上了褚有生。

余孽虽未雨绸缪地转移到了东蛮牛国内，但在此处的势力远不能和经营多年的暹罗相比，褚有生历尽艰险，成功地把柳夫人带了回来。

"先生很厉害啊。"

"属下分内之事。"

褚有生下意识要自谦，忽然意识到说话的是沐元瑜，顿时卡住，弯下去的腰也直不起来了。

沐元瑜哈哈笑了一声："先生随意吧。你是职责所在，未能窥破先生的身份，是我与父王的疏失，怪不得先生。"

她知道褚先生无故失踪，想过他可能是余孽安插的另一颗钉子，但又疑惑以他的才华似乎说不过去，其间一直没有其他线索，只好暂且放下了这茬。

不想如今真相大白，褚先生居然是皇帝的人。

这真是意料之外又在情理之中。

要说对此一点情绪也没有，那是不可能的，但事已至此，再拿他撒气也是无用，横竖他不曾真正损害过滇宁王府的利益，至于其间报过多少信给皇帝，那就只好权作痴聋，装个大方了。

褚有生红着脸道："世子大度。"顿了顿，他又道，"请借纸笔一用。"

很快下人取了来，又退出去。

褚有生提笔悬腕——他使的是左手，几行字草草书就。他搁下笔，拿起那张纸递到了沐元瑜面前："世子请看，不知可眼熟吗？"

沐元瑜一眼扫过，已是了然。

那一年刀老土司去世，她被滇宁王叫回来奔丧，有人曾飞箭传书，警告有险，当时布条上所写的，就正是这一纸文字。

她点了头："原来报信的是先生，我倒要多谢先生了。"

这是她存在心头更久的一桩疑惑，今日一并得了解答。

那一回她若被留下来，后面的许多事都将不可控，也有些事，可能不会发生了。

她不由得瞄了一眼朱谨深，朱谨深不知何意，但觉她眼波流转，目光不由得追了一瞬。

褚有生不懂他们之间的小机锋，谦道："属下岂敢邀功，只是怕世子记挂不解，方说出来而已。"

不是邀功，至少也是个示好。沐元瑜理会得，笑了笑不语。

褚有生心下安定了点，然后他提供了另一个重要情况：东蛮牛意图借此瓜分南疆，精兵尽出，在沿途与暹罗合击滇宁王率领的朝廷大军，其本国内，现在兵力空虚。

沐元瑜目中光芒一闪，迅速回忆了一下迄今为止收到的前线战报。东蛮牛兵粗蛮而勇猛，但它本身是个小国，以它已经投入战场的兵力计，它国内确实留不下多少人防守。

褚有生说得差不多了，和柳夫人暂被带下去分开休息兼关押。

此时已是掌灯时分，但前堂仍未吩咐上晚膳，沐元瑜站起来，在堂中来回踱步。

她心中有了个大胆的主意，这让她不太坐得住了。

"母妃，殿下，大军在外，宜速战速决，拖得越久，对我们越不利，兵力粮草的消耗会以倍数剧增。"

滇宁王妃尚没有领会到她的言下之意，只是顺着点了点头。

朱谨深的指尖在身侧几案上轻轻点了两点，沉吟片刻，道："我去信，问皇爷要兵。"

"要不来的。"沐元瑜很冷静地道，"即便皇爷肯命别省支援，他们的兵短时间内适应不了南疆生态，至多能助我们守城，打出去太难为了。何况，兵贵神速，这一来一去耗时良久，等兵要了来，父王那边也差不多见分晓了，余孽见事败，必然奔逃，不会等到我们那时候再去剿灭。"

"若不能毕其功于一役，让他们逃了，若干年后，卷土重来，就徒自遗祸于子孙了。"

滇宁王妃忙道："这可怎么办？"

"问舅舅借兵，我再去和舅舅谈谈。"沐元瑜说出了自己的主意，"这回非借到不可。"

滇宁王妃此时方会意过来，问道："借了兵来是要往东蛮牛去捣余孽巢穴吗？"

沐元瑜点头。

滇宁王妃对这个决策倒是并不反对，且道："你若还谈不下来，我去同大哥说。只是，谁可为统帅呢？这云南内外数得上的将领，都被你父王带走了。"

"这支军队是奇兵，不以占领东蛮牛为目的，乘虚而入，把搅风搅雨的那些余孽抓到就回来。"沐元瑜神采飞扬地道，"所以人数也不需太多，有个一万足矣，我来带。"

"不行。"

"不可。"

异口同声的两声反对声音同时在堂中响起。

滇宁王妃都惊得变了色："瑜儿，你才生了宁宁。"

"都快四个月了。"沐元瑜笑道，"母妃看我，比先前还健壮呢，不用担心我。"

朱谨深的脸色也不好看，顾不得滇宁王妃在场，沉声道："胡闹。兵家险事，岂有你说的这般轻松。"

沐元瑜反问道："依殿下之意，难道任由反贼龟缩于异国之内？"

"你的主意不错，"朱谨深认可了这一点，然后坚决地道，"但不能由你领兵。"

他口气中带着命令之意，不算很客气，但滇宁王妃此时看他是一百个顺眼，忙帮腔道："正是。瑜儿，你毕竟是个姑娘家，战场那么危险的地方，岂是你去得的？你听娘的，好生在家待着，把府城守好，就是帮了你父王了。"

她宠溺女儿惯了，自知不太管得住她，想了想又加码："我找你舅舅，让他去领兵。"

沐元瑜笑道："母妃，舅舅可不傻，若能容易说动他，我先前就把兵借来了。现在兵还说不准，还想连他一起借了？舅舅必定不会答应的。"

滇宁王妃愣了片刻，咬死了一点："那也不能由你去。"

"父王不在，沐氏便以我为尊，我不出头，母妃以为还可以指望别人吗？"沐元瑜也不让步，"我是如何长大的，母妃最为清楚不过，该着我管事的时候，我不能退缩。"

她一提从前，滇宁王妃就气短，要不是她当年被滇宁王忽悠，把女儿做了儿子养，沐元瑜也养不出如今这个性情。

没法对她说重话，她只好求助地看向朱谨深。

朱谨深向她一颔首，站起身来，拉了沐元瑜道："你跟我来，我有话和你说。"

要带兵出征不翻过这两座大山不能如愿，沐元瑜也不反抗，顺从地被拉了出去。

但等到了前院客房，她就没这么乖顺了。

"我知道殿下担心我，但是我家以女充子，这一笔账一直挂在皇爷那里，还没有消掉，我不努力，不知结局如何。有此良机，将暹罗伪王及余孽一网打尽，将来到皇爷跟前，也好说话些。"

朱谨深打断她："无须担心，我会帮你。"

沐元瑜笑了笑："我知道殿下待我好，可是我不能只等着殿下帮忙。"

屋里才点了一盏灯，屋外阶下种了一棵老松，树影随寒风摇摆，胡乱映在窗格上。

她的声音清晰地响着："倘若我只会坐等他人援手，我就不会上京，然后遇见殿下了。"

朱谨深心中少有地焦躁起来，道："我是'他人'？"

他对于沐元瑜总有一种隐约的不能掌控感，今日这预感成了真。

"口误，口误，"沐元瑜立刻改了口，向他撒娇笑道，"殿下是我喜欢的人。"

"但你不愿依靠我。"

"我愿意呀，我可愿意了。"沐元瑜眨着眼，"我在京里时，不是一直都依靠殿下照顾？不是殿下帮我，我现在也不能站在这里了。"

"但你要自己领兵。"

"我是沐氏的世子。我跟殿下好，是一回事，但我仍有我的责任要承担。"沐元瑜解释，"并且，殿下想保护我，我也想帮殿下。南疆战事尽快结束，京中压力也将顿减，殿下远赴南疆过来帮我，难道不惦记还在京中的皇爷吗？这于各方来说，都是一件好事。"

朱谨深沉默着，表情紧绷，下颌侧边都绷出一条不悦的弧线。

好一会儿后，他道："你借了兵来，留守云南，我去东蛮牛。"

沐元瑜摇头："殿下自然比我聪明百倍，但这件事非我不可。舅舅的兵都是百夷族，殿下的身份对他们起不了多大威慑作用。再者，到了东蛮牛国内，他们用的语言介于百夷与暹罗之间，我虽未学过，勉强也能听懂个七八成，殿下不曾学过，只能听通译翻译，其中不便之处太多。"

朱谨深面无表情，忽然倾身向前，捏住了她的下巴道："如果我坚持不许呢？"

沐元瑜吞了口口水，她觉得朱谨深的坚持好像制约不了她什么。

她主意已定，而这是她的地盘。

她说不出糊弄他的话，又觉得他这么远来帮她，她还要仗着地主之利欺负他，有点对不住他，只好讨好地摸了摸他捏住她下巴的手掌。

这就给了朱谨深答案，他站立片刻，一语不发，转身走了。

家里两个人都不支持她，但诚如沐元瑜所想，她真要办这件事，别人是拦不住的。

她一边派人往东蛮牛周边去实地查探，看褚有生所言是否属实，一边再度找上了刀大舅，将新情况与他讲述清楚。

听说只要一万私兵，刀大舅微有犹豫，沐元瑜见有戏，忙进一步对他劝说起来。磨了两天，刀大舅终于松了口："好外甥，你把话说到这个地步，做舅舅的也不能不与你这个面子，但是，你许诺的那些分润功劳之类，我没甚兴趣。我倒是另有一个要求，你要是同意，那舅舅这里也不再有二话！"

沐元瑜精神一振，忙道："舅舅请说。"

刀大舅道："你大表嫂前年没了，你知道不知道？"

沐元瑜点头，当时她在京里，是回来以后滇宁王妃闲聊时说起来的，因是过去的事了，她听过就罢了，没多想什么。

"我那流落在外的外甥女，我听老大回来说，同你生得竟有八九分像？"

沐元瑜笑着点头："是。"

宁宁满月时，来送礼的就是刀大表哥，这是舅家至亲，她不得不出来见了一见，行了个礼，但是没怎么说话。

刀大舅眼中精光一闪，道："那模样也是不错了。"

沐元瑜干咳了一声，道："还算过得去吧。"

"你这个妹妹，同你比起来是极苦命的。"

沐元瑜惦记着借兵的事，不知他云里雾里一直扯别的是什么意思，也不敢催他，只好应着声："确实是。"

"这么个苦命的外甥女，可得给她找个好人家才是。"

"……"沐元瑜慢慢睁大了眼，她有点会意过来，又不大敢相信，"啊？"

"看看，你懂了是不是？"刀大舅哈哈笑道，"舅舅就知道你聪明！你表哥如今是个鳏夫，你妹子在外被野男人哄了，揣了个小的回来，谁也嫌弃不着谁，这不正是一桩天作之合？"

沐元瑜想扶额，困难地开口道："舅舅——"

刀大舅不理会她，一门心思说自己的："你放心，外甥女还舅家门，再知根知底不过。舅舅什么人家你是知道的，粗是粗了点，但绝不会亏待自己人，你妹子那个小娃儿，只管带过来，我们一样当亲生的养着，这么大家业，还能多他一口饭不成？等大了，照样给一份家业，包管不比谁差！"

"舅舅，这可能不太方便。"

刀大舅瞪眼道："有什么不方便的？好外甥，舅舅信得过你，才肯给老大娶你的妹子，像你爹那样的，招你娘生了大半辈子气，舅舅是不好当着你说你爹的坏话，不然，我能骂他半宿！你跟你爹不一样，舅舅放心你，才想跟你把这门亲续下去。"

沐元瑜顾不得仪态，真的扶额了——她舅舅这是哪来的奇思妙想啊？！

她要真有这么个妹子，不幸叫人蒙骗失了清白还带了个拖油瓶，嫁到刀家去也许是不错的选择，好歹不会受夫家太过欺负，可她没有，也不能变出来一个给刀大舅啊！

她的震惊跟不情愿溢于言表了，刀大舅眯了眯眼道："怎么？你不愿意？外甥，你知道老大将来是要接我这位置的，总不至于觉得他还配不上你妹子吧？"

沐元瑜颇为头痛地道："不不，我足感舅舅盛情，大表哥人极好，只是我妹子恐怕不大配得上他。他这样的身份，续弦娶个黄花姑娘一点也不难。"

刀大舅精明地哼笑了一声——黄花姑娘满天下都是，下一任滇宁王的嫡亲妹子有几个？

独此一个，别无分号！

他现在想起提这茬都觉得晚了！

幸亏那苦命的外甥女才生了个来路不明的孩子，不然恐怕提亲的人都踏破门槛了，未必等得到他来开口。

刀大舅往桌上一拍，道："什么配不上，我看正相配！你给舅舅个痛快话，就说你同不同意吧！"

沐元瑜怎么给得出来，只能使个拖字诀，道："舅舅，即便我同意，婚姻大事，也不是我一个晚辈说了算的，总得回去问过父王母妃。"

"你父王那个人，不问也罢，能拿闺女换回一万兵马，他眼都不会眨。何况你带了人去，立了那么大功劳回来，他还能有二话？很不必问他！"刀大舅很笃定地道，"至于你母妃，她是一心为了孩子好，知道外甥女嫁到我们家来吃不了苦，也只有同意的，如今只要你点了这个头，别的都不成问题。"

沐元瑜偏偏无论如何不能点这个头，但看这架势，刀大舅是认准了这一条，不可能开别的条件，她要拒绝，他们就等于谈崩。

她只能继续把拖字诀使下去，说起码要回去问问滇宁王妃。刀大舅觉得滇宁王妃万没有不同意的道理，追了她两句，见她坚持，也就还算大方地道："行吧，这也是你的孝顺处，问问就问问，只是问过了，你可要尽快给舅舅个回话。"

沐元瑜答应着，无奈又无语地起身告辞。

刀大舅大概想让她跟未来"妹婿"联络联络感情，命刀大表哥出来送了她。

沐元瑜感觉还好，刀表哥对她来说就是个舅家表哥，别的什么也没有，她现在对着他也没有什么不自在的。

倒是刀表哥，沿途一眼接一眼地瞄她，神色间也有点说不出来的意味。

沐元瑜想当无所觉，奈何他瞄得太频繁且无忌惮了，她只有开了口："大表哥，你看什么呢？"

刀表哥等她这句已久，忙道："表弟，你跟你妹子长得真像啊！"

"我们是双胞，自然像的。"

"可是也太像了！"

刀表哥说着，把后面跟着的下人撵远了点，然后压低了声音道："阿爹是不是跟你说了叫我娶你妹子的事了？"

沐元瑜有气无力地点头："是啊。"

"你能不能别答应？"

沐元瑜："……啊？"

刀表哥忙道："表弟，你别误会，我可不是嫌弃你妹子生过孩子，我们这样的你知道，没他们汉人那么多讲究。实在是因为你妹子跟你生得太像了，我从小看你长大，连你光屁股的模样都见过……"

沐元瑜板起了脸，道："大表哥，你胡说什么，你几时见过了？"

真见过，现在还敢跟她扯这些吗？

"就是个比方嘛！"刀表哥不以为意，接着道，"我看你跟我亲弟弟也没什么不同，这会儿叫我娶一个跟你长得一样的，跟娶你似的，我这……"

刀表哥顿了顿，很沉痛地道："下不去口啊！"他说着拍沐元瑜肩膀，"都是男人，你懂的吧？谁会娶自己弟弟啊！"

沐元瑜哭笑不得地停了步子，说道："我懂，舅舅知道你不愿意吗？"

"知道啊，阿爹一和我说，我就拒绝了。可阿爹不听我的，我声音略大些，他还说我翅膀硬了不听话了，揍了我一顿！"刀表哥表情哀愁，仰起脖子把上面似乎是鞭子柳条一类物事抽出来的红痕亮出来给她看，"两天了还没下去呢。"

沐元瑜深表同情："这……舅舅下手不轻啊。"

"我阿爹脾气火暴，我跟他没什么可说的，姑母可宠你，你不同意，她指定听你的。"刀表哥充满希望地望向她，"表弟，你帮我个忙，回去就同姑母说，我这两年学坏了，在外面乱风流，姑母最心疼孩子，肯定就看不上我了。"

沐元瑜想了想，道："我试试吧。"

反正她是肯定不会有"妹子"嫁给刀表哥的。

刀表哥大喜，忙道："表弟，我就知道跟你能说得通。你放心，不管成不成，表哥都记你这个情！"

他一路殷勤地把沐元瑜送出了门。

回到滇宁王府，沐元瑜立刻找了滇宁王妃，将这事说了。

滇宁王妃也是听得呆住了，道："大哥这是怎么想的？"

愣住不过片刻，她旋即反应过来，淡定地道："这很好。瑜儿，你不可能同意他，谈崩就谈崩吧，你安生在家待着。"

沐元瑜寻求安慰失败，垂头坐着。

滇宁王妃少有地不体谅她，倒是道："你该去看看二殿下，我看你们这两日都不碰面说话了，他是为你好，你不领情就罢了，怎么还跟人赌气？这可是你的不对。"

沐元瑜斜眼瞄她——当日不知道是谁把人在府门外晾了那么长时间，这才过了多久，就叛变派上亲女儿的不是了！

不过她终究不是不讲理的人，还是站起来道："我没赌气，我知道殿下是好意，只是这两日忙着，我也不想跟殿下吵架，才冷了一冷。"

滇宁王府占地阔大，如果不是双方刻意来找，想不碰面是极容易的。

她说着要出去，滇宁王妃叫住她："等一等，把宁宁抱着。"

她到底又心疼女儿，怕朱谨深身份高贵，沐元瑜要去看他的脸色，很有经验地出了个主意，说道："我看他在孩子身上心倒重，你抱着宁宁去，看在孩子面上，跟你也容易说话些。"

沐元瑜抓抓脸，小心地把胖乎乎的肉团子从许嬷嬷手里接了过来。

第十章
唇枪舌剑

一大一小两张脸对着。

大的没什么表情，小的百无聊赖，对着大的看了一会儿，见大的既不会"宝贝乖乖"地哄他，也不会做鬼脸逗他，两只眼睛一张嘴，只晓得对着他傻看，很快觉得没意思了，把眼皮一耷拉，小小的嘴巴张开，像模像样地打了个哈欠。

"殿下，你同他说两句话呀。"

沐元瑜忍着笑，她过来时还忐忑着，结果朱谨深看见宁宁果然没说什么，她把孩子递给他，他就默默接了过去。宁宁的骨骼长得结实了些，他可以抱了，只是逗孩子这一项他始终学不会。

沐元瑜试过给他拨浪鼓之类的小玩具，但也没什么用，宁宁就是不买他的账，唯一的好处，就是随便他怎么看怎么抱，宁宁都不会哭，算是给了当爹的最后一点面子。

"说什么？"朱谨深的冷脸下掩着不易觉察的一点愁绪，"我说笑话，他又听不懂。"

这个金贵的小肉团子，是他在世上唯一拿他没有办法不知该如何是好的人——哦，错了，团子他娘也是。

他冷清的怀抱对宁宁来说是极好的催眠所在，宁宁被他抱了一会儿，两个小哈欠一打，就睡过去了。

朱谨深走去里间，把他小心地放到自己床上，拉过被子角给他盖上。

沐元瑜巴巴地跟进去，搭讪着道："殿下，我刚才去找舅舅了。"

朱谨深周身的气息一冷。

他转了头，目光锐利地在她面上掠过，落在睡得安静的宁宁身上，沉默了片刻，然后道："你不顾惜我也罢了，你看着宁宁，也不能令你安稳妥协些吗？"

沐元瑜顺着他的目光望过去，声音温柔下来："殿下，我可以安稳妥协，可是敌人会因此放过我们吗？我从来不喜欢战争，我其实还害怕流血，可是刀悬于颈，不进必败。'为母则强'这句话，殿下一定听过，有了宁宁，是让我勇气倍增。我看着他，就想给他一片太平天地。"

她回答完了，又补了一句："还有殿下，因为殿下来了云南，可在府城帮我与父王坐镇，我才敢起这个念头，因为我知道我后方有依靠。"

朱谨深轻微地有被打动，但旋即冷静下来，道："你可以全部依靠我。"

他从一开始就乐于并沉迷于她的投靠依赖，可惜直到现在他才发现，她并不那么稀罕。

"可是殿下依靠谁呢？"沐元瑜望着他，她是站着，看他微微有点俯视，眼睫垂下来，因此显得比平常更柔软些，不过她的话语带着截然相反的豪气，"殿下可以依靠我。"

朱谨深皱眉要说话，她紧接着道："如果殿下不愿意依靠我，为什么觉得我应该依靠殿下？殿下认为我是个只会从殿下身上索取的人吗？还是觉得我对殿下的爱，比殿下对我的少？这两者我可都不承认。"

朱谨深："……"

他有点被接连三个问题绕进去的感觉，表情带着些微迷茫。

"你可以少一点。"好一会儿后，他言不由衷地很勉强地道。

"我做不到啊。"沐元瑜诚挚地向他道，然后敏锐地发现他嘴角往上扬了一下，虽然他很努力地绷住了。

曙光在望！

她大喜，忙坐下来，挨着他的肩膀道："殿下，你先还没听我说完呢，我舅舅不同意借兵给我。"

朱谨深的反应跟滇宁王妃一样："这很好。"

"除非我答应他一个条件。"

朱谨深听说她借不到兵，心头已是松快下来，懒洋洋地问道："什么条件？"

"我舅舅想我'妹子'嫁给我大表哥——当然，我是绝不会答应他的。"

饶是她飞快地表了态，朱谨深的眼神仍是瞬间犀利起来，比先前听说她去找刀大舅还要犀利。

"你那个表哥，什么来路？"

"表哥就是表哥，还能有什么来路？"沐元瑜笑道，"殿下别乱想，他比我大着十多岁呢。"

朱谨深毫不留情地道："这么老，你舅舅好意思说给你？"

"别这样嘛，我表哥人挺好的。"觑着朱谨深的脸色，沐元瑜自然转了弯，"当然比殿下是差远了。我表哥也不同意，他嫌我'妹妹'长得跟我太像了，他拿我当亲弟弟，心里压根没那个意思。"

朱谨深脸色未变，道："这种老男人，还嫌弃你？"

沐元瑜心下觉得他这没事找碴的模样挺可爱的，不敢说出来节外生枝的话，偷偷笑了一下，就权当没听见，接着道："因为这样，我想了一个主意，提前跟殿下通个气，免得殿下日后生气。"

"不行。"

"啊？"她一个字还没说呢，要不要这么快回绝她？

朱谨深冷笑着，倾身向前咬了她下唇一口，略重，见她痛得吸了口气，才道："你是不是想跟你表哥商量，来一出假戏糊弄你舅舅，先把兵骗到手再说？"

沐元瑜有点傻眼，这么聪明还能不能好了，她简直没有做坏事的余地！

"你敢这么干，试试。"

朱谨深言简意赅地给了她八个字的威胁，他没有具体说要将她怎么怎么样，正因为没说，更显莫测可怕。

沐元瑜心尖颤了颤，百分之九十九的时候，她是一点都不怕朱谨深的，她不知哪来的一股底气，就是觉得他不能拿她怎么样。但逢着余下这百分之一，不用朱谨深多么疾言厉色，她就会生出一点畏惧来——即使他还没有对她做任何事。

也许不用他对她怎么样，他转身决绝而去就够她害怕的了。

由爱故生忧，由爱故生怖。

沐元瑜忙转头去看了下宁宁粉嫩的一张大胖脸，方得到了一点安慰。

"不行就不行吧，我再想别的法子。"她好脾气地妥协了。

朱谨深倒是有些疑心——她先前那么能折腾，这会儿怎么就这样听话了？

沐元瑜看出他的意思，解释道："这个是我不对。殿下要是跟别的姑娘定下婚约，哪怕是假的，我也不会愿意，将心比心。"

朱谨深听了，沉默了一下，问道："你还想什么法子？"

"暂时还不知道，我还没想出来。不过办法总是人想的，"沐元瑜很乐观地道，"我再想想，说不定就想出来了。"

朱谨深不再说话了。

沐元瑜看看他的脸色，好歹不是个生气的模样了，就放心地照旧忙自己的去了。

但想别的法子，说起来容易，做起来难。

沐氏亲眷不少，她是不介意从别房认个过来，能给滇宁王做养女，估计别房也不会反对，可是刀大舅肯定不会认啊。

没亲的还罢了，有亲的，那亲女跟养女就差远了，刀大表哥又不是娶不到身份好的姑娘。

她又扑腾了两天——嗯，"扑腾"这个词是朱谨深跟滇宁王妃形容她的，滇宁王妃虽觉得自家闺女被这么说不太好，但她同时也不太想反对，觉得有点有趣，默认了下来。

她心里觉得朱谨深作为一个男人还怪好哄的，也不见沐元瑜干什么，两个人就和好了。

虽然在出征东蛮牛的事上，他们仍旧没有达成一致。

朱谨深其实很矛盾。

他本已做好了好好收拾一顿不听话的内眷的准备，无奈沐元瑜太有眼色，悬崖勒马，硬是在踩到他的底线之前停了下来，而后就在离着底线还有一点的地方扑腾。

要收拾吧，好像有点师出无名，可不收拾，她眼看着是绝不打算自己消停下来。

以这个笨瓜的脑袋，再叫她闹下去，可不知要闹出什么情况来。

朱谨深几番权衡，终于主动找上了愁眉苦脸的沐元瑜，双手抱胸问她："借到兵没有？"

沐元瑜叹气摇头。

"舅舅太难说话了。"

朱谨深居高临下地瞥她一眼，慢吞吞地道："那是你不会说。"

沐元瑜听他话音，眼神一亮，问道："殿下有办法？"

朱谨深道："呵呵。"

有啊。

但是不告诉你。

沐元瑜精确地领会到了这层意思，她性格绵柔而韧性足，也不想别的了，打这天起从早到晚就跟在朱谨深身后缠磨。

她从来认同朱谨深的智力凌驾在她之上，因此并不觉得跟他求助有什么不好意思，很拉得下脸。她反复跟他说出征的好处，又说东蛮牛小国，决计不会有危险，她去了就回，哪怕抓不到余孽也不会冒险逗留，如此这般唠叨个不停。

她敢这么干，是因为发现朱谨深默默地有在翻查东蛮牛的资料——这等小国，与中原王朝素无来往，偏在南疆外的一隅，此前极少进入过朝廷的视野，所以朱谨深在兵部那几个月都没怎么接触到相关资料。

又是两日过去，朱谨深终于松了口："我去跟你舅舅谈谈。"

她这么能闹，硬管是管不住，他伸手帮一把，好歹还是把事态控制在自己了解的范围之内。并且，奇兵突袭东蛮牛直捣余孽老巢这个主意，可行性是很高的。

沐元瑜微怔，道："嗯？殿下告诉我怎么做就好了，不必殿下前去。"

"你去没用。"

沐元瑜不大懂，小心翼翼地道："殿下，你的身份到我舅舅面前可能不怎么管用。"

她心里理解刀大舅为什么看不上朝廷的赏赐，却要选择跟她沐氏联姻。俗话说得好，县官不如现管，朝廷高高在上，然而也远在天边，根本没有多少能力管得到刀家的实际事务。滇宁王就不同了，就算哪天朝廷发怒要惩罚刀家，那旨意传过来，执行者也绕不过滇宁王去。跟滇宁王搞好关系，把联姻世代延续下去，可比讨好朝廷实惠多了。

这同时也就意味着，刀大舅不会怎么把朱谨深放在眼里。

朱谨深却嗤笑一声，反问她："你见我拿身份压过人？"

沐元瑜眨眨眼，搜寻了一遍记忆库，发现似乎真的没有。他通常是拿智商碾压人，虽然身份高贵，但通常都还用不上。

"没有，没有。"她老实承认，同时顺口送上一项高帽，"殿下从来以德服人。"

以德服人的二殿下转天去找上了刀大舅。

他开口第一句话就是："为刀家长远计，请舅舅借兵与我，不然，刀家地位恐将不保。"

刀大舅坐在椅子里愣着神，他是知道沐元瑜同这个二皇子处得好，不然人来了不会直接住到滇宁王府去。这个级别的贵人云南虽然很少接待，但也不会没合适的地方安置他，知府衙门级别不够，布政使司总归凑合了。

但是，关系再好，能好到张口就喊他"舅舅"？

哪怕叫他一声"刀家舅舅"都算是纡尊降贵很表亲近之意了。

这可好，直接把前两个字都省略了！

这位皇子钦差敢叫，他可不怎么敢应啊。

朱谨深坐在高大的虎皮椅里——那原是刀大舅的位置，耐心地等待下首的刀大舅回神。

刀大舅终于回过神来了。

"这——"他呷着嘴，干笑道，"殿下太客气了，下官不敢当。"

这便宜可不是好占的，他要应了，岂不是成了皇帝的大舅子？朝廷要管他鞭长莫及，他不怎么在乎，但对于天子，他心里总还是有那么一两分敬畏的，自觉还配不上攀这个亲。

他眼神上下打量了一下占了他座椅的朱谨深，看看人家这气度，他家里几个崽子捏巴到一起也比不上人家一半——嗯，就是说话不怎么着调。

他开口就吓唬他，以为能唬住他不成？哼，要不是那声"舅舅"叫在了前面，这么咒他的家族，对于皇子他也不会客气。

"这兵嘛，下官不是不愿意借，此前也同外甥细致说过了，正等着他的回话，今日却不知他怎么没来，反是殿下大驾光临？"

朱谨深暂时不答，只道："请舅舅屏退左右，我接下来的话，出我口，入您耳，不可再有第三人听闻。"

这人居然还不改口……

刀大舅心底咯噔一下，到他这个位次的人，是不会再为两句好听话就迷了心神，相反，"礼下于人必有所求"这句汉人的话他是听过并深为赞同的。

他挥了挥手，把周围的下人全赶走了。刀大表哥原在门边站立陪着，刀大舅指示他也站远了，然后就便做了个门神，看着不许旁人靠近这处前堂。

朱谨深没卖关子，见已经清了场，就笑了笑，道："您的外甥没来，这并不奇怪。从头到尾，您就没有过外甥。"

刀大舅直着眼，他觉得中原人有点讨厌，话里总是藏话，不拐两个弯好像就不能说话了似的。

"什么意思？"他把手里的两个铁核桃"咔嚓咔嚓"转了两圈，但他的脑子仍没跟着拐过这个弯来。

朱谨深不吝惜地进一步点明了："沐元瑜不是双胎，从来，就只有她一个。"

刀大舅："……"

"咚"，"咔"。

一个深褐莹润的铁核桃从他蒲扇般的大掌里滑落，跌在地上，又弹跳了一下，发出了轻重不一的两声响动。

铁核桃蹦跳着滚落到了朱谨深的脚边，他俯身捡起，站起交还给刀大舅，见他愣着不接，轻轻放在了他身边的几案上。

"你——"刀大舅终于反应过来，一把拉住他的玄色衣袖，眼睛瞪得快要有两只铁核桃大，说道，"你说的是真的？！"

"如此子嗣大事，岂是我空口所能编造，舅舅如有疑虑处，可去滇宁王府询问。"

刀大舅内心处于凌乱中，感觉手里握着个东西，满腔的震惊之意要寻个出口，下意识握拳一捏。

"咔嚓。"

他盘了几个月的另一个铁核桃成了碎核桃，碎渣沾了他一手。

他满脸晦气地甩着手，往外嚷道："老大呢？去厨房给老子再拿个核桃过来！"

刀表哥听到声音，从庭下走过来，探头进来道："阿爹，您又把核桃捏碎了？就没哪个在您老人家手里能囫囵过半年的。"

"老子指使你跑个腿，你哪来这么多废话？"刀大舅怒道，"我看就是你有心敷衍，总挑不结实的来，才这么一捏就碎！"

"再结实的也禁不住您有意捏它啊，我看人家玩起来可细致了。"刀表哥嘴里嘀嘀咕咕地跑了。

"小兔崽子，还敢顶嘴！"

刀大舅跺跺脚，不过被这么一打岔，他总算是消化掉了朱谨深传递给他的信息。

他是觉得这事荒唐离谱得不可置信，可再一想到滇宁王，他就笃定了——这事倒是那老小子能干出来的！

然后他就冷静了下来，问道："你现在想怎么样？借兵，我借了给你，你能将此事保密？我凭什么相信你？二殿下，下官是个粗人，说话没你们那么多讲究，但说的都是实在话，不会同人玩虚的。"

朱谨深安然坐了回去，道："舅舅不要误会。"

刀大舅现在听见他喊"舅舅"简直肝儿颤，这小白脸果然不怀好意，跟他那倒霉妹婿似的，都一肚子坏水。

他也不想再啰唆了，直接拍案道："一万兵是不是？行！老——下官借给你！"

朱谨深微微笑了下，道："一万是先前的开价，我以为，两万方为最好。"

这是坐地起价！

刀大舅脸黑了，为了压制情绪，他忍不住把几案上幸存的那个核桃重新摸到了手里，"哗啦啦"转着——这单独一个转得很不得劲，他扭头往外望了一眼，气得骂道："叫他去厨房拿个核桃，又不是去树上现摘，怎么跟掉到锅里了一样，一去就没影了！"

朱谨深笑道："您误会了，我当真没有恶意。舅舅可知道宁宁？"

刀大舅甚是牙酸地点头。他有心想阻止朱谨深这么持续称呼他，但又怕如此显得太不给他面子，万一朱谨深觉得他不识抬举，为了报复再问他要三万兵怎么办？

这要是把他的全部家底都要走了，他万万舍不得。

真的细究起来，滇宁王干的事，跟他可没那么大干系，抛一万兵堵堵朝廷的嘴，买个平安还行，再多就不值当了。

他心下给自己划了底线，自觉主意已定，那股焦躁之意就没那么强烈了。

"宁宁是我的孩子。"朱谨深表情温和地告诉他，"长子。"

刀大舅："……"

"咔嚓。"

剩下的一个核桃也没保住，又碎了，比第一个碎得还彻底。

他表情凝滞，刀表哥恰于这时跑进来，把一个新的核桃递给他："阿爹。"

刀大舅接过来，愣了片刻，道："怎么就一个？"

刀表哥奇怪地道："阿爹就吩咐我拿一个啊。"他低头一看，明白了，摇摇头，"唉。"

赶在刀大舅喷火之前，他连忙跑走再次去拿。

刀大舅这回其实没准备生气，他把手上的碎屑抖抖，凑合着盘起新核桃来。

盘着盘着，他健壮的胸脯渐渐挺了起来。

"嘿，原来都是自家人啊！"他这回的口气一下子亲热起来，哈哈笑道，"殿下不早说，吓得我一脑门子汗！"

朱谨深也不点破他，只是配合笑着喝了口茶。

刀大舅见了，也觉得口渴，"咕咚咕咚"跟着灌完一杯，心里同时思绪翻腾着，觉得他那外甥——哦，外甥女，真是怪有本事的，也豁得出去，不知怎么把秘密被人发现了，转头就献了身，大胖儿子都生了出来，活生生一个共同把柄，男人想不帮着瞒着也不成了。

他从前不觉得，但现在看，还真是他们沐家的种啊，要依着他那直肠子妹妹的脾性，一辈子就会同人硬着来，可万万干不出这套花样来。

刀大舅想到自己先前试图把人家的儿子当自家傻儿子的养，又冒出了点冷汗来——这指定是回家告状去了，不然怎么换了人来！

他忙道："二殿下，我先前说过些糊涂话，你别放在心上，我那不是请你见谅，不知者不罪嘛！"

朱谨深笑着点头："是。"

他好像不着急提借兵的事了，刀大舅自己不知怎么的，却想起他进门第一句话来，忍不住问道："殿下先前说我家地位不保，是怎么个意思？"看这二皇子的模样，都不追究滇宁王府的罪过了，还能追究到他头上不成？

朱谨深微有诧异地道："舅舅想不到吗？沐王爷这一支，是没有男丁了，以后恐怕也很难会有。王位必将易主，新的沐氏掌权人，还会认同刀家的姻亲吗？"

当然，新郡王犯不着得罪刀家，可要像从前那么支持刀家在土司中的地位，那就很难说了。

一朝天子一朝臣，这个道理用到民间是一样的道理，新郡王有自己的人要安插，要扶持，要消除前任留下的势力影响，慢慢打压刀家，几乎是可以预见的前景。

刀大舅挺出的胸膛渐渐收了回去，脸色也变得凝重起来。

这个道理他不是想不到，只是朱谨深给他的惊吓太多，他来不及想到而已。

而一经点破，他立刻意识到朱谨深说的话一个字也不错。

滇宁王跟他是姻亲，下一任可不是，人家有自己的姻亲要扶植。而他还了解沐氏的情形，知道最有可能接任的是沐二老爷那一房，这两兄弟闹成了什么样，他也是最清楚不过了。

他几乎不可能去结好下一任。

"沐显道这王八蛋！"

刀大舅不顾形象地点了妹婿的大名骂起来，这王八蛋可把他坑苦了！

没用的货，怎么一辈子连个儿子都生不出来！

"我还没来得及告诉舅舅。"朱谨深不疾不徐地接着道，"沐氏以女充子这件事，皇爷已经知道。事实上沐家的王位，撤去的可能性比易主来得更大。"

"舅舅当然同这件事是没有多么大关联的，"他笑道，"不过想全然撇清，也是有些难处。皇爷应当不至于对刀家怎么样，但心里怎么想，就不好说了。至于会不会觉得刀家不够可靠，从此不放心刀家为朝廷守护边陲——我不敢揣摩圣意，只是随口一说，舅舅聊作参考。"

刀大舅的脸部抽搐起来，他不在乎皇帝对他的看法，可同时失去皇帝与滇宁王府两层信重，于他而言就是一项不能小觑的损失了。

"我来问舅舅借兵，亦是舅舅借此表现的机会。日后皇爷念及此事，知道舅舅小节有亏，然而毕竟大节无损，一心仍向朝廷，许多话，就好说得多了。"

朱谨深一点也不催促他，只是徐徐道："这个机会，只在眼下。一旦等皇爷解决了瓦剌兵临大同的事，算起这笔账来，到那时，舅舅再想弥补，也不成了。"

刀大舅的脸色变幻得更剧烈。

刀表哥于此时终于跑了回来，他气喘吁吁地兜着前襟，在刀大舅身边停住，然后"哗啦啦"把前襟里盛着的足有二三十个核桃全部倒在了几案上的果盘里。

"阿爹，"他喜滋滋地道，"这下好了，您老人家随便捏吧！"

刀大舅看看核桃，再看看他，运了运气，道："滚！"

"老子看你的脑子，还没这核桃大！"

老子都被人上门逼宫了，这蠢货还只晓得核桃核桃！

朱谨深摩挲着已经凉去的茶盏，倒是很温和地看了刀表哥一眼，若有所思。

朱谨深谈判的最终成果，是两万私兵加刀大表哥一个。

他还不甚满意，回去向沐元瑜及滇宁王妃道："舅舅是不大好说话，我的意思，最好是他亲自领兵，如此瑜儿就不必去了。只是舅舅不允，说来说去，只肯出借了儿子。"

沐元瑜："……"

她惊呆了！

她一个亲外甥，去向亲舅舅借兵一万都没借来，朱谨深一个此前和刀大舅全无来往的外人去，不但借的兵翻了倍，连刀大表哥都拐到了手！

她舅舅这是被下了迷魂药了？！

朱谨深催她："不要发愣，跟我出去带个路，你有个姐姐是不是嫁到杨土司家里去了？再去问他借些。"

沐元瑜"哦，哦"地应着站起身来，人其实仍没怎么反应过来，只下意识问道："还去问二姐姐家借什么？东蛮牛国内若真实力空虚，两万都算多了。"

那等小国，没多少阻力的情况下，将它打个对穿都能办到了。

朱谨深匆匆往外走，边走边道："不管多不多，都给你带走。但要防着东蛮牛学过兵法，知道围魏救赵的道理，倘若它知道国家被袭之后，不撤兵回救而直奔云南而来，此刻府城同东蛮牛一般，也没有多少兵力留守。"

沐元瑜悚然道："不错！"

府里不是全然无兵，还有些衙兵之类，但战斗力就很一般了，日常也就维持个府城秩序，上阵杀敌那是绝对拼不过正规军的。

"所以要再去问杨土司家借些来守城，万一这情形发生，至少撑到你挥兵回来。"

沐元瑜忙应着："好！"

滇宁王妃傻眼地追在后面，几番想插话，硬是没找着机会，她且也有些晕——朱谨深先前不是很坚决地不许沐元瑜带兵出征的吗？为此两人还冷战了，怎么自打沐元瑜找他谈过之后，没几天就改主意了，还一下改得这么彻底？她觉得自己先前的想法完全错了，他这不是好哄，根本是非常好哄！

在去找杨土司的路上，沐元瑜方腾出空来问到了究竟。

两旁有护卫，朱谨深回应得很隐晦，但以沐元瑜和他的默契，很快领悟到了刀大舅为何一下大方起来。

那一番话，其实她也可以同刀大舅说，哪怕全然从刀家的利益来说，刀大舅也不可能在知道秘密后卖了她。但在她最深处的潜意识里，始终对滇宁王的封号有所留恋，说不定，皇帝觉得让她一个有致命把柄的假货接任也不错呢。

所以她没想起来要去以此吓唬刀大舅，但朱谨深这么干了，她也只好认了，事有轻重缓急，眼下显然是借到兵最重要。

至于将来，再说吧。横竖她要真能为王，刀大舅总不可能反对。

说到刀大表哥时，朱谨深就很直接了，道："我原没想起这一出。你舅舅骂他蠢，我不好干看着，帮着夸了两句，你舅舅就又高兴起来，说你大表哥心眼上是缺些，带兵打仗还是很勇猛的，我听了，方动了此念。"

也就是说，刀大舅是亲手把儿子坑了出去。

沐元瑜憋不住在马上直笑："舅舅肯定很后悔。"她同时意识到什么，问道，"殿下根本没想要舅舅吧？只是故意唬他。"

朱谨深道："时间太紧了，若还有空闲，我与他多聊两天，未尝不能打动他。"

只是不好再耽搁下去，只能凑合拿一个刀表哥凑数了。

刀大舅可不会想再跟他聊。

沐元瑜想象了一下刀大舅的心情，就笑得有点停不下来，又同情了他片刻。不过她很快将此抛去脑后，策马凑近朱谨深，小声道："我同大表哥一起去，殿下放心呀？"

"有什么不放心的。"朱谨深目不斜视，一本正经地道，"你表哥淳朴天然，听说将要领兵出征，十分踊跃，如此心向朝廷的栋梁之材，很该重用。"

好嘛，这位殿下看来是在跟刀表哥的来往中获得了足够的安全感，以至于亲爹都嫌"蠢"，到他嘴里成了淳朴天然了，她大表哥肯定也是被忽悠得不要不要的，不然不会"十分踊跃"。

沐元瑜一路想着一路笑，她不是开心朱谨深帮助她出头，而是在他行为的表象之下，是对她内在思想的妥协认同，这比送她两件礼物哄她两句好听话可贵重多了。

朱谨深时不时瞥她两眼，每回都见到她弯得月牙一般的眼睛。

她这就开心成这样？

那么，他的让步似乎也不是不值得。

赶在天黑前，两人到了陇川。

跟杨土司的谈判相对简单一点，虽然他们来得突然，但朱谨深只把刀大舅已经同意出借两万兵马并且他的长子还亲自领兵的消息一透露，杨土司就不得不掂量一番了。

撇开朝廷不论，只从滇宁王府说，一般的亲家，不过是个辈分不同，刀家出了这么大本钱，他要托词不给，等滇宁王回来，把两个姻亲一比，他拿什么话去应付滇宁王？

同在南疆这片土地上，他不可能没事求着滇宁王，这往后不好开口啊。

咬个牙，他多少也得出点。

两方从五千往上磨，磨到晚饭后，最终敲定了一万。

沐元瑜很满意了，云南距东蛮牛快马全速疾奔大约需要十天，有这一万配合着府城原有的衙兵，主动出击是还弱点，守城等到她回援总是可以做到的。

但朱谨深很沉得住气，他居然还不走，和杨土司稳重地算着账："刀土司家的兵马是要随沐世子出征，他家出兵出将，这粮草自然不好再让刀土司出，便由滇宁王府包了。"

他说着目视沐元瑜，沐元瑜忙点头，笑道："不能全靠舅舅，我们自家自然是要有所付出的。此刻走程序问朝廷要来不及了，就由我们的私库先出。沐家累受皇恩，世镇云南，这也是我们分内之事。"

杨土司听着还满面赞同地点头呢，不想朱谨深接着就道："滇宁王府库存的粮草供应这两万兵马已是极限，杨土司府上的这一万私兵，就只能有劳杨家顺带解决了。大胜之后，我会写奏章向朝廷表彰杨土司的深明大义，该有的赏赐补偿，定不会少。"

杨土司的笑僵在了脸上——什么赏赐补偿都是日后的，天知道哪天到手，粮草可是实实在在现在就要从他的私库里挖出去，任谁都得掂量掂量。

沐元瑜在旁笑道："您若与朝廷交道打得少，有些惧怕，那这个保就由滇宁王府来作。待我父王得胜回来后，您这里消耗多少粮草，由滇宁王府补给您。"

这个话朱谨深事先不曾与她商讨过，谈判桌上瞬息万变，进退分寸，全看双方心理素质，事先说不到那么刚好。但她一听之下，佩服之余，立刻知道该配合上了。

云南府里有常平仓不错，但那是一府百姓的口粮，最后的保障，没到那个时候，最好是不动。先挖大户的，能挖多少算多少。

杨土司还犹豫着，沐元瑜加了把火："您若觉得我年轻，说话不如我父王靠谱，要不我现在就立个字据下来？"

再年轻那也是经了敕封的王世子！

杨土司忙道："世侄说哪里话，这不必，不必。"

"多谢您深明大义，如此我们就说定了！"沐元瑜丝毫不给他说下一句的机会，笑着就站起来道，"出征在即，我与殿下还有许多事忙，就不在这里打扰您了。您这里预备预备，三日后，殿下来带兵走。"

她拉着朱谨深就走。

两人一红一玄，大氅飘飘而去。

杨土司坐在灯火通明的大堂中眨巴着眼，这是哪里？他是谁？

他刚刚好像赔了一万私兵出去？

他干什么了就赔了一万兵出去还得伙食自带？！

啪！

杨土司如梦初醒地一巴掌拍在桌案上，心说：真不能和中原人打交道啊！

在这一点上，刀、杨两大土司达成了高度的心灵上的和谐统一。

整个云南府城以滇宁王府为中心，彻夜运转起来。

各级官员连夜被找了来，听说沐元瑜也要出征，有赞同的，有不赞同的。赞同的认为反正不费府城的兵马粮草，借来的不用白不用，出去绕一圈有收获都是净赚；不赞同的是因为滇宁王已经领着一大群将领在外，几乎掏空了云贵两省的兵力，沐元瑜再一走，府城内就无人坐镇了，借来兵是好事，但更希望她能领兵在城内留守。

一屋人吵成了一片，直到听说还借了另一批兵马，由朱谨深带领守城，方安静了一点下来。

朱谨深的目光在室内环视着，说道："我不曾接触过实际的兵事，守城的诸般事宜，还需诸位齐心协力，教我助我了。"

官员们连称不敢，声音都低了八度。

这是敬畏于他的身份，更是慑于他的能力。

空手变出三万兵马，有攻有守这样的本事，可不是谁都有的。

沐元瑜一晚都处于心情的亢奋中，直到这时，她忽然意识到：朱谨深在借来刀表哥的情况下，还同意她出征，是因为一旦她挥兵东蛮牛之后，云南将也会变作一块不那么安全的土地了吧？这里将可能面临东蛮牛的报复。

这可能性不大，但不是完全没有。

战场情况比谈判桌更加瞬息万变，铁血冷酷。

两处没有净土，在这个前提之下，他才同意了她的方案。

但没有回头路了。

人生亦如战场，不进则退，从来就没有想象中的坦途。

沐元瑜微笑起来，并不觉得害怕——她如今不是孤军奋战，已然足够幸运。

又五日后，探子回报，褚有生所言不假，这最后一股东风吹来，万事已备。

大年初二，回门日。

沐元瑜领两万兵，带上三十日的干粮，定好了"十日去，十日搜寻余孽，十日回"的铁策，同时带上指路的褚有生与愿意指认余孽的柳夫人，战旗猎猎，浩浩荡荡出征。

第十一章
世子出征

所谓铁策，就是无论发生任何事都不会为之动摇的策略。

携带的干粮就这么多，耽搁不起。

除必要的短暂休整外，沐元瑜中途只停下来过一次，那是柳夫人哀恳她，告诉了她沐元瑱掩埋的位置，求她将这个异母弟弟带回安葬。

这么小的孩子办不得什么仪式，柳夫人也不求能将他葬进沐家祖坟，只要带回云南，能离着亲人近些就好了，免得他小小的魂魄受异国他乡的野鬼欺负。

沐元瑜沉默片刻后答应了她。柳夫人做了十多年笼中雀，外出生存能力几近于零，但难得她居然牢记着沐元瑱的埋骨处，不需要褚有生的提醒，独立准确地指了出来。

烈焰腾起，这个生来就背负阴谋、没来得及在世上停留多久的孩子最终化作了微薄的一坛骨灰，被牢牢抱在柳夫人的怀中。

褚有生做先生的时候出色，让滇宁王用不上他也舍不得放他走，做密探的时候一样卓越，去往东蛮牛的十日征程中，他给出的情报几乎没有错漏的时候。正月十二，两万大军天兵降临般钻出清晨淡淡的雾气，出现在了东蛮牛简陋的城池之外。

云南与中原比，已算化外之地，这东蛮牛与云南一比，却顿时把云南对比得无比繁华昌隆起来。

刀大表哥骑在马上，放目远眺，扭头道："表弟，就这片矮墩墩的土墙要两万兵马？它还没有我的马高！给我一千，我都能踏平这里！"

沐元瑜看着这片聊胜于无的土墙，心下也是无语得很，所谓的城门甚至只是一张薄薄的木门，无声地诉说着防君子不防小人的风雅。

但独自领军她是头一回，必须要保持住冷静心态，不能低估敌人，就警惕地道："大表哥虽然英武，但你我离境在外，孤立无援，还是不要掉以轻心。这是东蛮牛的边境城池，简陋一些是常情，深入进去就不一定了。"

褚有生在旁笑道："世子说的是正理，不过此国人尚武，不大通生产之事，也不喜欢建造城池，除都城还像个样子之外，余者皆和此处差不多。"

刀表哥听了哈哈大笑，扬声大喝道："儿郎们，跟我上！"

他一马当先，奔向前只一刀就劈裂了可怜的城门，而后万马奔腾而上，如入无人之境。

军队在这座城池的停留甚至没有超过半个时辰，守城的也有两队兵，哪里经得起这种碾压式的人数对比，被砍瓜切菜般迅速了了账。刀家私兵扬长而去的时候，城里的百姓躲在门后，稀里糊涂的，甚至没明白过来发生了什么事情。

接下来必经的两处城池，也是差不多的状况。

沐元瑜挺闲的，她甚至都不用怎么约束军纪，此地真的太穷困了，一口铁锅都算样好家什，完全没什么值得抢的。

从另一个角度说，就难怪东蛮牛敢与暹罗勾结做戏，图谋南疆了。

战线一路顺利推进，六日后，兵临东蛮牛国都。

在中原的习俗里，此时元宵刚过，空气中还残留着最后一丝年节的喜庆余韵，而无论官员百姓，都要投入新一年的辛勤忙碌中了。

东蛮牛人没有过新年的习俗，但他们知道中原有，所以在这一段时日里，他们对中原毫无防备。刀家私兵悍然入侵到第六日了，东蛮牛的战报没有跑赢私兵们的铁骑，敌袭的消息甚至还没有传入王宫，整座都城仍呈现出毫无战备之势。

直到铁骑的震动从原野上响起，惊动了守城的卫兵们，他们方匆忙撺开了正排队等待入城的百姓，仓促地关上了城门。

顺利至此，连褚有生都不禁大为振奋，指着那城门向沐元瑜进言道：

"世子，东蛮牛之空虚远超属下的预料，大约他们根本没想到会在这个时候面临我朝的分兵报复。依属下看，此役生擒东蛮牛王子回京都不在话下！"

他会说"王子"，是因东蛮牛国王亲自领兵在外，此时都城中由王子留守。

沐元瑜意动之余，维持着冷静道："我们携带的干粮有限，已经消耗了一半下去。王宫的守卫必然最为森严，如果长久耽搁下去，东蛮牛大军撤来回救，我们孤悬疆外，被人包了饺子后果难料。所以，还是以抓捕余孽为主。入城后，只做两件事。"

她提高了声音，换了百夷语，勒马转身向众人喝道："第一，全城搜捕余孽，活捉最好，如若不能，就地格杀，以首级记功！第二，寻找粮仓，补充粮草！平民百姓如不反抗，不要滥杀，以免节外生枝！"

"两件事完，此番功成，立即退走！"

传令官将她的话一层层传下去，私兵们齐声应诺。这一路打来势如破竹，众人士气如虹。

两万兵士分了三拨，一拨在城外接应，一拨由刀表哥率领去寻找粮仓，第三拨掌控在沐元瑜手中，她肩负了此行最核心的任务。

柳夫人与褚有生都随同她一起，柳夫人这一路几乎是绑在马上过来的，大军的行进不可能因她的脆弱而放缓行程，她原已憔悴非常，再吃了这一路风沙，昔年的温婉佳人风貌如今是连影子都瞧不见了。

不过她看上去也不在乎，只是无时无刻不紧抱着手中的小小乌坛。

刀表哥在前方攻城，她在私兵的保护下遥遥看着，目光飘忽，眼底却有一丝鬼火般的亮光闪烁。

随着哗啦啦一声响动，几个私兵成功翻入了城墙，劈落几个上来迎战的守城卫兵，下去抽开了仓促间关上还没来得及插牢的门闩，重新打开了城门。

柳夫人眼底的亮光陡然间就更是亮得惊人起来。

"娘这一生，"她低了头，温柔地摩挲着乌坛，絮絮地对着坛子道，"总如他人手中的风筝，无论我以为我飞得多高，多远，那一根线始终勒在我的脖子里，别人一用力，我就只好又掉了下来。娘没有用，不但无法把握自己的命运，甚至还害了你。"

她说到这一句，喉头剧烈地哽了一下，哀伤地道："你从小养在娘娘那里，娘见你的时候都少，与你相处最长的一段时日，却是那样一个结果。"

"夫人，走吧。"

城门已破，褚有生过来扬声叫她。

柳夫人忙抬头应了一声，重新将乌坛牢牢抱好，她的眼眶通红，但不见一丝泪，嘴角反而抿出冰凉的笑意来："珍哥儿，娘要替你报仇了。"

铁骑入城。

余孽的据点在离城东不远的一处富翁民宅里，这富翁也是余孽的一分子，当初就由他代表暹罗新王出面与东蛮牛方面沟通定策。

按辈分，柳夫人拐弯抹角地大约得叫他一声叔叔。

但柳夫人显然没有认亲的意思，她几乎没有见过这些所谓的亲戚几次，这些人将她当作一枚棋子，棋子对于下棋人，生不出感情也是理所当然的事。

她在两个私兵的保护看守下，步履僵硬而迫不及待地走进这座宅院中。

宅院中所有人都已被从屋子里赶到了院落中央，有老有少，或惶然或愤怒地瞪视着他们这群异国的侵略者。

被这么看着，说实话，他们还挺愉快的。

想到他们多年在南疆及中原的搅风搅雨，沐元瑜的心就如铁石一般坚冷。

褚有生及柳夫人轮番认过去，褚有生只在后面盯梢，对余孽的了解不及柳夫人，他还在努力辨认的时候，柳夫人面色已一变，急向沐元瑜道："世子，我叔叔不在这里面，恐怕是跑了！"

沐元瑜扫她一眼，问道："你哥哥呢？是哪个？"

柳夫人是前朝皇室血脉，她哥哥当然也是个非常重要的角色。

柳夫人迟疑了一下，但一触到怀中的乌坛，心旋即狠下来，道："也都不在！"

"都？"

"我有两个哥哥，带我回来的是二哥，还有个大哥，就是他们的首领！"

这个大哥的存在是此前柳夫人不曾吐露的，大约因为不是直接害死珍哥儿的人，柳夫人对他还残留两分血脉里的亲情，但这一点血缘上的牵系，抵不过自己身上掉下来的一块鲜活的肉。

"出去搜！"

这几个最重要的角色显然是在攻城的那一段时日里望风而逃了，但城门处还留有一拨接应的人马，这些人出不了城，只要还在城中，被搜捕到就只是个时间问题。

沐元瑜转向柳夫人道："夫人，还需请你再辛苦一刻，跟我们出去认认人，此番功成而退，珍哥儿才能葬回故土。我答应你，虽然不便立碑，但珍哥儿总有我们沐家的一半血脉，我可以做主，在沐家祖坟里给他点一处穴。"

柳夫人呆愣片刻，腿一软瘫下了，她就势磕了个头，站起来抹着泪，道："世子放心，我会为世子效力的！"

都城里在紧张地搜捕着。

距此千里之外，一支皮肤油亮、头上绑着小辫，穿着奇异的大军绵延数里，正往云南而去。

对柳夫人叔兄的搜捕起初进行得比较缓慢，东蛮牛人悍勇，普通百姓也血气旺盛，刀家私兵搜人势必要侵门踏户，因此便不时遇到抵抗。

沐元瑜发现这一情形后，抓了个东蛮牛人来，凑合着跟他沟通了一下，学了几句准确的当地话。再入民户时，就先让私兵在外喊话，表明只抓异国叛党，不抵抗不杀平民，喊完了再破门。

东蛮牛的百姓将信将疑，但抵抗程度弱了不少，后来发现私兵果然不会主动杀人后，斗志就全无了。

毕竟再悍勇的平民，没准备之下跟军队对抗也是以卵击石。

最先抓到的是柳夫人的二哥，他乔装成了一个乞丐，被柳夫人擦肩而过指认出来后，简直不敢置信，叽里咕噜地骂了一长串。

柳夫人指认血亲，本有些怯意，被他一骂，心中激愤，反而冷笑起来，道："我背叛故国？那是你们的幻梦，不是我的！我只有我的珍哥儿，你害死了他，还要逼我抱养别的孩子，真要说对不起，也是你对不起我！"

沐元瑜只管抓人，此刻没工夫审问他，见柳兄长还要骂，直接让人塞了他的嘴，捆成了个粽子拨了人严加看守。

富翁叔叔在城门口处被抓到了，他不死心地还试图找个空隙混出去，没能如愿。

对余孽来说，沐元瑜率领的这支部队真如天降，他们发现柳夫人逃走后，一直也在搜寻她，但都没有找到。以常理推测，柳夫人在东蛮牛语言不通，本身能力弱得一折即断，她能跑出城门都算了不得了，因此没找着她也没着急，以为她多半是遇上了坏人，不幸被人害死在哪个角落里了。

他们万没想到她身后缀了个褚有生，带她千里迢迢逃回了南疆，引来了杀机。

天色将黑，只余下了最重要的一个首领还没有抓到。

都城已被翻了个底朝天，刀表哥带领的那拨兵没怎么费劲地找到了粮仓所在，里面存粮不多，大约大部分是投入了战场，不过剩了些也是聊胜于无，私兵们消耗下去的包囊各得到了几日的补充。

打劫完粮仓后，这拨兵也投入了抓人中，但这个首领十分能藏，硬是一直都没把他抓出来。

等天真的黑下来，对抓捕行动很显然就更不利了。

褚有生脸色凝重，但又有一两分跃跃欲试，道："世子，眼下只有王宫没有搜查过了。"

他在滇宁王府潜伏这么多年，一直没有暴露，但也没有什么很拿得出手的功绩，今番有这个机会，若能借机将东蛮牛的王子抓回去，那露的脸就不逊于滇宁王那边真正的大军了。回朝论功行赏，这份军功一亮出来，可比他做密探的收获要大多了。

沐元瑜沉思片刻，问他："先生可知王宫中有多少侍卫？"

"属下不知，但一定不多！"褚有生振奋地分析道，"从我们杀入都城，到现在足有大半日的工夫了，王宫中毫无反应，若有足够守卫，怎会不出来与我们对战？"

这个理由很站得住脚。

东蛮牛的王室现在等于被人照脸扇了十七八个巴掌了，已经肿成了猪头，居然还缩在王宫里，与宫外百姓们的反击形成鲜明对比，只能证明他们内里空虚到了何等严重的程度。

"可能是在等大军回援。"

沐元瑜心中犹豫了一下，东蛮牛王室对眼皮底下的百姓遭到兵乱都置之不理，可以想见如果他们就此离去，王宫里也一定不会有人出来阻拦，他们可以顺利撤走；但倘若他们破了王室龟缩的这条底线，向王宫发起进攻，王室缩无可缩，他们遇到的反抗力度将会非常之大。

刀表哥在旁扯了扯沐元瑜的袖子。

沐元瑜会意，跟他走到了安静一点的旁边去。

刀表哥小声道："表弟，你不想打吗？"

沐元瑜道："也不是，我当然想抓了王子回去，但怕夜长梦多。再者，底下的兄弟们跟我们一路奔袭到了这里，几乎没有好好地休息过，我们是疲惫之师，王宫里的却是以逸待劳。"

"嘿，表弟，要是这个，你大可不必担心！"刀表哥的嗓门一下子大起来，拍着她的肩膀道，"你看，这都城里都没几座好房子，只有他们的王宫建得金碧辉煌的，比你们家的王府还好呢。这要不进去抢一把，我都觉得怪可惜的，像你们说的那话——什么宝山，什么两手空空地回来的。"

"入宝山而空回。"沐元瑜干咳了一声。

"是这个话！"刀表哥连连点头，"别的我不说什么，但这仗，我看很可以打一打，我保证底下的这些小子嗷嗷叫着往上冲！"

他说着，拉过一个路过的私兵，先问他："你现在累吗？"

土司在自己的族群中拥有绝对权威，下任土司也差不了多少，那私兵吓得一个激灵，忙道："不累。"

但从脸色看，微微泛着黄，他显然有点言不由衷。

刀表哥并不在意，指着不远处都城中最高大的那处建筑道："进去抢一把，抢到什么都归你自己，回去送你的女人孩子，敢不敢，干不干？！"

"敢！干！"那私兵眼神一下被点亮，挥矛大喝。

刀表哥用比他更大的嗓门道："那你现在还累吗？！"

"不累！"这回私兵的回应无比响亮，把周围一圈人都喊过来了。

刀表哥得意地转头道："表弟，你看。"

沐元瑜有点无奈。她定一定神，道："好，东蛮牛王子还在其次，不抓到这个首领终为不美，那就打下去。"

刀表哥又一转头道："小子们，跟老子上！"

"等等！"沐元瑜忙用力拖住他，道，"不能乱打，至少定个时限——就以天亮为限，天亮攻不破王宫，必须撤，不能不计代价地缠斗。"

刀表哥不大爱动这些脑筋，闻言点着头："行，听你的。"

当下沐元瑜先把十个私兵队长召了来，宣布了要攻打王宫的命令。

这时候的军队在本国内做到秋毫无犯就不容易了，异国完全约束不住，出来抢一把几乎是通行默认的潜规则，连滇宁王带的军队都不能免俗。滇宁王府几代积攒下来的财富，相当一部分也是来源于此，只是如今战事少了，方不干这些事了。

十个队长一听要打王宫，没有怯战的，眼睛都个顶个地亮起来。

沐元瑜紧跟着就宣布了新的军令："第一条，天亮不能进入王宫，就撤，恋战不去扰乱军心者斩！第二条，为免激起敌方士气，不遇反抗，不得滥杀，违者斩！第三条，不得淫辱妇女，违者立斩无赦！"

三个"斩"字下去，私兵们如被迎头浇了一盆冷水，总算冷静下来，但听沐元瑜没有下文了，那么顺手牵羊抢劫王宫库存的财宝就是允许的，又都欢呼起来。

刀表哥还哈哈笑道："表弟你真是太心软了，其实他们这里的妇女都黑得跟柴火棍似的，王宫里的也美不到哪儿去，送我我都下不去嘴。"

他认为这话沐元瑜应该不爱听，说完就做个"抱头逃"的动作跑了。

沐元瑜无奈摇头，褚有生含着激动笑道："世子的军令颁布得极好，您与刀家的大公子秉性一刚一柔，正为互补，二殿下借了刀大公子来，这个人选也是借得对极了。"

"先生妙语如珠，可是把我们能夸的都夸了。"决定已下，沐元瑜笑了笑，也就不再多想，转而道，"不知二殿下那里怎么样了。"

"应该太平无虞。"褚有生接口道，"纵观东蛮牛国情，彼等人几乎不通教化，'围魏救赵'这样的道理对他们来说太深奥了，他们若能知道并当作战术运用起来，才不合常理。"

　　沐元瑜迟疑着点了点头。她大约是关心则乱，心底总是有些放不下，所以才定下了只准攻到天亮的军令，这是她来到东蛮牛的第六日，按原定计划，实则还有四日的时限。

　　此地白昼长而黑夜短，即便是冬日正月也不例外。沐元瑜不能受伤，有刀表哥在，她也用不着身先士卒到前线去拼杀，就只在后方坐镇，负手看着天色一点点漆黑下去，又渐渐泛起了鱼肚白。

　　百夷语的欢呼声随着被攻破的王宫大门扑倒在地上的轰然动静一起响起来。

　　这世上有常理，就有非常理——或者叫作阴错阳差。

　　东蛮牛军队不知道围魏救赵的道理，但是他们知道打不过滇宁王的朝廷大军了。

　　败绩虽还未显，颓势已是分明，这战线若是打在了云南境内，东蛮牛国王还能靠抢再激励一番士气，但是打在了外面，战线朝暹罗一步步推进，渐渐能接触到一些暹罗的小村落，其穷困处，跟东蛮牛本国内不相上下，抢无可抢。

　　只见付出，不见回报，这种仗怎么打？

　　东蛮牛这样的小国，既不知道信义，也没有什么常性，见捞不到好处，就萌生了退意。东蛮牛国王不甘心白干一场，困兽之余，灵机一动——云南的王带着大军往暹罗攻打去了，他本该镇守的区域内兵力一定空虚！

　　东蛮牛国王一想到这一点，就再也待不住了，轻易决定放弃了跟暹罗的合作，就在沐元瑜攻入王都的同一日，他带军撤走，掉头扑向了云南。

　　这对于云南当然是一个不祥的信号，但将目光放高，放远，就会发现，这不见得是件全然的坏事。

　　因为就在他们撤走的后方，朝廷大军的中军帐里，滇宁王面色苍白，眉头紧锁，蜷缩在厚厚的皮毛毡毯里，额上汗出如雨。

　　他出的全是冷汗。

　　他在这关键时刻病倒了。

　　他贴身的一个侍卫来回用拧干的湿布巾替他擦着汗，几个将领面色沉重地守在一旁。

大帐的角落里，一个头发胡子花白的老者在看守着药炉，不要侍卫帮忙，亲自拿把扇子在底下扇着，偶尔揭开药罐看一眼火候。

药罐上方，氤氲的蒸气伴随着药香散发开来，略安了一点帐内众人的心。

东蛮牛国都内，灿烂的阳光照射在王宫造型奇特的尖尖屋顶上，那屋顶上铺设的不知是什么材质的砖瓦，呈现出有如琉璃瓦一般绚丽的效果，让日头一照，更加流光溢彩，富丽堂皇，人目不能逼视。

与此形成鲜明对比的是，王宫内如丧家之犬般四散逃窜的贵人们。

柳夫人和褚有生分工明确，一个认长兄首领，一个认王子。

柳夫人在东蛮牛待过的短暂时日都困在富翁民宅里，没出过门，反而是褚有生自由一些，见过东蛮牛王子乘着装饰华贵的车子在街道上巡视过子民。

这个王子真的略傻，不通中原的厚黑学问，都这个危在旦夕的时刻了，连个衣服都不晓得和侍卫换一下，还穿着他那身尊贵的王子冕服，撒丫子在仅余的数十护卫的护送下奔逃。

沐元瑜抓住他的时候都怕上当抓错了，也怕褚有生只见过一次记忆不那么靠谱，特意又从宫外找了几个百姓来，挨个认过，方确认了是他没错。

褚有生高兴极了，眼睛眨都不眨地盯着这个王子——现在杀是不划算的，把这个傻货王子带回去，搞个'午门献俘'什么的才是美，再没有比这露脸稳当的功劳了！

就算他只是协助，沾点光也够得个不发愁的前程了。

相比之下，余孽首领就狡猾得多了，大半日过去，私兵们一边打劫一边搜他，居然还是没有搜到他的身影。

拷问抓到的其他余孽，他们也说不上来，倒不是个个都铜肝铁胆，而是沐元瑜于这过程中发现一件不太妙的事情：这些余孽，对首领好像都不大熟悉，就算想说，也吐露不出多少有用的信息来。

因为这个首领绝大部分时间居然是并不和他们在一起的。这回因柳夫人这颗最重要的棋子事败，他才露了面。

总抓不到他，柳夫人都焦急起来："我在这里的时候还见过他的，褚先生，你说是不是？"

褚有生正看着东蛮牛的王子呢，闻言苦笑着分神回了下头，道："夫人，你的这些同党都说不出个究竟，我当时都不敢靠近你们的宅子，又哪里知道？你若不说出来，我都不知道你还有个兄长。"

沐元瑜勉强按捺下心焦，这既怪不得褚有生，也怪不得柳夫人。褚有生能把情报提供到这一步已经很不容易了，至于柳夫人，她十多年都在滇宁王府里，跟余孽几乎没有接触，指认出她的二哥就已是弃暗投明了，还逼着她把余孽窝里其他人都不熟悉的大哥找出来，实在是难为她。

虽然这个长兄面露得少，但好像是余孽们的精神领袖一般的人物。

"啪！"

性急的大表哥一巴掌下去，作为余孽窝里的二号头目、被重点关照的柳二兄头都被打歪了，但他"呸"地吐出一口血水，居然咬牙笑道："你们别得意，以为策反了一个贱人就赢了？哈哈哈！"

"啪啪啪啪啪！"

刀表哥哪里能容得手下败将冲他吐口水，一怒之下，抓起来不辨头脸把他全方位地揍了一顿。

被揍完的柳二兄破布娃娃般蜷在地上，身体因疼痛一抽一抽的，但他骨头是真硬，仍不求饶，而是含混不清地道："你们不用白费力气了，我大哥早就走了，你们别想抓到他，哼，你们做梦都不会知道他是谁……"

走了？

沐元瑜抬步去审其他人，结果大部分人听到这件事露出的都是"哦，那应该是走了吧"的不确定的表情，只有富翁叔叔展露着满面的皱纹笑了笑："是啊，你们来晚了，他早就走了，走得远远的，你们插翅也追不上。"

沐元瑜心下一沉，因为觉得他说的是真话。

富翁叔叔受的拷打也不少，但他形容如此狼狈，说话时那种得意仍是止不住地满溢出来，嘲笑着他们的棋差一着。

"谁笑到最后还不知道呢，咳，哈哈……"柳二兄在不远处呼应般边咳边笑。

刀表哥气得又踹他一脚，然后喊道："表弟，他们那贼头子要是真跑了怎么办？还找不找了？"

沐元瑜抬头看看天色，犹豫了一下，道："继续搜，不要停，以天黑为限，天黑还搜不到，就不要耽搁了，把城门修好，我们依此休整一夜，明早天一亮就撤走！"

刀表哥无所谓地道："行，听你的。"

当下腰包已经鼓鼓的私兵们又散开继续查找起来。柳夫人有过交代，他们这一支皇族经过和中原的几代通婚，身上属于前朝异族那种眉目深隆的特征都已看不出了，就是汉人模样。柳夫人如水乡女子般温婉，她的兄长看上去也是有点文雅，跟此地的东蛮牛人外貌是截然不同的，所以私兵们只要看见男性汉人就可以先抓过来，让柳夫人辨认。

他们一番翻找下来，仍是没有结果。

沐元瑜抱着最后一丝希望去问了问柳夫人，看她是否可以想出更多线索。柳夫人还指望着把沐元瑛葬回沐家祖坟里去，很努力地在想，但她也是真的想不出更多来。

"世子，打从我到滇宁王府后，就只见过他两次，一次是我生了珍哥儿，他来重新找上我，第二次就是上回我被二哥带到这里来——要不是还有这一面，只凭那一次，我都不确定能记住他的长相。"柳夫人抱着乌坛很无奈地道，"大哥从小就是这样，他肩负的使命最大，也最能隐藏，他消失的时候在干些什么事，我都不知道。我不懂事的时候问过，可是没人告诉我，渐渐地我也习惯见不到他了。"

沐元瑜只好努力说服自己放平心态——来的时候只想把余孽一网打尽，现在余孽最大的那条鱼很可能先一步溜了，但好歹还抓了个东蛮牛王子回去，至少是失之东隅，收之桑榆了。

这笔买卖怎么算也还不亏本。

天黑了又亮，又一个黑夜过去。

两万私兵在城门前整兵待发。

刀表哥还有点不舍，道："表弟，真的走了啊？不找了？"

沐元瑜闭了闭眼，将遗憾抛去身后，下了狠心道："走，不找了！

③

定好了的事不要轻易改，恐怕迟则生变。"

刀表哥点头："那行，这一趟出来透透气还挺好的，比在家整天挨我阿爹的训强多了，哈哈。"

他说着，一马鞭甩在身后，扬声大喝："小子们，班师回朝了！"

尾音拖得极长，乃是他从戏文上学来的一句，自觉听上去很威风，不管对不对景，就用上了。

沐元瑜见他精神这样好，不由得失笑，心情也好了些，跟着甩了个响鞭，喝道："走！"

马蹄飞扬，将遭了场浩劫的东蛮牛都城丢在了身后。终于送走瘟神的东蛮牛百姓从城门里偷偷探出头来，吃了一嘴尘土，见他们真走了，慌慌张张地忙把城门掩起了。

七日后，兵至喀儿湖畔，停下休息用午饭。

这个碧镜般的湖泊是无论从东蛮牛或是暹罗去往南疆境内的必经之路，去年朝廷大军第一次遇到伏击就是在此处，此时细心去看，还能看到周围散落着些盔甲尸骨，在风吹日晒中，无声诉说着战争的残酷。

刀表哥和沐元瑜吃的是和普通私兵没多大差别的干粮，出来得太紧急，没时间做细食。刀表哥一边啃着面饼，一边在湖边乱转，冷不防一脚踩到块大腿骨，吓一跳，忙跳开了。

"表弟，你坐那儿得了，可别乱走。咦？"

他说着话，忽然眯了眼，拿手搭了个凉棚往远处眺望。

沐元瑜原没想动，看见他的动作，站起来走过去，踮着脚循着他的目光望去。

只见前方几骑骏马奔驰过来。

人在十数丈外让负责警戒的私兵拦住了。

刀表哥把吃剩的一圈边缘最硬的饼皮一丢，气势汹汹地上前去："什么人？"

沐元瑜跟上去，意外地发现为首的人是她认得的，喊道："大堂哥？"

沐元德从马上滚下来，也是一脸意外的神色："元瑜堂弟？你怎么会在这里？还带着这么些人？"

只这一句，沐元瑜心下有了数——她带兵出征这么重大的变动，不可能不知会一声滇宁王，早已写信给他了，但一同在军中的沐元德不知道，只能证明滇宁王没有告诉他。

也就是说，在滇宁王那里，沐元德的嫌疑没有排除掉，滇宁王仍在提防他。

她笑了笑："没什么事，问我舅舅家借些人，出来巡视一下，大堂哥知道，现在这世道可乱着呢。父王不在，我不得不多操些心。"

沐元德道："这话说得是，亏得你细心。唉！"

他一语未了，好像说不下去，忽然重重叹了口气。

沐元瑜笑道："大堂兄怎么了？对了，大堂兄不是当在军中吗？怎会也到了此处？是父王有什么事吩咐？"

"正是。"沐元德面色沉重地道，"元瑜堂弟，其实我回来，正是要找你的，三叔他……病重了！"

沐元瑜愣了愣，道："什么？"

刀表哥也看过来。

沐元德叹着气道："三叔的身体，你是知道的，出征之前就不太好了，又如何经得起在外面的连日辛劳，撑到了日前，终于是撑不住了，现在将领们在大帐里围成一圈，只怕三叔……他派了我回来，让你赶紧去看看。"

他说着，连连叹气，一副想说"最后一面"又说不出口的忧愁模样。

刀表哥是直肠子，忙道："表弟，你爹要死了？那你赶紧看看去吧，这里交给我就好了。"

总算他其实不傻，见沐元瑜先前只说出来巡视，他就也没把抓了一串人的事说出来。

沐元瑜站着，一时未动。

沐元德绝不是滇宁王叫回来的——她都不用问沐元德有没有书信之类的证明就可以确定。

但同时，他报的信可能是真的。

因为滇宁王假使神志还清醒，还能控制得住沐元德，在还对他有所怀疑的情况之下，绝不会放他离开势力范围内。

△△△

第十二章
天生战将

◆

　　不管沐元德想玩什么花样，沐元瑜确定了滇宁王确实病危这件事，接下去的决定就好做了。

　　沐元瑜先一挥手，四面八方还在啃干饼的私兵们一拥而上，以绝对的优势瞬间把沐元德连同他带的几个护卫全部捆了。私兵们跟她出去一趟，基本没什么伤亡不说，腰包还全塞满了，现在对她是言听计从。

　　沐元德惊愕非常："沐元瑜，你……你干什么？！"

　　沐元瑜懒得跟他解释，余孽首领没有抓到，朱谨深在府城等她，滇宁王又病重了，沐元德偏偏在这时候冒出来——她既没工夫，也没心情跟他啰唆。

　　她只是道："不做什么，请大堂兄同我请见父王，有什么得罪的地方，父王面前，我亲自领罚，回头再去府上赔罪。"

　　她说完也不管沐元德是什么脸色，还要说什么话，拉着刀表哥就走到一边，低声道："大表哥，此处离府城还有三四日的路程，你我就在此处分兵，各领一万人马，你回去帮殿下守城，我去接应父王。抓到的余孽和王子你都带回去，交给殿下。"

　　从现实来说，这时候分兵是安全的，刀表哥一方离府城已经没有多远，而她将去往滇宁王的那边，有着整整七万的朝廷大军，粮草兵马现阶段都充足，也不会有什么危险——当然前提是，主帅不能倒下。出征在外，主帅倒下是极致命的一件事，几十万大军都可能因此分崩离析。

　　人多好办事的同时，也越发难管理，需要领头者的绝对权威。

所以她可以放弃余孽首领，但不能照样不管滇宁王。假如滇宁王真的倒下，她需要取代他，成为新的定海神针，即使她经验远远不抵那些将领们，有她在，就能将伐暹罗继续不耽误地进行下去，而不需等待新的朝廷诏令。

刀表哥点头："行，你爹对你虽然不怎么样，不过他要死了，你不去看着，叫别人知道了，对你也不好。"

当下刀表哥喝令整兵列队，按小队把人马分了分。

沐元瑜选了个最雄壮的私兵出来，把沐元德捆在他的马前，然后吩咐他道："你就跟在我旁边，路上发现有什么不对，我一发令，你立刻把他砍了，听清楚了没有？"

那私兵大声道："听清楚了！"

他们这番对答是百夷语，沐元德听不懂，正茫然着，沐元瑜换了汉语，字句清楚地重新对着他说了一遍。

沐元德大惊失色："你……你敢杀我！你何以面对沐氏？！"

"大堂兄不必替我担心，这荒郊野岭，异国他乡的，大堂兄要是使计害死了我，不也一般无人知晓吗？"

沐元德脸色又转为青白，认真算起来，从他看见沐元瑜带着大队私兵出现在这里起，脸色就没怎么正常过。

沐元瑜说完就转身上了自己的马，私兵们正好才休息了一会儿，也不用再耽误，直接出发。

从此处到暹罗边境只有四五百里，但暹罗的国土比东蛮牛要大多了，没那么容易穿境而过。沐元瑜出征之前，收到的最新战报是朝廷大军已入暹罗境内，但现今推进到了哪个城镇，她这二十余日都在外面，就不清楚了。

也好在这距离够近，暹罗本为朝廷的藩属国，两边建了交，民间来往不少，临时找个向导也容易。沐元瑜本身曾跟通译学过一段时日的暹罗语，看过暹罗的简易舆图，对暹罗的一些风土人情也了解，此番临时决定要去，还不算为难。

他们一行疾行一昼夜之后，来到一处分岔口。

这岔口从左边走大约半日后要过一条峡谷，再半日后就可赶在天黑前进入暹罗，从右边走不需翻山越水，但要绕路，大概多出了一倍的路程。

一般百姓山民都从峡谷过，这峡谷半边临山，半边临湖，除了会出没些动物外，日常没有别的危险。

沐元瑜在看见这个地形之后，忽然有所了悟，转身望向沐元德："大堂兄，劳你指个路，我们当从哪边走？"

沐元德僵了片刻，私兵虽然听不懂沐元瑜此刻的问话，但他知道沐元瑜在问人，见沐元德竟敢不回答，立刻威胁地掐了掐他的脖子。

沐元德被掐得差点闭过气去，事已至此，他实在有许多的不甘心不明白——沐元瑜怎么就会领那么多人出现在半途上？！

她要是在云南府城里，仓促间接到父亲重病的消息，来不及拉起多少人马，直接被他引出城，到了此处该多好下手。就算情况不如他预想，这凭空多出来的一万人马也不算多，能引到这峡谷里，山水间不利骑行，天然一处伏击的好地形，从山头上不论滚圆木还是砸大石，都够将原计划顺利进行。

但事情的发展没有一个按照他设想的，他一腔阴谋诡计，未出师就全部胎死腹中。

"看来我误会大堂兄了，大堂兄并不知道？"沐元瑜笑了笑，"我赶时间，那就选近路走吧，横竖有大堂兄陪着我，我放心得很。"

"走另一边。"沐元德终于从嗓子眼里挤出了一句话。

诚然他可以坑死沐元瑜，但同时也足够他身后的私兵砍死他一百遍了，什么样的尊荣富贵，总还需有命才能享。

沐元瑜脸色沉下来，她是随口一试，其实并不知道沐元德在搞什么鬼，只是觉得他出现得蹊跷，这个当口，没工夫跟他玩攻心计，方粗暴做人，直接把他捆了，居然捆对了！

这也就证明，滇宁王的情形是真的不妙，沐元德才不但脱离他的掌控，还大胆玩出了这招。他的算计到此很明白了：滇宁王若重病身死，她再在途中被人暗害，沐氏还能以谁为首？

"大堂哥好算计啊。"她冰凉地盯了他一眼，道，"借这乱时，害死我父子二人，你临危不惧，接任父王未完的事业，事成后有打下暹罗的功业傍身，这王位舍你其谁？"

沐元德又不说话了，他不是不想辩解，实在是说不出来。

他觉得自己一直都没干什么多余的事，他以往真是清白的，不然也不敢跑回来找沐元瑜，可为什么全盘计划就叫掀了个底朝天？！

沐元瑜从他的表情看出他的想法，意识到他可能没在骗人，这就是他第一次出手。

也就是说，朱谨深的推测是对的，他跟余孽不是一回事。

但是太巧了，他找的那个老仆偏偏跟余孽的人撞上了，余孽拿他当了个挡箭牌，致使他自从进入滇宁王的视线之后，再也没出去过，滇宁王哪怕没查到他跟余孽勾结的证据，疑心病发作也不愿放过他。

于是此刻他回来报信，沐元瑜也从看见他的那一刻起就确定了他有问题。

她能这么容易识破他的阴谋，讲真，倒是沾了余孽的光。余孽不拉扯他，她不是疑心重的人，其实没这么大的脑洞能怀疑到沐元德下这么大一盘棋。

他这面棋枰，有一半是被余孽掀翻的。

沐元瑜想到此处，心情放松了点，对未能抓到余孽首领都没那么大的遗憾了，下令从分岔右边继续全速前进。

中军大帐里。

帐门闭锁，帐内弥漫着浓重的药味。

"老神医，你再想想办法，一定还有办法的，我们已快打入都城了，不能功亏一篑啊。"

老神医的脾气很坏，也很不耐烦，并不把恳求他的盔甲鲜亮的将领放在眼里，道："老头子不是没想法子，王爷已经是病入膏肓了，若换了别人，我早直接让预备后事了，如今用尽良药，才把命多吊了几日。现在若立刻不受任何琐事干扰地休养起来，也许还能再续一段时间的命，多久老头子是说不好，可你还想他操心那些打打杀杀的事情，是嫌他死得不够快！"

将领重重叹气："可这时候真的离不得王爷，即便我等要派人护送王爷回去，王爷也不肯走。"

"所以呢，你们就来逼老头子的命！"老神医瞪眼，"老头子是神医，不是神仙！"

将领在原地转了两圈，迟疑片刻，握拳道："不然，我还是派人回云南去请世子来吧。"

"咳，咳，维栋——"病榻上传来了微弱的呼声。

展维栋一喜，忙走过去。他是滇宁王的女婿，滇宁王病倒，他自然是随身侍疾来了。

"岳父醒了？要用什么只管告诉小婿。"

"不……不要叫瑜儿来。"滇宁王抖着唇道，他的嘴唇不但苍白，甚至还泛着一丝灰，可见情形确实是极糟糕了。

他现在大半日都是昏睡着，只偶然才醒来一下，喝药都要靠灌，自知将要不起，抓紧这难得的清醒时间嘱咐女婿。

展维栋为难地道："可是老神医说了，岳父实在不能再耗神了。"

"不……不能。"

滇宁王坚持着道，再把女儿当儿子养，他心里清楚这到底还是个丫头，他还能撑一撑的时候，不敢把她牵连到战场上来。

他强撑着补充了一句："云南还要靠瑜儿。"

这也是正理，展维栋单膝点在床前，只好应了。

滇宁王听了，放了点心，只觉头脑昏沉又要迷糊过去，外头忽然起了一阵喧哗。

滇宁王受不了地眉心一皱，展维栋忙站起来，将帘子掀开一条缝钻出去训斥道："中帐重地，说了不许吵闹，怎么还——瑜弟？！"

"大姐夫，父王怎么样了？"

"不太好，你怎么来了？你来了真是太好了！"

展维栋欢喜的声音及另一个熟悉的声音从帐外传进来，滇宁王重病，视力都有所减退，但耳力没有丧失，反而因为厌烦吵闹而分外敏锐起来，将这番对答听得清清楚楚。

他几乎快合上的双眼陡然间睁大，眼神是病倒以来从未有过的清醒。

帐子一掀，熟悉的身影进来，熟悉的声音唤着他："父王！"

　　滇宁王如有神助般不需借助外力，自己独立从枕上抬起了点头，侧过去，声音也一下子大了："谁叫你来的？！"

　　沐元瑜快步走过去，但不敢靠得太近，她一身尘土，恐怕对病人不利，道："大堂兄报的信，说父王病重了。"

　　滇宁王色变，他病中还要考虑军中各项事宜，这几日连清醒的时刻都少，对沐元德实在顾及不上了，此刻听闻，忙道："他人呢？"

　　这个侄子自作主张，一定不老实！

　　他飞快下了结论，同时目光艰难地上下打量着沐元瑜，看她有无吃亏受伤。

　　"我把他捆了，在外面，由我的人看着呢。"

　　"哦。"滇宁王重重地松了口气，倒回了枕上。

　　不知不觉走到角落里药炉旁的老神医拿起蒲扇，心不在焉地扇了两下，想着：堂兄报信？把他捆了？

　　这是什么逻辑。

　　这位小贵人，周遭关系真是一如既往地乱啊。

　　展维栋知道滇宁王病重虚弱，原要把沐元瑜引到旁边去细细告诉她如今大军的现状，不想滇宁王嘴上斥责了两句沐元瑜为什么要到处乱跑，去过东蛮牛还要跑到暹罗来，要是他在家一定不会同意云云，过后居然精神好起来了点，不要他传话，自己说起事来。

　　滇宁王那么奄奄一息地躺着，沐元瑜也不跟他计较，由他训了，反正她按自己的主意把事做都做了，现在挨两句说不疼也不痒。

　　她也把自己的收获汇报了一下。

　　听说抓到了一窝余孽，连东蛮牛的王子都顺手牵羊捆了回去，滇宁王甚感宽慰。

　　展维栋大为惊喜："瑜弟，你小小年纪，这么能干！"

　　滇宁王干咳了一声，道："去把人都叫进来，大家一起商量商量。"

　　沐元瑜道："父王，你的身子能撑住吗？要不我出去见他们吧。"

　　"啰唆什么，一时还死不了。"

　　他这么说，展维栋就只好出去了，把排得上号的将领们都叫了进来。

沐元瑜穿过驻军一路走到中军帐来，这些将领有看见她知道她赶来的，也有不知道的，进来了都忙各自见礼，表情都明显可见地松快了不少。

大军里不缺打仗的兵将，也不缺出谋划策的谋士，但滇宁王一倒下，就缺了最重要的一个拿主意的人。

谋士七嘴八舌能出十来个主意，究竟用哪个，只有主帅才能拍板。他倒下了，人心就有些惶惶，对士气也有很大影响。

别说沐元瑜能带军，她哪怕是个手无缚鸡之力的文弱书生，这时候出现在大军里对兵士们也会起到不小的安抚作用。

再一听说她借了私兵去抄了东蛮牛的后路，众人的精神就更抖擞了，好话不要钱般往外丢，又说她"将才天成，奇兵神策"，又说她"虎父无犬子"，气氛一片大好。

沐元瑜谦道："也是运气好，天佑我朝，有二殿下在府城坐镇，我才敢带兵出来，可惜仍是跑了一个首领。"

"他只剩一个光杆，还能闹出多大花样不成！"有将领粗声大笑，"我看，此时不定气死在哪个旮旯里了！"

余下众人纷纷附和，都不把那首领放在眼里，谈笑间把他判了十七八回死刑。

"世子折道赶来真是太好了，现在我等只要把暹罗都城里那个伪王擒获带走，这一役就得全功了。"

"对了，"有头脑冷静的忽然想起一事，道，"前几日末将手下的探子来报，说东蛮牛那批贼兵不知为什么忽然撤走了，现在想来，不就是得到了世子突袭东蛮牛的消息吗？世子当机立断，撤走得快，他们白白跑腿，没堵上世子，这一走，反而大减我等这边的压力，哈哈！"

"正是！王爷，依末将的见识，趁此良机，不如发动猛攻，打入阿瑜陀耶！"

所谓阿瑜陀耶就是此时暹罗的国都。

沐元瑜皱了皱眉，她才知道东蛮牛从暹罗撤兵了，她一路都没有遭遇上，到底是所走路途不同，错过了，还是……

她心里微微一沉，旋即强迫自己定下神来。东蛮牛若真去了云南，内有朱谨深，外有赶回去的刀表哥，情况并不算糟；且正因为回去的是刀表哥，刀大舅知道长子在外面跟东蛮牛遇上了，不可能坐视，再心疼也要把手里剩的兵力都投进去救儿子。

当然更重要的是，她对朱谨深有强大到胜过对她自己的信心。

她还没有见他输过。

不管到底是哪种可能，趁着东蛮牛撤兵，一鼓作气打入阿瑜陀耶都是当务之急。

滇宁王这么刻不容缓地让把将领们都叫进来，也正是这个意思。有了沐元瑜的到来，不用再顾虑万一他不治以后军心在外慌乱的问题，大可放手一搏。

只是他的体力撑不住再往下细说了，确定下这个大的战略后，他就又昏了过去。

众人慌乱一阵，展维栋忙把老神医拉过来，老神医看过后表示滇宁王还有气，但他需要静养，帐子里不能再留这么多人吵嚷了。

将领们松了一口气，陆续往外走。沐元瑜暂时没动，望着老神医诧异地道："李老先生？你怎么会在这里？"

李百草先前一直背对着待在角落里，她着急要见滇宁王，不会特别注意一个大夫，此时才发现了是他。

李百草目光有点飘，含混着道："我一个大夫，四海为家，在哪里看病不是看，到这里也没什么稀奇的。"

怎么不稀奇？这可是暹罗，都出了国境了！这老先生再是四海为家，一生放荡不羁爱自由，也跑得太远了些。

沐元瑜心头复杂，她当初刚知道秘密被李百草爆出去时，饶是以她的好脾气，也差点抽刀砍了他，匕首都滑出袖子了。再一看李百草满头花白头发，引颈待戮的安详模样，到底还是没下得了手。

这么个老人，就容他活着，也活不了几年了。何必再造杀孽，算了吧。

她的护卫侍女当时都要忙着逃命，分不出人手看守李百草，她索性就把他丢下，算是放过了他一命。

不想他大约是记挂着皇帝当时说的滇宁王病了的事，自己慢慢一路跑到了云南来，不知怎的，又到了军中——这不必追问，以他的名声和医术，只要他想，没有哪支军队会拒绝他。

沐元瑜忍不住笑了一笑，她不是心情好，只是觉得人生的际遇真的挺有意思，不知道在什么地方就会摔一跤，也不知道在什么时候，从前结的善缘会蹦出来，帮你一把。

李百草其实有些难以面对她，见她不说话，也不知自己能说什么，假装没事般转身走了。

沐元瑜心里有数，也不追究，掀帘子出去跟将领们商议战策去了。

到隔日的时候，滇宁王才又短暂地醒了一会儿，让人把沐元瑜叫去，问了她一些事。

他知道沐元瑜为什么会跑去东蛮牛，但其中的一些细节还没来得及问，昨日人多嘴杂，光顾着高兴了，他本来精力不济，又被吵得头昏脑涨，这回一醒过来，方想了起来。

沐元瑜简单跟他说了说，褚有生和柳夫人都是重要人物，是绕不过去的。而既提到了柳夫人，沐元瑱夭折的事也无法不提，她看滇宁王的状况，尽量用和缓一点的言辞说了他到底是怎么死去的。

滇宁王听得在枕上出着神，过了好一会儿，低声道："如此也罢了。他这么去了，强胜我和他父子相残，盼着他下辈子投个好胎吧。"

听说骨灰已被带回云南，沐元瑜允了柳夫人葬回沐氏祖坟，滇宁王闭了下眼，道："嗯。难为你想得到。"

他知道沐元瑱不能留，早已在内心说服自己良久，此刻心伤之余，也不至于撑不下去。

只是他心下又起惋惜之意：这个儿子即便长大，也不可能胜得过沐元瑜这个女儿。心胸，手腕，谋略，她一样不缺，唯一缺的就是一个明公正道的性别。

他此时的心情，不单是惋惜她为什么不是个儿子，同时也隐隐地觉得，也许不是她生错了性别，而是这个世道禁锢了她。

只是这念头不过一闪而逝，他又想起问些家事来。

"母妃很好，宁宁也很好，我走的时候他快四个月了，母妃说，养得像别人家五六个月似的健壮，比我小时候还结实，性子也好，见谁都笑，就是不怎么爱搭理殿下。"

滇宁王忙道:"怎么回事?"

他是从信中知道添了这个外孙,在他看来,小外孙天生尊贵,不搭理谁都行,可要跟亲爹做了对头就麻烦了。

他还有一腔垂暮的壮志在这个小外孙身上呢。

沐元瑜笑道:"没事,殿下不会逗小孩子,宁宁看他才没意思,等大一些,会说话了自然就好了。殿下只是性子矜持,其实心里很喜欢他的,母妃说,我小时候父王都没那么多空理我。"

"你母妃这张嘴……"滇宁王想责怪两句,想想又算了,夫妻大半辈子下来,眼看他都要先走一步了,再计较那么多又有什么意思呢。

他就又丧气下来,道:"都好,我就放心了。你跑来虽然莽撞了些,总算也有些用处,外面有什么事,你看着拿主意吧,多听你叔伯们的建议,不要自作主张。"

沐元瑜道:"是。"

见他没有别话,她就道:"那父王安心歇着吧,不要操心。外面有我,有什么拿不定主意的,我再进来请教父王。"

滇宁王应了,昏昏地又睡过去。他这下心头是真的放松下来,不似先前,便是昏着,也昏得不安心,总惦记军中的千头万绪,只怕哪头出了岔子。

以至于虽然大军重新拔营,他跟着挪动,但他的情形也没有变得更坏,反而好了那么一点。

沐元瑜每日早晚会抽空来看他,他有时醒着,有时睡着,醒时听她回报事情井井有条,就放了心。

四日后,阿瑜陀耶城在望。

朝廷大军新得了沐元瑜及她带领的一万私兵如虎添翼,暹罗却是失去了东蛮牛的襄助如断一臂。但即便如此,王都内新王的垂死挣扎也不可小觑,这可不像东蛮牛的国都一样几乎是座空城,从攻城战到巷战,烽烟足燃了三日,大军方冲入了王宫。

新王被赶下来,暹罗原王世子一直跟在军中,他一家都被这个堂弟害死,一腔恨意憋到如今,直接"啊啊"大叫着亲手砍死了他。

以中原仪礼来说，子为父报仇是天经地义，周围的将领犹豫片刻，便也没人拦他。

王世子报仇的同时立了威，伪王登基不久，根基未稳，王宫及贵族中还有不少愿意拥护旧王室的势力，见此纷纷投靠回了他。王世子靠着这些拥护者，顺利夺回了王位，并在一个忠心侍女的指点下，找到了被伪王藏起的朝廷敕封的金印。有了这枚金印，他还缺一封朝廷的敕封文书，如此他作为一个藩属国国王的手续才算齐了。

沐元瑜收下了他为此恳求的奏章，答应了会替他呈给朝廷，但婉拒了他招待的美意，即日就班师回云南。

王世子——不，新的暹罗王，很郑重热情地将他们直送到了都城外。

暹罗局势已定，沐元瑜挂心府城，出国都后，特向滇宁王请命领兵先于大军疾驰回援。

她没来得及赶到云南，在半途就遭遇了东蛮牛部。

非常巧，仍是熟悉的地方，喀儿湖畔，这是南疆、东蛮牛、暹罗三地一个重要的交会点，无论从任何一方要去另一方，都绕不过这个地方——其实不是没有别的路途，但在这里可以补充到最重要的食物和水，大军出动，不可能放弃这里而另择他途。

东蛮牛部正在这里休整，迎头遭遇上沐元瑜的两万兵士，双方都呆愣住了。

沐元瑜本处于劣势，她要求快，所带兵马就宜精不宜多，结果独自在此跟东蛮牛部碰了个对脸，没有朱谨深及刀表哥的襄助，单就兵力毫无疑问是吃了亏。

但这一回老天站在了她这边，东蛮牛兵力虽多，但似乎是从哪儿才吃了败仗来的，散漫无力，垂头丧气。他们的国王统帅亲自操着声嘶力竭的嗓门大喝，居然一时都整不出能对敌的队形来，人马都乱糟糟的。

沐元瑜当机立断："杀！"

既然已经狭路相逢，那就只有勇者胜。

古往今来，以少胜多的战役从来不乏，在统帅不能进行有效指挥的情形下，人再多也没用，有时候反而是场灾难。

这一场遭遇战就打得简直有点像单方面的屠杀。

私兵及滇宁王补进来的一万朝廷军几乎是杀红了眼，起初是搏命，在发现东蛮牛乱得不像样之后，就变成了争功，撵在四散奔逃的东蛮牛兵后面追出了几十里。

沐元瑜下了三次命令，才把追得忘乎所以的兵士们重新召唤回来。

碧清的喀儿湖畔已经变得一片血红，经过简单清点，就这半日工夫，东蛮牛在此抛下了将万余具尸首。

被召回来的兵士们也没闲着，热火朝天地继续忙起来——国朝以首级记功，他们忙着割尸首的头回去好升级受赏。

这场面是很刺激的，一般人受不住，沐元瑜别开眼走开了几步，但她没有阻止，军人以杀敌论功，天经地义，这是他们的权利。

展维栋跟在她旁边，他是滇宁王跟着一万军士一起拨过来的，滇宁王怕沐元瑜控制不住新加入的军士。他倒是不怕看这个景象，只是他也有些晕，道："东蛮牛这是怎么回事？我们先前同他们打，他们极凶蛮的，要不是后来王爷赶来亲自坐镇，我们不一定能胜。"

可现在这简直就是砍瓜切菜！要不是丢下的这么多尸首不可能是假的，血腥味冲了天，他都要怀疑是不是东蛮牛实行的什么诱敌策略了。

但有这修罗场景佐证，自然是不可能，谁家诱敌也不会下这么大血本。东蛮牛本是个小国，更禁不起这个损失。

沐元瑜离开云南晚，比展维栋了解的情况多一些，有点明白过来，猜测着道："他们已从暹罗撤走，不会无端遇上别的敌人，多半是去了云南，但是有殿下和我大表哥在，他们未能攻城成功，却把粮草要耗尽了——你看他们败退成这样，都没丢下多少粮草，可见军中本已缺粮。粮草支持不住，他们只能撤走，军中无粮，士气必然低落，加上败仗，才叫我们捡了这个便宜。"

展维栋恍然大悟又认同着点了点头——本该是一场血战，打成了这样，除了"捡便宜"，没别的词能形容了。

"瑜弟，你真是员福将啊！"他忍不住夸道，"我们打暹罗，每一场都是硬仗，你轻松就抄了东蛮牛的家宅，现在跟东蛮牛遇上，又是这样，我可从来没打过这么容易的仗。"

　　沐元瑜也觉得这事挺奇特的，要说她怎么用兵如神，她是万不敢当，可论运气，她是真的有点太好了。

　　但她嘴上还是谦虚了两句："哪里是我的功劳，是殿下先给了他们迎头痛击，绝了他们的念想，我们才在这里有便宜捡。"

　　展维栋哈哈笑道："是，是！"

　　他心情极好，白捡的军功那也是实打实的，回去议功一丝儿也不打折，一战歼敌近万，还是以少胜多，说到哪里都是极其露脸的一项功绩了。

　　不过人心不足是常事，沐元瑜心下还有点遗憾："可惜大军不在这里，不然，留下他们的国王也不是什么难事。"

　　这一说，展维栋也唔叹起来："可不是！"

　　他们的人毕竟是带少了，两万看着多，往这无边无垠的土地上撒开来就有限了，能追击，不能包抄，也不能追得太深入，如果也把阵型追得太散了，东蛮牛反杀过来，最终胜负就不可知了。

　　他想了下又自我安慰道："就他们那方寸之地，这笔损失也很够受了，我看没个几年复不了元气。"

　　沐元瑜点了点头："莫说我们，暹罗也不会放过他们的。"

　　暹罗新王的父母及妹妹都被东蛮牛入侵杀死，两国间结下的是死仇，一旦发现东蛮牛势弱，暹罗新王绝不会给它喘息发展的机会，肯定要趁机报仇。

　　他们这里说话，底下低品级的千户百户等忙碌地计算着各自卫所的所得，还要注意维持秩序，别让人为抢人头打起来，直又忙了小半日，方弄出了个大概来。

　　眼看天色将黑，展维栋这里就不能再等了，催促道："行了，走了，再留在这里，别叫那帮蛮子回去整军来杀个回马枪！"

　　"是！"

　　"是！"

　　众人喜笑颜开地应着，乌泱泱奔过来，整队肃军，重新出发。

　　赶夜路自然是累的，不过时间也是自己耽误下来的，没人有怨言，他们想到几乎白得的首级，再累都高兴。

数日后，军队进入南疆境内。

沿途看得出一些战火的痕迹，但损失不算大，又数日后，抵达府城。

二月里的府城春风拂面，桃杏怒放，红紫满城斗芳菲。

乍看上去，一片太平。

但高耸的城墙由远及近，渐渐能看清在城墙底下忙碌着的衙役和百姓后就会发现，这里还是遭了劫的，城墙上好几处都是新砌起来的，还有人在补墙根底下的洞。

朝廷军队的装扮与东蛮牛敌军截然不同，这些衙役及百姓听见土地上传来奔腾的马蹄声，回头一看，也不害怕，都高兴地欢呼起来，欢呼过后，又继续忙自己的。

沐元瑜快马奔到近前，问一个在挖土填坑的衙役："你们在修补城墙？城里损失可大吗？"

衙役虽然不认得她，但看她的来势也知身份不俗，忙直起身回话道："城里没事，那些蛮子没打进来，只是他们花样也多，还想着挖地道进来，现在小的们忙着填补呢。"

沐元瑜见那坑道已经挨到了城墙根上，忙道："他们都挖到这里了？这样危险？！"

衙役抹着满头的汗笑了："那倒没有，这是我们殿下发现他们在挖地道以后，让我们从里面也挖，然后拿干草点燃了丢进去，生生把他们熏跑了。"

沐元瑜不由得笑了："没事就好。"

正说着话，刀表哥从城楼上面奔了下来，如释重负地一路跑过来笑道："表弟，你回来了！"

从刀表哥的口中，沐元瑜知道了怕东蛮牛再来侵扰，他和朱谨深一直是轮换在城楼上守卫，这两日都是轮着他，所以他才在上面。

"大表哥，这次多劳你了，你歇息去吧，东蛮牛应该不会再来了。"

刀表哥还有点迟疑，说道："你们家那殿下叫我在这里的，我走了，真没事？"

展维栋在旁笑道："没事，你不知道，我们路上遇着了，又狠揍了他们一顿，这下是肯定不会来了。"

"是吗？！"刀表哥大喜，一手一个，"啪啪"地拍他两人的肩膀，"这就好，揍死他们才好呢！不过表弟，我告诉你，他们在这里也没讨着便宜，二殿下可太厉害了，使计把他们的粮草都烧了，哈哈，看他们在城墙底下气得呜呜乱叫，真是要笑死我！"

听他提起朱谨深，沐元瑜就有点待不住了，远的时候还不觉得，咫尺之遥，惦念才深。

按捺着又说了两句，她就干脆把兵各自分了。城里无事，这些兵并不必要再全部进城，当下展维栋领着朝廷的一万军士转头去往了卫所，刀表哥领着他家的一万私兵合着他自己带的一万会合过去。

沐元瑜领着剩下的十来个护卫，快马入城。

府城之内就真的和从前没有什么不同了，除了街上巡视的兵丁多了两倍，气氛上也还残余着经过战争后的紧张。

滇宁王府已经接到了消息，朱谨深亲自出来迎她。

他看上去也没什么变化，还是那副高冷气度——这么说不是非常准确，因为他怀里还抱着个肉团子，肉团子的大脑袋很亲热地挨在他的肩上，一动不动，似乎很老实。但近了才会发现，他正张着小嘴，孜孜不倦地啃着朱谨深肩膀上的五章纹样，当然他啃不动什么，只是在那处留下了一大团口水，相当程度上破坏了他亲爹的气质。

看见孩子，沐元瑜别的话就先忘了，忙先问道："宁宁这是饿了？"

朱谨深轻轻拍了下肉团子的后背，动作熟练地把他的脑袋从肩膀上"撕"下来，示意她看："没有，是开始长牙了，见什么啃什么。嬷嬷说，不能过于阻止他，不然他更不舒服。"

听说长牙，沐元瑜惊喜地"哦"了一声，凑上去哄着宁宁。宁宁对她没什么记忆，但血脉里天然有对母亲的亲近，很快让她逗笑了，嘴巴一咧，一串口水落下了的同时，牙龈处一个尖尖的小白点也清晰地露了出来。

沐元瑜下意识要替他擦拭，想起来自己一身风尘，又忙顿住，只见朱谨深自然地从袖子里抽出柔软的素帕来，把宁宁那一串口水擦去了。

这景象落到沐元瑜眼里，一时路途上的所有辛劳都消去了。她从那硝烟战火里抽离出来，切实地有了回家的感觉，整颗心都为之柔软沉静了下来。

　　她望着朱谨深收拾完胖团子后，在她周身扫视，严厉地审视着她有无受伤的眼神，发自内心地露出大大的笑容来，没洗尘不好抱他，满腔情感抒发不出，索性张开手原地转了个圈，道："殿下，我很好，一点事都没有。"

　　朱谨深眼底显出淡淡的放松的笑意来："好了，进去说吧。"

⌃⌃⌃

第十三章
王爷智计

◆

　　进到府中，滇宁王妃快步走出来，她的情绪就外放多了，拉着沐元瑜又哭又笑了好一会儿，又要看她伤没伤着，又要嗔着她不听话，不怕家人悬心，走了还不算，不跟着刀表哥一起回来，还要乱跑到暹罗去。

　　沐元瑜乖乖听她说教，最后滇宁王妃说无可说了，一指戳在她额头上，道："这会儿装乖来了，出去了怎的就像匹野马似的，凭谁都管不住你，你不想着别人，也该惦记着宁宁些。"

　　沐元瑜就势拉着她的手求饶："母妃，您就给我留些面子，不要总当着宁宁的面说我吧。"

　　滇宁王妃闻言下意识看了宁宁一眼，肉团子不知是不是听到有人提了他的名字，还是天生爱笑，小嘴一咧，乐了。

　　滇宁王妃便有再大的怒火也立时熄灭了，宁宁还由朱谨深抱着，她使了个眼色，许嬷嬷会意地上前要把宁宁接过来。

　　宁宁胖乎乎的身子拧着，虽然不是非常明显的抗拒，但也有那么点不情愿，还咿咿呀呀地哼唧了两声，小手朝着朱谨深伸了一下。

　　许嬷嬷一边笑着把他接过来，一边笑道："宁宁舍不得爹呀？我们宁宁乖，大人要说正事呢，说好了就来看宁宁。"

　　宁宁是个好脾气的娃娃，撇了撇嘴，凑合着待在了许嬷嬷的怀里，倒也没有要哭。

　　沐元瑜很稀奇，因为看上去朱谨深还是那副内敛的样子，并没有新学了什么哄孩子的招数。而宁宁从前跟他多对上两眼都要无聊地打哈欠，这会儿居然会主动要他了。

滇宁王妃见她的神色，解释道："你走了，宁宁想你，闹起来时我都不大哄得住他，二殿下试着接手照管了过来，宁宁虽然不懂事，也没什么记性，但到底天生来的亲情，时不时能跟着二殿下，才安定了。"

沐元瑜心中生出愧疚来，道："是我不好。"

她转目望向朱谨深，想说这阵子辛苦他了，又守城又带娃，蜡烛两头烧。又觉得这么说太生疏了，可亲热些的话，她也不好意思当着滇宁王妃的面说，就顿住了，只望着他傻笑。

朱谨深明白，笑了下，道："本就是我的事。"

这个话沐元瑜还好，滇宁王妃最是听得满意，她觉得女儿虽然胡闹，但人生大事上也还靠谱，就不提别的了，拉着沐元瑜道："我知道你们这一碰面，有不少正事要说。不过你还是先去洗个尘吧，这一身又是汗又是土，一定很不舒服，里面热水已经给你备好了。"

沐元瑜答应着，和朱谨深说了一声，就随滇宁王妃进去了。

到里间后，丫头替她解着盔甲，滇宁王妃站在一旁看着，接续了刚才的话，道："说起带孩子这事，我看倒没什么不好，男人自己带的孩子，自己才知道心疼。就你父王待珍哥儿那个命根子劲，见珍哥儿尿了，也只知道站起来走开，让下人来处理，二殿下倒还会搭把手——他虽不怎么会弄，下人也不敢真让他弄，到底这疼孩子的心意是有了。唉，你刚说有了宁宁那时候，我极担心你走了我的老路，也叫人两句好话哄了，幸亏不是。"

沐元瑜在外面时面上不显，其实神经都是紧绷着，回了家才放松下来，听滇宁王妃这些家常话也很亲切，又不免感动道："我让母妃操心了。"

滇宁王妃没听她的话，继续有点恨恨地道："我从前才是对你父王太好了，什么男人不该做这些事，又不缺胳膊少腿，有什么不能做的，就该多使唤使唤。"

沐元瑜忍不住笑道："母妃想使唤，恐怕也使唤不动父王。殿下没有娘，自己小时候很不容易的，有了宁宁，才格外心疼他。而父王前半辈子过得顺风顺水的。"

王位都争到手了，那时候年轻，又不着急要儿子，简直是人生赢家，他哪里耐烦干这些琐事。

孩子打扮得玉雪可爱的，抱到跟前，他看着逗一逗，就是当爹的所尽的全部职责了，但凡一哭一闹要烦神了，那必然该丢给当娘的了。

不过她想到滇宁王的现状，到底也说不出什么难听的话来，叹道："母妃，父王这回是真的很不好了，不然我也不会冒险前去。"

滇宁王妃一愣，旋即平静地道："生老病死，谁不要经这一遭？无非是个早晚罢了。"

她与滇宁王的感情早已耗尽，咒他死掉都不止一回两回，此时听到这个消息，内心也不觉得有什么触动，只是一片漠然。

沐元瑜理解她，并非所有破裂夫妻最后都可以释去前嫌。死亡宣告结束，但不一定能代表原谅，滇宁王妃受了丈夫一辈子的伤害，她不转圜自有她的道理。

这件事她提过一句就罢了，洗过了个舒适的澡，抱着宁宁逗过一回，溜溜达达走去找朱谨深。

朱谨深没有闲着，趁这工夫把她的护卫叫了两个到跟前，问了话，此时已差不多知道她又往暹罗后发生的那些事了。

沐元瑜松松地梳了个髻，穿着鸦青色茧绸夹袍，一进门就见他目光奇异地望过来，脚步不由得顿了一顿，低头也望了自己一遍，没望出什么来，抬头笑道："殿下，怎么了？"

朱谨深不答，只是向她伸手："过来。"

沐元瑜也想他得很，听话地过去了，十分自然地挨了他坐下，顺势把手塞到他的手掌里。

她以为接下来朱谨深该亲她了，进来的时候她还特地关了门呢，结果他并没有，只是握着她的手，忽然冒出了一句："沐氏，大约是天生出战将。"

他语意悠悠中若含着叹息。

沐元瑜眨着眼："嗯？"

她仍是不大懂。

朱谨深微笑了下，道："你不要担心了，有你此番功绩，即便不能功过相抵，沐氏也不会再有大的灾罚，些许小惩，沐氏大约撑得过来。"

沐元瑜恍然大悟地道："哦。殿下这么说，我就放心了。"她挺满意，"我没白辛苦这一遭。"

她又笑眯眯地给朱谨深说好话："都是殿下帮我。"

朱谨深却摇摇头："我不帮你，你自己也有法子能办到。"他凝视着她，"你可能没有察觉，你逢战时的福运有多么好。"

从她出征起，所下的每一个决定，无论是深思熟虑，还是仅出于直觉，抑或是迫于当下形势，最终都是无一错处，并且凡出手就有斩获。如果她是百战的将军，还可以说是丰富的经验造就了她，但她不是，这才是她第一次正式带兵。

运气这种事很难解释，甚至可以说是玄妙，但确实存在。

作为沐氏的假世子，她先天不足，生来就陷于险境，后来又同亲爹做了对头，人生似乎倒霉透顶。但沐氏的血脉好像并不如滇宁王一般重男轻女，终究还是赋予了她不一样的能力，她的气运，最终体现在了战场上。

展维栋也夸过她福将，沐元瑜当时感觉还好，还有心情谦虚谦虚，不过现在被朱谨深这么一说，被他满是赞赏的目光看着，她登时就有些飘飘然了："真的？我真有这么厉害？其实我也没有多想，就觉得应该那么做，就照着内心了。"

朱谨深颔首："这就是福运的意思了。有的将军筹谋良久，自觉做好一切准备，最终却一败涂地，不是他不够用心，只是战场形势，往往人算不如天算罢了。"

沐元瑜不一样，她不是没有遇过意外，比如沐元德，比如归程中的东蛮牛部，但她都以一种绝对优势几乎是碾压了过去，看着容易，其实是底下的凶险被压住了，没能爆出来而已。

沐元瑜忍不住笑道："殿下可不能再夸我了，我要真以为自己有多了不起了。"

尤其朱谨深惯常是不夸人的，他一下说起这种话来，就尤其显得真诚可信，能鼓动人。

朱谨深道："哦。"

沐元瑜空空地等了一会儿，失落地道："真不说了？"

她就是客套一下，其实她可爱听了。

朱谨深唇边绽开笑意，捏捏她的脸，道："跟我装什么。"

他倾身过去，温柔地吻住她。

没夸奖听了，有亲吻也不错，沐元瑜配合地伸手抱住他。朱谨深摸了摸她的后背，却是微微皱眉，含糊地道："瘦了。"

沐元瑜哄他："外面没有好吃的，难免掉了点肉，回来养养就好了。"

朱谨深勉强满意，但沐元瑜觉得不太对了，挣出一丝理智，按住他往里去的手道："殿下，母妃还等着我们吃饭呢……"

她被朱谨深的气息包围着，不是不愿意发生点什么，不过要是去晚了，滇宁王妃肯定想得到他们干了什么，她想想就觉得怪不好意思的。

朱谨深退后了点，平息了下气息，道："我要走了。"

沐元瑜睁大了眼："啊？！"

她被亲得还有点晕乎，但下意识忙伸手拉住他的衣袖。

"云南战事已定，我要回去京城了，那边情形现在虽还不坏，但我不能久耽于此，不回去见皇爷。"

对啊。

京城也还跟瓦剌对峙着呢，就没有这件事，朱谨深作为一位皇子，也不可能没有来由地长住云南。

沐元瑜意识到他说的是真的，人就有点呆住了，她没有想到离别来得这样快，但她不能阻止他。

他也有他的家要回。

朱谨深重新靠过来，这回沐元瑜不说话了，很感伤又留恋地依了他——母妃笑话就笑话吧，大不了脸皮厚一点就是了。

…………

隔日，她一睁眼，只见天光大亮，着急慌忙地要起来，朱谨深听到动静，从外面进来按住她道："府里无事，你多休息一会儿，我和王妃说过了。"

沐元瑜急道："我给殿下收拾东西。"

"没这么急。"朱谨深目光在她颈间的红痕上滑过，若无其事地拉过被子替她重新盖好，道，"等沐王爷回来，我总得和他见一面。"

沐元瑜："……"

朱谨深迎接着她饱含控诉的目光，干咳了一声，低下头亲亲她，道："我错了。"

沐元瑜就势咬了他一口——不得了了这位殿下，装可怜都学会了！

朱谨深不躲，只是在极近距离里含笑看她，眼瞳里倒映着她的脸，不多时沐元瑜撑不住了，松了口，把他的脸推开。

朱谨深摸摸唇，问她："消气了？"

沐元瑜酝酿了一下，没酝酿出怒意，只好无奈地道："我本来也没生气啊。"

他其实没怎么闹，亲亲摸摸得多，很克制地顾虑到她才远道归来，只是她自己确实累，才睡到了现在。

朱谨深微怔，本已柔软的心内又化了一层，道："你睡吧，别的事都有我。"

沐元瑜困倦地点了下脑袋，闭上了眼。

朱谨深目光温柔地看了她的睡颜一会儿，方轻手轻脚地转身出去了。

沐元瑜再一次醒来时，下人来报，说柳夫人要见她。

柳夫人这次回来后，滇宁王妃懒得费心寻地方关押她，索性仍把她丢回了清婉院里，住处还是那个住处，待遇就差远了。

沐元瑜进去时，只见院内外一片萧瑟。滇宁王当初发现她带着儿子出逃后，曾狂怒地把这里砸过一回，什么名贵器具都砸了个稀烂。之后虽有下人来收拾了，但柳夫人既倒了台，就没有新的器具补充进来了。

以至于这里跟片荒地似的。

柳夫人找沐元瑜，不为别的，是听说了她回来的事，想求她尽快把沐元瑱葬回祖坟，令其入土为安。

那个小鸟坛现在正在堂间空荡荡的条桌上放着，前面插了几截烧剩的残香。

沐元瑜望了一眼，点点头："行，我叫人出去找先生算个合适的日子。"

柳夫人忙道："世子费心了。不过珍哥儿已在外面受了许多苦楚，也不讲究那些了，依妾的一点见识，能早一日入土，早一日得祖宗们的护佑就最好了。"

　　她说着话，神色间有些焦急和担忧。沐元瑜明白了，她这是怕拖到滇宁王回来，怒火未消，不同意这个安排，所以想抢先把沐元瑱下葬。

　　如此，滇宁王纵有再大的恨意，也还不至于要把儿子再挖出来。

　　沐元瑜叹了口气："好吧。"

　　她知道滇宁王对儿子其实心有不舍，但不想跟柳夫人解释太多，人死如灯灭，什么合适的日子，终究也不过是安慰活着的人罢了。

　　她只是想起来又问了问柳夫人余孽首领的事，问她可能想到新的线索，随便什么都行。

　　柳夫人为难地道："二殿下也来问过，只是我跟大哥几乎没有往来，实在是想不出来了。"

　　她已经把余孽那一窝卖了个干净，这时候要说再有隐瞒，也是不可能，既说想不出来，那就是真的没办法了。

　　沐元瑜只好转身叫了人来，把那个小乌坛抱走，去往祖坟点穴落葬。

　　柳夫人呆呆地看着她的背影，想说什么，又没说得出来——沐元瑜可以帮珍哥儿有个着落，可她自己的最终下场，是没办法求沐元瑜的，只能在此等待着来自滇宁王的最终裁决。

　　五日后，滇宁王随大军一起归来。

　　这昭示着南疆正式平定下来，在历时九个多月之后，战争的阴云终于从南疆各族百姓们的头顶移开。

　　这一日满城摆满鲜花，百姓都拥上了街，载歌载舞，欢迎大军凯旋。

　　朱谨深和沐元瑜领着府城各级官员，出城迎接滇宁王。

　　不管滇宁王的私德如何，他在去年以重病初愈之身出征，又险些病殁在阵前，于公来说，他尽到了自己守土戍边的职责。

　　他当得起朱谨深去迎他。

　　不过滇宁王对这一切没什么感知，他又昏睡过去了，直到将领们把他护送到了王府里，周围安静下来，他方慢慢恢复了点神志。

　　"宁宁呢？抱来我看看。"

　　醒来后，他就虚弱又急切地道。

　　有人答应着去了，过一时，一个胖乎乎的小子放到了他眼前。

滇宁王一见那圆圆的脸蛋就欢喜："养得不错，是个结实小子！"

他忽然顿住，因为发现抱着宁宁的人服饰有点不对，在云南地界能用金龙纹章的，不作第二人想。他顺着那道纹章往上看，忙道："二殿下恕罪，老臣病体难支，失礼了。"

他虽是郡王，但为异姓，到了皇家人面前，就仍是臣子。

朱谨深颔首："王爷辛苦了，不必多礼。"

滇宁王就安心地把目光转回宁宁身上了——不是他托大散漫，孩子是朱谨深亲自抱来的，都不假下人之手，这是多大的看重和宠爱！

他心中高兴，想起来意思意思地责怪了沐元瑜一句："怎好让二殿下走动，该着你去的。"

沐元瑜无辜地道："一回事嘛，有什么差别。"

滇宁王原要训她，听朱谨深接了个"正是"，就不声不响了，转而又夸了宁宁一回。他对宁宁来说是个全然新鲜的人，宁宁很专注又好奇地看着他，还伸出小手向他抓了抓。

沐元瑜逗他："宁宁，这是外祖父，笑一个给外祖父看看。"

宁宁很给面子，咧嘴笑了，露出一点小米似的小牙。

滇宁王也开始笑，他人老了，对孩子就和善仁慈了不少，但笑着笑着，心中一痛，那笑意不觉便消失了。

沐元瑜见此，知道他是想起了沐元琪。沐元琪走的时候才三岁多，他婴儿时期的模样，滇宁王还没有忘却。

她低声道："父王，珍哥儿我已经看着葬到祖坟里了，祠堂里他的名字还在，以后逢着祭祀，总少不了他的一口香火。"

滇宁王点点头，一声喟叹咽了回去，只道："你办事，我总是放心的。"

他又望向朱谨深道："二殿下，老臣有几句话，想与二殿下说一说。"

沐元瑜以为他跟着要提起柳夫人，正准备回话，谁知却没有，而且滇宁王的言下之意，明显就只要与朱谨深说话。她愣了一愣，道："那我去帮一帮母妃的忙。"

滇宁王回来，滇宁王妃要处理安置的事不少，开始过来看了一眼，见滇宁王还昏着就干脆忙去了。

沐元瑜伸手把宁宁从朱谨深怀里接过来，往外走去，出门见到正看着下人搬药炉进来的李百草，顺势走过去问了问滇宁王如今的身体。

"熬日子罢了。"李百草直言不讳地道，"王爷是多年沉疴，积累到如今拖无可拖了，若是安心静养，大约还能有一段时日的寿数，但具体多久，老头子瞧不见生死簿，不能断言，好一点三五个月，差一点，一两个月也说不准。总之，请世子做好心理准备吧。"

沐元瑜默默点了点头。

诚如滇宁王妃所说，生老病死，是谁都逃不过的关卡，说也不知还能说什么。

不论当初有多少积怨，看一眼滇宁王如今的模样，她也气不起来了，心里只是闷闷的，低头再看一眼天真无邪的胖宁宁，才感觉稍微好受了点，抱紧他去找滇宁王妃。

门窗紧闭的室内，一缕香烟缭绕而上。

"瑜儿这孩子身上的前因后果，想必殿下都已知晓，"滇宁王勉强睁着混浊的眼，慢慢地道，"就不多说了，总之怪不得她，都是老臣糊涂，铸下大错。"

朱谨深找了张椅子坐着，一时没有吭声，只是听他说着。

"老臣酿的苦酒，到头来自作自受，万事成空，也没什么可多说的。如今只有两件事求殿下，求殿下看在老臣将死的分上，姑且听一听。"

朱谨深启了唇："王爷请说。"

"头一件，将瑜儿充为世子一事，全是老臣一人的自作主张，沐氏中的旁族，便连老臣的亲兄长也不知道，其中罪责，皆当由老臣一力承担，与他人无涉。倘若皇上怪罪，请殿下将此言带到，以老臣现下的身体，恐怕是没有这个福分亲自到皇上跟前请罪了。"

朱谨深道："王爷不必担心沐氏，皇爷不是不分青白之人，不会因此在沐氏中掀起大狱的。"

滇宁王面皮松了一松，道："这就好，多谢殿下了。第二件，老臣是没几天活头的人了，在这世上没什么别的念想，独有一个幼女，多年对她不住，坑害得她不尴不尬，不知将来是个什么了局。老臣虽是后悔，可命不久矣，帮不得她什么，这一身的罪责，倒可能要遗祸牵连了她，每想到这一点，老臣便不能闭眼，咳、咳——"

"这一件，王爷就更不需忧愁了。"朱谨深语气淡淡地道，"王爷以后管不到她，自然由我来管，连同宁宁在内，王爷只管安心便是。"

他答应得十分痛快，可滇宁王不能就此真的安心，管是不错，可怎么管，其中差别可也大了。他把沐氏说在前，其实不过是个铺垫，要紧的在这第二点上，宁宁若不能坐实了嫡长子的名分，往后又怎么去争那最好最高的位置？

即便那一天他肯定是看不见了，可这份心他不能不操，不然他才是不能闭眼。

"恕老臣直言，瑜儿身份虽因老臣之故，弄得难说了些，可也是老臣嫡亲的闺女，打小儿金尊玉贵养起来的，殿下若有为难之处，不能与她一个正经名分，老臣也不敢相强，只求殿下便放她在云南，与她两分自在吧。她从小被她娘宠惯坏了，那些闲气一丝也受不得，殿下硬要带了她去，只怕她胡闹起来，搅得殿下不得安宁。"

朱谨深抚了一下衣摆，不疾不徐地道："这个意思，瑜儿也曾微露过。"

当然沐元瑜没有跟他说得这么细这么明白，可他一颗心早已在她身上，哪里看不出她在想什么，她就是觉得在云南守着王位也不错，并不执着要跟他回京里去。

滇宁王说这番话，本是个以退为进，不料得了这个答案，顿时呆住了，问道："什么？！"

他也了解沐元瑜的脾气，她跟她娘骨子里是一个样，要是真说过这个意思，那就是真的，不存在什么谋算。

朱谨深站起来，向他笑了一笑，道："所以王爷养病之余，若有精力，不用和我说……南疆已定，我近日就要回京，到时自会向皇爷求娶瑜儿。王爷倒不妨劝一劝瑜儿。"

"求娶"这个词是不存在什么模棱两可的意思的，朱谨深的态度很分明了，问题不在他身上，倒是在他自家身上。

滇宁王听了这个表态，又喜又怒，运了运气，居然硬是又挣出两分力气来，道："请殿下替我叫瑜儿过来。"

沐元瑜才走了不多一会儿工夫，不知他们谈了什么，如今又被叫了回来，挺莫名地道："父王唤我何事？"

滇宁王躺在床上，面色潮红，不由分说地道："二殿下不日就要回京，你带上宁宁，跟他一起去！"

沐元瑜发着愣："什么？父王重病，这时候我怎么能离开？"

"我一时半会儿还死不了，有你母妃在呢，不要你多管，你跟着二殿下去，就是对我的孝心了。"

沐元瑜完全不知道发生了什么，但回想起滇宁王还没回来的这几日，她以为注定要迎来跟朱谨深的分别，因此而对他所有要求的言听计从，现在隐隐觉得，她好像吃了亏？

滇宁王这个状态，沐元瑜跟他讲不起道理，只好敷衍着，纳闷地又出去寻朱谨深。

听说滇宁王下了这个令，朱谨深也愣住了，片刻后反应过来，道："我没同他说什么。"

他便把对答的原话复述出来了，他记性好，两方对话说得一个字也不差。

说完他也纳闷起来："你父王是怎么想的？我见他病得那样，还要跟我话里藏话地费心眼，顺口堵他一句罢了，他怎么就想到了这里。"

沐元瑜一想也是，朱谨深又不是不知她同滇宁王的关系，怎会搬了他来压她，真想说服她，找滇宁王妃还差不多。

她悄悄瞄他，问道："殿下知道我心里的事呀？"

她觉得自己是藏得很好的，可能以前流露过一点，不过自打他来了云南以后，她是再也没跟他说过了。他为她付出了什么，她当然懂，他想要什么，她也很明白，这还要有摇摆，她觉得自己有些没良心。

当然，偶尔于心底深处那么一想，那是人之常情嘛——不过没想到他还记得当初。

朱谨深眯了眼，道："你这是认了？"

沐元瑜恍然，忙改口："没有，谁那么想呢！我心里只有殿下。"

朱谨深方舒服了点，道："算了，我去找王爷再说一说吧，他重病在床，我这时候把你带走，于世情不合。你和宁宁在这里，我先回去，等京里安定了，再来接你。"

沐元瑜点头应着，跟在他身边一起走。她不知是怎么想的，又跃跃欲试着有点想去撩朱谨深，甩着手，手背跟他撞到一起，道："殿下，我要是真的就想待在云南呢？殿下怎么办？"

她笑眯眯的，眼神有一点坏。朱谨深瞥她一眼，有点手痒，想拿根绳子把她绑住才好，嘴上很大方地道："怎么办？只有拿诚意打动你，告诉你，在我身边更好了。"

沐元瑜对这个答案很满意，喜滋滋地正要也说两句好话哄哄他，不防听他慢悠悠接着道："不管怎样，你总是要先在我身边，才知道好不好了。"

感觉每天都在掉坑的沐元瑜有些无语了。

她不得不服气，如果说她的福运是加在了战场上的话，朱谨深的天赋点一定是全点在了智商上。

"宁宁长大了一定要像殿下才好。"她诚心诚意地道，这样谁也坑不着她的胖小子了。

这是句确凿无疑的好话，朱谨深欣然受之，礼尚往来地也回了她一句："像你也很好。"

"外表可以像我，脑子还是像殿下的好。"

两个人互捧着，高高兴兴地走进了屋里。

滇宁王正畅想着外孙登上大宝的美好画面呢，想得有点激动，一时还没有再昏睡过去。

见他们这样走进来，如同一对最般配不过的璧人，心情更好了，但一听朱谨深的话，他的脸就拉了下来。

"不行，瑜儿还是跟殿下走好。殿下千里万里地过来，帮助云南守城，如今云南危难已解，正该瑜儿去帮着殿下了。"

沐元瑜道："可是父王的身体……"

"我身体再坏，你又不是大夫，留下来又有多大作用？不如去京里，还能帮上些忙。"滇宁王不容置疑地道，"就这么定了。"

朱谨深待要说话，沐元瑜无奈地拉拉他的袖子，把他拉出来才低声道："我知道我父王在想什么了，殿下还是不要跟他说了。"

她对滇宁王的了解比朱谨深来得要深，滇宁王要不把话说得这么好听，她还不知究竟，一这么说，她就明白过来了。

她这个便宜爹，忠君之心是有的，但绝没有到奋不顾身的地步。

"殿下，你忙你的吧，我再找我母妃来和父王谈一谈，我总是晚辈，有些话不好说，母妃就没这些顾忌了。"

她自家的家事，朱谨深也不一定要掺和，听了就点头应了，只是心下有些遗憾——其实他觉得滇宁王的主意很合他意，但是碍着滇宁王的身体状况，不便就此应下。

滇宁王妃果然要厉害得多，一听说了这个糊涂话，立刻就过来找滇宁王算账了。她立在床前冲他道："你一辈子不安生，就不能叫我瑜儿过几天安生日子？好不容易瑜儿平安回来，这里太平了，你又要把她往京里送！那地方瓦剌至今还没撤军呢！"

滇宁王听得不太耐烦，道："没撤军也撑不了多久了，粮草就是个大问题，瓦剌周边能抢的都抢了，至今打不进京城，补充不到新的粮草，这粮又不能从天上掉下来，便是京营按兵不动，耗也耗死他们了。等瑜儿跟着二殿下到了，京里正好差不多平定下来，你妇道人家，瞎担心什么。"

滇宁王妃怒道："我不管你那些道理，我就是不放心瑜儿现在去，把宁宁一起带着就更荒唐了。这么点年纪的小肉团子，哪里经得起那么远的路途，倘或生了病，出门在外，哪那么容易找到好大夫看！"

她这个话是有道理的，滇宁王就沉默了一下，但仍是坚持己见道："路上缓慢些行走罢了。瑜儿必须去，二殿下这一离开，不可能再回云南来了。瑜儿就在云南等他，等到什么时候？倘若他就此把瑜儿忘了呢？"

滇宁王妃道："我看二殿下不是那样的人，他对瑜儿真心得很，比你可强多了。"

滇宁王无声地冷笑了一下："男人的真心，能撑过两年，就算是个举世罕见的痴情种了，只有你才会信这些。"

沐元瑜在旁斜睨他——好嘛，刚才当着朱谨深的面说得那么好听，果然这才是实话。

滇宁王妃也冷笑了一声，道："这是王爷毕生的经验了？"

她惯常直来直往，这会儿被气着了，居然也学会了辛辣地讽刺一把。

滇宁王："……"

他在感情上毕竟愧对滇宁王妃，这会儿引火烧身，只好不声不响了。

过了一会儿，他带点破罐破摔的语气道："就算是吧！你听我的没错，我知道瑜儿辛苦，可现在去是最好的时机了，挟内定南疆外援暹罗之功，到皇上面前怎么也能有两分脸面，以前那些事才好抹了去。"

滇宁王妃质疑："皇上要是不肯抹去呢？把瑜儿下狱怎么办？到时山长水远的，救都救不及！"

"这就是带上宁宁的用意所在了。"滇宁王很有把握地道，"男人的真心，就那么回事，可子嗣是实实在在的，白胖的孙子往跟前一放，天子至尊也不会不动容。"

旁听的沐元瑜不知该做什么表情，她母妃说得对极了——这真是滇宁王毕生的经验所在，他可不就一生都在求子吗。

她是觉得挺无稽的，但滇宁王妃顿住了："宁宁——"

沐元瑜见势不妙，她拉滇宁王来是想说服滇宁王的，怎么她母妃这个表情，好像是要倒戈？

她忙道："母妃，父王病得这么重，于情于理，我都当在此侍疾才是。"

"这个不需你操心，有我呢。"滇宁王妃随口应付了她一句。

她秉性再强硬，毕竟还是有着最普通的母爱之心，希望女儿寻觅个良人，成个家才是正经过日子。所谓宁宁留在家也养得起云云，是当时情境下不得已的自我安慰，朱谨深追了过来，她观察之后发现品行过关，想法就又变回去了。

滇宁王在旁边加了把火，道："瑜儿跟二殿下这门亲事，本就是极难办的。第一，二殿下拖到如今还未成亲，这回立了功回去，京里不知多少人家盯着他，倘若皇上听了那些搅事大臣的话，为他开了选秀，那瑜儿怎么处？只有把宁宁带着，旁人一看，他长子都如此大了，那不该有的心就消了大半去了。"

滇宁王妃表情更动摇了，是啊，朱谨深这种正牌子的金龟婿，谁家不想要？就算他自己把得住，保不准那些有心思的人往里下钩子，假如分别的这些时候出了岔子，那时再去寻后悔药吃吗？

"那，"她迟疑着道，"就让瑜儿复了女儿身同他回去？世子那个身份报个病也罢了——当年早都打了埋伏，倒是不需怎么费事。"

滇宁王混浊的眼中闪着点点精光："不行，现在就安排太早了。万一婚事还是不顺利呢？总得给瑜儿留条后路。"

"那依你怎么办？"滇宁王妃得承认，滇宁王人品是很不怎么样，但论起谋算这些事体，还是他考虑周全些。

"咳咳咳——"到底说了好一会儿的话了，滇宁王要开口，话没说出来，先虚弱地咳了起来。

沐元瑜很受不了他现在还动一堆心眼，但也不能干看着，只好去倒了杯水来，扶着他喝下去。

滇宁王歇了片刻，缓过气来，接着道："这就要说到第二了。即便皇上看在沐家的功绩上抹平了前事，但以朝廷法度，瑜儿身份太高，要嫁与二殿下仍然困难重重。皇上要借此打压沐氏，就算答应了，大臣们都不会答应，你是不懂那些御史多会找事，不论是谁，敢破祖制，都有的是官司打。"

滇宁王妃微微焦躁起来："那怎么办？不如还叫瑜儿待在云南罢了，好好的，何苦去受别人的气！"

"你急的什么，听我说。瑜儿此番只管跟二殿下去，到了京里，若是能过皇上那关，后面的计策才可以发动起来。"

"怎么发动？"

"首先，"滇宁王往被窝外伸出一根手指，说道，"让瑜儿返回云南，假作接应妹妹进京，中途或病，或遇匪，诈亡。"

"然后，"滇宁王伸出第二根手指，说道，"本王上书，辞爵，托孤。"

沐元瑜原是满腔的无奈无语，听到这一句，却是整个人一下子站直了，心内冒出战栗的寒气。

她不是害怕，只是瞬间出于对"姜还是老的辣"的深以为然，她这个便宜爹，是太能赌，也太会赌了。

辞爵，听上去很悚动。

但事实上，除非继承爵位的是她，不然皇帝本就不可能再予旁人，滇宁王这一脉已经绝嗣，皇帝收回这个爵位也是没的说的，并不一定要再赐予别房。

　　远的不说，当初祁王绝嗣，也就那么除国了。皇家亲戚多了，真要找，找个侄儿过继来极容易，关键得看皇帝有没有这个心。

　　滇宁王在已过皇帝这一关之后，拿出这个筹码来堵大臣的嘴，是足以把所有人都堵得说不出话来。

　　辞爵之后，他本人重病，唯一仅剩的"儿子"少年亡没，将幼女托付皇家，这幼女还已经同二殿下有私，白胖儿子都有了，皇家打算不负责吗？就这么对待功臣之后吗？是要寒尽天下臣子心吗？

　　这一波惨卖的，简直没法挑剔。

　　而他真的有付出什么吗？

　　没有。

　　王爵是注定要失去的，儿子是不存在的，一定要说有什么是真的，那就是，滇宁王本人确实重病了。

　　只是对于滇宁王来说，这也不过是筹码之一而已。

　　他这一生，是一点也不浪费地投入筹算谋取中了。

第十四章
重返京城

　　整座王府开始运转起来，为小公子宁宁上京做准备，当然同时也为朱谨深和沐元瑜，不过与金贵的宁宁比起来，他二人就比较像顺带的了。

　　朱谨深对此全无意见，沐元瑜有大大的意见，但没人听她的。

　　她不是不愿意上京，只是觉得现在不是个好时机，亲爹重病，她怎么也该留下才是。

　　"好的小儿科大夫，一个也别落下，全带上。什么？有个家里有事，走不开？有什么事？儿子摔折了腿一个月了还不能行走？算了算了，不要他，自己儿子都治不好，可见是个庸医！"

　　滇宁王衰弱但含着满满忧心的声音传出来，听得沐元瑜无语极了。被她找来问话的李百草摇摇头，道："世子，依老头子看，你不如听王爷的，病家到了这个时候，做亲属的只有多顺着他些，他有什么爱吃的，爱玩的，要做的，都由着他，哪一日走了，才少些遗憾。"

　　沐元瑜有些头疼地道："要些吃的玩的没什么，可我父王不是啊。"

　　李百草其实也没见过这样的人，滇宁王这战斗欲太强了，简直是要将争权夺利持续到生命的最后一刻。但他仍以医者的角度给出了专业意见："王爷现在有个念想，世子顺了他，说不定他还能多撑一刻，世子若是不听他的，直接断了他的这个念想，王爷郁结之下，就不好说了。"

　　那就是正宗的生无可恋，不如去死了。

　　这个道理沐元瑜懂，她只好叹着气走开了，去找朱谨深吐吐苦水。

　　朱谨深正和宁宁在一起，父子俩都坐在临窗的罗汉床上，看上去岁月静好，十分悠闲。

　　但其实朱谨深很忙，因为宁宁这几天才学会坐起来，他坐的时候也不长久，没一会儿就大头朝后或是往左右一歪，栽下去。这时候朱谨深就要眼明手快地把他捞起来，防止他真的摔倒。

　　其实摔了也没什么，宁宁四周围了一圈厚软的坐褥，绝不至于把他摔伤。但朱谨深仍不放心，下意识就要伸手。宁宁也很乐意有人保护他，每次被捞住，他都要乐得笑出两颗小小的牙——第一颗小米粒萌出没几日，旁边就长出了第二颗，现在宁宁是拥有两颗乳牙的宝宝了。

　　朱谨深见他总摔，怕他累，意图把他拉着躺下来一会儿，但宁宁不愿意，藕节似的胳膊腿朝上挣扎晃悠着，坚持要坐起来。

　　朱谨深这个从来不轻易为别人改变主意的人，硬是拗不过这个小肉团子，只好放了手，由他扑腾着坐起来，然后没多久，又一栽，栽到他的手掌里。

　　"咯咯——"

　　"哈哈。"

　　两声笑同时响起来，朱谨深才发现了站在门口看了好一会儿的沐元瑜，他一边把宁宁重新扶起来，一边向她一笑："跟王爷谈得怎么样？"

　　"没谈。"沐元瑜摇着头走进去，道，"父王拿定了主意，应该根本听不进去我的话了。"

　　"呀呀——"

　　宁宁向她伸着手。

　　沐元瑜忙把他抱起来，在腿上放好，跟他碰碰脑袋，道："宁宁要娘抱呀。"

　　宁宁呵呵笑着，满足地蹬了蹬小腿。

　　"小胖子，你就好了，什么烦恼也没有，专门还有人陪着你玩。"

　　沐元瑜就手挠了一下他肉乎乎的胳肢窝，宁宁已经会觉得痒了，拍着她的手，笑声拔高了两度，还直往她怀里躲。

　　许嬷嬷在旁看得直笑："世子总是爱逗宁宁，一来就热闹了。"

　　做爹的那个就不一样了，朱谨深跟宁宁待在一处，半天往往出不了两声，这一父一母带孩子的差别十分明显，但倒也有一种别样的和谐，旁人完全插不进去手。

沐元瑜拍拍宁宁的后背，顺便摸一下他的小衣裳有没有因为一直玩闹而汗湿了，摸到手里，见仍是干燥而柔软的才放心了。她道："你要会说话就好啦，娘教你几句，你还能去跟外祖父撒个娇，哄哄他，消停一下。"

宁宁仰起头来，乌溜溜的眼珠把她看着，他当然是听不懂的，但因为那眼神过于澄澈，好像蕴含了一两分了解似的，然后他开了口："吗——妈——"

"宁宁会叫娘了？！"

沐元瑜一怔，旋即大喜，把他举起来，激动得眼也不眨地盯着他，殷切地道："宁宁来，再叫一声！"

宁宁很听话："吗——妈，趴——啪……"

他还多附赠了两个音节。

沐元瑜："……"

单独听听不出什么不对，这一连起来，就不像那么回事了。

许嬷嬷笑道："没有这么早，小孩子这时候会发一些声音出来，像是在叫爹娘，其实是无意识的。不过世子也不用着急，多和他说说话，再过两个月左右，就能叫得清楚了。"

沐元瑜的激动劲去了点，想了想，坚持道："我听着就是在叫我妈妈，宁宁太聪明了！"

她抱着宁宁的大脑袋亲两口，夸一番，又试图教他发"爹爹"的音，但这就真的太勉强了，教来教去，宁宁发出了一堆古怪音节，没一个对的，只捎带着喷了些口水出来。

乐得沐元瑜快笑倒在床上，反过去跟着他学，把声音放软了道："特特？"

"的的。"

宁宁吧嗒着小嘴，肯定地道。

"哈哈——"

朱谨深目光柔和，拿了帕子把宁宁喷到下巴上的口水擦干净。他不会跟这么小的孩子搭话，但很喜欢看沐元瑜来逗他，母子俩一来一往，跟认真在交流一样。

母子俩正乐着，滇宁王妃过来了。

"母妃。"沐元瑜站起来。

滇宁王妃皱着眉道："瑜儿，你过去看看吧，你父王把柳氏那一茬想起来了，叫人提了她到跟前，骂了她一通，要亲眼看着人勒死她。"

沐元瑜愣了下，道："父王这又是何必。"

滇宁王在柳夫人身上栽了那么大个跟头，是绝对饶不了她的，只是一回来先忙着把女儿连同外孙打发到京城挣前程去了，他本来重病的人，精力不济，有一件事忙着，就没想起别的来。

现在想起来了，他立时就要处置了。

父亲的妾，沐元瑜不便发表什么言论，柳夫人反水后的作为可以在她这里抵消掉一部分过往，但在滇宁王那里不行，她也是没有办法。

只是就算要处置她，叫个人去清婉院就是了，何必看着人在眼跟前造杀孽，一个重症病人看这种场面，真的好吗！

"我也是这么说，你父王这个人，真是一辈子都不着调！"滇宁王妃气哼哼地道，"现在好了，柳氏不想死，在你父王的卧房里闹起来，两个婆子都拉不住她，闹得你父王头疼起来，下人一看他不舒服，更不敢使出大劲了。外面人听见动静去报了我，我是懒得理会他那些烂账。"

沐元瑜先是微讶，柳夫人那么个娇怯怯的人，有力气挣脱两个婆子的挟制大闹起来？但紧跟着滇宁王妃下面的话，就让她没工夫想这点疑问了。

"只是柳氏似乎嚷嚷着，说要见你或者二殿下，有事要告诉你们，我怕耽误了什么，才来叫你去一趟。"

滇宁王卧房里。

两个婆子呼呼喘着粗气，焦急地伸着手但又不太敢动作，因为柳夫人已经扑到了床前。

她的形象也很不好看，发髻被扯散了，乱糟糟披了一肩膀，半只袖子被扯坏，内里露出的胳膊上纵横着两三道血痕，一脸泪痕，整个人跌坐在床前的脚踏上发着抖，表情似哭似笑，看不分明，只有一双眼睛亮得出奇，往外迸射着求生的光芒。

沐元瑜携着朱谨深进来的时候，看见的就是这么个情景。

滇宁王被柳夫人挡在床后，听见脚步声，努力抻着头，忙道："瑜儿，咳咳，快把这贱人弄走，她反了天了！"

沐元瑜实在是没好气，道："父王就不能好生保养些。"

就没见过这么能折腾的重症病人，她真是服了。

"世子，世子！"

柳夫人没要人拉扯，自己连滚带爬地过来了，到她跟前拉着她的衣服下摆哭求道："妾不想死，不想死啊，求世子跟王爷求求情，饶了妾这条命吧！"

滇宁王在床上气得直喘："你这贱人，你害死了珍哥儿，你还有脸活着！"

"是，是妾不好，珍哥儿没了的时候，我就想着我陪了他去算了，王爷不会放过我，我往后就算活着，跟死也差不了什么，可、可是，蝼蚁尚且贪生，我还是不想死啊！"

柳夫人说着，捂脸大哭起来。

她是余孽最重要的一颗棋子，但她本人，实在是再普通不过的一个人，她没有坚定的信念，也没有超绝的意志，她只想好好地过作为一个"夫人"的日子，不要被同党找到，锦衣玉食地安稳地生活下去。

这个念想被打破，她的人生重回颠沛，但即使是这样注定惨淡的余生，她也还是想活下去，这是出于一个人求生的本能。

她不想死。

沐元瑜叹了口气道："你就要和我说这个？"

不是她心狠，以柳氏对滇宁王府造成的破坏，滇宁王要杀她是情理之中，她也不能阻拦。

"不、不是的！"柳夫人经这一句提醒，从对死亡的极端恐惧里回过神来，忙道，"世子和二殿下不是一直想问我大哥的事吗？我刚才忽然又想起来了一点！"

朱谨深目光一凝。

沐元瑜也正容，问道："你想起来了什么？"

柳夫人胡乱抹着眼泪，惶惶然地转头看了一眼滇宁王，道："世子和王爷答应了不杀我，我才敢说。"

"你还敢要挟我！"滇宁王气得又是一阵大喘气。

沐元瑜犹豫了片刻，她也是没想到，他们追问柳夫人这些时日没有结果，不想柳夫人被滇宁王一吓，居然吓出了点线索来，在毫无头绪的现阶段，这点线索实是弥足珍贵了。

"父王，大事为重，不如就饶了柳氏吧。"她劝说滇宁王。

滇宁王道："不行！你要问话，把这贱人打上二十棍，我不信她还能嘴硬。"

"打五十棍我也不会说的！"柳夫人紧跟着就道。

沐元瑜瞥了一眼柳夫人，以她的身板，五十棍下去足以要了她的命，她还是想着和平解决此事，就又劝了两句。滇宁王不知哪来的灵感，忽然松了口，道："依你也行，但是，你也得听我的话，不要动别的心眼，依着我的主意，乖乖上京去。"

沐元瑜跟这么个爹实在攒不出力气对着干了，只好道："行，那我们说定了？"

滇宁王不是非常情愿地点了点头，又瞪了眼柳夫人，道："你可别做还跟从前似的梦！"

柳夫人怯怯地道："妾不敢，妾愿意落发出家，能有口粗茶淡饭就满足了。"

她在生死边缘爆发出的能耐着实不小，这么一说，滇宁王终于冷哼一声，不再说什么了。

下面就轮到柳夫人交代她想起的新线索了。

"我大哥改过年纪，不大的时候。"

沐元瑜疑惑又求助地望向朱谨深：这算什么线索？

朱谨深捏捏她的手，示意她继续往下听。

柳夫人努力回忆着："当时我更小，十一二岁吧，在我爹爹书房外面的芭蕉树下玩，听到他们在商量改年纪的事。我后来问，我爹不肯承认，说我听错了，并且连我大哥回来过都不肯认，只说他在和师爷说话。但是师爷那么老，声音跟我大哥差远了，再者，我爹也不会叫师爷'大郎'。"

　　沐元瑜聚精会神地听着，还等着下文，不料柳夫人擦了擦眼泪，就此闭了嘴。

　　"没了？"

　　柳夫人点头："我就记得这么多了。他们好多事都瞒着我，我当时小，也不关心这些。"

　　滇宁王深觉上当，道："这算什么线索！来人！"

　　他又要喊人来把柳夫人当场勒死。

　　柳夫人吃这一吓，又挤出来了点话："好像是要在什么档案上改，我听得断断续续的，又这么多年过去了，实在不敢肯定。"

　　这跟没说仍旧没什么两样，滇宁王又要喊人，但这回再吓也吓不出新的来了，柳夫人只是吓得痛哭求饶。

　　沐元瑜只能让人把她带走，柳夫人见她说话还算话，满心感激，哆哆嗦嗦地哭着走了。

　　柳夫人临危挣扎出的这一点线索，实在鸡肋而莫名得很，便是朱谨深也没想出个所以然来。

　　沐元瑜就更一头雾水了，用脑半晌失败之后，只能道："算了，殿下，再过一阵看吧，说不准会冒出新的线索，或是逢着对景的时候，一下就豁然开朗了。现在我们对这个首领仍是几乎一无所知，再想，也是白想。"

　　朱谨深沉吟着道："也不算一无所知。首先，根据柳氏的新线索，这个人改过年纪，他原比柳氏大两岁，在柳氏十一二岁的时候有过这个举动——或者，至少是有过这个念头，那么他当时就是十四岁左右。再者他为什么会想要改年纪？并且还涉及档案，是什么档案？家谱这类肯定是不能算的，再是久远的事，柳夫人不至于连这常见的两个字都记不住，应当是她闺中生活中较少出现的物事，她才会记不住。"

　　他不放弃，沐元瑜也就有信心跟着一同猜下去："衙门里的人口黄册？"

　　这是本朝的一种户籍制度，以户为单位，详细记载了每一个百姓的姓名年龄籍贯等资料，由各府县衙门派员深入每家每户查证统计，造册完成后，除布政使司、府县衙门留有存档外，还会统一报送户部，主要是作为征收税赋的依据。

这本黄册，每十年更造一次，丁口或是田亩有变化都会在这里显示出来——不要嫌弃这个年限太长，以此时的人力物力，这十年一更新能更出准确数据就不错了，因为直接跟赋税挂钩，想方设法在里面搞鬼的人多了。

但柳夫人这个兄长改年纪，应该跟税赋没什么关系，搅出这么大风雨的人，还不至于赖朝廷两个税钱，不是高风亮节，是风险与收益不匹配。

沐元瑜眼前一亮，道："他要想把这年纪改得万无一失，不留漏洞，那就需要连通四关，布政使司、当地知府衙门、县衙，以及最高层的户部。其中县衙关是最好过的，管事的小吏若是个贪钱的，随便给他塞点钱就能改了，知府衙门找点关系也不算很难，可再往上，布政使司和户部的门就不那么好进了，在那许多年前，他有这么大能耐的可能性实在不大。也就是说，如果我们可以对出来这些黄册里有谁的年纪是……"

她声音消下去了，因为忽然发现这个思路也许不错，但此路不通，因为他们并不知道这个首领的本籍是在哪里，人口黄册比都察院的陈年旧档可是多得多，这要满天下一个个去对，对到她头发白了也不一定对得出来。

但朱谨深还是肯定了她的猜测，道："应该就是黄册。"

沐元瑜皱着脸道："可是没用啊。"

朱谨深微微一笑："怎么没用，至少，此人改黄册，不改别的，只改年纪，为了什么？"

"尽量撇清跟柳夫人的关系，让人无法把他们联想到一起去？"沐元瑜胡猜。

"可能有一点，但不是决定性因素。"朱谨深的手指在桌上敲了敲，道，"他跟柳氏本来就不在一处户籍上，何况若只为这个，为何只有他改，柳氏的二兄不改呢？"

沐元瑜放弃继续思考，道："殿下，你说，我听。"

"如果只为在外行走时掩饰，那口头上宣称就可以，至多在自家里嘱咐好了，再把家谱里的修一修，黄册这种东西，寻常人是看不到也根本不会想到去看的。"

　　这一点沐元瑜表示赞同，黄册十年才一更造，这个更新频率已经决定了它不是第一手资料，跟后世不能比，真想了解一个人，去向他家的邻居大娘打听都比看黄册靠谱。所以只为了行走方便，更改黄册还只改年纪毫无必要。

　　"但他这么做了，那就有一定得这么做的理由。也就是说，他要做的事，跟黄册一定有关系。或者，他知道别人必定会通过黄册查证他，才提前打好了这个埋伏。什么人会考虑通过调阅黄册的方式去查证一个人？"

　　沐元瑜脱口而出："官方——不，官府！"

　　黄册名义上不对私人开放——当然钱使得到位，不是不能看一看，但还是那句话，普通人真没看别人黄册的需求，这种呆板而正式的方法，出自官方行为才合理得多。

　　"他干这种掉脑袋的买卖，哪天走漏了风声，被官府调查一点也不奇怪，不过，不改丁口，改个年纪又能对他有多大好处呢？"沐元瑜又纠结住了，然后满怀期待地望向朱谨深。

　　"我也不知道。"

　　没有得到想象中的智慧的指引，沐元瑜略有些蒙。

　　朱谨深道："你等我再想想。"

　　沐元瑜敏锐地察觉了他情绪中的一小点低落，立刻道："殿下，你歇息会儿吧，这想不出来太正常了，就这么点糊里糊涂的线索，神仙也想不出来啊。"

　　她又安慰他："你别担心，就剩这一根独苗了，他就是攒了一肚子的坏水，也没本事冒出来，只能噎死他自己。"

　　朱谨深只是仍沉吟着，微拧着眉："嗯。"

　　不管这个首领的身份到底挖不挖得出来，他们是不能一直在这里空想，行李已经收拾齐备，滇宁王催着他们上京了。

　　他们没有带上这里的士兵，一来两地相隔太远了，历来赴京救驾都极少动用到云贵两省兵力，情势真坏到了这个地步，等这里的军队赶过去，基本也来不及了；二来，沿途所耗粮草是个大问题，这可不是沐元瑜带的那两万人，就是滇宁王府也承受不起这么高昂的消耗；三来，没接到朝廷诏令，他们是不能擅动兵马入中原腹地的，中途很容易被州府拦截下来，不许过关，朱谨深的身份也不管用。

最终护送他们的是朱谨深带来的两千营兵，以及沐元瑜的护卫们。

同时，他们携带了此行的战利品——一窝余孽及东蛮牛王子。

沐元瑜来汇报完了，滇宁王听着这个阵容很满意，云南的捷报是已经送上京了，这批战利品随后往午门上一绑，大胖孙子宁宁再往皇帝面前一摆，还有什么问题是解决不了的呢？

他放心地闭了眼，道："行啦，去吧，吵了我这些天，如今终于能安心养病了。"

沐元瑜险些要冲他丢一个白眼——到底是谁吵谁！

话出口，她还是叹息着拐了弯："父王，我去了，您可要好好地等着我回来。"

滇宁王"嗯"了一声："知道了"

诸样告别不必多叙，赴京旅途正式开始。

护送朱谨深过来的营兵千户很奇怪，他满腹的纳闷快冲破天际了，以至于终于忍不住有点犯上地过来问朱谨深："殿下，我们上京，为什么把沐世子的小外甥带着啊？"

那小肉团子被保护得可好，一整天都在马车里，他至今就只瞄见过他大红的小褂子角角。

朱谨深望了千户一眼，这些营兵当然是不能住在滇宁王府里的，这些时日都另外安置了，所以王府里发生的事，他们是一概不知道。

他被首领身份一直困扰着的心情忽然好了点，向千户招了下手："你过来一点。"

千户忙在马上把身体歪过去。这一听就是有秘闻啊，皇子殿下跟他分享秘闻，多大的荣幸！

"沐世子的外甥，是我的儿子。"

千户先一愣，道："这是怎么个辈分？啊！"

后一声惨叫是因为他反应了过来，险些从马上摔下去。

什……什么？！

　　这位殿下来的时候可是个正宗光棍啊，要说跟沐世子那个同胞妹子生出点什么暧昧情愫他还能理解——嗯，沐元瑜的同胞"妹妹"找回来这事他是知道的，刚到云南那会儿他没什么事，大街小巷乱逛，乱七八糟的本地豪门小道消息很是灌了一耳朵。

　　可这儿子是怎么来的？！

　　他都不用扳手指算，哪怕这位殿下来的第一天晚上就跟人天雷勾动地火了，那日子也来不及啊！

　　朱谨深看着他，表情略有些不善，道："你不用知道那么多，我就是告诉你，我有儿子了，你一路要保护好他，不管出什么事，以他为优先。"

　　千户吞了口口水，答道："是、是。"

　　他不知道是不是自己产生了错觉，总觉得朱谨深开始告诉他的口气很好的，其后翻脸，是因为他的反应不对，导致他好像有点炫耀失败似的——这是挺心塞的，他也是胡思乱想，人家的儿子人家自己还不清楚吗？就他知道怀胎要十个月？

　　这不知是哪天就搭上的呢，皇子殿下的风流事，还得跟他交代得清清楚楚不成？

　　"殿下，您家的小公子可真是生来不俗哈，这一路了，我都没听他哭一声，再没见谁家孩子这么懂事乖巧的。"

　　朱谨深的表情舒缓了，说道："宁宁是不爱哭，爱笑。"

　　千户摸对了脉，才放下心来。

　　朱谨深又转脸嘱咐他："先不要往外说，我只告诉了你。"

　　千户连忙点头，又很佩服地赞了一句："殿下真是办大事的人。"

　　可不是嘛，不声不响的，守住了云南不说，儿子都蹦出了一个，真是什么都没耽误啊。

　　返京队伍的中心点宁宁很争气，一个半月的旅程中，他只是因为出牙难过而发了点热，哭闹了两场。沐元瑜同朱谨深彻夜不眠地守着他，待热度下去，那点难受劲没了，两个大人顶着乌黑的眼圈昏昏欲睡，他的精神倒又好上来了。

　　途经城镇，外面不知为什么喜事敲锣打鼓地热闹，许嬷嬷怕吵着他，忙要把他耳朵捂着，不想宁宁醒过来，不哭不闹也不害怕，"啊啊"地就指向外头，眼睛里还带着一点蒙眬睡意，但执着地看起热闹来了。

这时已是三月里的艳阳天了，不怕有风吹冻了小娃娃，许嬷嬷耐不住他哀求，就抱着他凑到车窗旁边，把车帘掀开一线让他看着。

"……"

什么也看不着，两边密密麻麻的护卫环绕着，从宁宁这个角度，只能瞅见汉子们的大长腿。

"啊，啊。"

他不要看这个，看了一路，早腻了。

朱谨深听见他又急又嫩的叫唤，在马上转过头来，看见儿子的小脑袋很操心地往外拱，勒住缰绳慢下来，到车边，掀开车帘道："把宁宁给我。"

宁宁转移到了亲爹的怀里，居高临下，如愿以偿地看见了想看的热闹，咧开小嘴笑了。

一排穿红着绿、喜气洋洋的队伍正从前方过去，最前面是个滑竿样的物事，抬着个年约十一二岁的小小少年。少年穿身圆领蓝衫，头上戴着软巾，巾旁插朵碗口大的红花，年纪虽小，看上去却是十分的意气风发。

这是当地一个富家子弟，才中了秀才，家里人高兴，弄出一番排场来替他夸耀夸耀。

这么点年纪，别人可能还在读蒙学，他已迈过科举第一关了，炫耀一下也不为过。

宁宁看得目不转睛，朱谨深就不可能对这种小场面有什么兴趣了，只是牢牢抱住儿子，防止他一激动，小身子窜出去。

别看宁宁还没满周岁，小胳膊小腿正经挺有力气，闹起来像尾活鱼似的，还一天比一天机灵好动，下人们看着他时，眼都不敢眨。

沐元瑜凑过来，伸手道："殿下，你去马车里歇一会儿，宁宁给我吧？"

朱谨深摇头："不用，我不累，还是你去歇着。"

沐元瑜也不隐瞒，揉揉眼睛道："我是挺困的，但白天太吵了，马车又晃，躺着我也睡不着。"

说着她望一眼宁宁，道："只有这只小猪，在哪儿都能睡得香香的。"

宁宁不大有自知之明，以为夸他呢，呵呵笑着扭头给了她一个大大的笑容。然后他目光就又追回去了，极好奇地盯着那已经过去的滑竿望，小脑袋竖得高高的，还拍着朱谨深的胸口，指着叫他也看。

沐元瑜见他这样忙，快要笑喷了，说道："指什么呢？让人抢过来给你也坐坐？"

"啊。"宁宁叫了一声，不知是不是真有这个意思。

沐元瑜点点头："那你可得好好努力，等长大了，也早早考个秀才举人什么的，我叫人做一个比这个威风得多的敞轿，让你绕着京城逛一圈。"

千户在旁听了觉得有趣，哈哈笑道："世子爷真会开玩笑，这么金贵的小公子，生下来就有现成的前程等着他，还用费劲考什么科举？"

别管这小胖子是怎么蹦出来的，看二殿下的宝贝劲，亲手抱他在怀里纵容他看热闹，这身份就稳稳的，再说，女方家那边虽说目前还没正位吧，那也不是好惹的，藩王的女儿，又不是哪个村的民女，能叫人说睡就睡了？沐世子这回带着孩子跟着一起进京，明摆着就是为妹子向皇帝讨公道去的，这要不给个稳妥的名分，沐氏指定不同意。

他嗓门比沐元瑜和朱谨深两个人都大，宁宁听他说话，目光又追寻了过来。肉团子昨天发热蔫了一天，这会儿是看什么都觉得有意思，加倍地要把逝去的时光补回来。

只是等他再扭回头去，一看，那一排热闹队伍整个过去，连影子也瞧不见了，他就呆住了，嘴巴撇了撇，是个伤心要哭的样子了。

他忙着去拍了拍朱谨深胸口，偏偏朱谨深不知是累了，还是思索着什么，一时没有理他。

这不得了，宁宁还没有在亲爹这里受过这种冷遇，本来只是装装样子的，这一下委屈得不得了，眼泪真出来了一颗。

"呜……"

沐元瑜平时好逗他，但听他哭了心疼劲儿一下子上来了，忙着在马上伸手："宁宁乖，到我这里来。"

宁宁依恋地把两只胖胳膊向她伸着，小身子扭着，要换亲娘安慰。

朱谨深终于回过了神，这回没有阻止，一边把孩子递给她，一边解释道："我忽然想起点事。"

"没事，殿下忙着，我来管宁宁就好了。"

沐元瑜把肉团子接到手里，她逗孩子极有一套，亲亲他的胖脸蛋，挠两下胳肢窝，再随手指着沿途别的热闹哄着他看，很快他又乐呵呵的了。

到晚间入驿站投宿的时候，宁宁让许嬷嬷哄睡了，沐元瑜洗浴过，去找朱谨深，问道："殿下，你想起什么事了？"

白日她见朱谨深一直沉思，怕打断了他的思路，便一直忍着没问。

朱谨深正坐在窗下，小城驿站，条件再好也有限，这一张罗汉床只是榆木做的，年份也不短了，好在还算干净。朱谨深往旁边坐了坐，给她腾出位置来，道："只是一点猜想，暂时还不算有头绪。"

"能说给我听听吗？"

"这有什么不能的。"朱谨深失笑，"还是柳氏说的那件事。我一直在想，到底什么人需要改年纪，并且要从官方的黄册改进去？改这个年纪的意义，又到底在哪里？"

沐元瑜有点小激动，倾身道："殿下想到什么了？"

朱谨深不答，先问："你记得白日那个小秀才吗？"

沐元瑜点头。

"你还记得国子监里那场暴动吗？"

沐元瑜又点了点头，但这回脸上带了两分茫然，那在她的记忆里是挺久之前的事了。她战场上都进出了两圈，那场所谓的暴动此时再回想起来，只是个小场面，她虽然记得，但不会放在心上。

"监生抱怨科举道难，这个抱怨本身是不为过的，许多人从幼童考到白首，都可能困在一个童生里过不去，未必学问真的差到了这个地步，运道本身，也占了一部分因素。"

沐元瑜认真听着，她觉得朱谨深说起这些来别有一番魅力，那种徐缓而笃定的展眼天下的感觉很能打动人。

"那个小秀才十一二岁已入科举之门，只要不做仲永，往后前程比他的同科们都要宽广得多。他考三次举试，不过刚到弱冠，他的同科哪里能跟他耗得起？"

这个沐元瑜懂，伸手在面前做个手势，虚画了条线，道："他这是赢在了起跑线上？"

朱谨深点头道："是这个意思。"

他没有进一步解释，因为看出来沐元瑜已经明白了。

"殿下的意思是……"沐元瑜简直想吸冷气，问道，"这个人现在很可能已经作为官员，混入了朝廷？！"

是的，科举路完全符合朱谨深先前提出的两个问题，考生本人的一切资料都要和黄册对应，还需找别的秀才作保，当然这里面仍然还是有人玩花招，离天子脚下不那么近的地方，地方官的权力就大多了，但从制度上来说，已是尽量保证了严谨公平。

而改这个年纪的意义，也很好理解，就不说科举里的关卡了，迈入官场之后也很有用，各官职是有一个年纪的天花板在的，明面上没人说，但提拔起来人人心里都有一本账，并且也都认同这个潜规则。国子监那场事，李司业忍不住搞梅祭酒，可不就是因梅祭酒的年纪很难再升上去，注定终老在这个职位上，把他的路挡死了吗？

而这个首领若真混入朝廷，可不是梅祭酒那种了，梅祭酒只是不慎失足，反应过来后立即悬崖勒马，没有真的背叛朝廷，可这个首领是从根子上黑了个透，绝不可能干一件好事！

朱谨深略有迟疑，道："我不能确定，但要说别的可能，我一时还未想出来。"

沐元瑜想了想，道："没事，我们现在有一条路也是好的，等到了京里后，我们就告诉皇爷，把所有官员的履历都对一遍，这比对所有的人口黄册要好对多了。"

"恐怕也不容易。"朱谨深道，"朝里做官以后改年纪的，不是一个两个。不是太过分的，皇爷知道了也不便过问。水至清则无鱼，横竖真提拔起人来，总还是看政绩为重。"

沐元瑜："……"

好嘛，真是无官不奸，既有这条捷径，哪里只有她能想到，早叫人干成一门事业了。

她想了一想，又豪气地道："难对也要对，总比闲着好，说不定这个首领运道用完了，一下子就叫我们对出来了。"

朱谨深的思路到这里后，又陷入了停滞，但被她这么一说，心情又好起来，笑着点了点头。

他伸手拉她道："天晚了，明天还要赶路，不说这些了，我们先休息吧。"

沐元瑜感觉自己被往床那边拉，有点挣扎地道："殿下，不好吧，我睡这里，护卫们知道了多不好意思。"

"理他们做什么，我们就是秉烛夜谈累了，一起歇息又怎样？"

朱谨深不以为然，手上是坚决地拉着她，正说着，忽听外面传来一阵喧哗。

"殿下，殿下！"

千户的大嗓门在门外响起，跟着就一巴掌把门扉推开，慌张地嚷道："有驿传兵路过换马，说京里出事了！"

驿传兵很快被叫了过来。

然后朱谨深知道了，准确地说，出事的不是京里，而是大同。

大同作为北边重镇中的重镇，已坚守了好几个月，来自朝廷调遣的各路兵马不断地投入进去，硬生生顶住了来自瓦剌的一次又一次攻势。

越冬时，双方于北方的苦寒中都无法全力战斗，曾休战过一段时日，瓦剌军甚至有放弃撤走的迹象，当时大同赶来的各地客军也跟着撤了一些。瓦剌经不起这个消耗，朝廷多年承平，忽然两边开战，也是很有些吃力的，即便粮草供应得上，几十万人一直耗在以大同为中心的防线上也不现实。

不想瓦剌不甘无功而返，待坚冰融化后，又卷土重来了。瓦剌的丞相亲自领了最精锐的三万兵力，终于破开了九边的一线防线，紧接着毫不停留，直向内三关进逼。

沐元瑜紧皱着眉，他们之前远在云南，虽一直很关心京城的情况，也可以接到一些战报，但毕竟离得太远了，又涉及军情，消息传递没有那么准确和迅速，只可以大略分析出一个情况不坏的结论，直到他们出发，这个结论看上去都还没有问题。

她因此紧皱着眉问道："怎么破的？"

她切身经历过一回战场后多了不少心得，别看瓦剌凶残野蛮，其实攻城要比守城难得多，所需的人马也远比守城要多，有时砸进去数倍代价，都不见得能破一座坚城，白耗人命而已。她能破东蛮牛的都城，纯属捡漏。

大同既然年前一直都守得很好，正常情况下，没道理年后一下就颓了，客军撤去了一部分不是决定性因素，只是守城本来也不需要那么多人，进攻才需要。

"是绕道！"驿兵喘着粗气道，"大同久攻不下，瓦剌表面上仍作佯攻，他们那个丞相托哈领兵从大同南下，取道去攻紫荆关，紫荆关兵力不足，已经告急！"

所以，大同的存在实际上如同施了障眼法，掩护住了瓦剌方的精锐动向。

话问清楚了，朱谨深和沐元瑜不再耽误驿兵的时间，很快让他走了。

千户询问的眼神往两边看了看，问道："殿下，世子爷，我们现在怎么办？"

"马上回京！"

"马上回京！"

两声回答同时响起来。

朱谨深望了沐元瑜一眼，道："我回去，你带着宁宁，先在这里住下，等我的消息。"

沐元瑜立刻拒绝："不行，我陪着殿下。"

"不要你陪，你听话就行。"

"我不。"

朱谨深按捺住急迫的心情，勉强解释道："紫荆关据天险而建，其险要不下居庸关，援兵一至，瓦剌未必能破，京里不会有事的。"

沐元瑜点着头："所以按照原计划，我陪殿下一起回京就好了。"

"……"

朱谨深说不出话来，他心里实在慌乱，想不出理由劝服她，只能用很凶的目光瞪她。

沐元瑜毫不畏惧，还拍了拍他的手臂，倒过来安慰他："殿下，你别怕，皇爷不会有事的。"

千户的目光里带着疑惑，在两边来回游移着。这场面，他应该感动一下兄弟情深什么的，都说这两人关系好，果然是好到不行，明知京城快被瓦剌的铁蹄踩下了，还坚持要一同奔赴险地去，可他怎么总觉得有那么点不对劲呢？

这个气氛里面慷慨没见多少，倒没来由一股腻乎是怎么回事？糊了他一脸的不自在，他感觉有点透不过气。

同时他还感觉自己有点多余，不该站在这儿似的。

不管怎样，加速回京是肯定的选择了，他就试探着道："那殿下，我叫人预备行装去了？"

见朱谨深点头，他忙退出去了。

他走了，里面也好说话多了，朱谨深道："你为宁宁想一想。"

沐元瑜想了想，道："那宁宁留在这里，分他一些护卫，我们两边的护卫合起来，总共也就三千来人，这点人对战场局势很难起到多少效果，再分一分也没什么要紧。这样，我们带一千，给宁宁留两千，保护他一个小人是足够用了。"

好嘛，她连人员分配方案都给了。

朱谨深很觉头疼，更头疼的是疼里偏偏不受控制地觉出甜跟满足来，他只能勉强坚守着底线，问道："万一我们要是都出了事，你让宁宁一个人怎么办？"

"那就代表京城完了，我认为形势不会坏到那个地步。"沐元瑜也很坚持，寸步不让地顶回去。

想到宁宁，她心底其实不是不犹豫，可她不能停下来，一停，这犹豫就要放大了。但真依照朱谨深所说，他一个人回去，她停留在安全的地方，那不成了她把好事都占了，坏的全留给了他？她不愿意这样。

"殿下，不要争论耽误时间了，一旦瓦剌攻破了紫荆关，关内哪里都可能出现铁骑，我们这点人马想回都回不去了，必须抓紧时间，我也回去收拾行装了，我还要跟嬷嬷她们说一声。"

她说着利落地转头就走。朱谨深下意识伸手抓她，但是空自脑子里发热，又不知道该说些什么，一时顿住了。

"殿下，我有用的，你说我在战场上的运道好，那带我去不是很好？

我可吉祥了，就算这个是说着玩的吧，起码，我在你身边也还可以保护你，嗯？"

沐元瑜也不挣扎，顺着他的手势返身回去，踮脚抱住他亲了亲，又拿真诚的目光跟他对视着，试图打动他。

片刻后，朱谨深败下阵来，说道："……算了。"

若是从前，他也许还可以以她是个姑娘不能涉险地的借口来压住她，可经过云南那几个月之后，再说这种话，不用她反驳，他自己都觉得苍白可笑。

她就是不一样的，他早就知道，并且越来越清楚，从来也不需要怀疑，只是为之日渐沉迷。

"那我去啦。"

打动成功，沐元瑜高高兴兴地转头走了，回到自己的屋子去把这个消息告诉了许嬷嬷和鸣琴等人，又把刀三等护卫召集起来，一通忙活。

许嬷嬷更希望她和宁宁一起留在安全的地方，但沐元瑜在自己这边的人手里拥有绝对权威，她一坚持，谁也拧不过她，异议不过几句，就很快消解了下去，整个顺着她的意思运转起来。

一道道命令布置下去，她和朱谨深北上，宁宁则在护卫的护送下，重新往南边再退回一段距离，以防万一扫到瓦剌铁骑的尾巴。接下来的一段时日，如果京城有事，宁宁立刻一路退回云南去，而如果京城安全，再护送宁宁上京。

众人最终小憩了两个时辰，天边刚露出鱼肚白，宁宁还睡得跟小猪似的，爹娘分别抱着他亲了亲，就暂时丢下了他，骑马远去了。

他们途中休整的这个小城离着京城不算太远了，所以才会遇到出来调兵求救的驿传兵，没了宁宁这个必须小心翼翼守护的肉团子后，一路快马疾奔，朱谨深及沐元瑜领着千人护卫队八日后就抵达了通州。

他们运气不坏，抢在了攻关的瓦剌军前面，平安到达了京城的城门下。

但他们的运气不够充足，因为紫荆关终究没能抵住瓦剌的攻势，雄关，破了。

因为这个坏消息，朱谨深都被堵在了城门外大半个时辰，守城兵几日前就接了严令，不得诏令，各城门不许任何人进出，整座京城进入戒严状态。

朱谨深归来的消息层层上报，直报到了皇帝案头，皇帝失色之余，方下令放他进来。

"二郎平时看着聪明，怎么关键时候却犯起了蠢！"皇帝揉着额头，气得不轻，都顾不得底下还站着一溜大臣，直接抱怨道，"他这时候回来做什么，知道军情有变，还不安生在外面待着！"

沈首辅躬身道："二殿下也是挂心皇爷。"

"他少叫朕操些心就是了，谁还敢指望他挂念。"

皇帝说着气话，接下来神思却有些倦怠，几番努力，才集中起了精神，听大臣们继续商议起面对瓦剌的对策来。

当时支援大同的京营在得到瓦剌丞相绕道的消息后，已经马上撤兵回了京里，大同守军则仍在跟瓦剌的大部队缠斗，如今即便瓦剌丞相率领的三万精兵出其不意攻破了紫荆关，于京城的防守来说仍然不算太大的威胁，所以大臣们神色严峻，但臣心还算安定，彼此间虽有争论，冲突却不严重。

皇帝定下心来听了一会儿，一小部分心神仍留在外面，等着新消息传来。

新的消息来是来了，却不是他想要的。

"急报！瓦剌部已至城外百里处！"

灰头土脸的传令兵扑倒在金殿外，扬声大叫。

皇帝霍然站起来，问道："二郎呢？！进来了没有？！"

传令兵无法回答他，他是管刺探瓦剌军情的，不管皇子行踪。

朱谨深已经到了城门底下，诏令出去，他直接进来就是了，也不会特别有人再传他进没进来，等他到了午门外，要上殿觐见，才会再有人来报。

皇帝面沉似水，信报到他这里是百里，瓦剌军在报信的这段时间里也不会闲着，这会儿说不定已经是五十里，乃至更近了！

他拂袖便起，快步下了金阶，十来个大臣面面相觑，愣怔片刻后，忙都追在了后面。

第十五章
城门惊变

沉重的城门轰隆隆关闭了。

沐元瑜坐在马上，打量着周围的景物，心下生出一丝感叹。

她在京里的岁月当然远不及在云南久长，但此刻故地重来，竟也是觉得有些亲切。

京城非她故乡，但与沿途所经无数个浮光掠影般的城镇比，她对这里总还是熟悉得多了。

同时她心里也有些忐忑，很快就要见到皇帝了，那毕竟是握有生杀予夺大权的天子，君心难测，到底能从他那里争取到什么结果，谁都没有把握。

朱谨深心有灵犀般似乎知道他在想什么，从旁边望过来，目光平定安然，对她说了一句话。

沐元瑜没听见他说什么，因为她的马忽然重重打了个响鼻，正巧盖过了他的声音。她忍不住笑了，安抚地摸摸马背，待要开口问他，这回轮到朱谨深的马不安分了。

朱谨深于骑术上一般，选的便是一匹老实的大红马，这大红马一般从不闹事，此刻却不知怎的，忽然不肯往前走了，蹄子只在地上焦躁地刨着。

沐元瑜觉出不对，回首向城门望去。

他们是从正南的永定门进来的，没望见有什么，但目光转动处，西边右安门的方向，遥见一股狼烟直冲天际。

这外城附近没什么高大建筑，建造得最高最好的就是城墙上的城楼了，以至于虽隔着不短的一段距离，仍是无障碍地一眼就能望见那边的警识。

敌袭！

他们能看见，别人自然也能看见，顿时街上乱成了一片，瓦剌叩关的消息传了几个月了，普通百姓也差不多都知道了，此时四散奔逃着要躲回家去。

不用说话，沐元瑜同朱谨深对视一眼，就齐齐催马往右安门赶去，一干护卫紧随其后。

他们越往那边去，越能感觉到空气中弥漫着的紧张气氛，但目光所及之处，也能发现这里的调动安排得井然有序，乱的只是百姓，守城的兵士们并不乱。

沐元瑜放了些心，问朱谨深："殿下，我们现在先去见皇爷，还是在这里再等一等，看一看战况？"

她有此问，是因为发现城门处的兵将各有部署，一样样物资正有条不紊地运送上城楼，并不需要人插手，她领着这么点人，也帮不上什么忙。

朱谨深踌躇片刻，下了决定："等一等。"

他有决定，沐元瑜不反对，就听他的。

两人领着人往边上让了让，避免挡了在城墙上下匆匆来往的兵丁的路，而这时候，便是在城里也能感觉到外面沉闷恐怖如天际闷雷般的马蹄声了。

瓦剌丞相所带的这三万精兵，全是骑兵，彼蛮族可怕之处，也正在于骑兵的冲击力。

朱谨深往城墙上走，他想亲眼看一看。

沐元瑜跟在后面，随行的千户想拦，没人听他的，只好也忙跟着一起上去。半途上遇到在此主事的一个将领，这将领级别不低，是认得朱谨深的，忙行了礼，刚开始还准备陪着他们上去，但一见到城外奔腾而来已清晰可见的瓦剌士兵，就忙又催着他们下去。

"二殿下，此处危险，非您久留之处，您还是赶紧进内城吧。"

朱谨深没有要逞强的意思，他上城墙只为跟皇帝禀报的时候好有个数，真打起来，他才从外面回来，形势都不那么清楚，硬要掺和反是添乱。

他当下就要返身下去，免得将领还得分神保护他，不想还未转身，先听见底下传来一声暴喝："二郎，你给朕下来！"

他一怔之下转头看去，只见通往内城的正中阔道上，一辆御车滚滚而来，皇帝端坐其中，正对他怒目而视，看样子若是可能，很想直接伸脚把他从城墙上踹下来。

皇帝当然不是单独出行，御车周围，跟着三皇子朱谨渊和锦衣卫，气喘吁吁的大臣等浩浩荡荡一大批人。

这还没完，后头还闹哄哄追了许多蓝衫飘飘的书生。朱谨深与沐元瑜居高临下，看得很清楚，这些书生应该是临时组织起来的，队形很散，本身体力又不怎么样，这么一路跑过来，更加跑得乱七八糟。但是他们热情不减，追上御车后，就纷纷跪下来，请命要求皇帝分发武器，表示要跟将士们一起保家卫国，誓死杀敌。

沐元瑜认出来了，这些书生实则都是国子监里的监生，正经的读书人，如今战事逼近到眼前，他们能有这个觉悟，是很能振奋鼓舞人心的。

她都有点感动起来，说道："民心太可用了……"

但旋即她又有点担心起来，因为她眼尖地居然还在里面找见了沐元茂。她这个三堂兄正因习武不行，才转成了学文。这一帮人有热血是好的，真要上战场拼命，那还差远了，现在也没有危急到那个时候，是不该由着他们上的。

皇帝应该也是这个意思，离得远，皇帝吼儿子那一声很大声，但不可能一直保持着这个嗓门跟书生们说话，沐元瑜就听不见他说了什么，但根据书生们直着脖子要争辩的反应也看出来了。她忍不住笑了笑，转头向朱谨深道："殿下，我们下去吧，皇爷看见你站在这里要吓坏了。殿下？"

朱谨深的神色近乎魂不守舍，他几乎是无意识地被沐元瑜拉着往下走。沐元瑜看出他不对劲，但城楼上确实变得危险起来，朱谨深这个状态，她更不能由他待在上面了，便暂时不打扰他，只把他拉着，打算到下面安全一点的地方再说话。

朱谨深的眼神与脚步一样飘忽，但他脑中实则是前所未有的清醒与冰冷。

他这一路归来悬在心中未决的疑问，过往纷杂的种种，掩盖在无数事件下那一个个看似不起眼的小小光点，忽然间因为他往下无意望见的那个人，在他面前串成了清晰的一条线。

监生们虽是自发跑来，但聚了上千号人，这么大动静，国子监内的师长不可能不知道，新任祭酒、司业就手忙脚乱地跟在旁边。

他们此时已经从城楼上下来了，距御驾约百多步之遥，能听见这两个官员的争辩声，两个人嗓门都不小，看来意见还有分歧。

祭酒主张听皇帝的话，就此回去，司业却认为不能打击监生们的热情，应当成全他们。御车前十分严密地围了一圈锦衣卫，这两个官员起初没有靠到太近，但随着争辩，都要争取皇帝的同意，不觉就越往御车那边挤了过去。

朱谨深的瞳孔急剧收缩，中心已快燃出烈火，又似乎凝结成了一点尖锐的碎冰。

出生江南……

贬谪云南……

返京入国子监……

他曾借来说服闹事监生的这一份履历，生平所经的三个地点，哪一个不与余孽息息相关！

沐元瑜则更莫名其妙了，因为她拉着朱谨深，居然感觉到他的手掌中渗出了一层冷汗，连带着她的手心都黏腻起来。

他毋庸置疑是在紧张。

她从未从他身上感觉到如此强烈的紧张。

已经到了平地，她想转头问他怎么了，转到半截又止住。

朱谨深被她拉着的手动了。

他蜷起一根手指来，在她手心写字。

第一个字是"杀"。

第二个字是"张"。

第三个字是——

沐元瑜的心跳在他最后一笔落下的时候，随之剧烈上扬，又如飞速从九天冲下，重重地跌进了谷底。

这一番起伏几乎令她要失声大叫，但人的情绪瞬间破了最不可思议的那个顶点，反而在面上呈现不出什么变化来。

她松开了朱谨深的手，表情毫无破绽，甚至还能微笑着扫了他一眼，然后又自然投向了御车那边。

皇帝于此时出行到外城，所带护卫的保护措施自然是十分周密的，但即便是锦衣卫，也还不至于对国子监生们有什么防备。

一大圈人围跪在底下，皇帝不发令，他们也不主动驱赶，只等着站立在御车前的国子监官员们争出个结果，抑或是皇帝不耐烦了再说。

沐元瑜脚步不停，只跟在朱谨深身边如常地往前走。周围并不静止，有守城的将领们看见御驾到来，急忙赶来跪拜，背后的城墙上则已经开战，箭矢如飞，从垛口里向下疾射。

两个民壮抬着一大捆弓箭，从她旁边路过，哼哧哼哧地往城墙上去补充。

沐元瑜伸手，从侧边抽出一把弓一支箭，几乎不需要瞄准，以看似轻松随意的步伐继续走着，走进百步之内，上弦松手。

箭离弦而出，有人应声而倒。

不论中箭的是谁，这一箭的方向毫无疑问是冲着御车而来的。

"护驾！"

尖厉的喝声瞬间响彻了这一方天空，无数森亮的兵刃举起来对准了她，以及朱谨深。

沐元瑜当机立断扔了手里的弓，举起空空的两手喊道："我不是刺客，我杀的那个才是！"

虽然她还不那么清楚他为什么是，但朱谨深既然认定了，并且刻不容缓地给了她暗号，那他就一定是。

被她一箭射倒的那个人，歪斜着扑倒在了地上，他倒下的位置，离着御车几乎只有一步之遥，哗然的国子监生们要拥上去，焦急地叫嚷着。

"司业大人，您怎么样了？"

"司业大人——"

"司业大人怎么会是刺客，简直胡说！"

这些监生全被警戒状态全开的锦衣卫们拦在了外围，再不能接近御车。对沐元瑜来说，也幸亏监生们隔在中间挡了一挡，不然锦衣卫该直接冲上来捉拿她了。

现在监生的数量很多，锦衣卫也不敢轻举妄动，只怕混乱起来，激起对圣驾更不利的变动。

不过监生也不傻，冲不到前面去，很快有人掉头来寻她的麻烦。一个高大监生就气势汹汹地冲过来，指着她骂道："当着圣颜行凶，你简直丧心病狂！"

"我瑜弟肯定有原因的，才不是你说的那种人！"

这个内讧的声音来自于沐元茂，他离得远一些，人多挤不出来，只能大声给予声援。

沐元瑜忙着探出头来向他笑一笑，然后就道："我说了，他是刺客！"

假如张桢是别的问题，朱谨深不至于要她立即动手，只可能是行刺犯驾，以他当时与皇帝的距离，朱谨深一叫开只会激发他的凶性，促使他立即对皇帝下手。而事起骤然，锦衣卫未必阻拦得及，所以朱谨深才只能选择暗示她。

"证据呢？你说是就是吗？！"

沐元瑜扯扯朱谨深的袖子，探头又看他——她之所以一直要探头，是因为打从她扔掉弓后，就被朱谨深挡到身后去了。

"殿下，证据呢？"

她不问还好，这一问，监生们不少都听见她居然真的是随意行凶，登时都怒意勃发地围拥过来。

朱谨深面无表情，目光从这群监生身上扫视过，正要开口，朱谨渊在御车旁边也听见这句话了，大喜，忙道："二哥，这就是你的不对了，没证据的情况下，怎可指使人向朝廷官员行凶？这众目睽睽的，你要如何交代！"

"谁同你说没证据？"

朱谨渊被一句堵了回去，悻悻然要向皇帝告状："皇爷——"

"别吵，听二郎说话。"

皇帝亦是面无表情，不论行刺的是哪一方，他才是事件的核心，这一句一出，众人的目光便全朝朱谨深望了过去。

"证据要问你们。"

他先前在国子监办过案子，监生们对他的印象很不错，他这句没比沐元瑜好多少，但监生们下意识就没有暴跳，高大监生作为代表只是忍气问道："殿下何出此言？"

"去年底，十月到十二月之间，张司业可曾休假离开过国子监？"

这个时间点，大约是柳夫人在东蛮牛见到张桢的时刻，这是最容易确定的证据，所以他先问这一点，假如确定了，再论其他。

监生们互相望着，过了一会儿有人给了回话："好像没有？"

"似乎有吧……"

"有。"

最终给出肯定答案的是祭酒，面对面的同僚争论着争论着忽然扑街，现在脖子上还插着老长的一支箭，鲜血不断地流出来，他受的刺激是最大的，这时候才终于缓过神来。

张桢不是授课先生，他作为官员要请假，学生们也许知道，也许不知道，但顶头上司一定清楚。

"张司业说江南老家出了些事，他需要帮忙处理一下，所以同我商量，想提前一点回家过年，年后他会早些回来。我想着年底监里没什么大事，就同意了。"

官员们平时假很少，立国的太祖最凶残，认为给官做就不错了，还想休假，哪来这好事！所以在他手里做官，一年就能休三天假。但这显然是很不人道的，所以随着时日推转，官员平时的假期还是少，但是到了年底的时候，可以休上一整个月的年假，离家乡路途遥远的官员，终于可以回家去看一看了。

张桢请假的时候跟年假连上了，模糊了一部分人的记忆，所以监生们才会觉得似乎有，又似乎没有。

朱谨深不着痕迹地松了口气。他指使沐元瑜动手时，是真的毫无证据，虽然他心下很笃定了，但仍怕世事难料。

"你们为什么会在此时于此地出现？瓦剌攻城前，通知你们了吗？"

这怎么可能！

监生们纷纷摇头，同时也觉出了不对，疑惑地互相望着。

"那是皇爷御驾到此，派人给了你们通知？不然，你们怎么会知道到这里拦御驾？"

是的，别人看着监生叩御车热血感动，朱谨深一旦生疑之后，却进一步看出了更多不对：这一连串撞到一起的反应不可能是巧合，一定是有人搞鬼。

皇帝出宫通知谁也不会通知国子监，监生们只得再度摇头，疑惑更深，互相询问着到底是从谁口里得到的消息，气氛是终于冷静下来了。

沐元瑜则终于跟上了他的思路。

她顾不得满心的震惊与恍悟，转头就要配合着吩咐人——那一窝余孽她可是都提溜上京了，虽然这个首领太过神秘，余孽下线对他的了解都不多，但富翁叔叔和柳二兄一定见过他。

愿不愿意指认的不在重点，人都被她一箭射死了，眼见到这个场景，这二人不可能没有任何触动。

而只要有反应，张桢的身份就坐实了，不然何以解释余孽要对本该八竿子打不着的朝廷官员流露什么情绪？

她一句话未来得及说出，先有别人嚷嚷起来："你干什么？哎哟！"

嚷叫起来的是沐元茂，他还是跳着脚叫的，像是被人踩了一脚。

这个关头，本来便是他跳脚也没人有空关注他，不料他跟着就伸手向前一指："你为什么动我们司业的箭！"

这一句话喊出来，就立刻把所有注意力吸引过去了。

沐元瑜扬声道："三哥，怎么了？"

沐元茂举起的手还没有放下来，只是扭头向她道："瑜弟，我发现这个锦衣卫拿脚在戳司业的箭，被我发现了，我拿脚挡他，他还踩了我一下！"

张桢当时与祭酒侧身而立，大半个身子是偏向于皇帝的方向，沐元瑜对着他的侧面，捕捉不到他的心脏要害位置，只能选择了脖颈，一箭正中。张桢扑倒在地，箭羽此刻半没于他颈间，半拖曳在地上。

照沐元茂的说法，是有人趁乱试图将张桢的箭往他脖颈里推，对一个死人做这种事毫无意义，也就是说……张桢还没死！

这个做的人，毫无疑问是在灭口！

"拿下他！"

"拿下他！"

两声大喝分别出自皇帝与朱谨深之口。

锦衣卫原就处于警戒当中，照理这个命令应该马上得到不折不扣的执行，但众锦衣卫仍是不可控地愣了一愣。

因为被沐元茂指认出来的那个锦衣卫，不是一般的锦衣卫。

他便是所有锦衣鹰犬的头目——郝连英。

就这一愣之间，地上的张桢动了动，而皇帝发出了一声闷哼。

说起来有先后，其实这一切都是发生在瞬息之内。郝连英被指认，仓促间有个下意识想逃的举动，他这一动，身形让开来，御车里的皇帝完全暴露出来。他既然能对张桢动手脚，离着御车的距离自然也是极近，且还没有锦衣卫敢越级拦在他与皇帝之间，而借着这个空当，张桢从袖中甩出一物掷向了御车。

他是垂死出手，然而旁人的目光都被郝连英吸引了去，无人防备地上的他，这一出手，无人能挡，皇帝直接向后倒了下去。

锦衣卫们这时才动起来，沐元瑜也扑了出去。

抓住郝连英费了一些工夫，他一逃，锦衣卫里追随他的也有一些，不知是跟他同流合污还是只是下意识地仍在听命于他，这一开打，锦衣卫内部还分裂混战起来，最终是朱谨深的一千营兵护卫扑过来帮忙，才终于将郝连英一方擒住了。

但这时郝连英已经不是重点了，大臣们连滚带爬地在混战里挤到御车前面，查看圣驾安危。

城墙上还在开打，三万瓦剌精兵就在城外，这时候皇帝要是出了事……

沈首辅一跤绊倒在御车前，手还被后面挤上来的人踩了一脚，他顾不得喊疼，只觉满脑子嗡嗡作响，快炸裂开来了。

他完全是下意识地往上张望了一下踩他的人，然后发现是朱谨深。

朱谨深的形容没比他好到哪里去，同样也被绊了一下，只是他身材高大些，没倒到地上，摔在了御车上。

"皇爷！"

他努力往上爬。

朱谨渊呆了一下，他其实离得更近，但皇帝御车不是谁都能上的，他就没想起爬，此时不由得还去拽了朱谨深一把，说道："二哥，没有皇命，你不能——"

"别吵，走开！"

一把把他拉扯朱谨深的手敲开的是沐元瑜，她抢了把绣春刀，此时不客气地拿刀背敲了下朱谨渊的手背，一下把他敲得龇牙咧嘴，痛都喊不出来。

大臣们没人顾得上像他一样挑朱谨深的理，都忙充满希望地往御车里望。御车高大，皇帝仰倒在里面，不爬上去，还真的看不清他到底怎么了。

御车上的朱谨深手是颤抖着的，因为他已经看见了皇帝肩头那枚闪着幽蓝色光芒的飞镖。

他想出了张桢的问题，立即杀他已经是迅速得不能再迅速了，也确实短暂地阻止了他。当时张桢已经中箭倒地，锦衣卫围着御车团团保护，皇帝本不可能再有危险，他才想把事情先跟皇帝说分明，而没有着急去查看张桢的死活。他实在没想到郝连英居然会和张桢有勾结，关键时刻不保护皇帝，反而心虚给张桢制造机会。

"皇爷？"他小心翼翼地叫了声。

皇帝没有反应，他的伤口应该不大，但那枚飞镖上闪着的光芒明显不对头。

朱谨深定一定神，咬牙伸手用力把飞镖拔了出来，扒开了皇帝肩头的衣裳，果见伤口周围泛着黑气，流出的血很缓慢，颜色同样发黑。

他生平没接触过毒物，但因久病而看过的医书不少，当下先使劲照着伤口挤压起来，挤了一阵，血流速度更缓，但新渗出的血仍然发黑。

沐元瑜从他的动作已经知道发生了什么，叫道："殿下，还不行的话叫个人上去吸！"

朱谨深得她一语提醒，但没有叫人，直接埋下了头。

一口又一口的黑血从车窗吐出来，不知道究竟过了多久，也可能很快，吐在土地上的血终于变成了鲜红的，而皇帝也发出了又一声闷哼。

他第一次发出这个声响的时候，大臣们几乎魂飞魄散，而这一次，大臣们却几乎要热泪盈眶起来。

"皇上！"

"皇上醒过来了！"

"皇上没事！"

但谁也不知情况到底怎么样，朱谨深都不能确定，做过紧急处理后，只能转头喝道："立刻回宫，召太医院御医！"

众人正是六神无主，有个人能做主那就听他的，当下乱哄哄忙跟随着御车转了向，往宫里走去。

朱谨深再望一眼沐元瑜，沐元瑜心领神会，道："殿下放心，这里交给我。"

躺在地上的张桢，捆成粽子的郝连英，都总得安排看守一下。

连郝连英都不可靠，除了她，现在朱谨深也不可能再托付其他人了。

回到皇宫以后，皇帝有短暂的神志清醒，朱谨深离他最近，忙凑上去问他怎么样。皇帝的目光从他面上掠过，暂时没理他，但指着他向围在他面前的群臣道："诸事先、先听二郎的……"

沈首辅忙跪下应了："是，臣等遵命，请皇上安心养伤。"

皇帝重新昏了过去，大臣们的目光都投向了朱谨深。

不管怎样，皇帝总是指定了重新做主的人，众人心中惶惶之余，也是有了点谱。

不服气的是朱谨渊，他开口道："二哥才从外面回来，什么事情都不清楚。"

"有话到边上说。"朱谨深冷冷地道。

他说着起身就走，把位置让给了太医来诊治，旁人见此，都下意识跟上了他的脚步。

但等走到了角落后，朱谨深根本也没跟他说什么的意思，直接开始颁布命令，第一道令就是另调金吾、羽林等卫来补充守卫，然后将乾清宫内外的锦衣卫全部革除。

他的命令立刻得到了执行，郝连英有问题，那锦衣卫里到底黑白如何就很难说了，现在没时间一个个去查，只能全部弄走，起码在皇帝周围排除掉一切可能的危险因素。

然后，沈皇后来了。

这么大声势，皇后就住在后面的坤宁宫里，听到消息是很自然的事。

"皇上——"

沈皇后的神色极为焦急，在宫人的搀扶下，跑得额头上都渗出细汗来，旁边还跟着同样满头汗的朱瑾洵。

见到她来，还在外殿的大臣们慌忙往角落里回避不迭。

沈皇后是不管的，只是往床边闯，皇帝倒下了，她是六宫之主，没人有权能拦她。

但朱谨深拦住她道："太医正在给皇爷诊治，请娘娘少安毋躁。"

沈皇后怒道："你还敢拦本宫？！皇上受伤这么大的事，没人去通知本宫，还是本宫的人来打听到了，本宫这个皇后，在你眼里是死的吗？！你封闭乾清宫，又是想干什么？！"

继母这么重的话砸下来，朱谨深不动如山，只是道："不敢。御医正在诊治，娘娘过去，多有不便。"

沈皇后气得面色一阵红一阵白，伸手要去推他，她以为朱谨深必定该躲闪了，谁知他仍是不动，倒是她自己不能真当着那么多人去碰触朱谨深，不得不缩回了手。

沈皇后抬头看着他。朱谨深越长，她见他的时候越少，这一刻她忽然发现她长久记忆里那个孱弱苍白桀骜的少年早已不见了踪影——不，这么说也不对，面前这个陌生的成年男人，他不再孱弱也不再苍白，但那一种桀骜仍然深入骨髓，令他敢于不避嫌疑，也不论尊卑。

是的，论身份，继母也是母，她当然要比朱谨深来得尊崇，沈皇后因此勃然大怒，向别的大臣要求主持公道："你们看看二郎，他这是打算干什么！"

"娘娘，且等一等吧。"沈首辅出了头，却是反过来劝她。他七十多的人了，又一向德高望重，可以不必像别的臣子一样回避过甚。

沈首辅心里也觉得沈皇后没必要过去，妇道人家，又不是大夫，过去除了绕着龙床哭一哭吵得人脑仁疼还有什么用？现在众人都忙着等皇帝的消息，谁还有空去哄她。

"老臣知道娘娘着急，但皇上之前醒着时说了，一切先由二殿下做主。"

沈皇后兀自不悦："怎么会？！"

怎么不会？大臣们都奇怪地看她，朱谨深是除傻子朱谨治外年纪最长的皇子，又是嫡出，才从云南打了胜仗回来，这当口，皇帝指令他负责才是理所当然的好吗！指了别人才是奇怪呢。

继子不理睬她，臣子们也不听她的，沈皇后终于意识到她并没有自己以为的那么大权力。她很为此心堵，但她一向刷的是贤后人设，也不能当着群臣的面干出什么有失体面的事来，只得忍怒拉着朱谨洵也在边上等着，时不时无意般瞪一眼朱谨深。

朱谨深哪里是怕她瞪的人，沈皇后要在这时候去看皇帝，其实是占理的事，他硬要拦下来，不许沈皇后靠近龙床，实则已经是连她一并怀疑上了。

张桢的来历造了假，几番改头换面后投身科举，郝连英绝不可能，他是京城本地人，世袭的锦衣卫，几辈子人都清清楚楚，不可能是余孽的一分子——从他一事发就去灭张桢的口也可看出他跟余孽根本没什么真情厚谊在，双方只是为了利益的短暂联合。

从郝连英的利益出发，一朝天子一朝鹰犬，皇帝活着对他才是最好的，他放弃了这条路，无端跟余孽勾结到了一起，只可能是他有了别的选择。

他背后有人，这个人上位，对他更有优势。

而如朱谨渊所说，朱谨深出去了几个月，确实不那么清楚京中现状了。他暂时无从猜测这个人是谁，便只能粗暴地采取一刀切的策略，把所有人都隔离掉，确保皇帝不要再遭受什么意外，等皇帝平安醒来再说。

漫长得几乎让人窒息的等待中，他们没等到皇帝醒来，先等到了张桢的口供。

是沐元瑜送过来的，她没有审，张桢自己招了出来。

他掷出那一镖之后，用尽了最后的一点力气，便连咬舌自尽也做不到了，所以他表示要说话，沐元瑜就蹲下来陪他说了。

"真是成也萧何，败也萧何……"张桢喘着气笑。

他嘴边不停地吐出血沫来，临时找来的一个大夫也无法帮他止住，这让他的形容看上去当然是很可怕的。但可怕之余，他眉宇间那股忧悒之意仍在，看上去仍是个端正的官员形象，与隐在幕后制造出这一场泼天风雨的余孽首领似乎全无关系。

但他说出来的话，就一点也没有什么文官品性了："我知道皇帝在这一天来了外城，多高兴啊，他要是死在这儿，比我原计划的要好上太多了，这些人，还能有什么士气？瓦剌破城指日可待……"

大夫原还正想办法给他止血治伤，一听这话，大怒，把磨的止血药粉一扔，道："我不给他治！"

沐元瑜当然也不是成心要救张桢，只是为了审问他。她射的箭其实插得极深，但歪了一点，而张桢本人意志力极强，才装死撑着寻到时机伤着了皇帝，这时候大夫给不给他治，结果也是差不多，他也没剩几口气了。

"谁告诉你皇爷会来外城？"她顾不得劝大夫，忙问。

"郝连英啊。"张桢笑。

"他为什么要跟你合作，背叛皇爷？"

这句话沐元瑜原只是顺着问的，没指望要得到答案，不想张桢居然以一种知无不言言无不尽的态度回答了她："男儿醒掌天下权，还能为了什么？他跟在现在的皇帝身边，皇帝一直在约束他，鹰犬鹰犬，他只活成了犬，却得不到鹰的一面，天长日久，受不了了，想换个主子而已。"

"换谁？"

"总之不是你跟着的那位，咳——"张桢呛咳出一口血来，他不舒服地动了动脖子，喉间嘶嘶有声，道，"这血居然咽不下去，太腥了。"

沐元瑜不理他后面的感叹，只道："所以，郝连英向你通风报信，告诉了你皇爷过来此处的消息，你想办法带了监生们做掩护，接近皇爷，行刺杀之事，事成后郝连英假装不敌，放你一马。这是你们勾结的内容？"

"他怎么可能放我？"张桢甚是清醒地道，"就势杀了我，栽赃给二殿下，以这个功劳当场拥立——"

他顿住，满嘴血地笑道："沐世子，咳咳，我又不是不告诉你，你何必还来套我的话？"

沐元瑜也笑了笑，道："是三殿下？"

看上去朱谨渊的嫌疑最大，因为只有他跟过来了，但她话里不可控制地带着疑问，因为张桢说得太痛快了，几乎问什么说什么，这让她不能不把他的话打个折扣再听。

"你既然不相信我，又何必问我。"张桢流了这么多血，居然还没糊涂，立刻发觉了她的疑虑，道，"我现在仍是很想说二殿下跟我勾结啊，不过，也得有人信才行，咳——"

这个话沐元瑜倒是懂，郝连英没暴露之前，也许的确有办法咬死朱谨深身上有什么不对，但现在郝连英被沐元茂叫破，自身难保，根本不会有人听他的，再拉扯朱谨深也是白拉扯。

她沉默了一下，倒是张桢反过来问她："沐世子，我回答了你这么多话，你是不是也能告诉我，我家里的人都被你抓住了？"

沐元瑜点头。

云南报捷的文书已经送上京来，张桢既然与郝连英有勾结，那从他那里知道这点并不难，或者，正因为是知道了，才促使他破釜沉舟当众刺杀皇帝。

张桢的最终目的当然与郝连英不一样。郝连英试图借势重新拥立一个能重用锦衣卫的天子，张桢却是为了在瓦剌来犯的时候，令朝廷群龙无首，给瓦剌制造胜机。

这一南一北的两支余孽，分支不同，但终归都有前朝的血脉在其中。

张桢的神情并不怎么难过，倒是有些无聊的样子："哦……"

沐元瑜很难懂他。

张桢望了她一眼，他实在是个再配合不过的俘虏，又笑了笑，道："不用怀疑，我确实不恨你。我尽了人事，天命不归我，也是没有办法。"

沐元瑜不客气地道："我恨你，你知道为着你的私欲，葬送掉多少条人命吗？倘若叫你的阴谋得逞，这一整座京城都要血流成河！"

"成王败寇，这有什么可多说的。"张桢百无聊赖地又把目光望向了天际，天空很蓝，他眯起了眼，喃喃道，"其实你还可以再问我一些

问题，你知道把一生活成一个谎言是什么滋味吗？临死前才能说两句实
话，我……"

　　他忽然没了声音。

　　沐元瑜若有所感，忙伸手去试他的鼻息，已经没了。

第十六章
龙体生危

　　沐元瑜带着张桢的口供回来交差。

　　她本欲私下先和朱谨深通个气，但当时外城场面太混乱了，张桢只剩一口气，她没有时间也不便清场，听到他遗言的也有旁人，如此她隐瞒的意义就不大了。再者，这个时候若再想隐瞒反易引人怀疑，不如都摊开来，该是怎么样，自有公论。

　　以沈首辅为首的大臣们便一起旁听了张桢最后的遗言，而后，众人的目光默默都投向了朱谨渊。

　　张桢的交代不是那么明白，但正因不明白，才似乎有那么些可信度。他要是言之凿凿地咬死了朱谨渊，那反而像是临死前要随便拉一个去垫背了。

　　朱谨渊一脸傻了的表情，道："这贼子，他死便死了，凭什么泼我一盆脏水！我都不认得他是谁！"

　　他又怒视沐元瑜，道："我看都是你胡说八道，现在那姓张的死无对证，你想说什么便是什么了！"

　　沐元瑜并不生气，只是意味不明地向他笑了笑。朱谨渊瞳孔便是一缩——他记得，沐元瑜当时就是这么笑着一箭把张桢钉到地上去的，杀人还没什么，这么笑着却抽冷子给人一箭就有点吓人了。

　　这颠覆了他印象里一直清秀得像个小姑娘以至于让他生出些不可说心思的沐元瑜的形象。

　　沈首辅安抚地道："三殿下不要着急，此人没有任何证据，空口指认殿下，自然是做不得准的。"

而后他转向沐元瑜道："沐世子，郝连英呢？他应当还活着吧？他的供述如何？"

沐元瑜道："我还未来得及审，也不敢越过诸位大人私自行事，张桢是命悬一线，我方不得已听了他的话，转述与诸位大人。"

她这个话群臣是听得很舒服了，当下众人都点着头。沈首辅也态度和缓地道："那就请世子现在把郝连英带过来吧，他竟与余孽勾结，其罪当诛是必然的。不过其中的来龙去脉，我们还需理一理，早日弄清楚，免得人人不安，等皇上醒来了，也好立即与皇上一个交代。"

沐元瑜点头应了，不过被带上来的不只是一个郝连英，还有韦启峰。

"他偷偷摸摸地试图出城，有民壮在永定门前抓到了他，上交给了守城的宣山侯。侯爷没工夫审他，知道我要进宫见各位大人，就交给我一并带来了。"

众人的神色都凝重起来——城门早已关闭几天了，没有御笔诏令谁都不许进出，韦启峰这时候试图出城？

有人禁不住去看了看朱谨渊，此时神色就有点微妙了，韦启峰跟这位三皇子的关系，那是没人不知道的。才爆出张桢跟郝连英合谋刺杀皇上要拥立他的事，这个节骨眼上，韦启峰的举动怎么看都像是一根绳上的蚂蚱，结果事败出逃啊！

朱谨渊的脸色又变了，说道："我不知道，这，你们看我干什么？又不是我叫他出城的。喂！"

他急切地往前走到韦启峰面前，把他塞嘴的布巾拔了出来，道："你快告诉大家，你往城门口乱跑什么？"

韦启峰先呛咳了两声，他的形容很是狼狈，不过不是被谁虐待了，而是他自己就装扮成了个乞丐模样。

"我听说瓦剌要打来了，害怕，才想出城逃到别的地方去，没想到我到城门的时候才发现瓦剌已经来了，想回头，还没来得及就被人抓起来了。"

这听上去似乎说得过去。

朱谨渊松了口气，态度和缓下来："那你也不该违背皇命，皇爷和满城的官军都在，你有什么可害怕的？独你的命格外金贵不成？"

韦启峰很老实地跪下认错："是，殿下教训得对。"

意图私自出城当然也是罪过，不过跟勾结余孽比起来，这项罪名总是轻得多了，大臣们对外戚的操守本就没什么期待，当下众人连骂他都懒得骂了。

他被押到了旁边去，很快郝连英被押上来了。

这位前锦衣卫指挥使的武力值跟韦启峰不在一条线上，为了防他暴起伤人，他被捆得就结实多了。沐元瑜还命四周站了一圈护卫看守他，大臣们也谨慎地站远了些，不来接近他。

郝连英并没有什么动作的意思，张桢的遗言他是听着了的，此刻堵嘴的破布条一拿下来，他只是立刻狠狠地把目光转向了旁边的韦启峰，说道："姓韦的，你倒撇得干净，若不是你费心搭的一条好线，我怎么会认得张桢！"

众人："……"

这真是峰回路转。

韦启峰梗着脖子，满脸诧异地道："大人，你在说什么？什么我搭的线？我听不懂。"

郝连英狞笑着点头："你还在做梦，你以为我们这样的人，是他们那些文官吗？皇上要定罪，还讲究个罪证确凿、名正言顺？"

不，根本不用！

享非常之权利，就要受非常之约束。

什么都是相对应的，没有光占便宜不吃苦的好事。

皇帝能因为他一个小动作让人拿下他，就是失去了对他的信任，而失去了皇帝的信任，对他来说就是失去了一切。所以，必须要让别人跟他一起失去才行。

尤其是这个始作俑者！

郝连英开始了供述。

他的供述在走向上与张桢没太大区别，但在细节上就截然不同。

张桢死前的时间不多，他与其说是供述，更像是一种自白，有点随心所欲地想说什么说什么，没怎么提及朱谨渊，韦启峰更是提都没提到。

而在郝连英的供述中，韦启峰俨然成了一个重要角色，正是他意图推朱谨渊上位，跟余孽勾搭上，在背后穿针引线，郝连英自己则只是一时失察。他确实是跟张桢有一点来往不错，但是因为对他起了疑心才注意到张桢的，随后因不能确定他的身份，便只是观察着他。

"那你刚才为何急于去灭张桢的口？"沈首辅问道。

郝连英有理由："因为我受了韦启峰的蒙蔽，没有及时把张桢揭发出来，我怕张桢咬我，害我在皇爷面前说不清楚，所以才犯了糊涂。他倒在我脚边，我发现他还能动，就想着杀了他一了百了。"

他这是几乎把自己摘干净了，而把所有罪责都推到了韦启峰身上。韦启峰当然不能认，道："大人，你要脱罪，也不能平白冤枉上我！张桢一个文官，我跟他有什么话说，能跟他勾结上？这想逃出城是我不对，但这件事根本跟我没有一点关系，意图去灭张桢口的人也不是我，我巴不得他活着，现在好还我的清白！"

他二人对面争辩，沐元瑜悄悄往里走了走，站到了朱谨深旁边去，问道："殿下，皇爷怎么样？"

朱谨深眉心紧蹙，说道："太医还在诊治，皇爷还没有醒过来。"

沐元瑜轻轻"嗯"了一声，皇帝是出来迎接他才叫张桢找见了可乘之机的，他现在心里一定不好过，她便也不去问他眼下这场面要怎么办，横竖这么多大臣看着，谁真有鬼，抑或都有鬼，那是不可能靠谁袒护能蒙混过关的，一定都会付出代价。

这里外人太多了，她不能对朱谨深有什么表示，只能关心地望了他两眼。朱谨深接收到了她的目光，安抚地向她点点头。

沐元瑜低声又道："殿下，你不用挂心这件事，我派了人去。"

她一语未了，有个内侍从边上跑过来，道："外面有个人求见，手里有沐世子的腰牌。"

沐元瑜忙向朱谨深道："是褚先生，我叫他去办件事，他应该是办成了。"

朱谨深点头："叫他进来。"

褚有生很快来了，他不知怎么回事，灰头土脸的，衣裳下摆都破破烂烂的，看上去比装成乞丐的韦启峰还狼狈，但精神倒是很好。

他被内侍引着，绕过众大臣站到了殿门外，躬身道："属下奉世子的命令去往张桢住宅，进去时，正好撞见一拨人在里面偷偷放火，属下等人跟他们发生了点冲突，把人统统拿下了。据他们所交代，是受了他们老大韦启峰的指使。"

他这句话一出，顿时大臣们都回头看过来。

朱谨深问道："那些人是锦衣卫吗？"

褚有生摇头："不是，只是些市井地痞流氓，收钱办事。"

韦启峰焦急地嚷道："他们说是我就是我？我吃饱了撑的，让人去烧张桢的家？我看是郝连英让烧的，又栽赃给我才是！"

他这是完全撕破了脸，连"大人"也不称呼了。

郝连英鄙夷地冷笑："我可没这个工夫！"

不错，他是事发当时就让沐元茂喊破了，随即就被拿下来。沐元瑜向朱谨深点头："我一路都让人堵了他的嘴，亲自守着他，他没有接触别人的机会。"

而倘若是没有事败之前，郝连英就让人去烧张桢的家是不太说得过去的，他若是早有这个打算，那时间充足，完全可以采取一种不那么引人注目的方式。

沐元瑜说着，忙问褚有生："先生可有找到什么证据吗？"

以张桢的能为，不管他是怎么跟人勾结合作，都不可能不留下一点证据，或者说把柄。

所以张桢死后，她想起此事，立刻就派褚有生带几个人去了，他是密探出身，最适合干这件事。

褚有生没有让她失望，从怀里摸出一封皱巴巴的信来，交给了她："世子请看。"

沐元瑜接到手里，展开，和朱谨深一起看起来。

他们还没有看完，没有做出任何表示，韦启峰已经瘫软在了地上。

他这一不打自招似的表现，连锁反应般带动了朱谨渊，他不可置信似的冲上去，晃着韦启峰道："皇爷受伤，真的和你有关？！"

郝连英的表情也没好到哪里去，他那种鄙夷之意消失了，转头震惊地望着韦启峰：这蠢货，他真的留了作案证据？！

这种杀头的买卖，怎么可以给人留下证据？！

韦启峰不但留下了证据，还是铁证。

张桢家中留下的是他的亲笔信。

虽然韦启峰没有傻到把要行刺的这一番密谋都在信中写出来，但对郝连英来说，比那还要命，因为这是一封报喜的信，报的就是如何挑拨了他的心意，成功将他拉下了水，逢着适当的时候，就可以借他的手做出一番大事。

郝连英目眦欲裂，他简直难以置信自己会被韦启峰这样的蠢货玩弄于股掌之上。

他已经足够小心了，他在张桢那里绝没有留下一丝证据，这是他在被揭穿灭张桢口之后还敢强辩的原因。他之前当然也嘱咐过韦启峰，韦启峰答应得好好的，不想他说是一回事，做是另外一回事。

当然他现在仍旧可以辩解，毕竟信不是他写的，仍旧可以说韦启峰意图栽赃他，可千不该，万不该，他先前不该过于紧张，在张桢失手之后去灭他的口！

这两件事连起来，再要说他清白，那真是鬼都不信。

"殿下，殿下，你救救我！"

韦启峰的心理已然崩溃，慌张地向朱谨渊求救。

朱谨渊简直恨不得离他八丈远，他什么温良的风度也顾不得维持了，拼命地摆着双手道："跟我有什么关系，你胆大包天，敢害皇爷，还有脸跟我求救，我……我打死你！"

他像是气急了，退了几步又冲上前去，没头没脸地照着韦启峰打下去，只是没打几下，很快就被大臣们连拖带劝地弄开了。

"三殿下，且不要着急，这二人还未全部招供呢。"沈首辅俯着身，向他劝道，话语中有些意味深长。

别的大臣看过来的眼神，也有些不好说。

事情到这个地步，韦启峰跟郝连英往不往底下招供，其实差别不大了，该水落石出的都出来了，沈首辅说这么一句，只是扯个幌子，把朱谨渊弄开罢了。

朱谨渊觉出来不对了，急切地辩解道："我真的不知道，我要知道他敢这么干，一定……"

"三殿下，根本就是你指使的，你现在撇清什么呢！"韦启峰叫他一打，当年在市井间混迹的那股戾气被打出来了，朱谨渊没打他几下，但正巧有一拳揍在他鼻梁上了，他流着鼻血，目露凶光，道，"都是你说皇上偏心，你嫉妒皇上总给二殿下差事不给你，二殿下身体好了，在朝臣中又越来越有威望，你跟他比，越来越差，你心里不舒服，你着急了，叫我想办法。"

"我没叫你去刺杀皇爷！"

这一句一出，众人眼神更不对，朱谨渊这是把韦启峰前面的指控都认了？

朱谨渊气得又要去打韦启峰，怒道："你胡说八道，你一个佞宠，供人取乐的玩意儿，谁会跟你说这些！"

"佞"，众人是懂的，宠？

这两个字可不是随便合在一起的。

不想这位三殿下，刷了这么多年温煦君子的人设，私底下口味这么重啊。

"不是我！"朱谨渊真是要气急败坏，他都不懂自己怎么越说越乱，也顾不得爆长辈的料是不是对长辈有所不敬了，直接道，"是姑母！他走了姑母的路子才进的锦衣卫，我是后来才知道的，我又不是有病，能跟他怎么样！"

这一句一出，别人尤可，新乐长公主的名声众人又不是不知道，韦启峰的面色却是大变。他一向视跟新乐长公主的关系为奇耻大辱，所以藏得极严实，为了讨好博取朱谨渊的信任，才告诉了他，不想他就这么随口揭露了出来！

"就是你！是你指使我的！我在市井里交际多，认识的人多，有一天就认识了张桢那边的人，我觉得不对，回来告诉你，是你觉得有机可乘，叫我跟那边搭上线的！你觉得越往后越没有机会，瓦剌兵临大城，京里这几个月都多事，是个好机会，你就想借此在京里改天换地！"

说真的，张桢郝连英韦启峰这一串的图谋看似胆大包天，但在这个特殊的形势下，倘若一切顺利，是很有实施的可行性的。瓦剌兵临城下，京里不可一日无君，皇帝一倒，大臣们立刻就要拥立新君，而等瓦剌危机过去，新君也差不多站稳了脚跟，这时候大臣们就算发现有什么不对，想要拨乱反正，也是晚了，以臣搏君，劣势太大了。

张桢作为余孽首领，光杆之后仍不消停，以命相搏发起的这一波垂死暴击很不容小觑，若不是被及时打断，此时京里已然要大乱了。

"你胡说，你干出这等丧心病狂的事来，还想栽赃于我！"

"要不是你想做皇帝，我自己干这等掉脑袋的事有什么好处？难道我一个姓韦的还能抢朱家的天下吗？！"

韦启峰这句反问是很有力了，哪怕京里的皇室都死于战火，那也还有满天下的藩王呢，怎么也轮不到韦启峰。

沈首辅躬身问朱谨深："二殿下，老臣看韦郝二人罪证确凿，是都可以关押或处置了，只是别的人……还请殿下拿个主意。"

这个别的人指的就是朱谨渊了，他毕竟是臣，心里对朱谨渊的怀疑再大，也不好直接说要连他一起关了。

朱谨渊也听得出来这个意思，抛下韦启峰，过来喊道："二哥，我是清白的，你不会也听信他们的胡言乱语了吧？！"

朱谨深惯常地不太理他，只向沈首辅道："韦郝押入刑部进一步讯问同党，三弟先回去景王府，事情已经清楚，如何定论，就等皇爷醒来以后再议吧。"

"凭什么叫我回去，我也想守着皇爷。"

朱谨渊叨咕，但声音低了不少。朱谨深比他想象的厚道许多，居然没把他也一起关到刑部去。要是那样，他一定不依，现在只是叫他回府，他保存了最后的一点颜面，这反驳的声气便也厉害不起来了。

这一番理了个大概，众人的注意力重新集中到了皇帝的伤情及外城的守城之战上。

守城进行得很顺利，瓦剌丞相率领的三万精兵刚开始攻势十分猛烈，但随着时日流转，后续的援兵被死死拦截在大同过不来，而城里又攻不进去，士气便慢慢低落了。守城将领见此趁夜开了城门，用小股精兵掩杀出去，偷袭了一回，更在瓦剌内部造成了一波混乱。

京里与云南不同，可以做事的大臣们多的是，朱谨深便只是全心守在乾清宫里寸步不离。他不走，沈皇后不能彻夜跟他同处一室，便只好憋屈地退回坤宁宫，明面上看上去是暂且让步了。

整整五日之后，皇帝历经下泄、高热、头痛症并发，终于清醒了过来。

但情形仍很不乐观。

因为他身上的毒是解了，但不知张桢究竟是从哪里弄来的古怪毒药，与太医所使用的种种解毒汤药碰撞之下，起了奇妙的反应，竟然致使皇帝的头痛症完全发作出来，直接恶化成了头风。

从前皇帝的头疼最多发作一两个时辰，有了李百草传授的针灸术后，还可以及时抑制住，但现在这针灸术也不管用了，皇帝这一次疼起来，足足疼了两日才有所缓解。而他此时的身体因为要解毒，必然大量下泄，本已虚弱得不得了了，再被头风一攻击，几乎快要疼死过去。

朱谨深派了人从不曾遭受瓦剌攻击的城门紧急去云南召李百草进京，但再急，李百草没生翅膀，飞不过来，王太医作为李百草的师弟，在眼下被众人寄予了厚望。

但王太医被众人虎视眈眈地看着，几乎要哭出来："下官真的没有法子，我师兄走的时候就说了，皇上这病要好，必须得静心养神，徐徐图之。可自打我师兄走后，京里就没有消停过，现在瓦剌还在外面闹着，皇上殚精竭虑，就不曾有一日好好歇息过，各位别怪下官说话直，便没有中毒那一出，皇上这头疼，也是难免要加剧的。"

皇帝中了毒只是雪上加霜，这雪本身，是早就一日日积在这里的，迟早有一日要崩然而下。

大臣们都很着急，皇帝算是个明君了，为君二十余年，不曾宠幸过什么奸妃佞臣，还有意识地在限制锦衣卫的权力，没放任他们在朝中乱咬人，制造恐怖气氛。要不是这样，郝连英也不会心生不平。除了子嗣的运道上差了些，导致储君多年空缺，别的实在没的挑了。

"皇上——"

沈首辅在龙床前眼圈通红，欲言又止。

君臣相处久了，也是有感情的，有些话，他不得不说，却又有些不忍心在这个时候说。

　　皇帝刚疼过去了一波，虚弱地笑了笑："爱卿何必作此态？朕知道你要说什么，说起来此事本也是朕的不是，总想求全，就耽误了下来，倒累卿在朝中扛了多年。"

　　沈首辅忙道："皇上有皇上的难处，老臣懂得。"

　　"朕也没叫你们白等。"皇帝又笑了笑，"朕于子嗣上，虽然不尽如意，总还有一二堪用的。汪怀忠，备纸笔来。"

　　汪怀忠抹着眼泪，连忙应声去了。

　　他知道皇帝的意思，立储一事，皇帝身体康健的时候还可以拖一拖，这时候却是不能耽搁的，必须指个明确的继承人出来，不然万一皇帝不支，臣子们各有用心，又是一场乱局了。

　　沐元瑜贴着墙边往外溜，她也意识到了，朱谨深才被大臣请出去说事，她代替他在这里守着，现在看这架势是要立储，皇帝不知是没注意到她在，还是确实没撵她的意思，但她自己觉得她还是出去的好。

　　谁知她不动还好，一动，皇帝就把她叫住了："你站住。"

　　沐元瑜只好蹭回去，道："皇爷，臣在。"

　　皇帝躺在床上，意味不明地看了看她，道："你在云南，是立了大功了。"

　　沐元瑜极谦虚地道："当不起皇爷的夸奖，都是臣应该做的。"

　　要不是碍着沈首辅在，其实她挺想麻溜地跪下，跟皇帝请个罪顺便谈谈条件，看这个功能在皇帝面前折多少罪。

　　"沐家世镇云南，枝深叶茂，有些事上犯了糊涂，总算大节不损。"

　　沐元瑜一口气松弛下来，几乎快站立不稳——她听得懂，这就是在她充当假世子一事上定了调子了！

　　皇帝真是个痛快人呀，她还没求情呢，有这四个字，起码沐氏满门是保全下来了。

　　她这下毫不犹豫地跪下了，朗声道："多谢皇爷宽宏。臣家久在边疆，规矩粗疏，但忠君爱国之心一丝不少，皇爷若还用得着沐氏，沐氏往后也一定为皇爷镇守好南疆，请皇爷放心。"

　　皇帝点了点头："嗯。据二郎在信中所写，你倒是一员难得的福将，往后有你在云南镇守，朕放心得很。"

"……"沈元瑜惊讶地抬了头。

呃？

皇帝这是怎么个意思？

好巧不巧，朱谨深正好跟大臣说完事，回来了，听见了他最不爱听的那一句。

皇帝才好了点，他不便上去争论，只能往床前一站，憋着道："皇爷养伤为要，余者推后再论不迟。"

皇帝叹了口气道："朕自己的身体，自己知道。该安排的，还是尽快安排了，不能再拖了。"

所以，第一件事就是把她打发回云南去？

沈元瑜心中窘然，皇帝不会把她当成什么迷惑皇子的妖姬了吧，但这个结果对她来说不是最坏的，命能留下，别的都可以说来日方长。

她的神色还好，朱谨深是绝不满意，皇帝瞥一眼他憋得白中泛青的脸色，搭在床边的手无力地指了指，道："都出去，朕跟二郎说几句话。"

除朱谨深之外，别人默默依令退了出去，偌大的寝宫内只余父子二人。

"二郎，朕知道你想什么，若是从前，朕不是不能成全了你。"皇帝慢悠悠地说着，语气家常而平和，"你从小就是一副眼高过顶的样子，看谁都看不上，不是嫌人家蠢，就是嫌人家坏。"

朱谨深忍不住打断了他，说道："我没有，我至多是不喜欢那些愚蠢还偏要使坏的人。"

皇帝笑了笑："你说皇后？"

朱谨深不语了，皇帝把话点得这么明，他反而不好应声了，沈皇后毕竟是长辈。

"朕知道她不好。"却是皇帝坦然说了，"可惜这是后来才知道的，朕迎她为后的时候，并不清楚。"

"知道了，也没什么用，沈氏没有大恶，朕不能为些许小过而废她，朝臣也不会答应。何况废了她，另立新后，就能保证新后会善待你们吗？不能。而四郎将可能陷入你跟大郎一样的境地。而如果朕不娶，后宫总需有人主事，交给贤妃，三郎那份不该有的心思就会更重。"

"朕是皇帝，坐拥四海，富有天下，似乎无所不能，可世间事，不如意者十之八九，朕并不能例外。"皇帝喟叹着，"后宫这方寸之地，一点也不比天下大事好料理，朕再尽心维持，也仍旧是落不下多少好。你觉得朕偏心，三郎也觉得朕偏心，四郎幸亏小一些，可这一年年过去，被他娘带着，心思也重。"

朱谨深沉默到此刻，终于道："往事已矣，儿臣从前亦有不懂事执拗之处，皇父不必萦怀，过去的，让它过去便是了。"

皇帝点着头道："你能说出这个话，可见是真的长大了。朕从前总想你把这别扭性子改改，你聪明远胜常人，可脾性之犟亦是难以回转，所以朕压着储君一事，不是不想立，是不敢立，只怕你这性子越大越不可收拾，作乱起来，殃及苍生。"

"可如今看，各人有各人的缘法，你便不改，也没有什么。一样米养百样人，天子也未必就要像一个模子里印出来似的英明神武，把该做的事做了，不辜负奉养你的天下万民，就够了。"

皇帝这个话是说得明白得不能再明白了，朱谨深膝盖一弯，在床前跪下："皇爷——"

"你不怎么高兴。"皇帝笑着打量他，"因为朕叫沐家那个丫头片子回云南去？"

朱谨深照着金砖上磕了个头，他想说话，但这回是皇帝打断了他："你不必再威胁朕，说你也宁愿到云南去。你应该知道，你无论为王为帝，她的身份都太高了，做不得藩王妃，更做不得皇后，你若一意孤行，满朝文武都不会答应。"

"婚姻之事，媒妁言，父母命，我不需要满朝文武答应。"朱谨深抬起头来，道，"只要皇爷允准，别的儿臣自可设法。"

"朕不能准。"皇帝摇了摇头，道，"你去云南之前，跟朕是怎么说的？沐家那个丫头，笨得很，什么都听你的？"

朱谨深道："是。"

"你自我感觉可太良好了。"皇帝不客气地嘲讽了他一句，"沐元瑜东蛮牛一仗，打得何等威风，中途折返去暹罗帮了沐显道，回军途中还压着东蛮牛残部追打出去几十里，这样的少年英将，跟在你后面时显不出来，一入江海便腾跃。你觉得人家笨，朕看你根本压不住她，你要同她在一起，往后这夫纲难说得很，外戚势大，影响深远，对帝家不是一件好事。"

朱谨深暂时说不出话来了，往京城的捷报是他亲手写的，字斟句酌，层层递进，把本就骄人的战绩更是渲染得八面生光，无比辉煌，不想到了皇帝这里，起到的却是这个效果。

皇帝不是不认可沐元瑜的能力，他天下至尊的高度，决定了他不会如腐儒般执着于男女之界限，事实摆到眼前，也不肯承认女子也有本事，可支撑家族，正因他认可，才会生外戚之忧。

他压着焦躁沉思了一会儿，忽然道："臣工势大，对皇爷就是好事吗？"

皇帝扬了眉："……嗯？"

"皇爷对锦衣卫并不上心，多有压制，甚至有裁撤之意，所以明知郝连英不能胜任，也暂时放任了他，没有费心换人。但皇爷既然不愿给予锦衣卫过大的权限，又为何还是犹犹豫豫保留了它，不效仿太祖，直接焚尽锦衣卫刑具，令锦衣卫都退至如大汉将军之境呢？"

大汉将军也是属于锦衣卫里的一支，听上去比锦衣卫还威风，但实际上远不如锦衣卫声名显耀，因为这些威风的大汉将军的职能简单来说就是一项：守大门。

当然，他们也负有保卫皇帝的重任。锦衣卫之所以凌驾于各卫之上，乃因它独有的刑侦特权，没了这项权利，锦衣卫等于断去双臂。

"因为皇爷还需要有一股势力，对抗震慑群臣。"朱谨深冷静地自己答了，"明君不可以重外戚，不可以举内宦，最好是垂拱而治，听凭忠臣辅佐，便可成佳话了。但是史上只有吕武，不见操莽吗？"

皇帝不想能逼出他这番话来，觉得有点意思，想了想，然后道："你欲以外戚取代锦衣卫？"

"儿臣没有这个意思，只是试举一例而已。"朱谨深道，"皇爷一人，而群臣千万，总需找个帮手，谁能用，用谁便是了，为何还要受臣子所制，依着他们的意思用谁不用谁？外戚作过乱，他们因此排斥所有外戚，权臣犯过上，怎么不见他们罢黜自身？何其矫枉过正也！如此行事，不过是令皇爷变成真正的孤家寡人，只能依靠群臣罢了。"

皇帝皱了皱眉。他这一想，觉得脑袋里又隐隐地泛起疼来，不得不放弃了，只笑了笑，道："你有这么多心思，从前倒是都没有提过。"

"皇爷样样明白，本也不用我说。"

"少说这些，你说上这么一通，不就是想娶沐家那丫头吗？"皇帝不太舒服，便也没精力绕弯子了，直接道，"你说的那些道理，倒是并没有错，你去年才接触政务，现在就能悟出来，在朕意料之外。以后这一摊子事交给你，朕也更放心了。"

"看在你该清醒的还算清醒的分上，朕也退一步，沐家那丫头，先叫她回去，眼下朝廷多事，经不起你再闹这一出，日后如何，且再说吧。对了，叫她回去，等京里太平了，就把孩子送来，你的骨血，总没有流落在外的道理。"

皇帝想着，又训了儿子两句："你简直胡闹！先前给朕信里写的什么东西，朕的孙儿，凭甚姓什么沐？哪一日不惹朕生气，你是过不去。"

不肯留下娘，却要把人家的孩子抢过来，朱谨深再也掩饰不住不满的脸色了，直起身子硬邦邦地道："用不着接过来，都回去就是了！"

皇帝听他话音不对，问道："什么都回去？"

"宁宁现在归德府内，原本想带来给皇爷看一看的，既然皇爷不喜欢，也不敢来吵着皇爷了。"

"朕什么时候说的不喜欢？！"皇帝很不满意原意被扭曲，又生气地训他，"孩子怎么会在归德府？京里正乱着，你不知道吗？这时候把他带过来，那么个小东西，出了事怎么办？你这么大个人了，怎么这点道理也不懂！沐家那丫头呢？也不知道劝着你？"

什么少年英将，什么聪明远胜常人的儿子，这一对爹娘，简直一个赛一个的不靠谱，皇帝想一想，就觉得心焦死了。

"我们路上原本走得慢，以为京里该平定了。"

结果不想没定，还险些出了大乱子。关于这一点，皇帝是有点没面子的，也不想提，好在他是君父，总还是有点特权，拍着床褥喝道："总是你考虑不周！说这么些废话，外城现在究竟打得怎么样了？"

关于这一点，朱谨深倒是可以立即回答他："先前来报，说瓦剌有撤兵的迹象，原想给皇爷报喜，只是时候尚短，不能肯定，儿臣再出去看一看。"

自然用不着他亲自到外城去看，来自永宁门的奏报就没有停过，他跟皇帝说话这一会儿工夫，外面又累积了两封，瓦剌后撤十里，二十里……

天黑了又明，彻夜不眠的一夜守城过后，瓦剌撤兵的消息终于确定了下来，空荡荡的外城下，是闻讯的百姓们的狂喜欢呼。

而朝廷上，这个喜讯之外，亦有另一件大事宣布。

悬而不决近二十年的立储之事，终于由沈首辅当朝确立了下来。

乾清宫里，被阻拦多时的沈皇后则终于见到了皇帝。

第十七章
金孙宁宁

"皇上，臣妾终于见到您了，皇上不知道二郎多么无礼！"

沈皇后被拦到现在，早已积攒了一腔怒气，进入寝殿就忍不住告状。

"朕知道。"

皇帝躺着，却只是语气淡淡地道。

沈皇后流泪道："我平日看二郎不过是性情有些与人不同，心总是不坏的，不想皇上一朝出了事，他就任意妄为，意图隔绝皇上与众人。我与皇上少年夫妻，多年相伴，皇上有恙，正该我前来服侍，二郎竟将我拦在外面，皇上便是托付了他什么，也不过是外面的事罢了，他何来的资格拦我！"

皇帝慢慢地道："二郎是不大放心你。"

沈皇后就势要发怒，不想皇帝跟着道："朕，也不大放心你。"

沈皇后刚升腾起来的怒火如迎头遇上冰雪，瞬间灭得连个火星子都找不见，只有那积雪还倾覆而下，冻得她五脏六腑都颤抖起来。

汪怀忠站在床尾的角落里，眼观鼻，鼻观心，如同一个虚幻的影子一般，毫无存在感。

但他毕竟是在。

沈皇后多少年都不曾从皇帝嘴里听过这么重、这么直白的话语，还是当着下人的面，她在彻骨的寒意之后，由头至脸，又生出一股火辣辣的痛意，好似叫人生剥了一层皮。

"皇上，皇上怎么能这么说我？"她失措地道，"我有什么让皇上

③

不放心的，难道我还会害皇上不成？！"

"那谁知道呢。"

沈皇后打冰火炼狱里过了个来回，皇帝却没有多少动容，只是仍旧语气淡淡地道："朕起初见你，是觉得有些可笑，渐渐地，就觉得很累。"

"寻常百姓家的男人忙碌一天回到家里，尚有几句暖心话听，疏散疏散，朕回到后宫，却只得应付你层出不穷的心眼。朕，很累啊。"

皇帝若是疾言厉色，沈皇后尚能反驳，然而他这么剖白心事似的，看似没什么锐意，还颓然得很，却是从根本上将沈皇后作为一个女人及妻子的身份一笔勾倒了，让她手脚酥软，几乎快要软倒在地上。

"皇上，皇上怎么能这么说？我为皇上辛辛苦苦操持后宫，还养育了洵哥儿。"

"不是看四郎的面子，朕也不会忍你到如今。"

皇帝非但没有对她动容，说着话，居然还笑了笑："朕总想大家都体体面面，和和气气的，为此总嫌二郎不会说话，惹人生气，但朕如今头疼着，斟酌不出什么字句，就这么想什么说什么，倒是别有两分痛快，怪不得怎么训他都不改。"

"我动什么心眼了，我都是为了皇上，皇上忽然这么说，是要冤死我了，呜呜……"

"往大郎身边放居心不良的小内侍，早早勾得他坏了身子，也是为了朕吗？"

沈皇后落到一半的泪戛然而止，表情好似被焦雷打过。

她好一会儿之后才想起辩解："那件事与臣妾没有干系，谁知道那个小阉竖是怎么歪了心眼。"

"大郎因为嫡长，即便是个傻子，你都不能放心。"皇帝面上那一点笑消失了，漠然道，"当时被二郎撞破了，二郎性子倔，跟朕闹得病发了也没有告诉朕到底发生了什么。他不信任朕，怕朕又将此事不了了之，反而会因此厌弃了大郎。朕为什么要说'又'呢，沈氏？"

沈皇后颤声道："不是我，我怎么会这么做，什么又不又的，皇上更是问得我一头雾水，我不知道……"

"你知道。"皇帝笃定地道，"朕的大郎与二郎，一个傻，一个弱，这是朕心头的痛处，但对你来说，是正中下怀了。你第一回出手挑拨，朕顾虑你怀着四郎，恐怕动起干戈，万一冤了你，你步了二郎母亲的后尘。但你是不是以为，朕放过你一回，就永远都不会去查你做过了什么？"

"呜，皇上到底是怎么了……"

沈皇后几乎快要失魂落魄，她来时完全没有想到会面临这么个局面，什么心理准备都没有，只能被动地承受迎头痛击。

"朕当时就想废了你。"

沈皇后惊惧地喘了一口气，才想出来的两句话又叫打回了肚里。

她以往从没觉得她跟皇帝之间有这么大的差距，以至于她连基本的还手之力都没有。

她忽然懂了皇帝说看着她可笑是什么意思——她那些自己以为多么深沉的筹算，看到这样的皇帝眼里，可不是可笑吗！

"但朕看着四郎的面，想来想去，还是忍了下来。"皇帝语气低沉地道，"朕照管大郎跟二郎，已经耗尽了心力，没有精神再管一个四郎了。你有千般不好，对自己亲生的孩儿，总还不至于害他。"

"那时候二郎也大了，虽然他母亲平平得很，他生来却是比别人都聪明些。他能跟朕硬顶，你也不会再是他的对手。"皇帝面上终于又露出了一点笑意，"留着你，你那些小手段，朕总是心里有数，若是再换一个，谁知道又会再添什么麻烦呢？"

圣心莫测，天意无情。

沈皇后一向以为这八个字是对着底下芸芸众生的，而她跟皇帝并肩立于这至高无上的位置，她没想到，对皇帝来说，她并不在自己以为的那个位置上。

皇帝早已不再接纳她。

从什么时候开始的呢？她想不出来。

不，也不是，她其实早已隐隐地有一种感觉，她接近不了皇帝的内心，他跟她之间始终横着一条无形的界限。但皇帝对女色不上心，多年来不曾开过选秀，宫里久不进新人，她便也渐渐说服了自己，以为夫妻久了，就是这般，皇帝对她不过如此，可对别人也没有去亲近啊。

她自我安慰多了，好像就真像这么回事了。

直到此刻，皇帝以一种突然而决然的方式，将这层假象一下撕扯了下来。

"我没有，为什么……"

她只能苍白地辩解，无力地反问。

皇帝回答了她："因为人有旦夕祸福，天子也不例外。朕从前总以为时日尚多，为着四郎，既然容了你，就容让到最后也罢了。朕真废了你，他对众人要何以自处呢？从前朕的嫡子里，独他一个康健聪慧俱全的，朕不忍心叫他蒙尘。"

沈皇后心底又生出不甘来，挣扎着道："皇上既然知道，又为何不肯……我的洵哥儿明明比他们都强！"

她错了吗？

她不觉得！她为什么不可以去想，前头两个嫡子各有各的毛病，皇帝可以耐心等着朱谨深那个病秧子这么多年，为什么不肯给她的洵哥儿一个机会！

"不该想的事，就不要去想了。"皇帝平静地道，"你当真为他着想，又为何要做出那些事来，挑战朕的底线呢？朕实话告诉你，二郎常年病弱，朕不是没有考虑过别的可能，若不是你屡屡生事，令朕犹豫，也许朕确实等不到二郎这么久。"

皇帝的言下之意是……

沈皇后这一下心中真如火灼，烧得她眼睛都赤红起来。

"朕若是时候还多，便凑合着和你过到底罢了，但这一场意外下来，朕说不定要走在你的前面，朕不能留着你，给二郎继续添麻烦。"

沈皇后的心绪本还沉浸在之前的煎熬中，但皇帝竟是丝毫不给她喘息的机会。她既痛苦又恐惧，道："我说再多话，皇上也是听不进去了，您究竟把我当成了什么？现在又想拿我怎么样？"

皇帝道："等这一阵过去，京里太平下来，朕会下旨为四郎封王，朕给你留些体面，你自己上书，跟四郎一同去封地吧。"

"我不去！"沈皇后遍体生寒，又急又惧，"我是皇后，从来未闻有皇后去藩王封地的，便是我上了书，皇上要何以对满朝文武解释！"

皇帝若有深意地盯了她一眼，道："皇后，确实是不能去藩地的。"

"皇上是想……"沈皇后当然听得懂这个言下之意,几乎要骇晕过去,皇帝不曾动过她,这一动就是雷霆手段,她完全承受不住,只能采用妇人耍赖般的最原始的应对,道,"我不去,皇上凭什么叫我去,凭什么废我,我不去。

"对了,三郎伙同韦启峰做出那等大逆不道的事来,贤妃还好端端地在永安宫里,三郎也不过关在王府里,我便有小过,不得皇上的意,如何就要落得这个结果?我不服!"

对于这个被沈皇后当救命稻草般提出来的问题,皇帝似乎也才想起来,道:"你说三郎和韦启峰……"

他伤卧在床,表情与声音一直都不甚大,说了这么久的话,额上还渗出了薄薄一层虚汗来,看上去十分虚弱,但他下一句,猛然拔高了音调,目光也犀利得一下要钉入她的心脏,问道:"韦启峰干了什么,你当真不知道吗?!"

沈皇后:"……"

她于瞬息之间,露出了一种被惊吓到极点的神色。

好像皇帝真的拿一把尖刀插入了她的心脏。

她如果是清白的,当然不会是这个反应。

皇帝对此没有什么震怒的表现,只是叹息了一声,道:"你真的知道。"

沈皇后:"……"

她此时才反应过来,皇帝只是在诈她,而她的话居然被诈了出来!

她本来不该被这么一问就露出破绽,但她从进入这间寝殿里,就被皇帝换着花样揉搓,层层逼近,每一层都吊打得她没有还手之力,到了这里,她已经分不出心力来隐藏住她的秘密。

"皇上胡说,我没有,皇上有什么证据……"她头昏脑涨,已经不知道自己在说什么。

她惊恐地发现,此前所有的对谈,也许只是铺垫,皇帝真正想问的,只有这一句,而她在铺垫阶段就已经兵败如山倒。

"朕没有证据,朕只是疑心。"皇帝安然道,"你曾经通过你兄长之手往国子监里安插过人,虽然失败了,但你总是对国子监动过心思,朕不能不多想一点。"

"现在证明了，朕没有多想。"

皇帝摆了摆手，阻止了沈皇后颤抖着嘴唇的辩解，说道："不用说了，朕不会冤枉你，你没有弑君的胆量与谋略，但你确实意图做螳螂背后的那只黄雀，朕说的，是也不是？"

沈皇后没有回答。

她已经晕了过去。

这对她来说是一种解脱，否则她会更加不能承受，因为寝殿高大的朱红门扉之后，摇摇欲坠地走出了一个人来。

是朱瑾洄。

他想走到皇帝跟前，但这几步之遥，对他犹如天堑，他只能泪流满面地在门前跪了下来。

"皇爷……"

皇帝没有证据，纯是靠言语威势诈出了沈皇后的不对，但这个证据，其实别人有。

三皇子妃韦瑶通过门前侍卫传话，恳求见一见韦启峰，皇帝考虑过后，允准了她。于是韦瑶大着肚子进了刑部。

是的，她已经有孕六个月了。

进去说了不到两句话，韦瑶就几乎要哭晕过去。

她确实有哭的道理，韦启峰这个大哥一向混账，从前就没少给家里惹麻烦。但这一回，他切切实实地作了个大死，她的夫家、娘家，竟是全叫坑了进去，连一块立锥之地都没给她剩下。

韦启峰被妹妹的泪水泡了半晌，好像是终于被泡得从那场光怪陆离的荣耀梦中醒了过来，他改了口，推翻了之前的口供。

他不再咬死朱谨渊，转而承认这件事是他背着朱谨渊干的，倘若成功，那么朱谨渊多少有得位不正的嫌疑，将不得不依靠他与郝连英，他看中了其中巨大的利益，所以闯下了这滔天之祸。

但韦启峰不是幡然醒悟的类型，他不会就此把所有罪责都扛到自己身上，他除了继续努力跟郝连英两个人互相推罪外，还把沈国舅咬了进来。

他说他发现过沈国舅的家人跟踪他，双方为此还打了一架，当时参与打架的下人可以为证。

刑部的官员上门问询，沈国舅先是一概不认，后来好似是想起来般承认了打架，但不承认跟踪，只说是双方偶遇，言语不和才生了冲突。

但问题在于，沈国舅的牌子，怎么也比韦启峰来得硬，双方生了这个冲突，后续就不了了之了，沈国舅既没有去找韦启峰的麻烦，也没向沈皇后告个状，连累到朱谨渊挨训斥什么的。

他低调含糊地将此事带了过去。

人要脸树要皮，仅以沈国舅雅量大方是不大解释得过去的，皇后妹妹家的庶子的大舅子踩到他脸上，双方辈分都不一样，就这么算了？

韦启峰先前是没想起这个疑点，现在被关在了大牢里，权贵梦破灭得干干净净，却是把自己的生平所历反反复复过了一遍，终于又多拖了一方下水。

他认为沈国舅当时一定是发现了他的图谋才没有闹大，不然为何要派人跟踪他？他此前又没有得罪过沈国舅。

而沈国舅不声张，那就一定是憋着坏，他也不是个好人！

这证据当然没有多么充分，大部分还出于韦启峰的臆想，但对于皇帝来说，够了。

因为这恰恰合上了他诈沈皇后的那一部分。

沈皇后透过沈国舅知道了韦启峰不对而一语不发，她就等着皇帝死于阴谋，而后她再毅然挺身以此拉朱谨渊下马，推朱谨洵上位，多现成的果子，抬抬手就可以摘了。

唯一的问题是，皇帝并不想做那只蝉。

"朕灰心得很……"

皇帝苦笑着，他才从一次剧烈的头疼中缓解了过来，就听到了这个消息。

即便是他已经料到的事，但实证摆没摆在眼前，毕竟也还是有差别的。

"二郎，朕现在没有心力再消耗了，只能问你，你说三郎究竟知不知道此事？"

朱谨渊本人是到现在还坚持着说他不知道，反而沈皇后是知道的，事态之翻转，也是难言得很了。

朱谨深语气淡淡地道："他说不知道，那就当他不知道吧。"

皇帝听了，自嘲地道："怎么，你是怕朕承受不住吗？"

朱谨深只是回答他："至少郝连英和韦启峰都拿不出三弟主使的证据。"

"你是想说，终究他不是最想害朕的那个吗？"

皇帝在枕上出了一会儿神，他知道的，朱谨深跟朱谨渊关系一向不怎么样，朱谨深甚而明面上都不曾掩饰过对这个庶弟的恶感，但到了这最要紧的时刻，他终究还是愿意放朱谨渊一马。

这不是为了朱谨渊，是为了他。

做父亲的，再对孩子失望，也不能承受孩子居然有弑父之行。但能往好处想，人总是更愿意往好处想些。

汪怀忠端了药来，朱谨深接到手里，道："皇爷别想了，我看三弟确实像是不知情的，他那个脑子，身边人想瞒着他干点什么事并不算难。他若是真的灵醒，能由头至尾策划出这一场大事来，恐怕郝连英倒未必敢和他合作。"

郝连英改天换日为的是换个好控制的皇帝，朱谨渊倘若有这么厉害，那上位第一件事就是把他这个知道黑历史的干掉，而不会选择依靠他，留这么个活把柄在身边。

"嗯，倒是有些道理。"

这一番话有效地说服了皇帝，他的脸色顿时好看多了，顺着儿子伸过来的勺子，一勺勺地把一碗药喝完了。

汪怀忠满面带笑地接回空药碗，道："还是殿下有办法，殿下没来时，老奴在这里陪了半天，皇爷总是想不开，闷闷不乐的。"

朱谨深没说话，皇帝是把他脑补得过于温柔了些，他才没这个闲心去给朱谨渊脱罪，不过确实是觉得不需要高估朱谨渊的智商，方才这么说了。

皇帝歇了口气，道："虽然如此，三郎也逃不过一个失察的罪过！若不是其心不正，怎会给人可乘之机？汪怀忠，把舆图拿来，朕与他选个封地，叫他滚去封地上好好反省去，朕懒得再见他，也省得他日后再在京里生事。"

汪怀忠答应着要去,外间忽然传来一两声软绵绵的咿呀声。

皇帝循声望去,问道:"是大郎来了?"

朱谨治年前得了个小闺女,论月份比宁宁要小一个月,朱谨治人傻了些,不知道这阵子到底发生了什么,但知道皇帝受了伤,又引起旧病加重,只能在宫里养着。他反正是个闲人,就常常抱了小闺女来看一看皇帝,只是皇帝身体不支,他一般待的时候也不长。

这时候听到孩子的声音,皇帝下意识以为小孙女又来了。

朱谨深面色顿时柔和下来,说道:"是宁宁,瑜儿把他接了来,先前说事,我便让他们在外面等了一会儿。皇爷精神若还能支撑,就抱进来见一见?"

确定瓦剌退兵以后,沐元瑜就忙领人去接宁宁去了,朱谨深倒是也想去,但皇帝倒下,瓦剌退兵不表示就万事大吉了,余下的一摊子后续事宜都堆在了他身上,他实在是走不开。

皇帝一下从枕上抬起头来,说道:"你早不说!才一进来就该告诉朕,还站着做什么,快抱进来!"

很快,穿着豆青色小褂子的宁宁进来了。

他被抱在沐元瑜怀里,此时时令已快端午,他胖胳膊胖脚上提前两天都系上了五彩吉祥线,线上穿着象征福禄的金葫芦。这个年纪的孩子见了什么都往嘴里塞,因为怕他趁人不注意把葫芦吞了,特意给他系的是比较大的空心扭丝葫芦,确保他吞不下去,但跟他一身胖乎乎的肉配起来,就显得又实在又敦厚了。

"哟,看这大胖小子!"

皇帝不由得就笑出了声来,又忙道:"快抱过来。"

朱谨深接过宁宁,抱到了龙榻前。

皇帝原要训他"你懂得什么抱孩子,让汪怀忠来",但见他动作熟练又稳当,下半截话就吞回去了,其实也是没空说了。

宁宁已经到了他面前,这确实是个胖小子,离开爹娘的这一段时日一点没耽误他长肉。这个月份的小婴儿其实仍没多大记性,他找不见爹娘以后,哭了两天就又好吃好喝了,沐元瑜接到他时,他方找回了一点记忆，意识到自己是被爹娘丢下的可怜宝宝，呜哇呜哇哭了半晌。

但哭完了，他又是一个好脾气不记仇的宝宝。

现在朱谨深抱着他，他对这个怀抱也是熟悉的，就伸长了胳膊，把自己胖手上的葫芦往他嘴唇上碰。

朱谨深道："我不吃。"

"你那是什么脸，孩子也是好意！"皇帝不满意了。

沐元瑜闷咳了一声。

她原还有点心虚，这种心虚类似于她面对滇宁王时——毕竟宁宁是她自作主张生下来的，到双方长辈面前时，多少有点不自在。

但看皇帝这个偏架拉的，肉团子给亲爹喂金葫芦，那都是孝顺是好意，这心偏得她都服气了。

皇帝往里面挪了挪，拍拍枕头道："来，放这里朕看看。"

于是宁宁坐到了龙榻上。

他黑葡萄般的眼睛跟皇帝对视了片刻，胖胳膊又伸了出去，大金葫芦戳到了皇帝下巴上。

"啊，啊。"

他清脆地叫着，那意思，看来喂亲爹未遂，又想喂皇帝了。

"这小子，可真不认生啊。"皇帝感叹，目光闪动着，抬手摸了一把宁宁的大脑袋。

汪怀忠凑趣笑道："看皇爷说得，您是亲祖父，小主子跟谁认生，也不能跟您认生。这是小主子天生聪慧，知道您是亲人呢。"

宁宁不但不藏私，肯给人尝他的金葫芦，他离开爹娘的这段日子里还开发了新技能。

他会爬了。

他肥嘟嘟的屁股扭动着，胳膊腿一挪一挪，几下就能从床头爬到床尾，爬的速度正经不慢。

平地爬腻了，他还试图往皇帝身上爬，看来是把他当作一个可挑战的障碍物了。

这众人可不能由着他了，敬不敬的且不说，皇帝还病着呢，朱谨深便要伸手，皇帝却把他的手拍开了："叫他爬，这么点斤两，还能把朕压坏了不成。"

宁宁哼哧哼哧地就继续爬。

一会儿工夫，他从皇帝身上横爬了过去，但是落地时没掌握好，一下翻过了头，整个人仰卧到了里面。当然里面已经拿被褥挡好了，摔不疼他，他就竖着胳膊腿，像个翻不过壳的小乌龟一样，但他不着急也不生气，自己还笑得咯咯的。

皇帝稀罕极了，眼睛简直都不能从他身上移开。这孩子若是另外几个儿子家的还罢了，偏偏是朱谨深的，朱谨深小时候瘦得小小一团，哭都哭不出大动静，别说笑了。

他很长一段时间都忧虑着，这个儿子恐怕留不长久。

两相对比，宁宁的健壮显得尤为可贵。

宁宁的新技能不止一样，他自己扑腾了一会儿，在皇帝伸出手扶了一把他的后背以后，终于扑腾起来了，然后"噌噌噌"又爬了出去，左右望望，向远一点的沐元瑜伸手要抱："酿——酿——"

沐元瑜大喜着要过去，说道："宁宁会叫娘啦？！"

虽然音还是不那么标准，但他肯定是在叫她呀！

她在接宁宁回来的路上教了他一路，但宁宁一直只是咿咿呀呀，不想这时候忽然开了窍。

走到龙榻前了，她伸出去的手又迟疑了，皇帝正盯着她看呢。

"啊——酿——"

宁宁催她。他脾气是好，但小婴儿多半没什么耐性，习惯要得到大人的迅速关注。

沐元瑜垂了头，假装没发现皇帝在看她，把宁宁抱了起来。

"咯咯。"

宁宁又高兴起来了，满足地在她怀里蹬蹬小腿。

"两个糊涂蛋。"

宁宁清脆的笑声里，皇帝不冷不热地说了一句。

他没指名道姓，但屋里的人当然都知道他在说谁。

两个"糊涂蛋"对视一眼，很有默契地同时跪下了。沐元瑜抱着孩子，不过不影响她动作的利落性。

"自己惹的事，自己收拾吧。"

皇帝最终给出了这么一句。

乾清宫里开始时常传出孩子的笑闹声，这本来不稀奇，朱谨治家的小闺女云云过来时就是这样的。但云云毕竟小了一个月，未满周岁的小娃娃差一个月差别还是挺明显的，加上宁宁的性子不知道随了谁，天生的好热闹，也喜欢带着别人热闹，他能闹出来的动静，比云云可大多了。

尤其两个娃娃一起过来时，宁宁打出生到现在没有同龄的小伙伴，见到这个小妹妹，激动得不得了，"噌噌噌"绕着她能爬上十圈不带晕的，简直虎虎生风。

他把皇帝看得要乐翻了，头疼都好似要减轻两分。

这么个笑起来咯咯咯的大胖娃娃，藏是藏不住的，加上皇帝也没怎么想藏，于是音信很快就透了出去。

朱谨治自然是比较早就知道了，为此逮着弟弟很是埋怨了一通："二郎，你怎么这样，我有事情，都告诉你，你的宁宁比我的云云还大，一直都把我瞒着，我是你哥哥，你知不知道。"

朱谨深生平头一次被傻哥哥训着，也只能点头认错："知道，是我的不是。皇爷从前不大喜欢我跟宁宁的娘在一起，所以我不敢说。"

朱谨深这个弟弟，那一向是怼天怼地的，脾气压不住的时候皇帝都能被他噎个跟头，几时有过"不敢"的时候，他这么看似一低头，朱谨治立时就心软了，也顾不得再说他，忙道："我替你去跟皇爷求情，再不喜欢，孩子都有了，难道还能不认人家吗？"

还是朱谨深把他拉着，告诉他皇帝已经松了口才罢了。但朱谨治又好奇起来："二郎，你打哪儿认识的姑娘呀？人好吗？"

朱谨深终于从皇帝那里换了一句"自己收拾"的话来，正是满心轻松到轻飘飘的时候，闻言噙着笑往旁边望了一眼。

沐元瑜在京里那是跟朱谨治差不多的闲人，天天就带着宁宁晃悠，宁宁在哪儿，她就在哪儿。乾清宫里的人已差不多知道了她跟宁宁的关系——只是"外甥"那一节，切实知道个透彻的也就只有汪怀忠，他是跟了皇帝几十年的心腹，许多事皇帝虽然不跟他解释，但也懒得瞒他，就当着他来，汪怀忠能在皇帝身边好好伺候上这么久，自然知道该把嘴闭紧，只进不出。

但朱谨治是什么也不知道，他不会从各种迹象猜测，必得人明明白白地给他说了才行。

被朱谨深一望，沐元瑜就干咳一声，道："挺好的，其实就是我妹子。"

"你妹妹？"朱谨治大是惊喜，"那不是外人呀！"

朱谨深笑意加深，道："确实不是外人。"

这说法其实挺含糊的，也没回答朱谨治的第一个问题，若换了别人，就算不敢追问，也得就此脑补出八十种可能来。但朱谨治是个石头般的实心肠，一点也不多想，点了头还嘱咐他道："这样好，不过你以后可得收着一点脾气，别像对三弟一样，姑娘家的脸皮都薄，经不起人说。你把人说哭了，可难办。"

朱谨深不跟他较真，只是点头应了。

朱谨治难得在他这里刷了一把兄长的存在感，大大地满足，听到里面云云和宁宁两个肉团子的咿呀声，像模像样跟在对话似的，伸脖子看了一会儿，笑道："云云在家时不爱说话，我逗她半天才哼哼两声，倒是喜欢跟小哥哥一起玩。唉，怎么会是哥哥呢。"

他说着有一点点不满意，他觉得他是哥哥，到云云这一辈也应该是姐姐才对，结果变成了妹妹，他知道的时候想了好一会儿绕不过这个弯来，被皇帝说了通，才有点委屈地接受了。

沐元瑜安慰他："哥哥好，以后有人欺负云云，宁宁就可以替云云出头，揍他。"

朱谨治想一想也是，又高兴起来了："嗯，宁宁是个好哥哥。"

他扭回头来，又想起先前提到的话了，道："对了，三弟说是要到封地上去了，皇爷给他选在了甘肃，我问了人，说离这里可远了，我们去送一送他吧？"

皇帝做事的效率还是挺高的，在头风发作跟看宁宁云云玩耍的间隙里硬是抽出了空来，雷厉风行地把朱谨渊的封地选好了，然后就叫他离开京城。

他不愿意相信儿子有图谋他性命的大逆之举，看上去朱谨渊也确实是清白的，但这颗怀疑的种子毕竟是种下了，皇帝心内很难不存芥蒂。这令他不愿意再看见朱谨渊，作为君父的最后宽容，就是撵他赶紧去该去的地方，好保存父子间的一点残余情分。

朱谨深无可无不可地点头："那就去吧。"

"不知道我要去哪里，三弟都走了，我应该也快了，对了，我问问皇爷去。"

朱谨治正念叨着，沈首辅来了。

沈首辅来，是为两桩事。

其一，立朱谨深为储的旨意已经下发下去，但皇帝的头风不定时发作，病着起不来身，太子冕服等还在加紧赶制中，因此正式的典仪拖着还没有办。沈首辅想问一问皇帝，大约想定在什么时候，他作为首辅，心里好有个谱，也好叫钦天监看着算日子。

其二，就是宁宁了。

乾清宫此刻的各处防卫密不透风，皇帝不想传出去的消息自然都被藏得严实，但他不想藏着的，比如宁宁的存在这一种，那沈首辅就难免要听到一点了。

老首辅的心情是复杂的。

东宫不定，臣心不宁，一悬就是这么多年，但一朝终于定下，他们却是不但有了太子，连小小太子都有了——要么没有，要么全有，幸福来得太猛烈，他承受不住啊！

这一代的皇家实在是太叫人心累了，怎么就不能照常理出个牌呢？

正巧见到朱谨深在，等候通传的这一点时间里，沈首辅先逮着他问了问："殿下，听说您……多了位小公子？"

他卡顿了一下，因为实在不知道该怎么称呼宁宁。

朱谨深坦然跟他点了头，说道："宁宁正在皇爷跟前，阁老觐见时便可看见。"

不用他说，沈首辅已经听见动静了，很纠结地跟着问道："殿下，您别怪老臣多嘴，皇家血脉不容混淆，您有了小公子是件极好的事，可对臣等来说，未免有些突然，小公子的母亲……又到底算怎么一回事呢？"

沈首辅说突然已算含蓄了，其实根本是把整个内阁都吓了一大跳。

皇帝已算不在女色上留心的了，朱谨深比皇帝更甚，身边连个像样的宫女都没有，结果越过了许多道关卡，忽然蹦出个儿子来，跟他平时的为人反差太大，怎不叫人纳闷。

朱谨深正要回答他，里面汪怀忠出来道："皇爷召老大人进去。"

皇帝宣召，那是不能拖延的，沈首辅忙拱拱手，先进去了。

他一进去，就见到里间比他上次来时已变了样，中间的整套紫檀桌椅都抬开了，空出来好大一块地方，铺上了厚厚的牡丹荷花富贵祥和绒毯。两个娃娃对坐在上面，周围散着一圈拨浪鼓等小玩意儿，左边胖大一些的娃娃手里抓着个九连环，他自然不会解，就抓在手里乱甩，听那叮叮当当的动静，跟着呵呵直笑。

右边的娃娃看上去文静一些，埋头认真地抠着脚边的牡丹花蕊处那一小块纹样，抠着抠着，看上了自己的脚，抱着要啃起来。

守在旁边的乳母忙小心地把她的小身子扳开来，又赶紧抓了个拨浪鼓哄着她道："云姐儿乖，脚脚可不好吃。"

云云接了拨浪鼓，暂时转移了对自己小脚的爱好，看一眼对面，学着胖大娃娃的模样也晃了两晃。

皇帝就半躺在床上，满眼慈爱地看着他们。

沈首辅是七十出头的人了，他是重臣不错，但这个年纪的老人，心内天然有一种对天伦之乐的向往，看见小娃娃，如同看见生生不息的希望，再冷硬的心也要柔软上两分。

沈首辅忍不住要多看两眼宁宁——他胖呀，目标大，但又不是胖到过分的那种，就是刚刚好的圆嘟嘟，还非常乐意把他又多长出来、现在上下一共四颗白白的小乳牙露给人看，露出来的时候，眼睛自然就成了两弯月牙。

这两眼看完，沈首辅就知道血脉之事是不需担心、问出来讨皇帝的嫌了——宁宁已经八个多月，眉眼长得很分明了，就是朱谨深的模子，只是脸型太圆，不大像朱谨深，可能要么是肉多，暂还没显出来，要么就是像他那不知名的母亲。

"咯咯。"

宁宁很敏锐，发现了沈首辅的目光多看他了，他把九连环甩了，很热情地冲沈首辅笑了笑，然后向他张开了手臂，要人抱。

他不是对沈首辅特别有好感，宁宁是个自我感觉很良好的小婴儿，他慢慢发现大人们喜欢他就会想要抱他，作为礼尚往来，他也乐意让别人抱一抱，有一点回应别人对他的喜欢的意思。

嗯，这一点是沐元瑜发现的，她发现宁宁虽然很容易对别人释放善意，但是他给予拥抱特权的人要是离开了，他也不会展现出什么留恋，很自然地又开始玩自己的了。

沐元瑜对此哭笑不得，她觉得自己定然是不会这么点大就有这个逻辑的，宁宁这么干，一定是遗传了朱谨深的。

不过沈首辅不知道呀，他被宁宁这么一招呼，脚站在原地都拔不动了，很为难地看看宁宁又看看皇帝，道："皇上——"

这么甜的小娃娃，怎么忍心不理他？但他毕竟是臣，去抱宁宁多少有那么点僭越。

"别理他，"皇帝含笑道，"这小子分量可不轻，别闪着了你的腰。"

"是。"

沈首辅答应着，又忍不住多看了宁宁一眼，有点担心他要求得不到满足要哭，结果宁宁见他没有过来的意思，已经低了头，重新抓起九连环晃悠起来了。

真乖呀。

沈首辅松了口气，往龙榻前去禀报起正事来。

第十八章
凤凰于飞

因为见到了宁宁，沈首辅就势说起了他，也正因为宁宁在，皇帝又没有让人把他抱走的意思，当着宁宁的面，明知他什么都听不懂，沈首辅也不能把话说得太直接了。

预想里要先狠狠谏一通朱谨深的话到了嘴边不觉就含蓄了点，重心落到了宁宁的娘是谁，以及能不能尽快将人征选入宫上面，不论给个什么位分，总得尽快把这事带过去。

孩子都这么大了，实在是拖不得了，越拖，皇家颜面越难看。

皇帝听着，叹了口气道："朕何尝不知道呢，二郎打小就弱，朕从前怕他淘坏了身子，拘得他紧，他在女色上有许多不通，结果这一开了窍，就办出糊涂事来了，唉。"

沈首辅听了也觉得皇帝怪倒霉的，自己子嗣方面就不好，轮到下一辈还这样。

眼下宁宁是嫡是庶还论不清，长是毋庸置疑的，不论朱谨深将来再有多少子嗣，他这个先是已经占下了，所以必得现在就把身份弄分明了，不然到下一遭议储时，麻烦又要多得很。

对于沈首辅的进一步催问，皇帝道："宁宁的母亲，要说也是清白人家的孩子，脾气禀性比别人都还强些，朕从前听二郎说起过，只是先前那一段又是前朝搅事的余孽作乱又是瓦剌来犯，朕就没顾上理会他。"

沈首辅一听松了口气，忙道："既然曾和皇上说起过，那也不是全然的背着尊长行事了，出身人品都过得去，那就快些把人迎进来吧。不知是谁家的姑娘？"

沈首辅这是只知其一不知其二，光知道朱谨深多了个儿子，不知道这孩子还是沐元瑜的"外甥"，不然他此刻断断不是这个息事宁人的声气。

皇帝欲言又止，片刻后道："爱卿还是别问了，朕提起这事就要犯头疼，不然，何至于等爱卿催问，朕早已叫二郎办去了。"

这是怎么个意思？沈首辅才清楚又糊涂了，到他这个年纪这个位分，世间已没多少事是他没听过没见过的了，皇家是天下第一家，看似最森严最有规矩礼仪的地方，大臣们也一直以此来要求皇家，但理想与现实往往是两回事，皇家既有至高的权力，如何还会受绝对的束缚？

最严的规矩在皇家，最荒唐的事情往往也是出在皇家，史书翻一翻，哪朝帝王家没有些奇闻艳事。朱谨深婚前有子一比根本不算多么离奇，御史们知道了可能就此用奏章把朱谨深淹没，但沈首辅作为百官之首，他用不着靠弹章来彰显自己的忠心与存在，相反，他会尽量希望朝堂上能太平一些。所以他在知道之后，就只致力于把这个母不详的问题尽快确立下来。

但看皇帝的反应，似乎这事没那么单纯。

岂止是不单纯！

沈首辅在又一次催问，而皇帝终于顺水推舟地说出来之后，"滇宁王之女"五个字如五下重锤，"咣咣咣咣咣"敲在他的头顶上，直把他敲得眼冒金星，几乎快晕过去。

"这怎么行，这万万不可！朝臣绝对不会同意的，老臣也不敢领命！"

沈首辅差点语无伦次，这是皇帝口里的清白人家？当然，他不是要攻击滇宁王府不清白，可这四个字听着就像个普通的士绅门户，家里顶多出个秀才举人什么的，豪贵如异姓王府，谁提起来会拿这轻飘飘的四个字形容！

皇帝干咳了一声，道："朕也说不妥，偏偏二郎糊涂，已经把事做下了，宁宁这小子都抱到了朕跟前，你说叫朕怎么办？"

是啊，生米未成熟饭之前，有一百种方法来把鸳鸯拆散，可活生生的孩子出来了，乌溜溜的眼睛圆脸蛋，一身小奶膘，把他处理掉？

沈首辅再是见惯大风大浪杀伐决断也还说不出这个话来。

不认他？那皇家不认，沐氏认，让个皇室血脉还是太子长子流落在外，这是嫌天下不够乱啊。

横不是，竖也不是。

沈首辅之前只觉得宁宁是个小麻烦，不想实在小看了他，他居然是个特大号的烫手山芋。

"啊，啊——"

"烫手山芋"玩九连环玩腻了，又扔掉了，在毯子上乱爬，爬到了沈首辅旁边，拉着他的官服衣摆，靠着他，向龙榻上伸手，示意自己想上去。

皇帝一眼见到，忙道："快把他抱上来。"

汪怀忠答应着，挥退了乳母，亲自上前把胖小子抱到了皇帝身边。

宁宁往床头爬，爬到了自己满意的位置，一屁股坐下，就去够外边那一层床帐上装饰的如意结上的流苏。

他喜欢那些垂下来的须须，前天来已经叫他拽掉一个了，这个是才换上的，又被他盯上了。

这不是什么多贵重的物事，小金孙一天弄坏十个也没问题，都不用皇帝允准。汪怀忠主动把最大的那个如意结解了下来，还扯了扯，确定编织在里头的明珠编得很牢，绝对没办法扯下来塞进嘴里去，才捧着交到了宁宁手里。

宁宁很满足地把它放到自己腿上，小腿伸着，然后开始一下一下地捋起那些须须来，捋了几下，胖脸蛋上居然出现了一种类似陶醉的表情。

他就坐在皇帝身边，把皇帝看得乐不可支，笑道："这小东西，真能作怪，怎么跟他爹和几个叔伯小时候都不像。"

这不奇怪，皇帝亲自带的是两个排行在上面的儿子，比较了解的也是这两个儿子。朱谨深小时候弱得喘气都虚，哪有劲这么折腾，朱谨治又傻，两三岁了还呆呆的，也没这个活泼劲，以至于皇帝白养了两个儿子，竟不知道带娃这么有乐趣。

沈首辅就焦虑了。皇帝提起这事就头疼？他怎么一点都看不出来？！

"啊，啊。"

宁宁叫着又要下去了，他挺大方，有好东西还跟妹妹分享去了。只是云云对这个不会响的玩意没什么兴趣，宁宁给她，她茫然地看了一会儿，就继续摇手里的拨浪鼓了。宁宁自己挺宝贝地又收回来，继续捋着。

他下手没什么轻重，一时捋一时扯，原本整齐的须须渐渐就乱了，前天那个就是这么废了的，皇帝总不能挂一个打结的如意结在床帐子上。

沈首辅忍不住道："皇上——"

金孙再宝贝，身份要人命呀！

而且，他此时才想起来，道："沐王爷的女儿不是都出嫁了吗？哪里还有女儿？难道……"

二殿下不会是跟有夫之妇怎么了吧？这他真要晕过去了！

"不是那些，是早年丢在外头的一个。"皇帝不以为意地道，"云南消息远，你大约是还没听着，去年才找回来的。"

"哦，哦。"沈首辅回了点神，要真是那些出嫁的女儿，那这个消息真是要在朝堂上炸裂开来了，恐怕能引发百官叩阙。

当然，现在也没有好到哪里去就是了。

滇宁王之女不可能为妃妾，这不单是沐氏不可能容忍这种事，即便沐氏肯忍这个羞辱，依祖制太子妃也该是四品以下门户，这样人家的姑娘做了正妃，王女做了偏房，她拿什么跟王女斗啊？背后家族势力天差地别，胜负根本不问可知，既然如此，何必多此一举硬压王女一头，不可能压得住的。

没有什么缓冲谈条件的余地，王女只可以为正妃。

而这是朝臣包括沈首辅在内都不能接受的。

"这是万万不成的，皇上，祖制里定得明明白白，您不能违背祖制啊皇上，如此老臣百年后都无颜面见先帝。"

沈首辅郑重地跪下了，坚决地劝谏。

如果连沈首辅这一关都过不去，那百官不问可知，因为沈首辅实际上相当于承接在皇帝与百官之间的一个职位，他代表的是臣的利益，但相当程度上也要为皇帝考虑，在出现剧烈君臣矛盾的时候，两头安抚，讲得直白点，就是和稀泥。

这是沈首辅先前进来时还试图抹平此事的原因，但现在宁宁母亲的身份破了他的底线，他不可能再站在皇帝这一边，替皇帝平事。

面对这个局面，若换作从前，以皇帝的性情又要头痛不已地操起心来了，但他现在安然躺着，瞥一眼地下两个又玩到一起去的团子，很轻松地道："朕知道，不过朕现在病着，烦不得这些神，你有意见，跟二郎说去吧。这是他惹的祸，本该他自己收拾。"

能不能收拾得了，他才不管，活泼泼的金孙天天在眼跟前，一刻都闲不住，还有个小孙女，他带两个孩子可忙了好吗？

再说，皇帝很清醒，群臣都反对的，不一定就是坏事，因为君臣的利益并不总是一致，相当程度上还是对立的。从太祖立丞相又废丞相起，到后来有了无宰相之名而有宰相之权的内阁阁臣，君权与相权一直处于一个此消彼长变动斗争的过程中。相权一大，就要对皇家束手束脚，恨不得造出千百条规矩来规定皇家应该怎么做，皇帝在这种约束中尤其首当其冲。

作为一个传统型的明君，皇帝没少听群臣的叨叨，告诉他不要这样，不能那样，皇帝自律性强，除立储事宜外，没在别的事情上跟群臣发生大的摩擦，但不表示听了这么多年叨叨，他不厌烦。

朱谨深的脾气跟他全不相同，他都管不住的儿子，群臣要指望着用老办法压服他听话做一个规矩的明君，恐怕是想得太美了。

这立妃事宜，毫无疑问就是双方爆发的第一次冲突，谁输谁赢，且看着走。

想到这里，皇帝居然有点期待，他做明君也是做得有点无聊了，大半辈子不知不觉就这么下来，日复一日地，无非就是这么回事，他现在觉得看小胖子捋流苏还更有意思点。

"嘶——"

就是这头又开始疼了，他果然不能想事，一耗精神，这毛病就要给他好看。

皇帝眉头一皱，屋里顿时兵荒马乱起来，沈首辅有一肚子话也只好暂时憋回去了，他总不能逮着皇帝病发的时候再挺脖子进谏。

外面的两兄弟听到动静也忙进来了，看视皇帝加上把孩子抱走，都忙得很。沈首辅想再找朱谨深说话也没法说，只能隔天再找他。

朱谨深和朱谨治去了城外送别朱谨渊。

永宁门外。

百姓们的复原能力极强，被瓦剌祸害过的这一处城门在经过了小半个月后，已经修整一新，附近的农户客商们携带着货物，重新进出起来。

朱谨深负手立着，听朱谨治絮絮叨叨地嘱咐着朱谨渊，他有些心不在焉，往远处随意眺望着。

瓦剌丞相退兵后，战事并未完全平定，宣山侯领兵追了出去，与紫荆关增援上来的守军内外夹击，将瓦剌进逼京城的这三万精兵打得损失惨重。瓦剌丞相领余部艰难逃了出去，在大同汇齐了他原有的人马，原还准备劫掠一波，但士气一旦下去，那是很难再挽回的。跟大同守军发生的两三场战役都没再占着便宜，他们无奈只好意图退回草原，大同守军乘胜追击，现在仍有零星战斗在发生。

"行了，知道你傻人有傻福，不用走了行了吧！"

朱谨渊暴躁的声音打断了朱谨深关于战事的思考，他转回头来，凉凉地盯了朱谨渊一眼，道："你想有这个福气，也不难。"

——把他揍傻就行了。

朱谨渊从兄长的眼神中读出了这个信息，瑟缩了下，终于冷静下来。

他知道朱谨治这个傻大哥不可能存坏心，但他这么匆忙地几乎等于被撵了出去，王妃还大着肚子皇帝都不体恤，显见对他失望已极。而朱谨治这个年纪更大应该早就去封地的却还在京里待着，还没事人般来嘱咐他，讲话又没个重点，乱七八糟一堆，激起了他心里的郁闷，他忍不住就发作了一句。

至于朱谨深，他现在对这个二哥的感觉很复杂，朱谨深和皇帝关于他的那一番谈话，没怎么背着人，被从他被禁闭王府以后就快急疯了的贤妃费尽工夫打听到了。当然，这其实是皇帝想让她知道的，不然以乾清宫如今的防卫，皇帝不想让人知道的事，一个字也不会传出来。

贤妃知道了，朱谨渊也就知道了。

要说感谢朱谨深，那是不至于，他只是深深地感觉到，他从来也没有被朱谨深放在眼里。

可怕的是在这长年累月自始至终的鄙视中，他渐渐控制不住地觉得，他好像确实不值得被朱谨深看在眼里，只有他单方面地以为自己是个对手。

但其实双方所立的根本不是一个高度——这是朱谨深的最后一击让他领悟到的。扪心自问，倘若异位而处，他绝不会给朱谨深说话脱罪，不使尽浑身解数把他摁死就不错了。

朱谨治不知道两个弟弟的机锋，傻乎乎地道："不是啊，我要走的，皇爷现在身体病着，才没时间理我，等好一点，就该给我挑封地了。"

"你不走，你当面都能被弟弟欺负，出去了还不让人糊弄得晕了头。"朱谨深说着瞥了朱谨渊一眼，又道，"大哥，等回去了我就跟皇爷求禀，等我侄儿大了，能管事了再与你选封地。"

朱谨治茫然地道："啊？可是我现在还没有儿子呢，云云是女儿。"

朱谨深随意道："总会有的。"

"也是哈。"朱谨治摸摸头，又有点高兴起来。他多年来都在皇帝的羽翼下长着，知道太子定了弟弟，他年纪大了该去封地，也愿意去，但想到要远离亲人，还是有些害怕，能多留一阵，是最好了。

朱谨渊："……"

好生气啊！

简直要气死了！

这种话明摆着就是说给他听的，他也不是有意要朝朱谨治发脾气，跟个傻子有什么好计较的，只是一时没忍住！

他本来还想意思意思地跟朱谨深道个谢，现在完全不想说了！

于是因为朱谨渊自己的情绪失控，而朱谨深完全没有惯着他的意思，这一场送别就这么以被送别人怒气冲冲地登车草草结束了。

朱谨深倒是说话算话的，回来后真的跟皇帝提了。

皇帝听了，表情很和缓，道："你有这个心，是最好了，朕岂有不同意的，只是朝臣要啰唆些。"

若论不放心朱谨治，皇帝才是第一个，朱谨治人纯挚是纯挚，但长到如今没独立理过一件事，离了皇帝的威慑，他周围的人想摆弄他太容易了。

豫王妃是特意往高了挑的，管管后院没问题，但去封地后要连外面一摊子事都挑起来，终究还是有些勉强，若是沐家那个战场上都能杀几个来回的泼丫头，也许还差不多……

皇帝收回了瞬间放飞的思绪，心里觉得安慰起来。

他再不放心，多留朱谨治的话不能由他口里说出来，朱谨治再傻，他是嫡长，把他留在京里，有些多心的朝臣就难免要生些猜测，而由朱谨深提出来，那是太子自己友爱兄长，事情就单纯得多了。

"啰唆就啰唆吧，"朱谨深道，"也不多这一桩事。"

皇帝忍不住要笑，伸手点他："朕看你是债多了不愁！好了，去吧，忙你的去，把宁宁多抱来陪朕便是了。"

朱谨深告退了，皇帝的表情渐渐变得若有所思起来。

朱谨渊走了，朱瑾洵暂时还没走，但皇帝已经下令给他在京畿地区选起秀来，看来就藩也就是个时间问题。

这时候自然地就有人提起朱谨治的事来。

皇帝不出声，朱谨深出头表示长兄不走，多留几年再说。

这果然在朝堂中激起一轮反对。

沈首辅心累死了，藩王离京远赴封地也是祖制，怎么新太子桩桩件件都爱跟祖制对着干？选妃还罢了，豫王就藩明明是对他有利的事，他也要反着来，就没有一件让人省心的。

这时候朱谨深选妃的风声也出去了，像块巨石投掷入海，瞬间激起了千层浪，朝堂上吵得几乎翻了个个儿。

反对完朱谨治留京，再反对立王女为太子妃，反对完立王女为太子妃，再反对朱谨治留京，朝臣们简直忙不过来，恨不得人人多长一张嘴，把朱谨深吵聋了才好。

皇帝静养在乾清宫中，一个朝臣都不见，从头到尾不发一语，只于朱谨深去请安时调侃般地问他："如何，撑得住吗？"

"聒噪几句而已，有什么撑不住。"朱谨深淡然道。

他是真不为此动容，他从小就长于别人的口舌中，沈皇后总在暗地里败坏他的名声，说他欺压朱谨治之类，他不耐烦起来，能自己带头往外宣扬，索性成全沈皇后个彻底。

现在受朝臣几句反对，那是寻常事，各有各的立场罢了，朝臣没有永远拥护他的义务，而他想要的，会自己努力去得到，也并不需要谁的刻意成全。

朱谨深不管朝臣们的吵嚷，但正事是不许他们耽误的，郝连英韦启峰的招供陆续了，对他们及其招供出来的党羽等的处置随流程正常走着，该杀的杀，该流放的流放。刑部的最终判决递进了乾清宫，皇帝只是随便翻了翻，就丢还给朱谨深，说道："这些小事，还拿来叫朕操心？你看着办就是了。"

一片忙碌的乱糟糟里，饱受期待的李百草终于到了。

沐元瑜忙找着他去问了问滇宁王的情形。

她差不多也该走了，去换她的"妹妹"回来，皇帝已经默许了他们的改头换面之策，那就可以实行起来了，只是出了皇帝被刺杀的事，她才多耽误了一阵子。

"世子该去了。"李百草只是给了她这么一句。

以李百草的一贯言谈作风，这么告诉她，其实算是照顾她的心情了。

"……我知道了。"

虽然做了这么久的心理准备，但知道这一天真的近了，沐元瑜的心情仍是低落下来。

李百草进去乾清宫给皇帝看病了，她想去找朱谨深跟他辞行，但转念一想，朱谨深知道了李百草到来的消息，肯定是会过来的，便也不去了，把宁宁抱到角落里抓紧时间跟他亲热一会儿。

她这回回去，肯定是不能带着宁宁的了，就算皇帝肯放，这么小个团子来回千里万里地奔波，她也不敢再来一回，要是染个病，哭都晚了。

"宁宁乖，娘很快就回来，你先跟爹在一起。"沐元瑜小声地哄着他。

宁宁不懂事，只觉得叫她抱着很开心，咯咯笑着。

"小猪儿，你可不要哭呀，娘真的很快就回来的。"

沐元瑜不管他听不听得懂，正起劲地跟他保证着，里间传来一阵喧哗。

她一怔，抱着宁宁站起来往里张望，李百草进去前皇帝还跟宁宁玩得好好的，不至于神医一诊治，反而诊治坏了吧？

坏是没有坏，但想好，也是不能了。

李百草给出的诊断对策就两个字：静养。

不能静养，还要操心，什么都白搭。

皇帝先前不听他的医嘱，加上出了点意外，已经从头疼恶化到头风了，持续再恶化下去，性命都可能被危及。

这绝不是危言耸听，朱谨深曾举过的那个操莽例子，其中的"操"就是杀掉神医华佗以后，头风恶化而至不治的。

皇帝对此似乎已经有了数，并没有多说什么，只是身边人又是哀伤，又是求着李百草再想想办法，方发出了些动静。

李百草无奈地笑了笑："若有办法，难道老头子还会藏私吗？老头子自己的寿数都不过这两年的事了，命有注定，人力不能穷尽，能怎么样呢。"

不过李百草也不是白来的，他考虑过后，给皇帝施了一回新的针灸，皇帝多少觉得轻松了一些。

而后他就让召内阁及九卿重臣来。

朱谨深此时匆匆赶来了，皇帝却暂不见他，他就在外面跟沐元瑜小声说着话。

"嗯，你去吧，宁宁我会照顾好的，白天他就跟着皇爷，晚上我带着睡，你不用担心。"

再好的乳母丫头围绕也比不得孩子放在亲爹眼皮子底下照顾好，沐元瑜方安了点心，说道："好，殿下，他要找我，你就跟他说我尽快回来，多说几遍，可别凶他呀。"

"胡想什么，我几时凶过他。"

"我怕殿下事太多，忙的时候宁宁又闹了。"

朱谨深想说什么事也不及宁宁重要，怎么都不会凶他，话到嘴边又缩了回来，改口道："你要是害怕，那你就早些回来。"

"唉，看我父王了，我从前跟他不对付，这会儿又挺舍不得的。"

他们在外面说着，里头也没闲着。朝臣们已有一阵没见到皇帝了，开始沈首辅还能见着，后来皇帝嫌他一来就唠叨不能立王女为妃的事，没隔两天又要撵朱谨治走，皇帝听得嫌烦，索性连他也不见了。

这一回朝臣们终于得到了觐见圣颜的机会，那是把攒了满肚子的话全倒了出来，七嘴八舌，告朱谨深的状告得简直停不下来。

这所有的谏言，综合起来就一句话：朱谨深不遵祖制，太乱来了！太乱来了！

皇帝听了半晌，轻飘飘地道："他不守规矩，你们就谏他去，这么多人，拧不过他一个？"

大臣们哑然片刻："……"

真的拧不过啊！拧得过还用告到皇帝面前来吗？

不论说什么，朱谨深都听，他也不怎么训人，但听完了，还是照他的一套来，一时提起这件事要办，一时说起那件事要办，大臣们不知不觉就被打乱了节奏。而他们要是坚持住自己，不听他的不照办，那可倒过来给他逮着了话柄——怎么，你谏言太子的太子听了，太子安排你的正事你不干？那下回太子凭什么听你的？

虽然这个所谓的听存在着"听你说话"和"听你的话"间的巨大差别，但好歹都是听，朝臣们不敢真把这条交流的渠道都断了。

皇帝又问："你们告到朕面前来，是想怎么样？"

想怎么样？当然是想让皇帝管管。

皇帝痛快地表示："朕不想管。"

重臣们："……"

皇帝饶有兴致地看着重臣们齐齐噎住的脸色，再接再厉地向他们抛出了一块比他们要有个王女太子妃还大的巨石，道："二郎的立储典仪还没有办，朕看，就不用办了。"

最前列的沈首辅失声道："皇上——"

这是怎么个意思？

他很对朱谨深头痛，但不表示他想换太子啊！

重臣们也面面相觑，告状告出这个结果来，亦是众人始料未及且不想接受之事，朱谨深的能力跟他的毛病一样突出，重臣们谋求的是磨合，说要就此把他换掉，那可是太严重了。

国之储君，是随便就换的吗？

"直接准备禅位大典吧。"

皇帝大喘气般地吐出了下一句。

···········

重臣们在好一会儿的空白般的震惊之后，齐齐震动，下饺子般跪了一地，高喊："皇上——"

皇帝靠在床头，只是笑了笑。

他心里有一些失落，更有许多释然与放松。

这个想法他已经考虑好一阵子了，起初是隐隐的一个念头。朱谨深留下朱谨治的举动让这个念头成了形，而李百草确诊他从此只能静养的事，则终于促使他下定了决心。

天命有定，不必强求。

朱谨深是个合格的太子，也会是个合格的天子。

重臣们的感觉真是酸爽到无法形容，见了一回皇帝，什么王女太子妃，朱谨治留京，都要靠后退了，因为他们可能直接要换一个皇帝。

众人开始还劝，结果皇帝直接把自己的身体状况明白告知了出来，于是一群朱袍栋梁围着乾清宫哭了好半晌，重臣们的年纪都不轻了，身体在多年的国事操劳中也不甚结实，直接哭晕了两个。

沐元瑜也是蒙了，总算蒙里还能抓住自己的重点，问着朱谨深道："殿下，这……我还是先回去？"

不论京里风云怎么变幻，死生大事，不以任何人的意志为转移，她回到滇宁王身边还是第一要务。

对于皇帝要禅位的事，朱谨深于意外之余，心内倒是生出两分恍然来。皇帝打从遇刺倒下起，就没有再实际接触过政务了，开始时还听听他的要事回报，后来连回报都不听了，直接将整个朝堂都放手给了他。

这对于一位帝王来说，是不太正常的。

现在索性连皇位都要丢给他，看似突然，但于皇帝本人的行事之中，其实是能摸索出他的一条轨迹。

皇帝不是心血来潮，而确实是经过了他的考量，最终做出了这个决定。

此时因为重臣有人哭晕，已经被劝的劝，抬的抬，都弄走了。皇帝被灌了一耳朵哭闹，要静养一会儿，他们便也带着宁宁走了，回到了端本宫中。

立储旨意下发后，朱谨深就从十王府搬了进来，他小时候也住过端本宫，不过当时住的是附属四宫之一的昭俭宫，如今正位东宫，住的就是端本宫的正殿了。

朱谨深想了片刻，道："嗯，你该回去看沐王爷，京里的事不要操心，一切有我。"

两句话说罢，两个人呆呆地对坐。

朱谨深也是心乱，他回味出了皇帝的行事轨迹不错，但皇帝要禅位这个决定本身仍是很有冲击力，令他不能平静。

沐元瑜则想着滇宁王，盼着他能多熬一阵，她走时他还满肚子心眼地跟她算计上一堆，哪个垂死重病的人有这个精神，他的大限说不定能稀里糊涂撑过去了呢。

偶尔走神也想一下皇帝，她觉得皇帝好像挺认真的。可要真成了真，她该怎么算？

她忍不住悄悄问朱谨深："殿下，皇爷要是真禅位了，我难道就变成……了？"

她拧着眉直接把"皇后"两个字用停顿带了过去，感觉好不真实啊，她决定要抱朱谨深大腿那会儿，可绝没有想过他真的变成最粗的大腿的那一天，也没想过她会是这个身份。

她对自己人生目标的设定是保命第一，争取继承王位第二。

朱谨深被她问回了神，说道："什么叫难道？你在想什么？"

不是在发呆吗？怎么还这么敏锐啊。

沐元瑜想笑，说道："没什么，就是回顾了一下我从前的事。"

朱谨深并不相信："你的眼神不是这么说的。"

沐元瑜倒好奇了，问他："那是怎么说的？"

朱谨深望了她片刻，轻声道："你在说，离开我，一样可以过得很好，有你自己的安排。"

沐元瑜简直忍不住要摸摸自己的眼睛了，又有点无奈地笑道："殿下，你没有我，难道就不过日子了？总是要凑合过的嘛。"

她都不懂朱谨深怎么会到现在还能对她有这个紧张劲儿，她可没少表白。

当然，这感觉也不坏啦。

朱谨深摇了摇头："没有你，千篇一律，过不过，都那么回事。"

沐元瑜眨眨眼，扑到他怀里去，捧着他的脸逼问他："殿下，你是不是想直接把我哄晕了，不回去云南了？"

"没有。谁哄你了。"

朱谨深拉下她的手，唇边终于露出一丝笑意："你该回去还是回去，可是要记得回来。"

沐元瑜挨着他道："殿下真是多虑，你和宁宁都在这里，我不回来，能跑哪里去啊。"

朱谨深其实是放心的，但他自己也不懂，为何于这放心里，又总会抽出一丝不确定来。大概是因为，她成长的特殊性令她迥别于这世上所有别的姑娘，她无论多么爱他，骨子里对他没有依附性，无论他看她多么笨多么需要保护，她灵魂深处的自由与独立始终不曾失去，一直都在，也许永远都在。

那是他企及不到的，而他还需要收敛自己的控制欲，连这份自由一起保护住，而不要出手掠夺，因为那等于摧毁。

他因控制欲得不到满足的不安感就只能在嘴上发挥发挥："那谁知道，也许你又觉得做滇宁王也不错了。"

做不做是她说了算的吗？沐元瑜本想反驳，但不知怎的居然从他这句话里品出一点撒娇的意味来，她觉得自己应该还处于恋爱盲期，因为把这种可怕的词套到朱谨深身上去，她居然不觉得恶寒，而是差点把自己甜了个跟头。她侧脸亲亲他的下巴，跟他玩笑："殿下，那我要真不回来了，就在云南做王爷了，你怎么办呢？"

朱谨深的反应是直接翻身把她压下，眼睛对着她的眼睛道："做郡王？除了我的身边，你哪里也不许去。"

沐元瑜："……"

她真是开玩笑，朱谨深应该也是顺着她开玩笑，但这么近的距离里，她惊讶地发现，他的眼神里其实是有一两分认真。

这令她不由得把这玩笑继续开了下去，她就是想撩他，问道："我要是就去了呢？殿下要对我怎么样？"

"我不能拿你怎么样。"

沐元瑜心花怒放，要听的就是这一句嘛。她忙道："我哪里也不去，我也离不开殿下的。"

"我只能求皇爷下旨，"朱谨深慢吞吞地接着道，"或者，我自己下旨，召封滇宁郡王为妃，或为后了。"

景泰二十五年夏，云南沐世子护送完二皇子殿下及外甥进京后，返回云南，于归途中，狭路撞上瓦剌败走大同后分散乱入中原劫掠的千余骑兵，双方力战一夜，沐世子率护卫全歼瓦剌骑兵，护佑了当地百姓，但沐世子本人因中流箭，不幸战亡。

消息传回云南，沐氏全族悲恸，滇宁王本已重病，闻讯更如晴天霹雳，于病榻上口述一封临终书，将所遗幼女托付皇家，同时因他一脉已绝，诚恳地向朝廷辞去了王爵之位。

这本也是个爆炸性的消息，但等传到京里的时候，又不够看了，因为在皇帝将要禅位的事面前，其他一切都不算什么。

天子一言九鼎，言出不回。

依古礼，被禅的朱谨深需要三辞，他实际上岂止是三辞，是天天去辞，但皇帝退意甚坚，叫他辞烦了，还训他不孝，想偷懒。

如此闹了月余，这件事终于还是按照皇帝的意志成了。

从某种意义来说，朝臣们也是一定程度上如愿了。

他们不会再有个王女太子妃了。

他们将要迎来一位王女皇后。

朱谨深登基后所下的第一道旨意，便是允准滇宁王所请，迎他幼女沐芷瑜为后。

——沐元瑜终于恢复女儿身，名字只是改了中间的一个字，从了长姐的排行。

滇宁王对此给出的说法是，幼女于襁褓中便被偷走，当时尚未来得及取名，如今明珠还家，双胞兄长却又不幸逝世，为慰藉他丧子之心，便把世子名中的一个字移给了幼女。

他自己的闺女，愿意怎么取名，那是谁也管不着的。

景泰二十五年秋，使者至云南府，宣旨迎皇后赴京。

滇宁王本来只指望博个二皇子妃，太子妃都算意外之喜，不想风云变幻，居然直接一步到位出了个皇后，被这喜气一冲，硬是多撑了好几个月。

他府中无嗣，不愿将偌大家产便宜旁人，几辈子积累收拾收拾全给沐元瑜充了嫁妆。因此，沐元瑜进京时，她人已至午门，最后一辆车还在外城永定门外。这红妆何止十里，百里都打不住！

这不只是立朝以来出身最高的一位皇后，毫无疑问，也是最豪阔的一位皇后。

这震惊京城的排场，许多年后还为百姓乃至贵族们津津乐道。

转年改元，永宣元年春，新帝昭告天下，立长子朱见烜为太子。

诏令传至云南，滇宁王余愿已足，含笑而逝。

新帝悯滇宁王一脉为国尽忠，父子两代都因战而亡，不忍见他无香火承继，下旨令其兄长过继一子与滇宁王，因沐二老爷长子沐元德曾有谋害沐世子之举，已发配北漠，拖累得与他同母的沐二兄也不得新帝待见，最终过继人选定了沐二老爷的三子沐元茂。

滇宁郡王爵位为朝廷收回，新帝降等封了沐元茂为滇宁侯，仍令他镇守南疆。

南疆事已毕，这一日，新帝将一个人领到了皇后面前——褚有生。

他在金砖上跪下行礼。

沐元瑜笑着招呼了一声："先生起来吧。"她又带点疑问地望向朱谨深。

"朕令他为新任锦衣卫指挥使，以后，他就跟着你。"

沐元瑜："嗯？"

以褚有生在南疆的功绩，他做这个锦衣卫指挥使是够格的，虽属越级提拔，不过锦衣卫本为皇帝亲信，升迁赏罚没普通臣子那么多规矩，皇帝一言而决。不过，为什么叫他跟着她呢？

"锦衣卫里面的一摊子事，我一直没抽出空来梳理，"朱谨深解释道，"你前日不是同我抱怨宫里无聊得很吗？给你找点事做。"

沐元瑜又惊喜又有点不敢置信地喊道："殿下——"

她叫这个称呼叫了好几年，偶然还是改不过口来，话出口才反应过来，要改口，朱谨深冲她笑着摇头，他不觉得称呼有什么，并且，他还喜欢她这么叫。沐元瑜便也从善如流地接着说下去："您的意思是，把锦衣卫交给我？"

朱谨深道："嗯。"

"大臣们不可能同意吧？又要吵翻天了。"

"你理他们。你就告诉我，你要不要？"

沐元瑜的犹豫不过片刻，说道："要！"

吵就吵，谁怕谁！他敢给，她为什么不敢要！

天子当行堂皇之政，暗里驱使密探监视群臣不是长久之策，但锦衣卫这么一把利刃，未必只能用来攻伐自己人，北漠，暹罗，东蛮牛，乃至更遥远的大海的另一边，这些不为天朝上国看在眼里的蛮夷荒地，其实是很需要做好情报工作的。

好比之前那场战事，若是予以足够重视，不会让前朝余孽形成那么大气候。

沐元瑜略一畅想，就觉得她在宫里这阵子闷出的无聊全部飞走了，一下子攒出了满身劲来。

她又感动非常，朱谨深这等于是把自己的后背交给了她。褚有生一走，她就靠着朱谨深感叹："我真是在最好的时候遇见了你。"

朱谨深很满意这么容易就把她哄好了，但有点费解她的结论，道："怎么说？"

沐元瑜想了想，道："皇上少年的时候，心地总是软一些。"

她在那个时候就遇上了他，才有机会将纠葛一步步加深，彼此成为最重要且无可取代的存在。

"我要是现在才认识皇上，只怕皇上未必会搭理我了。"

朱谨深望着她笑了笑，没有认同，而是道："不会。什么时候都一样。"

她是他生命里一道惊艳的光，无论什么时候出现，都将照亮他无趣的人生，他会伸出手，如同他少年时一样，抓住她，珍藏到心底，再也不放开。

番外一

　　宁宁一岁半的时候说话开始顺溜起来，口齿这个问题不能再制约他，他成功地长成了一个小话痨。

　　当然太长的句子他还是说不出来，不过小太子自有一套办法。

　　"父皇，花花，红的，白的，为什么？"

　　他嘴里冒出的全是短短的词。

　　朱谨深摸着他的脑袋回答他："天生万物，自有造化。"

　　宁宁："……"

　　给一岁半的小朋友这么科普，是太凶残了，宁宁眼冒金星地转头投奔他最爱的娘亲去。

　　跑到坤宁宫里，正好见到豫王妃带着云云过来玩，他绕着云云转了一圈又一圈，眼睛亮亮的。

　　沐元瑜笑问他："看什么呢？"

　　宁宁扑到她怀里，扭身指着云云道："妹妹，裙子漂亮。"

　　春日里，云云穿着身新做的小襦裙，胭脂红色，斜绣着牡丹花纹，堂皇亮丽，确实很好看。

　　沐元瑜笑道："你很有眼光嘛，都会欣赏妹妹漂亮了。"

　　"裙子，漂亮。"宁宁重新说了一遍，然后道，"我也穿。"

　　沐元瑜："你，什么？"

　　"我穿，我也要。"宁宁开始撒娇，"娘，裙子漂亮。"

　　沐元瑜不知他哪来的奇思妙想，强忍着笑喷的冲动跟他解释："宁宁，裙子是女孩子才可以穿的，你是男孩子。"

"有花花，漂亮。"宁宁加大撒娇力度，"娘，娘，要穿。"

沐元瑜拒绝他："不行，你爹看见了要生气。"

"不怕，打两下，宁宁让打。"

沐元瑜笑得要停不下来，问道："你不怕疼呀？"

"不怕，穿漂亮裙子，打两下，可以的。"宁宁很肯定地回答她，看来自己算过这笔买卖，觉得挺划算。

"这小哥儿……"豫王妃都在椅子上笑得直晃，打趣道，"你真要，我送一套云云的给你？"

宁宁高兴了，扭头就奔她去了，喊道："伯娘，伯娘，要，谢谢伯娘！"他还补充要求："要有花花的！"

豫王妃不过是玩笑话，哪里真会给他。宁宁再小，也是太子，给他穿女装像什么样子，她便只是搂着他哄了两句，引他说些别的，试图把这个话题带过去。

但宁宁不是个好糊弄的孩子，他对认准的事情很执着，就是要裙子。

宁宁在宫里只有云云一个同龄玩伴，平常有什么都肯分给她，因此云云对他也很大方，两个人互相间是不藏私的。见小哥哥一心想要漂亮裙子，云云短短的手指开始拉扯自己的衣带子，说道："我的，给哥哥。"

她居然想把自己的裙子脱了给宁宁。

这一扯，没扯下来，只把衣带扯成了个死结。一旁守着的乳母忙上来给她重新收拾，笑道："姐儿，这么多人在呢，可使不得。"

一宫的人不论坐的立的，都被闹得忍俊不禁。

沐元瑜笑过了拍板道："那就给你，但是你自己要的裙子，自己要负责任，必须穿满这一天，别人笑话你，你也不许回来哭。"

宁宁高兴地道："不哭，穿一天！"

当下豫王妃便命人回去取裙子。现在的宫里很清静，长日无聊，能有件有趣的事情闹闹，她也很愿意，只是这个口不好由她开，沐元瑜做了主，那她是乐见其成了。

很快裙子取来了，是一身圆领对襟式样的，因着是宁宁穿，取衣裙的宫人特意选了身青碧色的，遍身织翠叶团花，看上去不那么艳丽。

宁宁倒也不挑，有花花裙子他就满意了，十分配合地在宫人的服侍下很快换上了身。

然后他低头看看，提提裙摆，自己美美地转了个圈，登时又让一宫人笑得前仰后合。

豫王妃简直撑不住，道："好了，穿也穿了，快脱下来吧。"

宁宁不愿意："我给父皇看，给祖父看！"

他对禅位的太上皇的完整称呼应该是皇祖父，不过他年纪还是太小，心里明白，有时候嘴快了说不出来，就只说两个字。太上皇看见他去就乐得不得了，哪里和他计较这个，随便他喊。

宁宁说着要往外跑，沐元瑜忙道："你慢着些，别踩着了裙摆摔跤。"

"嗯嗯，不踩裙子。"

宁宁倒不在乎摔跤，但很爱惜撒娇半天才到手的新裙子，闻言就放慢了脚步，又想起来什么，转头去拉云云："妹妹，一起去玩。"

他比云云活泼得多，云云作为文静的女娃娃，大多是跟在他后面玩，被他拉着，就乖乖跟着去了。

沐元瑜想起来又嘱咐："你父皇要是在前面有见人，你可不要进去，好好带着妹妹回来知道吗？"

"知道！"

宁宁很脆亮地答，但等他真的"吧嗒吧嗒"走过夹道，来到前面的乾清宫时，就忘记了，只记得要给父皇看他的新形象。

宁宁第一回来时，时候还早，朱谨深自己在批阅奏章，还有工夫陪他聊了两句花草——嗯，朱谨深把天聊死了，很快把儿子聊到了娘那里去。

他这回再来，宫里就有大臣在商议国事了。

大臣倒也不多，主要是几个阁臣，这里是内廷了，一般外臣到不了这里。

快到宫门口，宁宁兴冲冲的，拉着云云两个动作迅速地爬过了高高的朱红门槛。

这么大点的孩子，走路不时还要摔跤，但不懂得怕，走跳都是一阵风，大人错个眼就能窜出去老远。身后跟着的好几个宫人愣是没来得及阻止他们，这是乾清宫前，宫人们不敢发出什么动静，只好着急地待在了门外，不敢走也不敢进去抓活鱼般的小太子。

"父皇!"

宁宁很开心地提着裙摆往前跑。他走了一路有点心得了,知道把裙摆提着就不会踩到。

虽然父皇不会说话,他跟他一起待着待着就要瞌睡,但他能感觉到父皇的爱,因此他不嫌弃父皇无聊,没事也很爱往这里来给父皇解解闷。

幼童脆亮的一嗓子,把阁臣们都叫得齐齐回过头来。

然后,阁臣们齐齐瞪凸了眼睛。

他们看到了什么?!

朱谨深也愣住了:"宁宁?"

宁宁跑到御座下面,很炫耀地转了个圈,然后满脸期望地仰头望着他:"父皇,我漂不漂亮?"

朱谨深回过神来,咳了一声,问道:"谁给你穿成这样的?"

"妹妹送给我的!"

宁宁转头去拉云云,云云配合地点点头,嗓音嫩嫩地道:"我给哥哥。"

小娃娃骨相都柔和,哪里都是圆嘟嘟肉乎乎的,宁宁换上了小裙子跟云云站在一起,他不开口的情况下,还真像一对小小的姐妹花,并没有什么违和感。

但阁臣们的感觉就很不好了,沈首辅勉强和颜悦色地弯腰道:"太子殿下,这不是您应该穿的。"

一个男孩子,追求什么漂亮啊!

但宁宁太小了,便想谏他也没法谏,跟一岁半的孩子能说出什么道理呢?他就只好说了这么一句。

于他心底深处,倒是也有那么一两分新奇的感觉,小太子真的太活泼有生机了,天天到处跑,长辈们也不甚约束,因此大臣们见到他的机会很多。在他们眼皮子底下长起来的孩子,将来会成为这帝国的主人,这种经历并不是每朝臣子都有的。

宁宁清澈的眼神把他望着,说道:"我穿得下,可以穿。"

沈首辅道:"臣不是这个意思,裙子是姑娘家穿的,您不应该穿。"

"正是,太子殿下穿成这样,简直胡闹!"

"皇后娘娘为何不管？这也太放任了！"

阁臣们纷纷说起话来。

宁宁不高兴了，他知道皇后娘娘是说的沐元瑜。

"我不胡闹，漂亮！

"不许说娘，我要穿的！"

他嗓门大大的，语音肯定，逻辑清楚，矮墩墩地立在御座下，把后说话的两个阁臣都驳了回去。

沈首辅有点意外，想了想，道："那么太子殿下，您为什么要穿呢？无论裙子多么漂亮，都不是为您预备的。"

宁宁低头扯扯裙子，道："漂亮，我就穿了。"

"您的意思是，您穿了，就是可以穿？道理不是这样的……"

"可是我穿了。"宁宁肯定地又说了一遍，他觉得沈首辅似乎不能理解他的意思，歪着头也想了想，然后冒出来一句，"天生万物，自有造化。"

阁臣们顿时都惊住了。

一岁半的小太子！

这觉悟！

用青出于蓝都不足以形容！

沈首辅困难地吞了吞口水："……"

他不敢为有如此聪慧的帝国继承人而高兴，因为他很明白他在干什么，这比不明白要糟糕多了，万一小太子从此以后就是要穿女装，还以"自有造化"来解释，他们要怎么活啊？！

打败了阁臣们，宁宁跑到了御座旁边，坚持要求朱谨深看一看。

朱谨深倒不觉得怎么吃惊，那一句原是他早上说给宁宁的，不知他怎么领悟了，现在来了个现学现卖。他摸了摸儿子的大脑袋，问他："你娘怎么说的？"

"娘说，穿一天。"宁宁美滋滋地道。

他选择性把不哭忽略掉了，穿这么漂亮的小裙子，有什么好哭的嘛。

"那明天不穿了？"

宁宁想想，道："不穿了，漂亮一天，好了。"他又转头指指云云，

“给妹妹穿。”

　　阁臣们齐齐松了口气，还好，小太子只是凑个热闹，他们的脸面保住了。

　　不然底下的臣子们问起来，简直不知该如何解释。

　　倒是宁宁自己想起一天这个时限，忙着又跑下去道：“我去给皇祖父看。”

　　他像模像样地拉着云云给朱谨深行了礼，跟阁臣们摆摆手，风一样又跑出去了。

　　太上皇禅位以后，从乾清宫搬到了西苑去。西苑论位置偏些，在紫禁城之西，但论风景，倒是那边更好，占地也不小，还清静，很适合人养病。

　　每日最吵闹的时候，就是宁宁过去的那一阵。

　　“祖父，祖父，皇——祖父——”

　　离得老远，他就开始扬声叫起来了。

　　太上皇正钓着鱼，这是他新近培养出来的爱好，一坐能钓一下午，钓上来的鱼哪里吃得了，往往走时又扔进湖里去了，纯是享受过程。

　　再有兴趣的爱好，也比不上活蹦乱跳的一双孙子孙女。

　　听到叫唤，太上皇把钓竿一丢，就满面笑容地转过头来了，然后，他疑惑地眯起了眼。

　　他是有一个孙儿和一个孙女吧？

　　什么时候变成了一对孙女？

　　“皇祖父，看我，漂亮！”

　　宁宁由宫人抱着，因为西苑这里路远了些，他走不了。快到湖边了，他拍着宫人把他放下来，然后撒丫子直往前奔，抓紧这难得的一天时限又炫耀起来了。

　　太上皇差点把自己脚边放的鱼桶踢翻了，又要笑，又觉得不该笑，把宁宁抱起坐到自己膝上，扯着他的小裙子问：“谁给你穿的？你就这么到处跑？”

　　“妹妹送我，漂亮呀。”宁宁觉得可美了。

　　太上皇更会和他交流，听了就懂了，道：“是你自己喜欢，要的？”

宁宁点点头。

"你娘也能由着你，真是！"太上皇哭笑不得，又问他，"你爹呢？他看见没有？没打你？"

"看见了，"宁宁点头，"我找爹，给爹看了，没打我。"

太上皇闻言哼了一声："那是你爹欠打了。"

太上皇没怎么着宁宁，陪着两个娃娃玩了小半天，晚上的时候，朱谨深过来请安，太上皇逮着他训起来了。

"你喜欢女儿，不会自己抓紧生去，把宁宁打扮成这样，大臣们看见了成何体统！"

这件事跟朱谨深是一点关系都没有，他原要解释一下，小孩子好鲜亮东西没什么，是出自正常天性，话到嘴边一顿，改成了："是，皇爷教训得对。"

真有个会穿漂亮裙子的，软软的嫩嫩的，像沐元瑜一般的小女儿很不错啊。

宁宁相貌上还是更像他一些。

他有点走神，太上皇见他诚心受教，方满意了，挥挥手放他走了。

番外二

这一年秋天的时候，滇宁王妃办完丈夫的丧事，孤清地守了一阵子，接收了被凭空砸下个侯爵砸得晕乎乎的沐元茂，领着他见了一圈族人，看着把族谱更替等事宜弄妥，就将云南诸事一抛，潇洒磊落地上京来了。

沐元瑜早接到信，激动地举起胖儿子转了一会儿，吸取自己当年上京时的经验，忙着先让人去给滇宁王妃做了一堆暖乎乎的裘衣氅袄。

滇宁王妃倒并不缺这些，便是一路北上，觉得冷了，沿途买了使丫头做了就是，但女儿提前把心意备上了，她心里也是熨帖。

初冬时，滇宁王妃入住了收拾得干净又敞亮的沐家老宅，沐元瑜从此就多了一个休闲去处。老宅离着皇城本不远，她天天坐个车就出来了，时不时还把宁宁带着。

宁宁不记得小时候带过他的这位外祖母了，但他看够了宫禁的红墙琉璃瓦，很乐意往外开拓一下新领地，来了几次，就重新和滇宁王妃亲亲热热的了。

滇宁王妃还在夫丧期内，不便去别家做客，她也懒得跑。她是土生土长的云南人氏，未出过南疆，这辈子还不曾见高过鞋面的雪，初来乍到，很不适应京里的气候，就只是在老宅里待着，和女儿外孙说话作耍。

对沐元瑜做了皇后这事，滇宁王是满意得含笑而终。滇宁王妃其实不大自在，她私心里觉得女婿身份有点高过了头，要是外封个藩王，那他们家也是藩王，亲王和郡王差不了多少，女儿倘或受了欺负，她很可以给出个头，现在这样……

她能闯进皇宫去指着朱谨深的鼻子训他一顿吗？

便是她有这个胆量，非诏她也进不去啊。

沐元瑜安慰她："母妃，他每天国事都忙不完，就是想欺负我，也没有这个空闲，您就放心吧。"

周围一圈丫头都听得笑了，滇宁王妃无奈地伸手指点她："什么古怪话，只有你才说得出来！"她说完了又有点不放心，"唉，你从小……"

她想说这个女儿成长与众不同，学的都是男人那一套，却不怎么知道为人妻子的道理，但屋里人多，她话到嘴边又咽回去了，另起了头，直接教导道："你无事不要总往我这里跑了，前日三丫头来看孟氏，孟氏悄悄来告诉我，说是有御史参你了？我不出门不知道，你只会跟我报喜不报忧。"

滇宁王妃这一回进京，孟夫人和葛姨娘一起跟来了。

滇宁王那一后院姬妾，滇宁王妃简单粗暴地分了两拨，愿意守的拨个庄子送庄上去，不愿意守的直接给银子打发走。孟夫人和葛姨娘两个情况不同一些，都生育过。

彼此都已将暮年，年轻时有再多恩怨，争抢的那个男人都没了，这些恩怨便多少也跟着岁月远去了，何况滇宁王妃从来也不屑跟这些妾室争抢什么，她的失望她的恨意，都是冲着滇宁王去的。

所以这二人回来王府后，苦苦哀求说想念女儿，想跟着上京看一回，滇宁王妃无可无不可地就同意了，只是跟她们发了话，必须得老老实实的，进了京敢找一点不自在，立刻打回到云南庄上去。

滇宁王妃能同意带上他们，很大程度上其实是为着沐元瑜——这个她心尖尖上的小女儿嫁得太高了，超出了她母爱的辐照范围，她不放心。沐芷霏和沐芷静嫁得都不错，一个公府一个侯府，若能因此给沐元瑜些助力，便只有一点也是好的。

孟夫人和葛姨娘想不到这么多，能上京来就是意外之喜了，都连连保证，绝不生事。人年纪越是长，儿女心越是重，闭眼前还能守着女儿过一阵，那是别无所求了。

两人果真规矩得不得了，这辈子不曾这么和睦过，有什么信，也都往滇宁王妃跟前报。比如说，沐皇后被参，准确说是被谏这事。

现在等级上来了，御史挑刺不能叫参劾了，只能算进谏。

沐元瑜很无所谓地道："母妃，哪个背后无人说呢，叫他们说好了，我们大量些，不去理他们就行。"

滇宁王妃皱了皱眉："若是原来还罢了，你如今身份不一样，再叫御史说着，恐怕名声不好吧？你少来些就是了，我在这里住着，还能缺什么不成。"

"缺我和宁宁啊。"沐元瑜笑嘻嘻地道，"母妃别担心，我心里有数。那些御史的本职就是监察进谏，我听了这一桩，他们并不会见好就收，转眼又能找别的来谏我，横竖都是被谏，不如冲着这一桩也罢了。我出宫只为探望母妃，孝道是天下至理，他们就算能拿君臣分界压我，终究也说不了太狠的话，由他们说去吧。"

这哪里能够说服滇宁王妃，她的神色还更忧虑了，有这么成天被谏的皇后吗？这多不体面啊，皇家能允许？

沐元瑜镇定地挥挥手，下人们都退出去，连宁宁都不叫留——宁宁是个小话痨，很能学舌。她小声道："母妃，我们关起门说句实话，我这么干，也是给皇上分担火力呢，让一部分御史来找我的事，皇上那边就消停一点了。"

滇宁王妃："……啊？"

这超出了她的理解范围，而且，这是什么意思？皇帝也成天被谏？

这是怎样一对帝后啊！

她不通政事，但听说过太上皇在位时名声很好的，朱谨深看上去也不是个昏君模样，在云南守城那一阵极靠谱的，怎么做了皇帝，反而混到这步田地了？

"名声好，可是过得辛苦啊。"沐元瑜小声跟她说帝王家的八卦，"你看老皇爷，沈皇后那么心眼不正的女人，他本身也不喜欢，就是不想废后，因为名声不好，加上担心臣子们的阻力，硬忍了这么多年，临退位了才想开了，何苦哦。"

"臣子们都想帝王家为天下楷模，真要到他们满意闭嘴的地步，我和皇上也快成庙里的菩萨了，这一辈子有什么意思？皇上绝不会愿意照他们的意思活的，我也不愿意，我们这是志同道合。我要是一门心思奔着贤后去，好嘛，皇上天天收一堆谏言，我收一堆赞美，母妃，您觉得这对头吗？"

滇宁王妃不由得点头："好像，不那么妥当……"

"是很不妥当。"沐元瑜道，"母妃，您想，我该怎么做那些御史才能改口夸我呢？只有也学他们去进谏皇上。那好了，皇上听他们的啰唆还不够，回来还得听我的，这日子过得还有什么意思？"

滇宁王妃这回点头点到一半忽然止住，道："不对，皇上为什么总要被谏？就不能也收一堆赞美吗？我瞧他话虽不多，但行事是不错的。"

她习惯了沐元瑜说话有时候简单古怪但明确的风格，不觉也被带偏了一点。

"母妃，"沐元瑜靠到她耳朵边上，声音压得更低了，"那就要请您想想，皇上登基不满一年，就万事妥帖，朝野上下山呼圣明，明君贤臣，如风云际会，那退居西苑的老皇爷心里是个什么感受呢？"

滇宁王妃想说选定的继承人这样卓越，太上皇当然应当欣慰放心才是，但不知为何，她这句话说不出来，心里只是渐渐冷静了下来。

她没有怎么接触过外务，但毕竟是郡王妃的尊位，眼界比一般妇人还是高太多了。

对这个局面，太上皇会欣慰，会放心，但同时，恐怕也会不可避免地感觉到失落。

因为没有哪个臣子在歌颂新皇的时候，还会再记得去捧一捧太上皇，这不是所有的臣子都喜新忘旧，而是怎么捧呢？太上皇已经退出了权力中心，不再沾手政事，不做事，那就没有由头可说，总不能说他休养得气色很好吧？

人走茶凉是颠扑不破的真理，由此而来的门庭冷落是必然的，帝王都不例外。

曾立在权力顶峰的人，叫他短时间内接受这个落差不现实且违背人性，朱谨深越圣明风光，越显得他这个太上皇是被遗忘在西苑的老人。

太上皇带宁宁云云两个带得很乐不错，但他心中曾有天下，如今天下远去，两个小儿孙填不满这个空当，他毕竟不是真的只会含饴弄孙的寻常老人。

"母妃不知道，现在三天两头有老臣去西苑找老皇爷抱怨皇上，老皇爷当然并不向着他们，只说皇上现在是万乘之君，凡事都该听皇上的处置。还训斥老臣们不听话，仗着当年的君臣情分总来啰唆，可是终究，他没有不许老臣们去找他啊。"

滇宁王妃心里沁凉。

沐元瑜微笑道："母妃明白了吗？皇上一是性子本来如此，二是哄着老皇爷玩呢。"

滇宁王妃恍悟之余，心下又更不踏实了，说道："照你这么说，难不成还要生出一场大事故？"

"那不会。"沐元瑜确定地摇头，道，"老皇爷要面子，干不出出尔反尔的事，再者，也不是真有什么矛盾，只是老人年纪大了，多少有些任性起来，像宁宁似的，成了个老小孩，哄哄就好了。老皇爷现在听见老臣说皇上毛手毛脚的，不如他在位时英明神武肯纳谏，心里一得意，就好了。"

滇宁王妃一边听一边琢磨着，只觉其中许多耐人寻味之处，她沉默了好一会儿，才道："所以，你与皇上不那么得臣子的心，反倒是件好事了？"

沐元瑜笑道："可以这么说。往后日子长着呢，我们不着急，母妃也不要担心。您这么远上京来，不就是为着看我？您只管自在着，什么也不必操心。其实现在也都挺好的，不然，我又不傻，还非得跟御史们对着干不成？我请您进宫坐坐也是一样。"

滇宁王妃听见她这么说，方放心下来，道："你心里有数就好。"想了片刻，她又悄悄道，"皇上这种心事也跟你说？"

"那倒没有，是我猜的。这个话，嗯，很难说的。"

这样人心幽微乃至于有诛心之处，领悟不到的不如当个真傻子，悟到了的，也只做个心照不宣，顺其自然最好，若刻意为之，不论做什么都是多余的。

滇宁王妃端起茶盏喝口茶润了润喉，从前滇宁王外头的事她插手不上，如今她觉得，这个滇宁王一手养出来的女儿身上的外务她好像也插不了手，那么，她还是过问过问她擅长的好了。

"如今皇上还都往你宫里去吗？"

这种闲聊没什么要保密的，沐元瑜恢复了正常音量道："不然他去哪儿？"

滇宁王妃听了甚是满意，又觉得女儿在内务上还是略傻，道："你也不要太放心了，该留神的，还是要留神。"

她说着有点怅然，仍是微嫌朱谨深的身份，这要是变了心，都不能去揍他一顿，多吃亏啊。

沐元瑜这下听懂了，笑了："母妃，真要有那么一天，也没什么，我不敢保证他会一直对我这么好，但至少，不会对我太坏，这差不多就够了。"

滇宁王妃不悦："哪里够？"

"母妃，您想开点嘛，你想，皇上现在是最英俊最好看的时候了——您没有见过他前些年的时候，其实那时候也招人得很，这些年都是我的，我不吃亏哪。再过个十几二十年，万一他变了心了，喜欢了别人，我也还是生气得很！"

沐元瑜的声音一下激昂起来。

跟着，宁宁脆亮的嗓门就在屋门处响起来："父皇，您来接我啦！"

"……"

沐元瑜镇定地把目光从变了脸色的滇宁王妃面上移开，转头往外望。

穿着玄色常服的朱谨深不知何时到了，他正把扑到他腿上的肉团子抱起来。

这还没完，宁宁高兴的叫声再次响起来："皇祖父，祖父！"

太上皇居然也来了。

大概这阵子沐元瑜常把宁宁拐到宫外来玩，太上皇没有孙子陪，不满意了，见朱谨深要过来沐家老宅，就跟着一道来要孙子了。

各方行礼毕，太上皇也没多说话，抱着从朱谨深怀里抢来的宁宁就要走。

滇宁王妃心里原有点惴惴的，沐元瑜话头转得虽快，但太上皇也肯定是听到了，儿媳妇背后这么调侃儿子，一般公公就是嘴上不好说什么，也得沉个脸色以示不满。结果这位太上皇倒好，他看见儿子疑似拿不住儿媳妇，居然是有点幸灾乐祸。

她就清晰地看到，太上皇转身走的时候，给了朱谨深一个明确的嘲讽笑容。

滇宁王妃真是无语。

这是什么父子啊。

帝后回了宫。

沐元瑜跟在后面搭讪着问道："皇上，您去接我呀？怎么都没个人通报一声？"

他不声不响就出现在了门外。

朱谨深在桌旁坐下，宫人端了水来，他净着手，不咸不淡地道："若是通报了，王妃就要出来行礼，简便些罢了。"

哦，他是为了她母妃着想。

沐元瑜坐了一会儿，又问："老皇爷去做什么？就为接宁宁吗？"

朱谨深道："嗯。"

他看起来有些不高兴了。

她也没说什么嘛。

虽然这么想，但沐元瑜还是没来由地有点心虚。

她是知道朱谨深不快的点在哪儿，这要一直怄着，马上就是晚膳时分了，难道还怄着吃完一顿饭不成？那该吃得多不香。

宫人端着水盆下去了，朱谨深站起来要走，沐元瑜略急，把他一拉，道："哥哥，我错了。"

朱谨深呼吸一滞。

他顺着她的动作转过身来，微微拧着眉，俯身，英俊的眉眼直逼到她眼跟前，道："再说一遍。"

沐元瑜叫完羞耻劲就上来了，耍赖抱住他的腰，往他怀里躲，含糊地道："好话不说二遍。"

朱谨深捏住她的后颈，要把她拎出来，说道："躲什么，你这么有办法对付我。"

"谁对付你啦，我在哄你开心。"

"那你再哄我一遍，我才不生气。"

沐元瑜哼道："你生气都是没道理，我说什么了嘛，我明明夸你英俊来着。"

感觉到捏她后颈的手有往里去的趋势，她连忙认输："好了，我错了，您什么时候都不会变心，再过五十年都一样喜欢我。"

沐元瑜受不了地抬起头，皱着脸道："您真觉得这么说好吗？我觉得显得我脸皮好厚啊。"

朱谨深没说话，只往自己胸腹处看了看。

沐元瑜先前那一通闹，把他的前襟弄皱了，好几个褶子横在上面。沐元瑜顺着他的目光看到了，忙一边伸手去给他整理，一边劝他："我理一理就好了，您凑合穿着，都快晚上了，这时候还换衣裳多麻烦。"

朱谨深按住了她的手，道："是很麻烦，别费事了。"

"啊——呃？！"

这一声惊叫，因为她忽然腾空而起。

朱谨深抱着她，把她放到床上，压着她，慢条斯理地解完自己的衣带，又去解她的，慢条斯理地跟她道："我想了想，忽然发现其实是我的错，才会令你信心不足，我应该努力一点。"

沐元瑜望着他平滑的胸膛，吞了口口水，道："不……这个，我很有信心的……"

朱谨深只是回答她："不够。"

············

于是这顿晚膳，她最终还是没有好好用上。

番外三

宁宁又长一岁的时候,沐元瑜掌管革新锦衣卫的事终于被朝臣知道了。

锦衣卫这个特务机构,介于内廷与外廷之间,其各项官员升迁贬谪同文武百官一样照发明旨,朝臣都可以知道,但它内部究竟怎么运转,如何行事,奉了哪些旨意,就非朝臣可以窥视了。一般朝臣也不敢过问,锦衣卫不找他们的麻烦,离他们远点就不错了,谁还敢反过来主动往上凑?

因此锦衣卫的新任指挥使不向皇帝负责,而由皇后调控之事,瞒了两年多才暴露出来。

这一暴露就引发了大地震。

反对的奏章雪片般向御座飞来,以黄学士为首的激进派串联着在宫门外静立抗议,百官之首沈首辅好一点,奔西苑跟太上皇哭诉去了。

他没哭成。

太上皇这两日正好犯了头疼,要静养,谁都不见。

对此,沐元瑜很感意外。太上皇这个"谁都不见"里,包括谁都不会包括宁宁,宁宁聪明又话痨,太上皇到底病没病,她当然一清二楚。

她还以为太上皇会立即把朱谨深叫过去骂一顿,然后勒令她不许染指锦衣卫呢。

她没想到,他选择了中立。

"要是别的,皇爷会管,锦衣卫例外。皇爷面子上仍有些下不来,不大好意思。"朱谨深跟亲爹较劲十来年,关系不咋样,但了解是很了解的,给了沐元瑜答案。

太上皇被自己养的鹰犬反咬一口，这自开朝以来都少见，以他的自律自矜，偏偏犯了这种低级错误，算是他人生中很丢脸的黑历史了，太上皇很不乐意人提起这一茬。

沐元瑜有点想笑："老皇爷真是……"

"皇爷大约也是想看看。"朱谨深笑了笑，道，"他其实不是不想动锦衣卫，只是没想好该怎么动，原样保留不是长久之计，裁撤又有些舍不得——撤掉容易，举朝没有不同意的，可再想建起来就难了，为这个一直耽搁下来，才惹出了那场变故。现在你把这把利刃埋入敌人的肺腑，自然比监视自己的臣民要好，也算是给锦衣卫的未来找了条出路。皇爷想看一看这样行不行，能走到哪一步，所以他才没有说话。"

沐元瑜挺愉快地道："那我就照样做着。"

朱谨深点了头，站起来，指着旁边几大摞奏章道："对了，这阵子的都在这里了，你真要看？"

这时候是下午，他按平常的行程会在前面见大臣或批奏章，会回到坤宁宫来，是因为沐元瑜跟他要大臣们关于锦衣卫事的参奏章本，他让人整理了，亲自送了过来。

沐元瑜笑道："我看一看，说不定有人说的有道理呢，我也好有个拾遗补缺。对了，宁宁呢？"

她想起来，左右张望着，有宁宁这个话痨在，一刻也别想安静，但凡觉得耳根清净了，那一定是他跑出去玩了。

果然，观棋回她道："殿下待不住，才出去了，说要逛逛，顺便把他的字拿给太上皇看。"

沐元瑜闻言放了心，道："由他去吧。"

她不爱揠苗助长，没教过宁宁写字，两岁半的小豆丁，拳头没个包子大，写的什么字哦。但宁宁自己要求写，他见到朱谨深每天晚上都批一堆奏章，不知哪来的一股羡慕劲，缠着朱谨深也要求有笔有纸，朱谨深就随手写了几个笔画简单的字，给他照着写着玩去了。

宁宁照着描了好几天，新鲜劲还没下去，不但坚持要写，还很爱显摆，自己还很有数，觉得一张拿不出手，攒够三张才拿去给太上皇看，跟太上皇要夸奖。沐元瑜私以为给这小子做祖父也挺不容易的，他记性好，夸还不能重样，重样了他会指出来。

她话音刚落，一个宫人从外面飞快地跑进来，喘着粗气道："皇上，娘娘，太子殿下跑到会极门去了，奴、奴婢们不敢阻拦……"

沐元瑜脸色微变。

会极门和西苑可不顺路，宁宁这时候正是最爱跑动的时候，小短腿看着不起眼，跑起来快得不得了，满皇宫乱溜达，只要他带齐了人，一般帝后都不管他。他能无忧无虑快活的时候没有几年，到了五六岁，各项规矩礼仪就不能不讲起来了，也要上学了。

要是平常，他去也就去了，小孩子没定性，说去找太上皇中途改了主意很寻常，但这时候不行，因为静立抗议的那些臣子就在会极门外呢。

"没事，我去把宁宁带回来。"朱谨深安抚地说了一句，转身出去了。

短暂的惊吓之后，沐元瑜也缓过了神来，会极门外的是朝臣，不是乱党，不会对宁宁怎么样，只是她到底有些心神不定，随手拿起本谏她的奏章，有一眼没一眼地看起来。

宁宁不知道爹娘的担心，他可快活得很。

他确实是要去找太上皇，但走腻了惯常走的那条路，要求绕一圈，绕着绕着，听到了许多人说话的声音，兴冲冲地就奔过去了。

在会极门外抗议的朝臣们说是静立，但没人管他们，朱谨深也没派人来驱逐，由他们站着。这一个时辰又一个时辰地站着，谁受得了一句话不说，就互相商量着下一步的行动，其中有嗓门大的情绪激动的，闹出来的动静就引来了小太子。

跟在宁宁身后的宫人们知道不能放他过去，但宁宁动作太快，眨眼已经跑到了朝臣面前。这时候再要强抱起他走人，宫人们就有一点犹豫——两岁半的太子也是太子，要威仪的。

宫人这一犹豫，宁宁已经把手里的纸张递上去了，说道："看我的字。"

他眼睛亮闪闪的，也不挑人，瞅准面前的一个朝臣就跟人家搭上了话。

被搭话的朝臣正是黄学士，他向小太子行礼行到一半，手里被塞了东西，迟疑又不解地低头看了看。

"我写的。"宁宁跟他强调。

黄学士很费解地看着纸上那斗大的唯一的一个狗爬——错了，大不敬，应该是龙爬字，道："殿下真是天资聪颖。"

他其实没反应过来，既不知道宁宁为什么会跑出来，也不知道为什么会塞纸给他看，纯是条件反射地夸了一句。

但宁宁要的就是这一句，美滋滋地把纸拿回来，又换了个旁边的朝臣，跟人家说："我写的字。"

这个朝臣就知道他是想干吗了，嘴角抽搐着也夸了两句。

宁宁满意地再换一个。

朝臣们一边夸着他一边觉得哪里不太对——他们是来示威抗议的，多严肃多庄重多慷慨的事，为什么画风莫名变成了哄孩子？

可要是不哄，也说不过去，小太子这么可爱好学的娃娃，两岁半就能写字了——写的是个什么姑且不论，人家也不挑剔，随便夸句什么都可以，这一句舍得不夸？真说两岁娃娃字写得丑才显得自己心眼小到无以复加吧。

宁宁得到第五个夸奖时，黄学士撑不住了，他是来抗议的朝臣里面年纪最大的，五十多了，干站这么久，又累又饿，一口强撑着的气被宁宁一搅和，散了，人就往下倒。

他周边的同僚们吓了一跳，忙扶住他，几个人架着他慢慢往地上坐。

"地上脏，虫虫咬你屁股！"

这一句毫无疑问来自宁宁，他喊完了，把自己才收回来的纸铺到地上，拍一拍，邀请黄学士："坐这里，没有虫虫。"

黄学士眼神很复杂。小太子把纸揣着，挨个问他们讨夸奖，显然是很宝贝，但现在拿出来给他垫在地上，也并没有什么犹豫。

这是天生的体下恤臣之心。

这一场闹剧终结于朱谨深的到来，他仍旧没管这里的朝臣们，只是把宁宁拎起来带走。

黄学士不知为何，没有率领朝臣阻拦，由着朱谨深来了又去。

父子俩回到坤宁宫的时候，正好看见沐元瑜对着手里的奏章脸色难看，一副要吐的模样。

宁宁有点被吓到了，脚一沾地就跑过去道："娘，娘，你怎么了？"

朱谨深抢先几步上前，把她手里的奏章拿走，说道："别看了，我待会儿还是叫人拿走，不要跟他们一般见识。"

沐元瑜摆手道："跟这个没关系。"

她要是怕人说，就不会要过来看了。

观棋扶着她坐到椅子上，按住她的手腕替她把脉。

她当初的八个大丫头里，观棋是通医术的那个，现在鸣琴成亲去了，她就成了她身边掌总的第一人，宫人们见到她都要叫一声"姑姑"。

顺带一提，鸣琴嫁的是刀三，两人在当年陪着沐元瑜从京城亡命奔回云南的一路上培养出了情意，现在同刀三住在沐家老宅，仍旧是沐元瑜的人手，只是沐元瑜想着他夫妻两个还是一处团圆的好，就没把鸣琴带进宫。

另外七个大丫头，年纪都不小了，这两年间有的嫁了，有的不想嫁，跟着沐元瑜进了宫，仍旧和她在一处，观棋就是其中不想嫁的。

沐元瑜在这上面完全不勉强她们，由着她们自己的心意选择。

"娘娘，还是叫太医吧。"观棋懊恼地吐了吐舌头，道，"我学艺不精，这时间短，我还是把不准。"

朱谨深终于从这话音里听出了不对，眼神一动，漾出惊讶又不太确定的喜色，转头就道："去太医院叫太医来。"

沐元瑜的月信迟了快半个月，她这回处于最安全的环境之中，便是自己疏忽了，身边人也不会忘记，所以她心中已有知觉，只是先前时日尚短，恐怕叫了太医来也把不出来，便压着人没让说。

但她也没想刻意瞒着，见朱谨深猜到，就和他道："不知道是不是呢，先别告诉人。"

朱谨深坐不住，站她旁边，闻言屈指想敲她额头，到跟前了怕现在敲不得，又停住，说道："还要你嘱咐我，你才没个谱，这样了还问我要奏章，不许看了，那上头有几句好话。"

沐元瑜略觉理亏，软绵绵地争取道："我不会往心里去的，看一看，只是心里有个数。"

"那也不行……"

朱谨深一句拒绝说到一半，见沐元瑜皱了眉撺嘴，又是要吐的样子，忙止了话，伸手想拍她后背，拿捏不准轻重不敢动，呆立着想帮她不知该怎么办。见到观棋倒了茶来，他才反应过来，忙接到手里，沐元瑜伸手要拿他不给，低着头凑过去举着茶盅喂她。

沐元瑜无奈就着他的手喝了两口，把心里的烦恶压了一点下去，道："我没事。"

她就算有点不舒服，也不至于到喝口水都要人喂的地步呀。

很快太医来了，给出了准话。

他跪下道喜，确是喜信。

宫里顿时一片喜气洋洋。

朱谨深非但是坐不住，他连站都站不住了，他情绪本不太外露，这下居然失态地绕着沐元瑜转了两个圈。

他自己也不知为什么要转这个圈，只是激越的情绪要寻个出口。等转完了，见到宫里低头忍笑的宫人们他方有点定下了神。

第一件奏章自然是再不许沐元瑜看了，当即就叫人来原样搬回去，第二件就是拎过宁宁来叮嘱，告诉他以后不能随便再往沐元瑜身上扑。

宁宁眼泪汪汪地道："为什么？！"

他可喜欢最喜欢娘亲了好吗，他跟娘亲最有话说，最愿意听娘亲的话，娘亲最能理解他，这样最最最好的娘亲，居然不许他挨近了？

凭什么？！

宁宁不服！

朱谨深费了点工夫，跟他解释清楚他将要有个小弟弟或小妹妹这件事，宁宁半懂半不懂，但是情绪稳定下来，目光很敬畏地看向沐元瑜的肚子，道："我以前也是住在娘肚子里的？"

沐元瑜笑着点点头。

宁宁呼出口气，满意了："我先住的。"

宫人们发出低低的笑声。

沐元瑜把他揽过来，笑道："是，你先住的，娘最喜欢你。"

宁宁更满意了，大眼睛眯起来，连忙表白："我也最喜欢娘。"

皇后有孕，既是家事，也是国事，所引发的第一桩连锁反应，就是反对她掌理锦衣卫的声音悄无声息地下去了。

朝臣当然不是就此表示了默认，只是天大地大，比不过皇嗣为重，小太子的活泼聪慧有目共睹，但皇嗣这件事，一个明显太少，十个也不嫌多。

这时候还去找皇后的麻烦，万一气得皇后孕相发生了什么动荡，谁担当得起。好在因皇后有孕，孕期里肯定是以养胎为主，插手不了锦衣卫了，彼此各退一步，也算是达成了短暂的和平。

朝臣想得不错，沐元瑜何止是管不了锦衣卫，她快连自己的衣食都管不了了。

她生宁宁时，朱谨深未能陪着，他嘴上不提，心里实是生平一项绝大遗憾，这下终于有了弥补的机会，那是费尽全力要找补回来。他奏本都不在乾清宫里批了，统统移到后面来，致力于把宫人们都变成摆设，沐元瑜想要什么，都是他来。

照理他们这时候该分床了，但看皇帝这个几乎要长在皇后身上的架势，硬是唬得没人敢提。

这明摆着是触霉头的事情，谁愿意去找这个不自在。

沐元瑜身体底子好，过了怀孕初期后，就仍是好吃好睡了，只是偶尔会发生小腿抽筋一类的症状，这视各人体质不同，有时是保养得再好也无法避免的。沐元瑜不以为意，但朱谨深如临大敌，听了太医的话，每天晚上都要给她按摩小半个时辰。

很多年后，皇帝坐在床边，一只手拿着奏本，一只手给皇后按摩小腿的场景还如一幅画卷一般，温暖地镌刻在宫人们的记忆中。

八个月后，于如此殷切期盼下诞生的是位小公主，乳名宝儿。这乳名大众化了点，但除了这个名字，也无法再寻出别的词来可以更好地表达父母对她的珍爱。

宁宁非常高兴新妹妹的到来，他知道妹妹可以穿裙子，比沐元瑜还早一步地盘算上了要怎么打扮妹妹。

又是新的一年，沐元瑜抱着新得的小宝贝儿，在坤宁宫里召见了褚有生。

帝后再次过上了每天收一打谏章的热闹日子。

但无所谓。

这未来，休戚与共，这天下，携手并进。

只要你在，无所畏惧，不必动摇。

后记

读者小天使们好，很高兴在这里跟大家见面啦！

我没有想到这本能出简体，被编编找到的时候可开心啦，也感谢大家支持。这本书写作的过程里其实还发生蛮多事的，对我自己的影响也很大，有这个机会，我就很想跟大家聊一聊，分享一下感触。

开文前，我对于主角的设想其实比较简单，包括男女主角的性格与情节主线等，心里只有一个大概的粗纲。

开文不久，女主世子的性格随着情节渐渐鲜明起来，和我想象的出现了初步偏差——咦，也太讨人喜欢了？

哈哈，这当然是件好事，不过带来的一点小问题是，我开始尝试写长篇以后，前两本文都是偏向宅斗类的，但这样的设定不好加到性格能力都渐渐崭露的世子身上，会拉低她的层次，如果世子陷到后宅的宅斗里，也会让女扮男装的设定没有意义。

跳出后宅四面墙的话，对我是个崭新的尝试，这个过程新鲜，也痛苦，因为需要不停地查许多资料，而这些资料最终在文里也就是一两句话甚至一两句话的份额都占不到，因为查它们只是避免出现 bug 而已。

地图来到京城以后，舞台开始阔大，皇子朱二登场，身为作者，我得有点惭愧地承认，他和我原先想象里的也不一样——他更聪明，也更拧巴。这是个很奇妙的相逢，不但是主角和主角之间，作者和主角之间也需要一个过程来进行认识，并熟识。

  我努力把他写得聪敏，但又仍然忐忑他可能不够聪敏，这不是他的问题，是作者的问题，我努力解决我的问题，试图让他不要出现问题。

  性格都定下来以后，接下来，作者要做的事就少一些了。一个人的行为，很大程度上由他的性格主导，情节的进展，外力占一些，主角的选择占大部分。

  举个例子，世子因为她从小所受的与她的姐妹们截然不同的教育，遇到滇宁王打算放弃她的危机的时候，她就是不会放弃，就是会迎难而上，那么她去京城就是必然的进展了。如果她要顺从滇宁王的安排，隐姓埋名远遁千里万里之外，这也是一种情节上的推进，但会做这样选择的就不是世子了。

  要做的事情少了，并不代表容易，难度其实是更高了，因为到这个阶段，主角设定完毕，可以开始大展拳脚，而作者，是反而要戴上镣铐在框架里跳舞了。

  而决定跳得精彩不精彩的，不是主角，仍然是作者。

  每一个新情节、新人物的出现，都需要慎重，同时世子和朱二之间的火花怎么擦出来，怎么变质，怎么加深，怎么因为世子最深的秘密发生矛盾，又怎么挽回，怎么重新建立信任，怎么历经患难富贵成为彼此不可分割的一部分，这是个很漫长纠缠又混乱的过程。

  未必每个细节都清清楚楚，因为爱情本来就是世上最说不清楚的东西，我们对爱的人，会戴上最厚的滤镜，一样的毛病，在别人身上叫缺点，在他身上叫可爱。但也有些问题，是容不得一点沙砾，其中的分寸详略怎么把握，又是个新的挑战。

  这是最重要的一条主线，主线立得住，整篇文才算立起来了。我敲下最后一章，写完回头看的时候，百感交集。世子与朱二是我创造的人物，但我好像也真的参与了他们的那一段少年人生，他们在书里活过来，意气风发，携手同行，直到如今，似乎仍然生活在时光的某个角落里。

  这感觉太奇妙，要形容的话，大概是身为作者最大的满足，这是我的第三本长篇，遗憾可能也有一点，但我更多的是在这一本里感觉到了真正的进步，我希望能带着这种进步继续写下去，一直写下去。

很高兴可以把世子和朱二介绍给大家认识，我很喜欢他们，也希望大家喜欢他们。

再次谢谢大家，也谢谢在微博上找到我的绘绘编辑，与你们相逢，是这一年里最开心的事，么么哒。